La primera vez

La primera vez

OSWELL REZA

Número de Control de la Biblioteca del Congreso de EE. UU.:   2018911424
ISBN: Tapa Dura   978-1-5065-2681-2
             Tapa Blanda   978-1-5065-2683-6
             Libro Electrónico   978-1-5065-2682-9

Información de la imprenta disponible en la última página.

Fecha de revisión: 27/09/2018

Para realizar pedidos de este libro, contacte con:
Palibrio
1663 Liberty Drive
Suite 200
Bloomington, IN 47403
Gratis desde EE. UU. al 877.407.5847
Gratis desde México al 01.800.288.2243
Gratis desde España al 900.866.949
Desde otro país al +1.812.671.9757
Fax: 01.812.355.1576
ventas@palibrio.com
781412

arrada en primera persona y desde el corazón del protagonista, La primera vez es una historia de amor compuesta por grandes aventuras llenas de diversión, drama y tragedia, un bello tinte de romance y un inigualable sentido de aventura.

Carlos, es un chico adolescente universitario que se siente atraído hacia personas del mismo sexo y quien recién comienza a vivir la vida y fantasear sobre el amor. Dentro de esa inquietud de querer experimentar por primera vez todas esas curiosidades que tiene sobre otros hombres, su gran oportunidad se presenta cuando es aceptado en el programa de estudiantes de intercambio para viajar al extranjero y así poder continuar con su educación en los Estados Unidos de Norteamérica, país en el que conoce a Germán y con quién comienza una buena relación que con el tiempo se vuelve algo más que de solo amigos.

Empapada de misterio, suspenso y un exquisito toque de sexo, pasión y lujuria, su romance estudiantil se ve envuelto en trágicas experiencias que solo el verdadero amor será capaz de sobrellevar… ¿O no?

¿Podrás soportar tantas emociones?

¡Disfrútala!

Por Oswell Reza

Índice

Dedicatoria

todos aquellos que creen en el amor, en el amor verdadero, y luchan día tras día por él. A quienes han sido privados de su libertad de elegir, de ser quienes realmente son, y a los que han sufrido desmesuradamente por ser amados en este mundo tan complicado y abrumador. También a ti, que has tenido la fortuna de conocer ese sentimiento tan mágico y puro a través de tus victorias y fracasos, y tus desastrosas e inolvidables experiencias.

A mis amigos verdaderos, e incluso a aquellos que lo fueron y a los que ya no están. A ti, Elliot Almonzi, por jamás haber dudado de mí, por haberme alentado y por haberme liberado de muchos de mis miedos e inseguridades. Gracias, amigo mío, en donde quiera que estés allá arriba, en el cielo, gracias infinitas por tu tiempo en el mundo terrenal.

A mi familia, que, aunque lejos, siempre está en todo momento.

A ti, amor, por tu apoyo, tus palabras de aliento y la forma en que aplaudes y cuidas de mí y de mis sueños. A ti, por estar aquí, ahora, en este preciso momento conmigo, a mi lado, siendo testigo de cada emoción, cada sentimiento y cada expresión en mi rostro que muestra todo el amor que siento por ti. Hasta el fin del mundo contigo, **Luis Javier Soto Farías**, mi mayor inspiración, el hombre que ha hecho de mi vida la mejor aventura.

Agradecimiento

 racias infinitamente a ti, querido lector. A ti por tu valioso tiempo, por cada emoción y sentimiento, cada sensación expuesta en tus momentos de lectura.

A toda la gente que ha creído en mí y me ha apoyado desde muchos años atrás, aquella época en la que descubrí que amaba crear historias para entretener, historias de amor y fantasía, historias que, como esta, estoy seguro de que a más de uno le tocó el corazón.

Gracias a ti, amado esposo, quien a pesar de mis constantes «momentos zombi», nunca dejaste de motivarme, impulsarme y llenarme de sabios consejos que expresaban siempre tu admiración, tu cariño y tu inmenso amor a mi persona, a mi ser entero que conociste en mil pedazos. Te amo, eres esa luz que siempre me ilumina.

Gracias a mi familia, que, a pesar de todo, influyó en mi gran pasión. A ti, querida madre, que me apoyas, me entiendes y nunca has dejado de quererme y amarme por quien realmente soy.

Papá, te amo. Gracias por enseñarme a ser mejor, por tu paciencia y toda tu preocupación, gracias por ser el maravilloso ser que eres y que con pocas palabras lo dice todo.

Y principalmente gracias a ti, Dios. Mi motor más importante, quien jamás me ha dejado y aquel que me dio no solo una, sino muchas oportunidades para apreciar la vida.

¡Namaste!

Si pudiera elegir la manera de irme de este mundo, no habría duda; me gustaría morir dando la vida por ti.

Oswell Reza

Capítulo 1

EL JUEGO DE CALZONES

inalmente había llegado el gran momento, el día en que uno de mis tantos sueños se hacía realidad: estudiar en el extranjero.

Era, al igual que muchos, un alumno de intercambio que por primera vez se incorporaba al sistema educativo americano, situación que me tenía fascinado, pero a la vez nervioso, pues las clases recién comenzaban y el ímpetu estaba muy presente por ser alumno de nuevo ingreso. Y es que para muchos tal vez no sea gran cosa, pero, para mí, estar en otro país y socializar con otras personas era un gran reto que me recordaba lo afortunado que era al gozar de ese privilegio. Ver tantas culturas mezcladas en un solo sitio era emocionante y hasta quizás imponente, y justo eso lo volvía, además de diferente, interesante.

Durante la primera semana, mi prioridad siempre fue integrarme y ponerme a prueba con el idioma, romper con todas esas barreras que existen y los mitos que hay sobre él. Estaba emocionado y listo para vivir esa gran aventura, pero también en ocasiones me invadía una sensación de nostalgia y soledad por estar tan alejado de casa y de mi país.

Recuerdo bien ese día, tan solo había transcurrido una semana desde mi llegada. Daban justo las doce del mediodía cuando el sol profundo y sofocador me incitó a tomar un buen baño, así que cogí mis cosas, partí del campo de fútbol y me dirigí a las regaderas. La universidad era realmente grande, la típica institución americana a la que uno va todo el semestre a estudiar como interno. Compartes habitación con otra persona y te haces responsable de tu vida por completo. En mi caso, aún no tenía compañero de cuarto, y aunque sabía que no sería por mucho tiempo, hasta ese momento me sentía libre dentro de mi propio espacio, ya que no había nadie que invadiera mi total y absoluta privacidad.

Llegar a ese cuarto de baño específicamente era algo complicado; primero debía atravesar un largo pasillo, y al llegar al final, había una puerta que, al abrirse, dejaba al descubierto tres caminos: uno a la derecha, otro a la izquierda y el último de frente. Pero la travesía no terminaba ahí, pues debía tomar el camino recto para bajar cerca de sesenta escalones que llevaban directo a las duchas. Esa era una de las tantas razones por las que no muchos estudiantes se aventuraban por aquellos rumbos, y otra de ellas era el rumor de que ahí solo acudían estudiantes homosexuales. En fin, al ir bajando, me percaté de que el clima se sentía cada vez más húmedo y caliente. Se escuchaba un regadero de agua hirviendo que provocaba una nube de vapor intensa, y también pude percibir, a lo lejos, el sonido de algunas personas riendo, algo a lo que no presté verdadera atención. Fui directo a los vestidores, comencé a quitarme la ropa hasta quedar desnudo y luego me adentré al cuarto lleno de vapor hasta alcanzar una de las llaves de agua. Disfruté de cómo esa sensación de mi cuerpo hirviendo se desvanecía lentamente cuando el líquido frío cubría mi piel al ritmo en que el sudor desaparecía. Al calor del ambiente, escuché unos murmullos que no tenían nada que ver con las risas, eran gemidos de placer y excitación que inmediatamente llamaron mi atención y despertaron gran curiosidad por investigar esa realidad que jamás imaginé que mis ojos verían.

Era un acto extremadamente íntimo, algo que no podía creer, pero que me mantenía atento, muy atento. Nunca en mi vida había visto a dos hombres experimentando caricias, besos y, menos aún, teniendo un encuentro sexual.

Marco hallaba entre sus piernas las caricias de Daniel, sus brazos rodeaban su cuerpo entre abrazos sin control y besos de total frenesí. Los movimientos no dejaban nada a la imaginación, era un acto tierno, pero absolutamente excitante. Sus palabras, sacudidas con secuencias de pasión, retumbaban con el eco que a lo lejos se perdía, y las pieles de ambas partes, de ellos y la mía, simplemente se mezclaban en un gran orgasmo.

Empecé a sentirme extraño y confundido, así que me alejé esperando que no me hubieran visto. Fui directo a vestirme para salir huyendo apresuradamente de ahí, sin poder dejar de pensar en esos recuerdos censurados.

Una vez ya en mi dormitorio, me recosté sobre el sofá, comencé a tocarme y a pensar profundamente en ellos, en esa imagen que tenía tan presente en mi memoria, hasta que la excitación me invadió. Al estar de nuevo despojado de mi ropa, un impulso de placer me llevó a masturbarme...

—*What the fuck!* [¡Qué mierda!].

Todo fue tan rápido que, sin esperarlo, alguien había entrado sin tocar a la habitación, e inmediatamente salió al encontrarme en esa situación. Desconcertado y sorprendido, me vestí con gran prisa. Sentí demasiada pena y lo único que pude hacer fue tomar asiento de nuevo, intentando controlar esos malditos nervios.

—*Are you already dressed?* [¿Ya estás vestido?].

—*Yes, you can come in* [Sí, ya puedes pasar] —contesté avergonzado.

La perilla giró y, cuando la persona se abrió paso, desvié la mirada hacia una de las ventanas.

—*Hey, what's up, I am so sorry, man. I had no idea someone was here* [Hola, qué tal, lo siento mucho. No tenía idea de que alguien se encontraba aquí].

—*It's ok, no problem!* [Está bien, no hay problema].

—*I'm Germán, I'm from Madrid, Spain* [Me llamo Germán, soy de Madrid, España].

—Hola, Germán, soy Carlos, de México.

Fue justo en ese momento cuando, notoriamente sonrojado y sumergido en una gran pena, me giré hacia él para verlo. Quedé completamente fascinado. Era alto y sonriente, de ojos claros y con unos tentadores labios rosados y carnosos, muy varonil y sumamente atractivo. Recuerdo que sus brazos denotaban a un chico ejercitado con perfil muy afilado y un tono de piel moreno claro... ¡*Wow!*

—¡Vaya! Es bueno tener a un latino como *roommate* [compañero de habitación], en realidad sé poco de inglés, lo básico. Lo entiendo, pero aún me cuesta trabajo hablarlo con fluidez, aunque ciertamente para eso estamos aquí, ¿no?, para aprenderlo y perfeccionarlo.

—¡Sí!, eso creo. —Incliné el rostro.

—De verdad siento mucho no haber llamado a la puerta antes de entrar, no pensé que me encontraría con algo así.

—No pasa nada, fue culpa mía. Me olvidé por completo de asegurar la puerta.

—Venga, tío, no te preocupes, haremos como si no hubiera pasado nada. Además, esto es cosa de hombres, ¿no?

Con esas palabras en un acento exquisitamente marcado que definía su lugar de procedencia, Germán rompió el hielo en ese incómodo ambiente, logrando que sintiera un gran alivio que expresé en una sonrisa, para después estrecharle la mano.

—Bueno, pues entonces mucho gusto.

—¡El gusto es mío, Carlos! Te saludaría, pero con esa mano estabas jugando.

Soltó una carcajada en tono de burla, pero finalmente enlazó su mano con la mía comentando la gracia de su broma y luego me jaló hacia él en un abrazo de esos que van acompañados de tres palmadas sobre la espalda. En ese momento pude percatarme del aroma irresistible de su fragancia y, al mismo tiempo, experimentar una nueva erección que intenté disimular al sentarme sobre el sofá.

En realidad, había quedado encantado con él desde el primer momento. A pesar de ese bochornoso inicio, su compañía era bastante agradable y divertida. Jamás imaginé que lograríamos una buena conexión ni mucho menos que viviríamos gratos momentos juntos durante las primeras semanas. Extrañamente, la mayor parte del tiempo hablaba sobre chicas de una forma en la que intentaba imponer sus gustos o su sexualidad; mientras que yo, atento, solo lo miraba de un modo profundo en el que mi imaginación volaba a ese deseo imparable de poder estar con él de otra manera y, así, experimentar esas sensaciones locas que habían movido mi cabeza. Yo pensaba que no era nada obvio cuando lo miraba de ese modo, pero de alguna manera esperaba que lo notara y me diera alguna señal para poder acercarme a él como yo quería. A pesar de que nunca había estado con otro hombre, cierto tiempo atrás había empezado con esas inquietudes; y sin duda alguna, estar con él y todo lo que era él físicamente despertaban de una forma más constante mis deseos reprimidos. Finalmente, estuvimos juntos el resto del día. Lo puse al tanto de algunas cosas referentes a sitios de importancia y le di un leve *tour* por el campus.

Germán cursaba la carrera de Arquitectura, y por lo que me pudo comentar durante esa tarde, su viaje se había retrasado por culpa de la organización de su universidad en Madrid, razón por la cual se había presentado una semana después.

A la mañana siguiente, él se fue al gimnasio mientras que yo, retrasado, partí hacia la clase de Literatura. Yo me encontraba estudiando la carrera de Periodismo, y aunque mi inglés no era perfecto, me sabía defender, ya que, por supuesto, las materias eran impartidas completamente en ese idioma.

Al llegar al aula de clases e incorporarme en mi lugar, inmediatamente me percaté, por una insistente mirada, de que ahí también se encontraba uno de los chicos que había visto en las regaderas el día anterior, ¡vaya sorpresa!

—No te pases, Carlos, te estuve buscando ayer a la hora de la comida después del juego, de repente te desapareciste y ya no supe de ti. Me dijeron que te vieron entrar a las duchas del edificio «G», ¿es verdad? —preguntó Pablo discretamente.

Pablo Huitrón era mi amigo, pero no cualquier amigo, sino el mejor desde la preparatoria. Afortunadamente nos había tocado la suerte de viajar en el intercambio y estar juntos en esa y otras materias, ya que él estudiaba Ciencias Filosóficas.

Éramos algo así como inseparables, aunque por los tiempos y las distintas actividades apenas coincidíamos fuera de las aulas.

—Sí, hermano, hacía demasiado calor, y como tú estabas muy entretenido con el partido no quise interrumpirte —expliqué.

—Eres un verdadero idiota, no vuelvas a entrar a esas duchas.

—¿Por qué no?

—¿Qué, no lo sabes? Son para homosexuales.

Fue entonces que me cayó el veinte, e inmediatamente desvié la mirada hacia Marco, quien me observaba fijamente.

—¡No, no lo sabía!, estuve preguntando y me mandaron a ese sitio.

—Seguro algún tipo haciéndose el gracioso… Pues ahora ya lo sabes, no vuelvas a ir a ese lugar, me hubieras preguntado a mí, pelotudo.

—¿«Pelotudo»?

—Che, mi *roommate* es argentino. —Pablo sonrió—. Me gusta mucho su acento, y algunas de sus expresiones son tan continuas que ya se me están pegando.

Con un golpe en la cabeza, Pablo terminó la conversación. Me quedé pensativo por lo que me había dicho, y aunque no estaba seguro de si Marco me había reconocido, su insistente manera de observarme daba a entender que sí. Al finalizar la clase, Pablo y yo nos despedimos acordando vernos a eso de las ocho de la noche para ir al famoso Juego de calzones, uno de esos pasatiempos comunes entre chicos heterosexuales que consiste en retos y apuestas.

Mientras iba saliendo del aula, repentinamente sentí que alguien me sostuvo por los hombros.

—¡Hola!, soy Marco, mucho gusto.

—¡Ey!, qué tal… Carlos —respondí desprevenido.

—¿Por qué saliste corriendo ayer de las duchas?

Con ello confirmé mi sospecha, él sabía que los había visto. Al intentar querer decir algo, los nervios simplemente me controlaron.

—Yo… yo no sabía que ustedes estaban ahí.

—¿Ustedes? —preguntó intimidante.

—No te preocupes, no voy a decir nada.

—¿Sobre qué? —dijo retador.

—Sobre nada, yo no vi nada.

—Nos estamos entendiendo muy bien, mi amigo, eres un chico bastante inteligente. —Sonrió—. Espero que tengas un buen día, Carlos, nos veremos después —agregó, y entonces se marchó.

En efecto, yo no tenía pensado decir nada, la verdad es que no soy esa clase de persona, y nunca me había gustado meterme en problemas.

Marco era un hombre muy alto y bastante atractivo, con cuerpo de atleta, algo así como un adonis, pues la mayoría de las chicas lo rondaban la mayor parte del tiempo en la universidad, pero el cabrón había resultado ser puto. Daniel, su pareja sexual, no era tan agraciado, pero tenía muy buen cuerpo y además era el típico chico con labia que siempre hacía reír y que contaba con un tema de conversación para cada situación o momento. Ambos eran americanos, pero Marco hablaba muy bien el español. No hacían la pareja perfecta, pero ellos estaban, por lo que había visto, muy felices.

A Daniel no lo vi en esa clase. Ambos ya estaban en las finales; es decir, a poco tiempo de graduarse, pero al parecer Marco había decidido tomar Literatura como una clase extra para completar su calendario de horas. La ironía de todo esto radicaba en el hecho de que nadie sabía que Marco y Daniel eran gais, y quizás aquellos que lo intuían no se atrevían a decir nada. Sin embargo, algunos sabían que ellos acudían constantemente a las regaderas del edificio «G»... ¡Rumores!

Las siguientes clases fueron un tanto tediosas, nada interesante y mucha teoría, pero al llegar el final de la jornada, lo que más sentí fue emoción. Sabía que pronto vería a Germán, deseaba estar con él porque amaba su compañía. Rumbo a la habitación, comencé a imaginar que ahora yo lo sorprendería masturbándose, pero que no saldría presuroso como él lo había hecho, sino que luego de entrar, cerraba la puerta con seguro, me acercaba a él para ayudarle y, sin oponerse, me dejaba tocarlo. Me permitía acariciar su cuerpo, besar su espalda, morder sus labios, hacerle muchas cosas, cosas que ni yo mismo sabía... pero no, tenía los pies muy puestos sobre la tierra. Eran cosas que nunca pasarían, y más porque él era heterosexual y yo un tonto confundido, así que desperté de mi sueño andante y recordé que tenía que ver a Pablo, por lo que inmediatamente, al ver la hora, cambié mi rumbo hacia donde me encontraría con él, al otro lado del campus.

EL JUEGO DE CALZONES
20:00, EDIFICIO «H»

Este juego se llevaba a cabo en la habitación magisterial, bautizada así por James y Bradley Colvin, hermanos y principales cabecillas o líderes de esa fraternidad. Dos chicos de apariencia ruda y con ideas retorcidas, mirada lujuriosa y actitud demencial; bien parecidos, eso sí, pero totalmente locos. Todo el mundo les tenía gran respeto, aunque más bien yo pensaba que era miedo.

Los competidores eran despojados de su vestimenta y luego colocados en un cómodo sofá únicamente en ropa interior. Enfrente, en un gran televisor, se proyectaba una película para adultos que debían observar durante diez minutos. Los que se excitaban en ese lapso iban siendo descalificados, pero aquellos que no lo hacían ganaban la primera parte del reto y pasaban así a la etapa más fuerte y final, que consistía en la misma dinámica, pero con la diferencia de que la cinta pornográfica, esta vez, era de contenido homosexual. Si el finalista no demostraba ningún signo de excitación durante los cinco minutos a los que era expuesto a ver dicho material, ganaba un porcentaje del dinero que era recolectado entre los que se apuntaban al juego así como la oportunidad de pertenecer a la fraternidad, a la que iba destinado el otro porcentaje monetario —no sin antes pasar por una última prueba de lealtad bastante fuerte y de alta confidencialidad impuesta por los altos mandos de los hermanos Colvin, es decir, los creadores de esa fraternidad—. El resto de nosotros íbamos simplemente como espectadores, apostadores y posibles candidatos a futuros retos, pero antes de que todo iniciara, éramos grabados con una videocámara jurando nunca hablar con nadie de lo que sucedía ahí, ni mucho menos de los líderes, ya que de lo contrario habría consecuencias muy serias. Una vez grabados, debíamos entrar a las apuestas sobre aquel que creíamos que ganaría. En ocasiones todos perdían, y ese dinero se iba acumulando al igual que el de los que apostábamos, ya que las cintas solían ser distintas, pero bien seleccionadas, de modo que realmente estimulaban a cualquiera. Era toda una mafia universitaria, y lo digo porque los organizadores pertenecían a una fraternidad que, sin duda, era respetada y temida por todos, pues su fama causaba temor y solo los realmente valientes se atrevían a intentar pertenecer a ella.

De hecho, tiempo después supe la seriedad del asunto. No cualquiera podía ser invitado, y en caso de que te llegara la invitación, podías llevar a alguien, pero nunca debías rechazarla. Además, si nos grababan haciendo ese juramento había sido por las impactantes consecuencias que traía el aventurarse a participar en ese reto en especial, puesto que, si el finalista se excitaba en los cinco minutos de la cinta porno gay, además de perder rotundamente, inmediatamente era etiquetado de «maricón», y los integrantes de la fraternidad y los aspirantes a pertenecer a ella abusaban de él sexualmente. El perdedor pasaba a ser su esclavo, o como ellos le decían, «cato», ¿pueden creerlo? He ahí la prueba de lealtad para pertenecer a esa pandilla de delincuentes. Lo irónico del asunto radicaba en que para iniciarse en ella era necesario cometer un acto de violación puramente homosexual.

No entendía cómo tenían el valor de entrar en ese reto, aunque claro está que muchos no sabían los trágicos desenlaces. Pero, a decir verdad, las fuertes cantidades de dinero que se movían ahí eran la razón por la que muchos se sentían tentados, además de creer estar completamente seguros de que el porno gay jamás los excitaría. Sin embargo, es un hecho que hasta al más heterosexual de los hombres puede provocarle excitación, y esto no quiere decir que sea gay, pero lamentablemente hay personas que no entienden de ciencia, lógica y simples impulsos carnales, y se dejan llevar por ideas machistas y retrógradas que traen graves resultados en situaciones como esta.

En cuanto a mí respecta, solo acudí durante una ocasión más y nunca presencié algo fuerte; de hecho, todos esos eran rumores. Se decía que sí había pasado y que los catos eran la prueba ferviente de ello, pero por amenazas serias que atentaban contra su integridad física, no podían decir nada. ¡Vaya tortura y forma de pasar la vida universitaria!

En ese momento, a pesar de los filtros tan misteriosos por los que habíamos pasado al ser grabados, como el juramento y demás, yo lo veía como un simple e inocente juego. La principal motivación para estar ahí, además de curiosidad, era saciar esos deseos reprimidos al ver tanto pene erecto notándose marcado entre los calzoncillos de los aspirantes. No sé qué habría sido de mí si alguno se hubiera percatado de que mi gran excitación era puramente por eso y no por las cintas porno expuestas en el televisor.

Pablo, por su parte, estaba admirado, a él esas situaciones le provocaban adrenalina, y más porque tenía tentación de participar más adelante en el reto y así ganar una buena cantidad de dinero. Pero claro, tampoco tenía conocimiento sobre todo lo que había detrás, así que a partir de ahí comenzó a ahorrar para poder participar…

Esa noche todos perdieron, incluso nosotros al haber apostado en vano. La siguiente ocasión sucedió lo mismo, y después ya no supe más porque dejé de ir al considerar esas apuestas un desfalco económico que para nada me favorecían.

DOS MESES DESPUÉS

El tiempo había pasado volando, Germán y yo habíamos logrado crear un vínculo afectuoso muy peculiar: no solo éramos compañeros de cuarto, sino también muy buenos amigos. Era el amigo de quien me estaba enamorando, ¡rayos!

Un día en particular, al caer la noche, Pablo pasó por mi dormitorio para pedirme que lo acompañara una vez más al Juego de calzones, ya que tenía planeado participar. Entre tareas y algunos deberes que debía terminar, me negué rotundamente y le deseé simplemente la mejor de las suertes. Insistió durante algunos momentos, pero finalmente, cuando me vio tan decidido, se marchó con la mejor actitud. Yo aceleré el paso para terminar algunos proyectos de exposición que tenía al día siguiente. Germán no se encontraba en ese momento, pero al rato apareció con una bolsa de palomitas, sodas, *pizza* y una película en mano que quería que viéramos juntos, así que una vez libre de todo deber, comenzamos con ese maravilloso filme titulado *The Apartment* en su versión americana. Era una película de amor, romance y cierto drama, y de alguna forma me transportó al primer día en que lo había visto a él, así que impulsivamente y mientras estábamos sentados en el sofá uno al lado del otro, me recosté sobre sus piernas para sentirlo más cerca. Él, un tanto nervioso y sorprendido, pero sin decir nada, comenzó a acariciar mi cabello.

Fue un momento extraño, pero muy bonito, no hacía falta que dijéramos nada. Ambos disfrutábamos de la película, pero también de nuestra compañía. Tal vez la confianza que había entre los dos nos había llevado hasta ahí, mucho más cerca el uno del otro, bajo la intimidad de nuestra habitación. Tal vez para mí esa estaba siendo la primera señal que necesitaba de él, o quizás solo era un buen momento entre dos grandes y buenos amigos...

Finalmente, la película terminó. Entre bostezos y con una fuerte y extraña sensación de sueño, me tiré en mi cama y apenas le expresé «Buenas noches».

Eran aproximadamente las dos de la mañana y dormía como piedra —bueno, no tanto, porque de haber sido de esa forma, entonces no habría sentido lo que me estaban haciendo—. Con una mano, alguien comenzó a acariciar mi piel de forma muy suave, besando mi abdomen al ritmo de los movimientos, mientras que con la otra sostenía mi pene erecto dentro de mi bóxer. No podía abrir los ojos, los sentía demasiado pesados, aunque quizás no quería hacerlo; después de todo, la luz estaba apagada y no se veía absolutamente nada. Lo único que hacía era dejarme llevar y disfrutar del momento.

Comenzó a quitarme los calzoncillos y continuó tocando mi cuerpo, mi pecho, mis nalgas, las cuales apretó con gran fuerza. Sostuvo mi cara por un instante y de repente comenzó a besar mis labios. Eran unos besos deliciosos, únicos, lentos pero salvajes, cachondos y sin control, que convertían las fuerzas en éxtasis y el deseo en pasión. No me pude resistir más, necesitaba saber quién era, tenía que confirmar mis sospechas, así que encendí la luz de la lámpara que estaba sobre el buró a un lado de mi cama. Aunque estaba muy aturdido, ¡oh, sorpresa!, era él, era Germán... Se sorprendió cuando encendí la luz, pero sin importarle siguió besándome. Mis ojos lo veían un tanto borroso, pero observaban ese suceso con total delicadeza. Tenía encima de mí al tipo que me había deslumbrado desde aquella vez que lo vi por primera vez, otro de mis sueños se estaba haciendo realidad y no lo podía creer. De repente, interrumpió esos besos para bajar poco a poco sobre mi cuerpo. Él ya estaba desnudo y, al igual, muy prendido. Subía y bajaba con su lengua sobre mi abdomen, yo moría de placer cuando la introducía en mi ombligo. Continuó hasta bajar aún más y, de repente, hacerme sexo oral. Sus manos se acomodaron perfectamente en mi cintura y la apretaban al escuchar mis sonidos de placer y al ver mis gestos.

—¿Te gusta? —preguntó.

—Claro que me gusta, no pares, por favor —contesté extasiado.

Se sentía mejor que como lo había imaginado, mucho mejor. Era perfecto, increíble... Durante algunos minutos continuó con ese acto, me observaba atento y yo solo me agitaba, sentía que estaba por terminar. Él lo podía ver a través de mis expresiones desenfrenadas, así que paró, se fue directo a mis labios y de nuevo me besó. Me tomó por la cintura y volteó mi cuerpo boca abajo. ¡Oh, mi Dios!, esa lengua hacía maravillas, jamás había experimentado algo así, era algo diferente. Yo gemía imparable, evitando el fuerte sonido con una almohada, y él seguía jugando con su lengua y con sus dedos, los que rozaba lentamente sobre mis labios.

—¿Has hecho esto antes, Carlos?

—No, nunca... Esta es la primera vez.

—¿Quieres follar conmigo, te gustaría que yo fuera tu primera experiencia sexual con un tío? —susurró a mi oído—. Prometo ser cuidadoso y no lastimarte, te gustará.

Un tanto dudoso y con mi cuerpo boca abajo y en posición, respondí que sí, pero tenía miedo. No había estado jamás en esa situación. Claro que había tenido fantasías con anterioridad, pero nada igual a ello, nada que se acercara a esa realidad; por otra parte, también quería hacerlo, y más porque Germán me gustaba demasiado, era el tipo perfecto para experimentarlo todo, absolutamente todo, así que mientras él se colocaba el condón, yo permanecí boca abajo intentando calmar todos esos nervios.

—¿Estás seguro de que quieres hacer esto? —cuestionó atento.

—Estoy seguro, completamente seguro. Solo hazlo con cuidado, por favor, no me lastimes.

Con ello se dio pie al seguimiento. Él iba entrando lentamente en mí, lo hacía con mucho cuidado y a la vez preguntando constantemente si me encontraba bien. Al principio fue muy doloroso, era algo inevitable, pero a pesar de eso yo quería que siguiera y así fue. Continuó entrando cada vez más, un poco más, hasta que le pedí que parara y saliera, y lo hizo sin cuestionarme. Decidí voltearme boca arriba para así tenerlo de frente, y entonces, con mis piernas rodeando su cuerpo, le pedí que volviera a intentarlo en esa posición.

—No quiero lastimarte, de verdad. Si te está doliendo, dime, por favor —comentó preocupado.

—No me estás lastimando, Germán, solo deseo verte, quiero ver a los ojos al hombre al que me estoy entregando, ¡continúa!

Cuidadosamente prosiguió un poco rápido y lento a la vez, algo salvaje y tierno, muy pasional, pero con mucha precaución y cuidado, con una belleza que solo mis ojos podían admirar en él mientras me estaba haciendo suyo, mientras nuestros cuerpos se fusionaban lentamente a través del deseo y la adrenalina, a través de las caricias, los suspiros, los momentos y el sudor. Justo como la imagen en mi mente entre Marco y Daniel, pero mejor, increíblemente mejor.

—Carlos... ¿estás bien? ¿Qué te pasa? ¡Carlos, despierta, tío!

A lo lejos pude escuchar su voz, mis ruidos habían despertado de un sueño profundo a Germán, quien a su vez intentaba despertarme a mí de lo que inexplicablemente había sido solo un sueño, un maldito, pero excitante sueño que tenía a mi cuerpo paralizado y a mi mente en total *shock*, bastante confundida.

—¿Qué sucede? —Lo miré aturdido, consternado.

—¿Estás bien?

—¡Sí, estoy bien!, ¿qué pasa?

—No lo sé, dímelo tú. Te he escuchado quejándote, seguramente tuviste una pesadilla, además estás sudando, tío. Venga, déjame echar un vistazo, ¿seguro que estás bien? —preguntó nuevamente mientras revisaba mi temperatura corporal con su mano sobre mi frente.

—Sí, no te preocupes, estoy bien. Al parecer solo fue un... sueño —expliqué desorientado—. ¿Qué hora es?

—Son las 4:15... Vaya sueño que tuviste, tus ruidos eran extraños, y a pesar de que hacías gestos de dolor, también eran de gusto... ¿pues qué estabas soñando, tío?

Lo miré consternado.

—No lo sé... la verdad no lo recuerdo, pero todo esto es muy extraño, es como si hubiese sido real.

—Te entiendo, también me ha pasado un par de veces. Usualmente me sucede cuando estoy muy cansado, y tú caíste como piedra luego de la película.

—Sí, tienes razón. Probablemente fue eso...

Luego de ello, volvió a recostarse sobre su cama con la luz encendida mientras yo lo miraba atentamente. Continuamos platicando durante los siguientes veinte minutos de cosas sin importancia, pero al transcurrir el tiempo nos quedamos dormidos una vez más. No lo podía creer, había parecido tan real y no había sido más que un maldito sueño, ¿cómo había sido eso posible?

En fin, como era de esperarse, a Germán ya no lo veía como mi compañero y amigo, sino como aquel hombre que se robaba cada uno de mis sueños y mis fantasías sexuales. Y cuando terminé aceptando que nada había sido real, hubo varias noches en las que por la madrugada despertaba pensando en él, muy excitado y a veces hasta mojado, ¡qué loco!

Así se fueron pasando los días. Estábamos a casi un mes de terminar el semestre, y cada estudiante hacía planes para ir con su familia en las vacaciones. Para ese entonces, Germán y yo nos habíamos vuelto realmente inseparables. Normalmente andábamos de un lado a otro juntos en nuestros ratos libres y teníamos una muy buena relación y mucha confianza. Nos contábamos todo, y a pesar de que solíamos andar en grupo o con más compañeros, usualmente no permitíamos que alguien más se metiera en nuestras cónversaciones cuando teníamos ese tipo de momentos, sobre todo porque siempre hablábamos en español, y los compañeros con los que solíamos estar en realidad no entendían mucho. Nuestra relación era extraña, es decir, éramos amigos, a veces actuábamos como hermanos, pero parecíamos pareja; no una pareja cualquiera, sino una sólida, estable y completamente enamorada.

Germán no había hecho planes para viajar esa temporada. En realidad, me confió que no tenía familia, o más bien que no le importaba, pues desde pequeño lo habían intentado dar en adopción sin éxito. Incluso lo quisieron vender a un ricachón de fama y fortuna al creer que era pedófilo, pero este delató a sus padres drogadictos por tan cruel acto y, a partir de ese momento, pasó a formar parte de un instituto para menores. Con el tiempo y después de recibir muy malos tratos, Germán abandonó ese lugar a los diez años y se dio a la fuga... En los años que le siguieron, estuvo viviendo con una señora de la calle que lo quería como a su verdadero hijo, y poco después de haber llegado a la edad de los quince, cuando ella murió, se alejó de todo ese mundo que hasta ese entonces conocía y viajó a Sevilla para conseguir de esta forma lo que ahora poseía: educación.

Cuando hablaba sobre su vida personal, su rostro se estremecía y sus ojos se llenaban de lágrimas, pero él se hacía lo suficientemente fuerte para no dejarlas salir, y era justo ahí cuando yo aprovechaba para abrazarlo de una forma más significativa, dándole a entender que estaba con él y que por supuesto podía contar conmigo.

Lo bonito de esos momentos era la confianza, que se iba haciendo cada vez más estrecha; el vínculo tan cercano que estábamos formando; pero también los abrazos, que me acercaban más y más a él. Sé que estaba mal desquitar en esos instantes mis deseos profundos, pero si no lo hacía ahí, ¿entonces cuándo? Sabía que él disfrutaba también de mi compañía, pero no tenía el valor de expresarle lo que sentía, no quería echar a perder lo que habíamos logrado, lo que estábamos construyendo juntos; así que solo me limitaba a soñar despierto, a mirarlo cuando él no me veía, incluso a la hora de las duchas colectivas, lo cual era increíblemente genial porque podía observarlo discretamente desnudo, aunque no podía mirarlo enteramente y sin pudor como yo deseaba debido a que había muchos estudiantes. ¡Qué hermosas nalgas tenía el condenado!

El punto es que Germán terminó ingresando en la universidad por recomendación del director de la preparatoria abierta en la que había estudiado, él había finalizado toda su escolaridad demostrando ser un estudiante sumamente inteligente y con gran futuro, razón por la que ese favor le fue otorgado, así como una exclusiva beca que le dio pase libre al país de las oportunidades...

Cuando hablábamos, nunca preguntaba más de lo que mencionaba, no sabía cómo había hecho para mantenerse durante todos esos años; sin embargo, tenía algunas ideas, aunque jamás indagué en ese tema.

A veces él me decía que yo era muy misterioso, que siempre parecía que ocultaba algo, y aunque tenía gran razón en ello, después de decirlo se reía y agregaba un «Pero así te quiero, tío», dejándome siempre con una sonrisa y esa mirada profunda y expresiva puesta en él.

Por supuesto no dudé en invitarlo a pasar las vacaciones con mi familia y conmigo a mi lugar de procedencia en México. Él tampoco dudó ni por un segundo en aceptar, lo que me tenía bastante emocionado y contento, y a él más, ya que nunca había visitado mi país. Pero mientras ese día llegaba, las clases continuaban acompañadas de los exámenes finales que iniciarían dentro de dos semanas, y eso nos mantendría bastante ocupados y bajo mucha presión.

Un buen día sin mucho que hacer, dos días antes de los exámenes, para ser exacto, me sentí muy cachondo, lleno de lujuria; tenía muchas ganas de hacer algo más que solo masturbarme pensando en Germán. Deseaba vivir algo real, cumplir mi sueño con él, aunque fuera con otra persona, así que me dirigí de nuevo a las duchas del edificio «G» a la misma hora que la primera vez. Esperaba con ansias encontrarme a Marco y Daniel de nuevo, con quienes no había tenido tanto contacto. Con Marco habíamos intercambiado algunas palabras de saludo durante las pocas veces que nos llegamos a cruzar, pero solo eso.

Fui llegando de forma discreta y sin que nadie se diera cuenta, ya que no quería que les dijeran ni a Pablo ni a Germán, pero jamás imaginé que pasaría lo que estaba a punto de suceder. Al igual que aquella vez, bajé cuidadosamente las escaleras y fui directo a los vestidores, solo que en esta ocasión no me quité la ropa, me quedé sentado por un momento cuestionándome si estaba haciendo lo correcto. Y así estuve un buen rato jugando con el reproche de mi curiosidad cuando de repente escuché unas voces que no eran ni de Daniel ni de Marco, eran voces que soltaban palabras de furia y amenaza, lo que me hizo actuar de manera instintiva para esconderme. No podía observar muy bien, pero escuchaba lamentos que pedían y rogaban piedad; esas voces eran tan familiares para mí que quería saber quiénes estaban ahí, pero no podía arriesgarme a hacer algo estúpido, porque además estaba asustado.

—Eres un maldito cobarde, desde hoy en adelante aprenderás a respetarnos.

—No, por favor, no me hagan daño, se los suplico, ¿por qué me hacen esto?

De nada servían las súplicas, pues entre forcejeos y palabras de ira, podía escuchar e imaginar cómo le quitaban la ropa, e incluso podía ver un poco por un orificio dentro del *locker* en el que me encontraba escondido, pero no era lo suficientemente grande para observar toda la escena.

Eran ruegos sumamente horrorizados que me alertaban y me mantenían confundido, esa voz se me hacía conocida, así que, en un intento de querer ver más, provoqué un ruido que me delató, haciendo que me descubrieran y me sacaran de mi escondite...

—Pero miren nada más qué tenemos aquí, o un espía o un maricón. Pónganlo boca abajo junto a este cobarde.

No podía creer lo que estaba viendo, era el grupo de la fraternidad que organizaba el famoso Juego de calzones, liderado por los hermanos Colvin, quienes al querer iniciar a los nuevos reclutas los incitaban a abusar sexualmente de mi mejor amigo Pablo, quien me observó consternado repitiendo una y otra vez «¡Ayúdame, por favor!». Pero ¿qué podía hacer yo? Nada. Tan solo lo miré y le dije que todo iba a estar bien en un esfuerzo por cambiar esa expresión de miedo en su rostro, que, forzado, lo mantenía sobre el suelo.

Al parecer el problema se había dado con referencia al juego. Pablo y otro participante quedaron empatados en la primera etapa, pero cuando les tocó ver el video de contenido homosexual, el otro chico inmediatamente se excitó. Pablo resultó ganador y fue obligado a iniciarse en la fraternidad teniendo sexo con el chico que había perdido, pues de esta forma demostraría que, además de leal, era apto para pertenecer a esa casa que en ese momento estaba reclutando a nuevos estudiantes, pero al rehusarse a cometer semejante acto, los Colvin consideraron que Pablo se había convertido en una amenaza para ese estúpido grupo de enfermos.

En verdad no entendía, no tenía ningún sentido que etiquetaran a alguien como homosexual solo por excitarse viendo porno gay, eso era injusto y bastante retorcido. Y peor aún era obligar a los nuevos posibles integrantes a abusar de esos chicos que en realidad no eran gais, todo para ser parte de esa aberrante fraternidad. Por supuesto que esos actos eran guiados a través del miedo, las amenazas y el terror que causaban los hermanos Colvin, así que a algunos no les había quedado otra opción más que hacerlo —y digo «algunos» porque la mayoría se veía que disfrutaba de esa situación, ya que, al mirar sus caras, sus rostros manifestaban lujuria y maldad; sin embargo, uno de los chicos que se iba a iniciar estaba bastante nervioso, se veía que no quería hacerlo, su cara aterrorizada lo decía todo, pero su pene completamente erecto parecía mostrar lo contrario—.

Después supe que les daban una fuerte dosis de viagra para estimularlos, pero en ese momento, era sorprendente el contraste de toda esa situación, ¡vaya *shock*! Eran como una jauría de lobos hambrientos cazando a sus inocentes presas, incitados por el odio, el placer y el poder.

Pablo estaba alterado y muy asustado, y cuando comenzó a gritar y llorar, decidieron amordazarlo y cubrir su cabeza para evitar que sus lamentos se escucharan más allá del lugar. Entre lágrimas y gritos asfixiados, Pablo fue despojado de su ropa y acomodado por tres tipos en una posición que les daría a los nuevos aspirantes la libertad de cumplir con su objetivo. Otros seis, incluyendo a los hermanos Colvin, observaban el suceso, y tres más me sostenían a mí con gran fuerza, que desesperado y aterrado intentaba ayudar a mi amigo totalmente en vano.

—Alto ahí, mal nacidos, ¿qué creen que están haciendo? —exclamó Marco, quien justo en ese momento iba entrando con muchos de sus seguidores, un gran grupo de más de quince personas, para detener ese acto que desataría una gran pelea colectiva entre todos los presentes. Mientras eso sucedía, yo ayudaba a Pablo y algunos amigos de Marco nos protegían; dos de ellos luego nos escoltaron a la salida de las regaderas y escapamos airosos de la situación.

¡Qué afortunados éramos!

Una vez en mi habitación, abracé a Pablo muy fuerte. Este lloraba con gran sentimiento y coraje, yo me estremecía ante su llanto traumatizado consolándolo y diciéndole que ya todo había pasado. Quedó rendido de cansancio de tanto llorar y se durmió en mi cama. Germán no estaba, pero no tardaría mucho en llegar. Comencé a rezar, habían sido tan fuertes la impresión y el susto que no podía dejar de dar gracias a Dios por habernos ayudado, por haber hecho que Marco apareciera en ese preciso instante. Me sentía sumamente endeudado con él por haber salvado de ese calvario a mi mejor amigo, por haberme salvado también a mí.

Se abrió la puerta, era Germán. Yo estaba recostado sobre su cama y rápidamente me levanté. Lo miré a los ojos con una fuerte expresión de angustia en mi rostro, se acercó y, cuando se dispuso a expresar siquiera algo, me lancé a él para abrazarlo con gran fuerza, momento en que ya no pude más y un llanto reprimido y controlado, pero silencioso, se dejó escuchar.

—¿Qué sucede, tío?, tranquilo, ¿qué te pasa?, no me asustes.

—Baja la voz, Pablo está dormido, solo quédate así y no me sueltes.

Me abrazó de tal forma que me hizo sentir reconfortado y seguro, hacía mucho tiempo que no me encontraba en una situación tan angustiante, pero al recordar la imagen de mi amigo llena de dolor, mi mente estalló entre muchos sentimientos encontrados, simplemente no pude más, ¡me quebré!... Al cabo de algunos minutos y ya más tranquilo, le pedí que saliéramos un momento de la habitación para así relatarle lo que había sucedido. Él me escuchaba atento y sorprendido mientras empuñaba fuertemente sus manos por el coraje que sentía y la impotencia que lo abrumaba por no haber podido estar ahí para ayudarnos. Por supuesto que me preguntó por qué yo estaba ahí, a lo que mintiendo respondí que había visto cuando llevaban a Pablo a la fuerza rumbo a esa dirección, así que, al seguirlos, me adelanté y me escondí, pero no fue hasta el momento en que iban a abusar de mi amigo cuando salí para intentar ayudarlo.

Como ustedes bien saben, nada de eso fue cierto, pero es un hecho —y lo digo con absoluta sinceridad— que, de haberme dado cuenta desde un principio de todo lo que sucedía, habría intentado ayudar no solo a Pablo, sino a quien quiera que hubiese estado en esa situación.

—¡Entiendo, ahora todo está bien! Lo importante es que no os pasó nada y ahora vosotros estáis a salvo. ¡Hijos de puta!, esos gilipollas han dado el coñazo y lo van a pagar muy caro. ¡Lo prometo, Carlos! Esos tíos la han cagado y se van a arrepentir —expresó con ira y firmeza, pero también con cierto dolor.

Quizás fue el hecho de que nunca me había visto tan vulnerable, así que, al entrar nuevamente a la habitación, me abrazó tan fuerte como pudo y sin decir nada durante el tiempo necesario para hacerme sentir mejor y protegido. Después nos acostamos los dos sobre su cama, quedando frente a frente. En ese momento ya no pensaba en lo que había sucedido, estaba disfrutando mucho el tenerlo ahí, cuidándome, y sentía que algo fuerte iba creciendo entre los dos con cada sensación que me causaban sus manos entre las mías. Mi ritmo cardíaco se aceleró rápidamente cuando se acercó a mí para apagar la luz de su buró, rosando levemente su cuello con mi respiración, que pudo percibir el aroma de su fragancia que tanto amaba.

Así nos fuimos quedando poco a poco dormidos bajo la oscuridad de la alcoba, frente a frente y tomados de la mano, así sin más. Mi amigo en mi cama, y juntos Germán y yo sobre la suya...

A la mañana siguiente, interrumpió mi sueño la sensación de que alguien me estaba mirando; abrí los ojos y Pablo me observaba profundamente.

Sonreí y también lo hizo él, pero su mirada se desvió inclinando su cara como si quisiera decirme algo. Me di cuenta de que Germán me tenía abrazado mientras dormía, reposaba uno de sus brazos alrededor de mi cintura, y el otro, bajo mi cuello, el cual había servido prácticamente como mi almohada. De alguna forma habíamos llegado a esa posición. Volví a sonreír con sorpresa y ciertos nervios, y me moví para levantarme, así que me soltó y se volteó para seguir durmiendo.

—¿Estás bien, hermano? ¿Te sientes mejor? —pregunté en voz baja.

—Sí, Carlillos, muchas gracias por permitirme pasar la noche aquí. Discúlpame por haberte quitado tu cama.

—No es nada, lo importante es que te encuentres bien.

—Sí, lo estoy, ya estoy mejor...

—Si quieres, salgamos un momento, así no despertamos a Germán.

—Claro, de hecho, me encantaría hablar contigo, ¿tienes un momento?

Asentí con una sonrisa y me puse los zapatos, que era lo único que nos habíamos quitado antes de treparnos a la cama la noche anterior. Nos salimos del cuarto y comenzamos a caminar hacia el patio «B», en donde se encontraban las piscinas.

Pablo siempre se había caracterizado por ser una gran persona, incapaz de faltar a las reglas morales o de cualquier tipo, era muy honesto y, al mismo tiempo, responsable. Él jamás habría hecho algo que no quisiera hacer y no era para nada homosexual, no tenía nada en contra de las personas como yo, pero sencillamente sus gustos no iban ligados hacia otros hombres. Su carácter había sido forjado por una gran educación desde su niñez hasta ese momento, sus padres —que también eran muy apegados a las reglas sociales— lo habían hecho un hombre de buen corazón indudablemente.

Sentados en una de las bancas que había en el patio, él rompió el silencio.

—Voy a ser muy honesto contigo, eres como mi hermano y, además, mi mejor amigo. Nos conocemos desde hace mucho tiempo y nunca han existido secretos entre nosotros. Comprendo que hay cosas que no hace falta decir, pero ante la existencia de nuestra gran amistad, nunca te he demostrado desprecio por ninguna situación, ¿o sí?

—Claro que no, Pablo, jamás, pero no entiendo por qué me dices esto...

—¡Vamos, Carlos! No sé exactamente qué estabas haciendo en esas duchas, pero lo imagino y agradezco de alguna forma extraña que hayas aparecido en ese momento. Siempre he sabido que tú eres muy diferente a mí en muchos aspectos, y desde hace mucho intuyo parte de la vida que escondes... — Me miró y sonrió—. Solo quiero agradecerte por haber estado ahí, por haberme dado esas palabras de aliento e intentado ayudarme. Eres una de las personas que quiero mucho y me atrevo a decir que también amo, y créeme que no va a cambiar eso pase lo que pase o seas lo que seas.

—Pablo, yo... —balbuceé consternado.

—No hace falta que digas algo, hermano, lo he sabido desde siempre, lo he notado en tu mirada, en la forma en que ves a las personas, incluso cuando miras a Germán.

—Pablo, no sé qué decirte, ni siquiera yo estoy seguro de lo que me pasa... Por favor, no le digas a nadie, mucho menos a mi familia.

—No seas tonto, jamás defraudaría tu confianza, además eso es algo que a mí no me concierne.

—Tengo miedo, ¡sabes! Después de lo que vi ayer, después de lo que estuvieron a punto de hacerte... me causa demasiado miedo el pensar siquiera que sepan de mí y de todo esto.

—Lo sé, pero no tengas miedo, ser como eres no es malo, nadie tiene que saberlo, pero tampoco te sientas mal por ello. ¡Yo siempre te voy a apoyar!

—Gracias, hermano, no sabes cuánto me alegra saber esto... —Lo tomé por el hombro, acercándolo hacia mí—. ¿Tú estás bien?

—Eso creo, fue una experiencia demasiado fuerte para ambos. Jamás imaginé que esto de pertenecer a esa fraternidad fuera tan serio, tan loco. Yo ni siquiera tenía intención de unirme, lo único que quería era ganar el dinero, que al final no me dieron. ¡Esos malditos son un asco!

—¿Deberíamos alertar a las autoridades universitarias?

—¡No!, ni lo pienses. Esto es bastante delicado. Por una parte, están nuestra beca y nuestra visa de por medio, y por la otra, me atrevo a asegurar que también nuestras vidas.

—¿Qué, de qué hablas?, ¿por qué dices eso, Pablo? Con mayor razón deberíamos hacer algo.

—No podemos arriesgarnos, porque los hermanos Colvin son toda una mafia aquí, y vi que hasta armas tienen.

—¿Cómo? —cuestioné realmente sorprendido.

—¡Verás! Todo comenzó en el Juego de calzones, cuando otro chico y yo empatamos en la primera prueba, pero cuando pusieron la cinta porno gay y este se excitó, inmediatamente lo tomaron por el cuello y lo amarraron de las manos. Yo estaba sorprendido por la violencia que estaban mostrando, pero pensé que todo era un juego, un maldito juego y nada más. Después James le pidió que se acostara boca abajo en el sofá y a mí me dio una píldora que quería que tomara. Supe inmediatamente que era viagra, porque me dijo que si nunca había tomado una de esas, posiblemente la erección me duraría varias horas. Yo reí nervioso, pero seguía creyendo que todo era un simple juego, una forma de probarnos. Cuando el otro chico se negó a acostarse, Bradley sacó un arma de entre sus pantalones y lo amenazó con ella apuntándosela a la cabeza…. Aún tengo grabada su cara de terror y la mía también, pues en ese momento comprendí la gravedad de las cosas, el gran lío en el que estaba metido, y la verdad es que no creo que hayan podido ser siquiera capaces de hacerle algo en ese momento, pero cuando alguien te apunta con un arma sobre la cien, supongo que no dudas en hacer lo que te piden ni por un segundo, así que se recostó como le pidieron completamente desnudo sobre el sofá, y Bradley se dirigió hacia mí con el arma. En ese momento, los catos avisaron que había movimiento afuera, y entonces inmediatamente todos salieron de la habitación y se marcharon, pero nosotros dos, al estar desnudos, no tuvimos el tiempo para hacerlo, por lo que nos retuvieron ahí para después llevarnos a otro lugar, oportunidad que aproveché para escapar sin éxito. Eso tal vez fue lo peor que pude haber hecho, porque cuando me alcanzaron, finalmente me llevaron a esas regaderas señalándome como traidor y cobarde... ¡lo demás ya lo sabes!

—No lo puedo creer, ¿qué vamos a hacer?

—Debemos encontrarnos con Marco para agradecerle y pedirle apoyo y protección, porque supongo que ahora estar en esta situación puede ser el inicio de un infierno... ¡Vaya cosas, verdad!, ¿quién iba a imaginar que algo así nos pasaría en la universidad y en una institución americana?

—Lo sé, esto es sorprendente, tenemos que buscarlos cuanto antes. He platicado ya con Germán y sé que él puede apoyarnos también.

—Por ahora deja que yo me encargue, no metas a Germán en esto ni a nadie más, por favor. Esto es muy serio, Carlos, así que tenemos que ser muy cuidadosos. Prométeme que no andarás solo por ahí deambulando.

—¡Claro que no!, después de esto no creo que tenga ganas siquiera de salir de mi habitación durante los próximos días. Lo bueno es que ya acabará este período y nos largamos de aquí.

—Sí, eso a mí también me tranquiliza, pero tenemos que volver... —comentó con una aguda expresión de preocupación en su rostro—. Ve a tu habitación y descansa, mañana empiezan los exámenes y debemos mantener esta beca. Enfoquémonos ahora en eso, yo buscaré a Marco y en cuanto lo haga te avisaré. ¡Cuídate, quieres!

—Lo haré... tú también cuídate, por favor. Y... Pablo... gracias de nuevo por tu apoyo.

—¡Gracias a ti, hermano!

Juntos, nos dirigimos a los edificios «A», para de ahí cada quien ir a su habitación, cuando repentinamente nos topamos de frente con Marco y algunos de sus amigos.

—¿Qué hay, chicos?, los estábamos buscando, ¿están bien? —preguntó Marco.

La reacción de Pablo fue tan efusiva que en cuanto vio a Marco lo abrazó expresando su agradecimiento por habernos ayudado. Yo también hice lo mismo, pero de una forma más tranquila, extendiéndole la mano en forma de saludo.

—De verdad queremos agradecerte por lo que hiciste, ¿habrá algo que podamos hacer por ti?

—De hecho, sí, necesitamos a dos personas más que se integren a nuestro equipo para el último partido de temporada, el juego será el último día de exámenes. Lamentablemente, en la riña de ayer dos de nuestros amigos quedaron muy lesionados y no podrán jugar. Además, hemos visto que tú eres muy bueno para el fútbol americano —dijo refiriéndose a Pablo.

—Claro que sí, con gusto lo haremos, ¿verdad, Carlos? —respondió mi mejor amigo.

—Yo la verdad no sé mucho de fútbol, pero seguramente habrá algo más que pueda hacer por ustedes sin dudarlo —expresé.

Marco sonrió.

—No te preocupes, yo entiendo. Entonces, Pablo... ¿estás dentro? —preguntó Marco.

—Por supuesto, cuenten conmigo.

—¡Perfecto! Te esperamos hoy por la tarde en la sección del estadio a las quince horas, y de paso platicamos más a fondo de todo lo acontecido. Por el momento no tienen por qué preocuparse, el clan Colvin tuvo su merecida lección, pero esto no se va a quedar así. Por lo tanto, tenemos que prepararnos para una posible guerra de fraternidades... y Carlos... ¡no acudas más por ahora al sector «G»! Anteriormente era seguro, pero ahora solo podemos brindarles protección a partir del «A» y hasta el «F».

—No lo haré... —respondí apenado—. Marco... ¿cómo supiste que estábamos ahí?

—¡Se nota que son nuevos!... Ya habrá tiempo para ponerlos al tanto, tenemos ojos en todas partes y todo lo sabemos. La fraternidad de los Colvin viene haciendo esto desde hace tiempo, y estamos buscando el momento ideal para actuar al respecto. Lamentablemente ninguno de los chicos que les sirven quiere abrir la boca por temor, a pesar de que les ofrecemos protección, y lo entendemos, están aterrados; pero debido a eso no tenemos pruebas concretas de todo lo que hacen. Sabíamos que estaban cerca de reclutar nueva gente, y cada vez es la misma historia, solo tratamos de ayudar. Esos tipos están realmente zafados, y mientras se encuentren aquí, nadie está a salvo. Ustedes son buenos chicos, eso lo puedo ver, así que considérense afortunados de que alguien nos haya alertado de haber visto a los Colvin en nuestro territorio.

—Gracias de nuevo, Marco, gracias a todos ustedes en verdad por habernos ayudado.

—Cuídense mutuamente, chicos, no siempre estaremos ahí... ¡te veo más tarde, Pablo!

Se marcharon, y nosotros nos fuimos a nuestras habitaciones tranquilamente y sin problema alguno. Al llegar a mi cuarto, Germán aún seguía dormido, así que traté de hacer el menor ruido posible para no despertarlo. Ese día era domingo, y los fines de semana los teníamos libres, así que después de haberlo desvelado invadiendo su cama, consideré que era justo que durmiera todo el tiempo que quisiera. Me recosté por un momento, pero al no tener más sueño por tanta preocupación, cogí algo de ropa, mis libros de estudio y me dirigí a un comedor seguro entre los edificios «C» y «D». Desayuné mientras estudiaba para después dirigirme a la piscina a nadar un rato; finalmente, a eso de las 2:30 p. m., recordé que Pablo se vería con Marco en el estadio universitario, así que me di un baño y me dirigí hacia donde se encontrarían ellos.

Los muchachos ya estaban entrenando, pero Pablo aún no había llegado. Tomé asiento para esperarlo. Al transcurrir un par de minutos, apareció y se acercó a mí para informarme que Germán me había estado buscando como loco durante la última hora, que lo había notado algo preocupado y que, a pesar de haberlo tranquilizado, se lo veía seriamente angustiado.

—Anda, hermano, ve a buscarlo, necesitas estar con él —me dijo.

—Te veo mañana entonces, ¿de acuerdo?

—Está bien, no te olvides de estudiar.

—Ya lo hice, haz lo mismo por favor. —Entonces me puse en marcha.

Me sentí impaciente y con cierta incertidumbre por querer encontrarme con Germán y saber lo que ocurría, así que corrí en su búsqueda también, pero sin éxito. No lo veía, preguntaba en todas partes y nadie sabía de él. Estaba desesperado, lo busqué durante algún buen tiempo, pero nada. Fui a mi habitación y tampoco estaba, decayó mi actitud y comencé a sentir nostalgia, y entonces en mi último intento para salir a buscarlo, abrí la puerta de la habitación y recibí una gran sorpresa.

—Así es como te queríamos agarrar, maricón de mierda.

Eran los Colvin con tres de sus seguidores. Entre sus manos portaban unas cuerdas y una mordaza. Entraron a mi dormitorio en cuestión de segundos y por la fuerza. Cerraron la puerta con seguro, me agarraron fuertemente de los brazos y los ataron junto con mis piernas con ese grueso lazo que me lastimaba.

—Lo siento, little Charly, te tocó a ti el castigo por culpa del cobarde de tu amigo. ¡Sabes!, hace mucho que no hago esto, pero ese tal Pablo sí que nos provocó —exclamó gustoso Bradley.

Desabrochó la bragueta de su pantalón y comenzó a rozar su pene erecto sobre mis brazos. Con gran expresión de miedo en mis ojos y sin la oportunidad de poder gritar por la cinta que tenía en la boca, me aferré mentalmente a recuerdos buenos y felices; sentía coraje, pero más que nada miedo. Me pusieron de rodillas y me inclinaron mientras me sostenían con gran fuerza. James reía e incitaba a su hermano a hacerlo... Solo pude sentir el gran dolor de ese cruel castigo...

Todos excepto los Colvin portaban pasamontañas que únicamente dejaban al descubierto sus ojos malvados; la risa era despiadada y parecía que estaban disfrutando ese acto lleno de crueldad y lujuria.

Esperaba que alguien me ayudara, deseaba tanto que Germán estuviera ahí, pero nunca nadie apareció. El acto de abuso sexual seguía, el dolor era inaguantable por la fuerza con que estaba siendo penetrado, la suficiente para provocar sangrado. Mi cuerpo no pudo más, la energía en mi ser se debilitó y simplemente ya no puse resistencia, pensaba en controlar el dolor mientras de mis ojos brotaban lágrimas de sufrimiento. Así pasaron los segundos, así corrieron los minutos, Bradley había terminado para dar paso a su hermano, que de inmediato continuó con la tortura atroz sin piedad alguna. Mis pensamientos pedían a Dios que pronto todo eso acabara, pero tanto dolor me regresaba a la realidad y la hacía eterna. Entré en un estado de agonía, simplemente ya no me podía mover, estaba al borde del colapso... hasta que me desmayé.

—No jodan, cabrones, no sigan, el chico ya no se mueve ni hace nada, lo están matando, ya déjenlo y vámonos.

—¡Ni madres!, todos estamos en esto y todos lo vamos a terminar.

—¿Pero acaso no ves cómo está? Además él no hizo nada, no tiene por qué pagar las consecuencias.

—Escúchame bien, hijo de puta, aquí se hace lo que yo digo; y si digo que quiero que termines lo que comenzamos, lo harás o te vamos a partir la cara, pendejo de mierda...

Ante esas fuertes y retadoras palabras de Bradley hacia uno de sus acompañantes, a este no le quedó más que acatarse a las reglas, y una vez que James terminó, este le siguió bajo presión para así concluir con lo iniciado.

Mi cuerpo inmóvil se encontraba tirado en el suelo... por fin se habían marchado, dejándome inconsciente. Mi ropa interior medio mal puesta estaba bañada en sangre, al igual que mis piernas y parte del suelo...

Fue en esa escena cuando, agitadamente, Germán despertó de esa pesadilla sumamente trágica. Encendió la luz de la habitación, y al no vernos ni a Pablo ni a mí, entonces se puso su calzado y salió presuroso a buscarnos.

¡Vaya susto!, ¿no es así?

Lo que realmente sucedió fue que después de que me despedí de Pablo, fui corriendo por las canchas hasta llegar al pasillo principal que daba a los edificios «A». Fue entonces que escuché mi nombre a lo lejos, así que volteé de inmediato y era él, Germán, quien corría velozmente sin importar nada excepto llegar hacia mí; tanto que, al tenerme frente a él, me abrazó muy, muy fuerte.

—Germán, ¿qué te pasa?, ¿estás bien?

—Eres la ostia, tío —expresó contento al verme y saber que me encontraba bien.

—¿«Soy la ostia»? —Reí—. ¿Y qué significa eso?

—Significa que...

Sostuvo mi cara con sus dos manos y, de repente, así de la nada, simplemente me besó... Aquel hombre que tanto me gustaba y con el que muchas noches había soñado por fin me estaba dando no solo una señal, sino la prueba que tanto necesitaba para saber que él también moría por mí.

Fue un beso extremo guiado por el impulso, pero lleno de verdaderos sentimientos, un beso de apenas unos segundos que me dio, sin importarle, frente a la mirada atónita de algunos espectadores que en ese momento estaban atentos a la situación, el que por supuesto respondí y el cual nos llevaría al señalamiento de algunos y la admiración de otros. Me miró fijamente y me sonrió, y luego nos dirigimos a nuestra habitación sin importar lo que pasaría. Estando ahí, comenzó a hablar.

—Carlos, sé que lo que hice allá afuera hace unos momentos debe tenerte bastante confundido —dijo ante mi mirada atenta—. Sí, sé que fue un impulso que debí controlar, pero debo decir que no me arrepiento, porque no quiero ocultar más lo que siento por ti.

Un breve silencio nos envolvió, acompañado de mi actitud nerviosa que levemente me hizo inclinar el rostro.

—¿Lo que sientes por mí?

—Carlos, yo... tengo que confesarte algo.

—¿Qué sucede, Germán?

Nuevamente el silencio invadió sus labios y las palabras en su andar, yo sabía perfectamente a lo que se refería, pero también estaba confundido.

—Carlos... —Me miró fijamente a los ojos—. Estoy enamorado de ti...

La expresión en mi rostro pasó de una gran seriedad a una emoción que no pude disimular en absoluto.

—Te lo quería decir desde hace tiempo, pero esto es algo para lo que uno no está preparado. —Se acercó a mí para tomar mis manos.

—Germán, no tienes idea de cuánto anhelé este momento.

—Lo sé, créeme que lo sé.

—¿Y por qué no me lo dijiste antes, tonto?

—No lo sé, tal vez por miedo a todo esto que siento, a lo que fueran a decir, a lo que fuera a pasar, a tu rechazo.

—¿A mi rechazo? —expresé con ironía—. ¿Tienes alguna idea de cuántas veces quise acercarme a ti para decirte precisamente esto?

—¿Y por qué no lo hiciste?

—Porque no sabía que tú sentías lo mismo. Ni siquiera tenía idea de que te gustaran los chicos. ¿Cómo iba a saber eso si todo el tiempo te la pasas hablando de chicas?

Sonrió.

—No me gustan los chicos... el único chico que me gusta eres tú —explicó.

Sonreí nervioso y sonrojado.

—Espero que esto no sea una de tus bromas —afirmé.

—No lo es, jamás jugaría con algo así.

—Entonces, ¿por qué ahora?, ¿qué te ha motivado a decirme todo esto justo ahora? Es decir, estoy muy feliz de saberlo, pero no lo sé, no lo entiendo, es extraño para mí, es como un sueño hecho realidad...

Me miró atento.

—Tuve una pesadilla, Carlos. Soñé que te hacían daño, mucho daño, y no tienes idea de cómo me dolió. Tal vez ha sido porque me he quedado con todos esos sentimientos de furia e impotencia desde ayer por la noche.

—¿Qué soñaste?

Me soltó por un momento y, después, comenzó a relatar con gran detalle cada aspecto de su sueño. Caminaba por la habitación de un lado a otro envuelto en gran angustia, hasta que finalmente se volvió a acercar a mí para abrazarme tan fuerte como pudo.

—Carlos, no quiero que te hagan daño, quiero estar contigo para protegerte, quiero que todos sepan que hay alguien que te cuida para que no se metan contigo. Quiero poder ser libre y no ocultar lo que pienso o siento por ti.

—Tranquilo, fue solo un sueño, Germán, no tienes por qué ponerte así.

—Lo sé... es solo que no me perdonaría si algo te sucede.

—Germán, mírame... mírame a los ojos... No me va a suceder nada, ¿de acuerdo?

Asintió con la cabeza, pero su mirada se perdió entre la mía con gran angustia. Yo estaba realmente feliz, era algo que había soñado y deseado cada día desde que lo había conocido, era algo sin precedentes que estaba pasando finalmente en mi vida, algo que nunca había imaginado que sucedería.

—No puedo más con esto, necesito decirte algo que he hecho… Posiblemente me haga perderte para siempre, pero no puedo callarlo más... —manifestó con gran zozobra mientras se armaba de valor.

—¿Qué sucede, Germán?

—¿Recuerdas aquel día en que te desperté de un sueño que te había parecido una pesadilla?

Me quedé pensando durante un momento.

—Sí, claro que lo recuerdo, ¿por qué?

—Dime, ¿qué estabas soñando?

—¿Para qué quieres saber eso? —respondí admirado.

—Solo dilo... anda, dilo…

—Estaba soñando contigo.

—¿Qué soñabas?

—Germán, esto es algo incómodo, por favor no me preguntes más sobre ese sueño.

—Contéstame, Carlos, ¿qué estabas soñando?

Tomé aire decidido a responder ante su notable insistencia.

—Soñé que estábamos juntos, estaba soñando que hacíamos el amor, vale. ¡Ya lo dije!

—Carlos, no fue un sueño… todo fue real.

Me miró profundamente y acongojado, con cierto temor y duda, pero valientemente decidido a confesar y aceptar las consecuencias.

—¿De qué me estás hablando, Germán? —cuestioné ingenuo y en tono de burla.

—Perdóname, por favor, esa noche sí estuvimos juntos, no fue un sueño, todo fue real.

Una gran confusión se apoderó de mí, lo miré intentando encontrar en él alguna expresión que lo delatara en su intento de broma, pero a través de sus ojos solo pude ver que todo era verdad. No sabía qué decir, mi mente me llevó hacia aquella noche meses atrás, pero no podía explicarme cómo es que había sucedido algo así sin darme cuenta. Recordé algunas cosas, cierto dolor al día siguiente al despertar, pero no les había dado importancia. Hice mía la mentira de Germán al creer que todo había sido un simple sueño. Me sentí traicionado, molesto, pero, sobre todo, decepcionado y bastante confundido.

—Te hice creer que todo había sido un sueño…

—¿Por qué harías algo así? —cuestioné entrecortado.

—No lo sé, no sabía qué hacer, tenía miedo… Soy una mierda, un cabroncete, y la he cagado. No tengo justificación y sé que me vas a odiar y te voy a perder, pero necesitaba que supieras la verdad… —expresó afligido—. Carlos, perdóname, por favor. —Se hincó frente a mí—. No sabía de qué manera acercarme y expresarte lo que había sucedido.

—¿Expresarme qué, Germán? —cuestioné molesto—. ¿Que te aprovechaste de mí mientras dormía? —Me levanté del sofá para dirigirme hacia la puerta.

—Por favor, Carlos, no te vayas.

—Tan solo contéstame algo, Germán: ¿me drogaste o hiciste algo por el estilo?

Inclinó su rostro sin decir nada. Con gran pesar, sus ojos soltaron varias lágrimas que expresaban sincero arrepentimiento, pero también afirmación a mi pregunta. Lo observé con gran tristeza, decepcionado de él, agobiado por sus palabras, por los recuerdos, lleno de muchos sentimientos sin dirección, sin énfasis en resaltar uno solo que me dijera qué hacer con todo eso.

—Carlos, por favor, perdóname, te lo ruego desde lo más profundo de mi ser.

Salí de la habitación y me dirigí hacia el patio de los edificios «A» y «B», en donde, sentado sobre el césped cubierto por la sombra de un árbol muy grande, comencé a analizar la situación y cada una de sus palabras. No sentía odio, a él no lo podía odiar, pero sí coraje. Me sentía feliz, pero también triste, engañado, desorientado, atrapado en una incógnita que no tenía sentido.

Una parte de mí estaba inmensamente complacida, pues era lo que siempre había deseado, pero también había una parte de duda, de cuestionamiento acerca de por qué había hecho algo así, a mí y de esa forma. Ahora sabía que le gustaba, que desde siempre le había gustado también, pero me molestaba el hecho de que hubiera tenido que recurrir a eso para lograr acostarse conmigo. Sentía que se había burlado de mí, que me había usado, que todo había sido por diversión, sexo y nada más, y por eso estaba tan enfadado con él. No me malinterpreten, pero yo siempre había imaginado que mi primera vez con un hombre sería especial y trascendente, y él se había robado ese momento de mi vida, un momento que nunca más volvería a suceder...

Ahí estuve durante casi una hora, pensando, analizando y, a la vez, tratando de perdonarlo para tomar la mejor decisión.

En ese momento, yo era la imagen de un cuadro de sala en donde aparecía un joven observando pensativo hacia el horizonte, el viento soplaba fuerte y la caída de hojas secas se apreciaba con facilidad a lo lejos. En la pintura se apreciaban unas nubes negras y pesadas, mientras que en una esquina se plasmaba el sol puesto y radiante. Así se encontraba mi vida, así era como Germán me observaba desde atrás mientras se acercaba lentamente para sentarse a un costado. Éramos los dos contra el horizonte, contra la multitud, contra las nubes y el sol, uno contra otro. Éramos simplemente los dos sentados sin mirarnos, respirando aire puro y luchando contra tantas emociones y demasiados sentimientos.

—¡Sabes! Sentado aquí, pensando, analizando, dándole vueltas una y otra vez al asunto, ahora entiendo por qué tenía tanto sueño esa noche y por qué sentía dolor al día siguiente... ¡eres un maldito imbécil! —manifesté en tono elevado.

—Lo soy, y no te culpo si quieres alejarte de mí, acepto mi grave error. Solo quiero que sepas que nunca, absolutamente nunca, quise utilizarte.

—No, pero lo hiciste.

—Perdóname, por favor, yo te quiero, te necesito, solo pienso en ti. Noche tras noche te observo fijamente mientras duermes, no puedo evitar pensar en que estamos juntos y felices, en que tenemos una relación.

Me estremecí al oír esa última palabra, y él prosiguió.

—Me veo haciéndote mío una y otra vez, haciéndote el amor, cuidándote, causándote risas y brindándote felicidad.

—¿Y por qué no empezaste así?, ¿te das cuenta de lo que estás diciendo? Nos quitaste la oportunidad de tener un buen comienzo —dije.

—Lo sé, soy un gilipollas, temía que tú no sintieses lo mismo que yo.

—Por Dios, Germán, ¿acaso eres ciego? Tú me gustas desde el primer día en que te vi, me fascina estar contigo, estoy loco por ti. Te he dado tantas señas y tú solo me has ignorado.

Lo miré atento en un momento en que ambos intentábamos reconectarnos el uno con el otro, inspirados en nuestro sentir, en nuestras vivencias, en todo lo que nos unía y gustaba, en esa extraña sensación de haberlo arruinado todo, pero también de arreglarlo a través del perdón.

—Lo siento… no sabía cómo manejarlo, nunca había sentido todo esto por nadie. Nunca en mi vida he tenido una relación sentimental con otro hombre, no sé cómo hacerlo —confesó avergonzado—. No quería echar a perder lo que teníamos ni perderte como amigo.

—Yo tampoco he tenido una relación jamás con otro hombre, Germán. Ni siquiera había tenido sexo con alguien… Espero que puedas entender que eso que hiciste pudo haber sido diferente, único, inolvidable y mejor que todo esto.

—Lo sé, y es algo que definitivamente nunca me voy a perdonar.

Lo miré detenidamente, él no era capaz siquiera de verme a los ojos, su mirada yacía inclinada y perdida entre el césped y la nada.

—Te amo, Carlos, te amo desde lo más profundo de mi ser. Por favor, dame una oportunidad para remediarlo, para demostrarte cuánto te amo.

Sus palabras despojaron a mi ser de todo enojo y sentimiento negativo, lo tomé de la mano y recargué mi cabeza sobre su hombro. Cierta tranquilidad nos llegó hasta el alma. Al final del día y después de todo, ahí estaba él sincerándose y tratando de arreglar la situación, intentando hacer las cosas bien para empezar desde cero, para tal vez comenzar a escribir una mejor historia o continuar con nuestra relación de amigos.

—¡Yo también te amo, Germán!

Guardamos silencio y nos quedamos así sin más, uno al lado del otro, controlando nuestro sentir, contemplando aquel bello panorama que nos daba la naturaleza, ese paisaje que era testigo de ese momento perfecto en que nos habíamos declarado nuestro gran amor, a pesar de la difícil circunstancia.

Así fue como pasó... Así fue la primera vez.

Era yo un estudiante universitario de nuevo ingreso empezando a vivir la vida y el amor intensamente. El período de exámenes estaba por comenzar, y el semestre, por terminar.

En tan solo seis meses, habían sucedido muchas cosas, había sentido tanto y descubierto mucho más. En tan poco tiempo habíamos dibujado nuestra propia pintura, que parecía retrato acondicionado de sala, en la que estábamos él y yo dejándonos llevar por todo lo que sentíamos, viendo nacer el inicio de nuestra extraña historia, que moríamos de ganas de continuar escribiendo.

Capítulo 2

LA FRATERNIDAD

Dicen que el amor es tan perfecto que si no logramos entender
y descifrar todas esas señales que nos indican que es verdadero,
entonces nunca disfrutaremos de sus ricas mieles.

as vacaciones tan deseadas se encontraban a la vuelta de la esquina. Afortunadamente, estábamos a un día de partir, ya que finalmente los exámenes habían terminado, aunque para ese entonces lo único que nos mantenía ahí eran los resultados, mismos que estarían disponibles por la noche o recién la mañana siguiente. Esa semana en especial había estado muy pesada, las cosas estaban cada vez más tensas por el estrés del período de exámenes y, además, sentíamos una fuerte presión por las miradas ante nosotros. Si bien no éramos los únicos homosexuales en el campus, el rumor sobre nuestra sexualidad y sobre el beso que nos habíamos dado frente a varias personas se había regado como pólvora de manera impresionante en toda la universidad; incluso creo que algunos docentes nos miraban diferente. En esa época, ser gay aún resultaba un tanto incomprensible, intolerable y un motivo fuerte de discriminación, pero eso no nos importaba o detenía, ni mucho menos afectaba. Tampoco pretendíamos ser el foco de atención, sencillamente no nos apetecía exponernos ante los demás. Aquella vez solo había sido un impulso de Germán para poder llegar a mí y sincerarse de la forma en que lo hizo. A pesar de todo, los dos estábamos más unidos que nunca, esperando impacientemente ese viaje que haríamos juntos y en el que conocería a mi familia. Realmente lo que más me preocupaba no era lo que pensaban de mí otros estudiantes, sino cómo reaccionarían mis hermanos y mi madre cuando supieran que no estaba enamorado de una chica, sino de un hombre.

¿Que si lo había perdonado? La verdad es que me puse a pensar mucho en todo lo que había sucedido y decidí dejar atrás el drama. No tenía nada que perdonar, habría sido demasiado falso de mi parte y hasta conmigo mismo darme esos aires de grandeza, pues bien sabemos que desde un inicio yo lo deseaba. Por supuesto que la forma en que hizo que se dieran las cosas no había sido para nada la correcta, pero al final de cuentas, si él quería estar conmigo y había mostrado sincero arrepentimiento, supongo que entonces así es como todo debió haber sucedido, porque de otro modo, si las cosas hubieran sido diferentes, tal vez no habríamos intentado construir algo y luchar por ello, aunque claramente todavía no éramos novios o pareja formalmente.

Habíamos acordado dejar que las cosas fluyeran, prometiendo hablar el último día de clases, sobre todo acerca de nosotros; es decir, de esos secretos que ambos podríamos tener, confesiones y aquello que pudiera afectarnos en un futuro.

Ciertamente había algo que me tenía inquieto, pues durante los últimos días él venía insistiendo en que teníamos que hablar antes de nuestro viaje, ya que debía hacerme una última confesión, pero yo siempre evadía esa conversación diciéndole que ya habría tiempo para hablar de todo como habíamos acordado, dejándolo siempre impaciente y preocupado. Además, en ese entonces yo estaba más estresado por los exámenes que por otra cosa, no creía que hubiese algo más grave que lo que me había hecho, así que por esa razón preferí que me contara todo después.

¿Que si habíamos tenido algún encuentro sexual consensuado y consciente en el transcurso de esos días? No, definitivamente habíamos estado bajo mucho estrés en las últimas semanas, y aunque pareciera poco creíble, imagino que ambos, luego de ese mal comienzo, deseábamos hacer las cosas bien. Usualmente, cuando nos reuníamos por la noche en nuestro dormitorio luego de un largo día de exámenes, actividades, exposiciones y más, hablábamos tanto de todo y de nada que, al final, nos quedábamos dormidos, ¡no había prisa!

Hubo caricias, abrazos y besos, sin duda, hubo momentos en que podríamos haber ido más allá, pero al final ninguno de los dos se atrevía siquiera a mencionarlo o continuar. Yo creo que por nervios y porque él quería que yo estuviera preparado y que fuera especial... ¡esta vez, perfecto! Parecíamos dos tórtolos completamente enamorados que trataban de disimularlo y esconderlo, olvidándonos que todo lo expresábamos tan solo con la mirada.

En fin, ese día por la noche era el partido final de temporada del equipo de fútbol americano, en el que Marco había pedido a Pablo que participara. La verdad es que yo no era muy fan de ese deporte, pero al sentir la adrenalina de todos los presentes gritando y apoyando a nuestros jugadores, había disfrutado mucho y por primera vez el estar en un partido de ese tipo, acompañado naturalmente de ese alto y atractivo español que se había vuelto alguien importante en mi vida.

Nuestro equipo ganó por pocos puntos. Todos celebrábamos esa gran victoria, excepto, claro, los del equipo contrario... Pablo corrió emocionado hacia donde estábamos Germán y yo para abrazarnos y festejar, ¡qué gran alegría! Él brincaba y gritaba eufórico, parecía que ninguno de los trágicos acontecimientos pasados importaban más... pero lo cierto era que la preocupación y la paranoia nos habían invadido muchas veces a todos los involucrados, incluso ese mismo día: Marco había creído que los Colvin harían un contraataque en pleno juego, lo que afortunadamente no ocurrió.

—¡Chicos! Qué bueno que los tengo juntos a todos —expresó Marco.

—Ey, Marco, ¿qué sucede?

—Tenemos un gran festejo en la casa de nuestra fraternidad justo en una hora. De hecho, íbamos a pedirles que se reunieran con nosotros independientemente de nuestro resultado... —Tomó aire—. Pues nos encantaría que fueran parte de ella —exclamó agitado, con su uniforme deportivo empapado en sudor y con una fuerte expresión de felicidad en su rostro.

—¿De qué hablas, es en serio? —contesté sorprendido.

—Por supuesto que es en serio, mi estimado Carlos, habrá una ceremonia de bautizo y bienvenida para ustedes tres y tal vez unas cuantas personas más, pero eso será cuando todos estén de regreso de las vacaciones. Por ahora es justo y merecido que celebremos y hablemos de otros asuntos, así que los veo más tarde. Pablo ya sabe la dirección... ¡sean puntuales! —gritó mientras se alejaba hacia los vestidores con los demás jugadores de su equipo.

—¿Pero qué es lo que acaba de pasar aquí? —exclamé boquiabierto.

—Se los quería comentar desde antes, pero Marco prefirió compartirlo él mismo. ¡Nos quiere dentro, amigos!, ¿acaso no es increíble? —respondió Pablo con gran emoción—. ¿Se dan cuenta de lo que significa eso?... Como sea, les daré más detalles cuando vayamos rumbo a la casa de la fraternidad, mientras tanto debo alcanzar al equipo en los vestidores y darme una ducha. Los veo en media hora en el pasillo central del edificio «A», en la parte frontal —comentó para después marcharse.

Germán y yo nos quedamos sorprendidos, aunque yo parecía estarlo mucho más que él, y mientras hacíamos tiempo para reencontrarnos de nuevo con Pablo, conversamos sobre lo que representaría ser parte de una fraternidad. Al menos a mí me emocionaba mucho la idea, y les contaré el porqué: ser miembro de una fraternidad no es nada sencillo. Para empezar, existe un proceso de selección muy riguroso. Al inicio de cada siclo escolar, se lleva a cabo la conocida *rush week* (o semana de empuje), en la que se fichan nuevos miembros. Primero tienes que ir a la *frat house* (casa de la fraternidad), donde te hacen una entrevista rigurosa sobre tu pasado, el presente y tus objetivos de cara al futuro. (Algunas casas son más bien mansiones con piscina y *jacuzzi*, y la mayoría están ubicadas en el mismo campus o cerca de él).

Si piensan que puedes valer la pena, te ponen a prueba durante la *pledge week* (o semana de petición). Los test pueden ser duros o degradantes, dependiendo de la fraternidad, y si te aceptan, tienes que aportar cierta cantidad de dinero cada seis meses, lo que varía de acuerdo con su prestigio. Normalmente el precio medio es de cuatrocientos dólares por semestre, y sube si quieres vivir en la casa, pero eso sí que es bastante caro.

Algunas fraternidades han salido en la prensa por casos de agresión sexual, *bullying*, blanqueo de dinero e incluso tráfico de drogas, algo que no me sorprende, pues al haber tenido contacto directo con los miembros de la fraternidad a la que pertenecen los hermanos Colvin, puedo entender que sus intenciones eran distintas, ya que la mayoría son más serias y algunas ayudan incluso a sus comunidades mediante donaciones importantes o eventos sociales y caridad.

Pero el objetivo real de una fraternidad es crear una hermandad para ayudarse los unos a los otros durante la universidad y una vez que esta termina. De hecho, se recomienda adjuntar el diploma de la fraternidad en el *curriculum vitae*, porque si la persona que te entrevista también fue miembro de ella te contratará inmediatamente y sin dudarlo. Interesante, ¿no es así?

Finalmente, nos encontrábamos en la casa de la fraternidad, en la que ya había un gran festejo, una verdadera fiesta con chicos y chicas de todos los sectores del campus. Camino ahí, Pablo nos había comentado que, durante las últimas semanas, Marco no solo lo había estado entrenando para el partido, sino que también lo había preparado para ser parte de la fraternidad con algunos retos de por medio que tenían que ver más bien con destrezas y habilidades. Pero la prueba final se la dejaría saber ese mismo día durante el festejo, razón por la que, en ese momento, además de emocionado, Pablo también iba tenso y se lo podía ver incluso hasta nervioso.

Los nervios aumentaron cuando fuimos llevados a una habitación privada, alejada de todo el tentador ambiente y del festejo, y en donde nos encontramos con el gran Marco Gallardo, con Frank Junior y... para nuestra sorpresa, Mr. Trent (este último, rector del campus, un hombre maduro y canoso, el típico americano de tez blanca, bastante atractivo y que aparentaba unos cincuenta y tantos años, tal vez sesenta). Curiosamente, ellos también nos hicieron jurar de igual manera frente a una videocámara justo como los Colvin, que nada de lo que allí se hablaría debía salir ni ser expuesto bajo ningún motivo, razón o circunstancia, pero con la diferencia de que al hacerlo se incurriría en un delito grave que pondría en riesgo una fuerte investigación que, además, involucraba a las autoridades y a nosotros, que podríamos ir a parar a prisión si rompíamos esa regla. Hasta ese momento, todo parecía normal, pero al escuchar ese argumento y ver al mismísimo rector de la universidad implicado, sentí bastante intriga, lo que me hizo ver con claridad la seriedad de la situación. De cualquier forma y una vez aceptado, asimilado y hecho esto, y con todas las cartas puestas sobre la mesa, el señor Trent, invitándonos a tomar asiento, comenzó a hablar.

—Primero que nada, quiero agradecerles por estar aquí, por su tiempo y por el entusiasmo que manifiestan sus rostros al saberse futuros miembros de una de las fraternidades más importantes y de mayor influencia y prestigio no solo en Austin, Texas, sino en todos los Estados Unidos. Me hubiese gustado estrechar sus manos con anterioridad, pero como saben, se han suscitado cosas de gran importancia en el recinto universitario que nos han mantenido desmesuradamente atareados... Seguramente ya conocen a dos de mis muchachos, Marco y Frank, responsables en turno de mantener a flote esta fraternidad y a quienes es preciso que se les trate únicamente como cualquier miembro más. Nadie debe sospechar que ellos son los que toman cualquier tipo de decisión junto conmigo, el fundador de esta gran hermandad, lo que tampoco debe ser ventilado. ¿Entendido?

—¡Sin problema! —contestó Pablo con asombro mientras yo asentía con la cabeza en la misma actitud.

—Ahora bien, aquí viene lo bueno. Si les estoy pidiendo esto, es porque de ello depende que nuestro principal objetivo se cumpla. Como bien les informaron, existen dos personajes realmente peligrosos con los que ya han tenido contacto... Los «famosos» hermanos Colvin y toda la bola de malandrines que tienen como seguidores —arremetió con gran énfasis en sus palabras—. No quisiera asustarlos más después de la desagradable experiencia por la que tuvieron que pasar con ellos, y de la que efectivamente estoy enterado, pero afortunadamente no pasó a mayores. Eso en realidad no ha sido nada en comparación con las atrocidades que estos individuos y todos los antecesores de esa porquería de fraternidad —siguió un tanto exaltado— han hecho contra otras personas inocentes, llegando incluso a cometer delitos serios como el mismo homicidio.

Sentí como si un balde de agua helada nos había empapado. Pablo también mostraba una expresión de terror en su cara, mientras que Germán me miraba atento, consternado y misterioso.

—Han sido años de lucha interminable contra fuertes enemigos de otras generaciones que han salido bien librados, pero que siguen al tanto y apoyando todos los despiadados actos que cometen en esa malnacida fraternidad... ¡Disculpen mi léxico!, pero en esta ocasión, vamos con todo y queremos arrancar el problema desde raíz, desmantelando una gran red de delincuencia y tráfico de drogas dentro de nuestro sistema educativo universitario, que no solamente afecta a esta institución, sino a decenas más alrededor del país... ¡Frank! — Lo invitó a proseguir.

—¡Gracias, padre!... Si bien es cierto que las pruebas con las que contamos hasta ahora podrían servir de mucho, también es verdad que creemos que en esta ocasión podemos hacer algo sumamente significativo no solo contra los hermanos Colvin, sino contra toda esa red que empieza desde la cabeza principal atrás de esa fraternidad: su creador, el famoso empresario Michael Galageta. Personaje que cometió y sigue cometiendo un sinnúmero de delitos que no solamente han afectado a cientos de personas, sino que siguen causando estragos directa e indirectamente a muchos de nuestros estudiantes y propios compañeros, que se corrompen con las drogas que distribuyen o con las fuertes experiencias que tienen dentro de esa fraternidad.

Definitivamente esto había pasado de serio a perturbador, apenas lo podía creer.

—¿Y por qué nos dicen todo esto? Quiero decir... ¿qué tenemos que ver nosotros? —intervino Pablo en un tono de voz entrecortado.

—Mucho más de lo que imaginas, Pablo. Para empezar, ambos fueron víctimas de un asalto sexual, un delito que se paga muy caro; y por otra parte, tú más que nadie fuiste testigo de lo que son capaces de hacer cuando apuntaron con un arma a ese chico que hasta el día de hoy no ha aparecido... —contestó Marco.

—¿Qué dices? —interrumpió alarmado.

—¡Así es, Pablo! —continuó Marco mientras caminaba alrededor del lugar—. Aquel día en que les pedí que se integraran al equipo, y en el que después del entrenamiento me ayudaste a entender lo que había sucedido, inmediatamente di la orden para que rastrearan al chico, ¿quién había sido y cuál era su nombre? Hasta el día de hoy, ustedes solo tenían idea de que yo era un jugador más del equipo de fútbol americano, quizá de esos con fama de ser sumamente engreídos, prepotentes y hasta violentos, y aunque no me considero para nada ese tipo de personaje, la realidad es que aparte de ser líder del equipo, soy también miembro de esta fraternidad; la que nos enseña a respetar, a aceptar que todos somos iguales, y en donde nos preocupamos seriamente por formar gente de valor en todo sentido. Tal vez mi gran ventaja es que junto con mi buen amigo Frank Junior somos los que estamos arriba y los que tomamos decisiones serias y fuertes que pueden perjudicarnos o beneficiarnos a todos, pero con una gran diferencia: lo hacemos en nombre de esta fraternidad. Y nuestro compromiso, por juramento y voluntad propia, es ayudar y servir fielmente a su fundador, el señor Trent, apegándonos a todas las reglas y los principios establecidos para hacer de esta la mejor hermandad de todas... —Hizo una pausa para tomar un sorbo de aire—. Nos costó trabajo rastrearlo, pero finalmente supimos que se trataba de un alumno que recién ingresó al campus el semestre pasado y que estudia Arquitectura. Su nombre es Bruno Giesler y es de procedencia alemana. Nos hemos dado a la tarea de tratar de localizarlo, pero no sabemos en dónde está. Algunos compañeros nos contaron que no acudió más a clases después de lo acontecido aquel día... Creemos y tenemos fe en que, presa del pánico, decidió abandonar el campus y regresar a su país, pero esa es solo una suposición.

—¿Y qué esperan para reportarlo como desaparecido?

—No podemos hacer eso guiados por una simple suposición, muchacho —prosiguió el señor Trent mientras secaba con un pañuelo el sudor de su frente—. Ni siquiera estamos seguros de dónde pueda estar, tal vez ahora mismo se encuentre en la comodidad de su hogar con su familia, aunque si fuera así ya lo sabríamos. Sin embargo, y si nos adelantamos a los hechos, esto podría acabar en una demanda que nos costaría millones de dólares.

—Señor Trent, con el debido respeto, ¿cómo puede anteponer el dinero a la vida de un joven estudiante? —exclamó Pablo con cierta irritación en su voz.

—Lo que quiere decir mi padre, Pablo, es que si el campus como tal lo reporta como desaparecido sin ningún sustento creíble o prueba contundente, y después Bruno aparece sano y salvo de la nada, la integridad de la universidad y su reputación caerían por los suelos, así como el tiempo, los esfuerzos y todo lo que hasta hoy hemos conseguido para acabar con la fraternidad de los Colvin. Indudablemente habría desconfianza e inseguridad, pues sería una noticia trascendente, y entonces vendrían las exigencias de los padres o tutores, y hasta demandas. No podemos estar detrás de cada estudiante, todos somos personas adultas, y de nadie más que de nosotros depende nuestro futuro a través de la preparación. Además, si alguien deja de asistir a clases, normalmente existe un proceso, un protocolo: el campus, como tal, espera durante determinado tiempo la baja definitiva y una razón por la cual se ha tomado esa decisión a través de un informe bien preparado que va dirigido a mi padre y firmado por los tutores. Así que, como podrás ver, antes de actuar y tomar una decisión tan seria que puede repercutir en la universidad, nos encontramos haciendo nuestro trabajo. Y si en los próximos días no tenemos ninguna noticia de Bruno, entonces ahí es donde interviene mi padre con una llamada directa a los responsables del chico, la cual es, por mucho, una acción que desde el primer momento alerta, por ser considerada de extrema relevancia.

—¿Entonces por eso estamos aquí? ¿Todo eso de formar parte de esta hermandad por propio mérito fue falso? ¿Necesitan que los apoyemos con algún tipo de declaración sobre lo que presenciamos? —cuestionó Pablo en tono irónico y amargo, dando pie para que Marco hablara.

—No estás entendiendo, Pablo. ¡Mira! Tenemos hombres trabajando ya en esto, gente seria, detectives profesionales y un agente encubierto que es el que nos ha estado proporcionando información cada vez más relevante que nos está acercando a nuestro objetivo, y por ello debemos estar seguros del paso que daremos, porque esto no es sencillo, hay muchas cosas en juego y ustedes son piezas importantes. Tú fuiste testigo de cosas que nos serán de mucha utilidad. No obstante, figuras dentro de la lista de los enemigos potenciales de los hermanos Colvin. Además de brindarte protección y la oportunidad de ser parte de esta gran fraternidad en la que pocos son admitidos, y que por supuesto te ganaste por tus propios méritos, sencillamente te estamos pidiendo que cooperes con nosotros y seas comprensivo. Entiende por favor que lo único que queremos es que este campus vuelva a ser seguro para todos erradicando los males que afectan a lo más importante del sistema: nosotros, sus estudiantes.

¡Vaya situación! Por una parte, entendía perfectamente lo que estaba pasando y lo que pretendían, pero por otra no tenía la más mínima idea de qué diablos estábamos haciendo Germán y yo ahí. Es decir, era claro que nos querían proteger, porque sabían que estábamos en el ojo del huracán; Pablo más que nosotros, pero sencillamente no comprendía qué razones tenían ellos para implicarnos en una situación tan delicada como esa. Para mí estaba claro que eso de pertenecer a la fraternidad era más bien puro cuento.

—¿Entonces la última prueba por la que tengo que pasar es esta?, ¿cooperar con ustedes? —cuestionó Pablo con total enfado.

—De cierta forma es correcto, mi querido Pablo. —La voz nerviosa de Germán se dejó escuchar en esas palabras, haciendo que, con gran sorpresa, inmediatamente volteáramos hacia él.

—Germán es... nuestro agente encubierto, y él es una de las razones por las que tú estás aquí, Carlos —confesó Marco mirándome atento.

Una doble sensación de frío invadió mi cuerpo, no pude evitar una expresión tan acentuada de sorpresa y palidez en mi rostro que, al mismo tiempo, se acompañó de un inevitable encogimiento de hombros. No tuve palabras, me quedé callado, confundido, pensando...

—El agente Petrova fue asignado hace poco a este caso... —manifestó el señor Trent con gran seriedad—. Debido a los recientes acontecimientos entre ustedes dos, estuve a punto de prescindir de sus servicios y reportarlo por comportamiento inapropiado en horas de trabajo, así como por faltas a la moral en una institución que, si bien respeta la diversidad sexual, no está de acuerdo en desmoralizar los valores de quienes profesan creencias que no concuerdan con conductas explícitas que incitan al desorden, sobre todo cuando existen muchas culturas mezcladas. Pero para su suerte, debido al excelente trabajo que ha hecho en tan poco tiempo y que nadie más había logrado, y al respaldo incondicional de Marco, he decidido darle... ¡corrijo!, darles una segunda oportunidad. Así que no me importa en absoluto lo que esté pasando entre ustedes dos —dijo señalándonos—, ni mucho menos me interesa saberlo. De hecho, y para serles muy franco, lo único que sé al respecto es debido a los comentarios y las muestras de preocupación que han surgido entre los profesores en reuniones generales, en donde uno de los temas principales recientemente fueron esos rumores en torno a ustedes, que, como en cualquier lugar con mucha gente, siempre van más ligados al morbo y al lío... ¿En qué estaba pensando, detective Petrova?

—Como ya se lo dije en días pasados, señor Trent, estoy muy apenado por esta situación. Carlos y yo somos dos personas muy apegadas, y desconociendo lo que se rumorea sobre nosotros, lo único que le puedo asegurar es que tendremos mucho cuidado —explicó Germán mientras el señor Trent me miraba con cierta inquietud—. Yo jamás pensé que esto pasaría y acepto mi responsabilidad, pero no me arrepiento; y por eso le he pedido que, debido a la gravedad de esta situación, también le brinden protección a él, ya que si en algún momento se llega a descubrir mi verdadero rol aquí, Carlos sería inmediatamente el objetivo potencial por la cercanía que tengo con él, sobre todo ahora que estamos, como usted dice, en boca de todos.

Escuchaba pensativo mientras tenía puesta la mirada en una ventanilla cercana a mí, tratando de asimilar toda esa situación. De un momento a otro, la que se suponía que sería una vida de universitario divertida y estresante, pero normal como la de cualquier otro, había pasado a ser increíblemente insegura, peligrosa y, para mí, simplemente irreal... ¡extraordinaria!

—Aunque no lo hayas pedido, Germán, por supuesto que teníamos pensado integrar a Carlos en la fraternidad. No solo por su gran valentía y coraje, sino porque es buen alumno, buen compañero y un gran chico, además de que sus notas son impecables y tiene grandes habilidades para ser un excelente periodista, y eso nos puede ayudar sobremanera con el periódico universitario. Requisitos suficientes para aspirar a ser parte de nuestra hermandad. Aquí más bien la cosa es si ambos están dispuestos a ayudarnos y a ser parte de esto después de todo lo que les hemos dicho. Así que tómense su tiempo, y cuando estén de regreso nos volveremos a sentar para hablar al respecto, pero eso sí, si deciden apoyarnos, una vez dentro, no habrá marcha atrás —finalizó Marco desviando su mirada principalmente hacia mí de manera incierta.

—Si todo esto en realidad es por una buena causa, no tengo nada que pensar... —expresé afligido—. Lo único que puedo decir es que en verdad espero que encuentren a Bruno y que todos salgamos bien librados de esto.

—¿Estás seguro de esto, Carlos? —cuestionó Germán inclinándose frente a mí—. No tienes que hacerlo si no quieres. Al menos piénsalo, y cuando regresemos nos das una respuesta, ya más seguro y con todo lo entredicho muy bien asimilado.

—¡Completamente!, no tengo nada que pensar. Además, tampoco tenemos otra opción, sobre todo si nuestra vida y la de Pablo corren peligro... ¡Por supuesto que estoy seguro!...

—¿Y tú, Pablo?

—La vida universitaria normal es aburrida, ¿no crees, Carlos? —ironizó Pablo—. Vamos a ponerle un poco de sazón.

—¿Entienden la seriedad y la gravedad del asunto?

—No hay duda, señor Trent, ¡estamos seguros!

—Muy bien, muchachos, pues entonces eso es todo por hoy... Vayan y diviértanse que la noche es joven, pero sin cometer alguna tontería por favor. —Nos miró directamente a Germán y a mí—. Esperemos que este tiempo fuera calme el alboroto que existe en el campus referente a su situación, mientras tanto, aquí está su boleta de calificaciones finales, me tomé la molestia de traerla personalmente para ustedes y felicitarlos, espero se mantengan siempre así —dijo, al tiempo que nos extendía los sobres que llevaban dentro los resultados de los exámenes finales—. Y muchachos, otra cosa... disfruten de sus vacaciones, porque cuando regresen, habrá mucho trabajo por hacer —agregó y salió de la habitación.

Después de ello recuerdo muy bien a Marco y Frank dándonos palabras de aliento, mostrándose agradecidos y orgullosos. Por su parte, Pablo ya estaba más relajado tratando de sobrellevar todo de la mejor manera, principalmente al ver sus calificaciones, que eran, sin duda y al igual que las mías, más que excelentes. Así que luego de la indicación de Marco para abandonar la habitación, el ambiente musical y el gran festejo nos regresó a todos cierto alivio que calmó la tensión en nuestros rostros. Caminamos cruzando por las habitaciones y entre la gente hasta finalmente llegar al jardín, en donde una gran piscina era parte de una fascinante escena llena de fiesta, alcohol y diversión.

Marco nos integró presentándonos formalmente con algunos miembros de su equipo; entre ellos estaba Daniel Catalán, su novio, el chico de las regaderas. Finalmente, y al paso de unos minutos, fui al baño acompañado por Germán, quien al salir me llevó hacia una parte más privada de la casa para poder hablar. Era una alcoba ubicada en el segundo piso. Entramos y la cerró con seguro.

—¿Estás bien?... —me preguntó.

—Sí, al menos eso creo... —respondí mientras tomaba asiento sobre una de las camas de la habitación—. ¿Era eso lo que intentaste decirme todas esas veces que no te quise escuchar?

—¡Sí!, así es... Perdona por haberte metido en esta situación —exclamó nostálgico para luego acomodarse al lado mío—. Sé que estás confundido y que tienes muchas dudas, y prometo que hoy responderé todo lo que quieras saber...

—Muy bien... si es así, entonces comienza por presentarte de nuevo. El verdadero Germán, sin máscaras ni caretas, sin doble vida...

—Mi nombre es Germán Petrova. —Miró directo a mis ojos y cogió mis manos—. Tengo veintinueve años, nací en Madrid, España, en donde viví hasta los quince, para posteriormente mudarme a Sevilla. Mi gran oportunidad para viajar a este país fue a los veintidós años, entré directamente con pase de aceptación aprobatoria y con influencia en la Universidad de George Washington, en Washington D.C., en el Centro de Leyes, donde me gradué con honores tiempo después en Criminalística. No tengo padres, soy gay, mi pasado es fuerte y nunca había estado enamorado realmente de alguien, hasta ahora...

—¿Cómo hiciste para pagar una universidad tan costosa como esa?

Tomó aire y valor.

—Como te he comentado hace un instante, tengo un pasado fuerte... hace años conocí a un hombre mayor, importante y de mucho dinero, que se enamoró completamente de mí. De alguna forma, a él le debo ese gran apoyo que me dio, pagando mis estudios y haciéndose cargo de mí económicamente durante todo ese tiempo de preparación. —Inclinó la mirada con cierta pena causada por el hecho de estar contando esa parte de su vida que hasta ese momento con nadie había compartido.

—¿Entonces todo ese cuento de ir a clases, fingir que no sabes bien el inglés y que eres un estudiante más era totalmente falso?

—No todo, realmente, nadie sabe de esto excepto los que se encontraban en la habitación con el señor Trent. Sé el idioma, como te pudiste dar cuenta hace unos momentos, pero para estar cerca de los Colvin es necesario que ellos piensen que alguien que no tiene mucho conocimiento del inglés no es una amenaza...

—Entiendo... ¡Mira!, no quiero sacar cosas del pasado, pero necesito saber algo.

—Lo sé, y en verdad quiero que aclaremos todo.

—¿Por eso me sedaste aquella noche, para solo tener sexo y así desahogar tu estrés conmigo? —pregunté.

—Yo no lo llamaría «solo sexo», y si lo hice, fue precisamente por todo lo que estaba en riesgo, porque esto estaba de cierta forma mal, y si se enteraban de lo que sucedía conmigo, con nosotros, todo se vendría abajo. Mi trabajo, mi placa, mi reputación y, principalmente, nosotros. Lo hice porque me gustaste, porque en verdad me gustas y mucho.

—¿Es decir que si no te hubieses enamorado de mí, simplemente habrías hecho lo que hiciste y jamás me habrías contado?

—No, no fue así, créeme... Yo ya estaba enamorado de ti cuando todo pasó, solo que no quería exponerte ni involucrarte en esto.

—Pudiste habérmelo dicho, pudimos haber empezado bien las cosas en aquel momento, jamás te hubiese delatado, Germán.

—Lo sé, lo sé, y créeme que me doy de topes contra la pared.

Nos quedamos callados durante unos instantes.

—¿En verdad estás enamorado de mí?

—Como no tienes idea, tío... —respondió sin titubear.

—¿En verdad nunca habías amado a alguien?

—¡Jamás en la vida!

—¿En verdad me amas?... —insistí.

—Indudablemente... te amo de una forma que no entiendo, que jamás me había pasado, y estoy seguro de que es pura y verdadera. Te amo como nunca había sentido que podría amar. Y sé que parece increíble, pero no lo es, algo hiciste en mí que todo cambió por completo. ¡Créeme!...

Sonreí, conquistado.

—¿Existe algo más que me estés ocultando o tenga que saber?

—Nada que pueda dañarte... Ese era mi segundo mayor secreto —dijo.

Sus ojos, en todo momento, me habían mostrado gran sinceridad, así como cierta nostalgia y un fuerte vacío en algunos lapsos, pero, ante todo, un gran valor marcado en sus palabras, que se podían sentir expresadas desde lo más profundo de su ser. Él sabía que tenía que ser sincero, pero temía que entonces todo cambiara y que yo en algún momento lo fuera a lastimar, pues se había desarmado enteramente ante mí, algo que nunca durante sus veintinueve años había hecho con nadie más.

—Bueno, pues mi nombre es Carlos Palacios, tengo veinte años, todo lo que has sabido de mí hasta este momento es lo que soy, un estudiante cualquiera sin nada de relevancia. Hasta hace seis meses estaba confundido, siempre supe que lo mío iba más allá de estar en una relación heterosexual, y cuando te conocí, lo reafirmé. Nunca tampoco había sentido todo esto por alguien, nunca en la vida me había atraído un hombre, como me pasó contigo, y tengo un miedo terrible de no saber cómo sobrellevar todo esto. —Suspiré—. Nunca he tenido novio y tampoco había estado con un hombre... A excepción de algunos juegos de niños y jóvenes explorando su sexualidad en la infancia, con uno de mis primos maternos. No sé cómo es una relación de este tipo y me desconcierta pensar que no pueda ser la persona que en realidad quieres en tu vida y por la que has arriesgado tu integridad, tanto personal como profesional.

—Carlos, escucha, para mí no eres de poca relevancia. Desde el momento en que te ganaste mi corazón ya eres grande, eres más grande e importante de lo que imaginas.

—Por eso tengo miedo, Germán, miedo a no saber corresponderte, a cometer alguna estupidez, a ser odioso, aburrido o celoso, y que después termines huyendo de mí...

Sonrió.

—Yo voy a ayudarte dándote esa confianza y seguridad que necesites en todo momento. De aquí en adelante, jamás te ocultaré nada, y créeme por favor cuando te digo que eres lo mejor que me ha pasado en la vida. Jamás atentaría contra eso, y nunca tendrás motivos para dudar de mí, de este amor que siento. —Me abrazó—. Lo único que necesito que me vuelvas a decir es que tú también me amas y estás dispuesto a permanecer juntos pase lo que pase.

Recién en ese momento pude darme cuenta de lo afortunado que era al estar viviendo toda esa gran aventura, la aventura de mi vida. Tenía razón Pablo, había que ponerle sazón a nuestra vida de universitarios, y si bien no dejaba de preocuparme todo lo que ya sabía y en lo que nos habíamos involucrado, en ese instante no importaba nada más. Estaba iniciando mi mejor momento y debía disfrutarlo al máximo, así que lo tomé por la cara con mis manos y sin parpadear, firme y seguro lo miré.

—Te amo, Germán, también te amo y quiero ser siempre la persona que te haga sentir todo esto, y que tú seas la mía.

Sus labios rozaron los míos, acompañados por la sensación que producía nuestro aliento. Un cálido beso nos abrazó suavemente al compás de cada latido que se iba acelerando al mismo tiempo que el desborde de pasión, una pasión que iba subiendo de tono la intensidad de los besos, que pedían a gritos la unión de nuestros cuerpos.

—¿Nos podemos ir de aquí? —pregunté atrevido y sonriente.

—Claro que sí, a donde quieras.

—Quiero estar contigo, en nuestra habitación, quiero que nos acostemos y nos miremos el uno al otro... Quiero que me hagas el amor.

Me miró sorprendido, sonrió y con un leve beso nos levantamos presurosos de la cama para después salir de la alcoba y marcharnos a toda prisa sin despedirnos ni de Pablo ni de Marco.

Minutos más tarde estábamos ya en nuestra habitación impacientes, seguros y decididos. Al cerrar la puerta, él caminó hacia donde estaba yo de espaldas e intentó desvestirme. Esa sensación al tener su cálido aliento sobre mi cuello me hizo suspirar incontenible. Me giré hacia él y comencé a besarlo, esta vez tranquilamente, al mismo tiempo que desabotonaba su camisa. Mientras, él me guiaba paso a paso hacia la cama para después recostarme sobre ella y colocarse sobre mí, sin poner todo su peso.

—¿Estás seguro de que quieres hacer esto? —susurró.

—Más seguro que nunca —contesté mientras bajaba la bragueta de su pantalón.

De un momento a otro estábamos desnudos y sentados sobre la cama, él detrás de mí. Sus manos tibias acariciaban mi piel mientras besaba mi espalda, yo solo me estremecía. Me levanté para girarme hacia él, y entonces, sorprendiéndolo con un nuevo beso, lo recosté, ¡era mi turno! Poco a poco fui bajando mientras besaba su pecho; con mi lengua jugaba con sus pezones, con su abdomen marcado y su cuerpo definido. Su aroma, ¡oh!, su aroma era único, olía a él, ese buen olor peculiar sobre su cuerpo me hizo divagar, estallar por dentro… Sostuve su pene erecto con mi mano mientras lamía sus testículos, él gemía de placer, solo podía contemplar su cara mirando hacia la nada, perdido en el goce de tanta excitación. Llevé su pene hacia mis labios, lamí su prepucio y después lo introduje completamente en mi boca. Ambos lo estábamos disfrutando, ¡vaya que sí! Ahora sí era yo de forma consciente viéndolo, teniéndolo como siempre me lo había imaginado, ahora sí estaba seguro de que eso era real, de que no era un sueño, ambos estábamos viviendo nuestro «primer y auténtico» encuentro sexual. Con sus dos manos sostuvo mi cara, que quedó frente a él. Era una escena tan excitante que deseaba no terminara nunca. Él, acostado boca arriba completamente desnudo, mientras yo, entre sus piernas abiertas, me encontraba chupando su verga.

Me llevó hacia él, hacia sus labios, para después colocarme boca abajo y hacerme perder en esa sensación de placer incontrolable mientras iba lamiendo mi espalda y después entre mis nalgas. Jugaba tan perfectamente con su lengua que cada lamida me provocaba orgasmos internos. Simplemente era algo de otro mundo... ¡qué delicia!

—Hazme tuyo, hazme el amor, quiero sentirte... —pedí impaciente, acelerado, completamente excitado y deseoso de él.

Del cajón de su buró, ubicado en medio de nuestras camas, sustrajo un condón que, presuroso, colocó sobre su largo y grueso miembro. Ambos estábamos nerviosos, pero también listos, dispuestos a entregarnos el uno al otro.

—¿Estás bien? —preguntó.

—Muy bien, sigue, por favor, no te detengas.

Todo era real, lo tenía dentro de mí, estábamos fundiéndonos en sexo, pasión y amor, siendo completamente uno... Finalmente disfrutaba conscientemente de ese momento, de él, de sus besos y sus caricias, de su forma tan suya de hacerme sentir protegido, cuidado, deseado.

No había duda, me estaba enamorando absoluta e indiscutiblemente de él, y no quería que ese momento se terminara...

Tan solo éramos los dos intentando ser uno, haciendo el amor a través de los cuerpos durante casi dos horas, el tiempo perfecto para haberme encontrado en él, para haberme impregnado de su esencia y su sudor, para que él sintiera lo mismo que yo y, entonces, no temiera más por sentir tanto, por dejarse llevar, por amar por primera vez a un hombre que, como él, se estaba entregando incondicionalmente por amor...

¡Nuestro amor!

Capítulo 3

EL GRAN VIAJE

¿Alguna vez te has sentido tan feliz que quisieras detener el tiempo y quedarte toda la eternidad así, sintiendo absoluta alegría con tanta intensidad y dicha, y una exorbitante paz que hace que estés seguro de que esa es la verdadera gloria dentro de todo este infierno de mundo?

elicidad plena y más sentía yo, que por primera vez en la vida me encontraba viviendo lo que era estar enamorado, lo que era sentirme enteramente amado por la persona por quien estaba apostándolo todo: mi cuerpo, mi corazón, mis pensamientos y hasta mi vida.

—¡Buenos días, dormilón! Es hora de levantarse —expresó Germán con una voz suave y tierna mientras me observaba durmiendo.

—¿Qué haces fuera de la cama? —Bostecé.

—Necesitaba terminar unos pendientes para dejar todo listo antes de irnos, y aproveché y te he traído algo de comida para que desayunemos juntos. —Sustrajo de una bolsa de papel unos *croissants* rellenos de jamón y queso, acompañados de un vaso con café.

—Qué gran forma de comenzar el día… ¡Muchas gracias!, pero no te hubieras molestado.

—Para nada es molestia, además debes reponer energías.

—¿Lo dices por el viaje que nos espera o porque hicimos el amor desenfrenadamente casi toda la noche? —Mordí mis labios al mismo tiempo en que se acercó hacia mí para darme un beso sobre la frente.

—Por ambas cosas, tío… —Sonrío tiernamente mientras sus ojos me miraron con una fuerte expresión de felicidad—. ¿Cómo estás?

—¡De maravilla!, estoy muy feliz.

—Me alegra mucho escucharte decir eso, porque siento que mi corazón va a estallar en algún momento de tanta felicidad que yo también tengo —me dijo dándome un beso más—. ¡Anda, come tu desayuno!

—¿Y si mejor te como otra vez a ti? —expresé juguetón y coqueto, mientras lo jalaba de su camisa para acercarlo hacia mis labios.

—¿Eso quieres?

—¡Por supuesto!

En ese momento tocaron a la puerta.

—Carlos, Germán ¿están ahí, están despiertos? —se escuchó la voz de Pablo del otro lado.

Suspiramos decepcionados y sonreímos.

—¡Sí, Pablo!, en un momento te abro… —gritó, y luego me miró y me dijo susurrando—: Esto se queda pendiente, tío, ni creas que vas a librarte de esta. —Me guiñó un ojo para después alejarse y abrir la puerta—. Adelante, Pablo, pasa.

—¿Pero en dónde demonios se metieron anoche? Los estuvimos buscando y no supimos más de ustedes. ¡Diablos! La pasé increíble, estoy que no me la creo —dijo Pablo una vez adentro.

—¿Por qué, amigo? Cuéntanos —comenté mientras Germán se sentaba a mi lado sobre la cama y empezábamos a comer.

—Ha sido la mejor noche de mi vida. Conocí a una chica, su nombre es Colleen Rowland. Pero qué mujerón, viejo, ¡espectacular!

—¿Gustas? —interrumpió Germán, invitándolo a unirse a nuestro pícnic improvisado.

—No, gracias, desayuné algo en la *frat* antes de venir hacia acá —respondió.

—¿Qué dices?, ¿pasaste la noche ahí?, ¿te quedaste a dormir en la casa de la *frat*? —cuestioné interesado y con emoción.

—Yo no diría que a dormir.

—Pero qué locura, Pablo, si traes una cara de felicidad que no puedes con ella.

Todos reímos.

—Pues imagino que ustedes también lo han pasado increíble, Carlillos, porque para que se perdieran esa gran celebración y aun así traigan la misma cara de felicidad que traigo yo, así debió ser, ¿o acaso me equivoco? —preguntó picarón.

Sonrojado, Germán volteó a verme. Yo sonreí apenado, como esas veces en que no puedes negarlo y lo expresas todo con un silencio, pero no un silencio incómodo, sino de esos que te delatan, que lo dicen todo por ti.

La mañana se nos fue así, entre la emocionante plática de Pablo con sus detalles bien relatados y lo felices que estábamos porque finalmente había llegado el gran día, el día de nuestro viaje. Así que luego de un par de horas y ya listos con el equipaje en mano, emprendimos camino rumbo al Aeropuerto Internacional de Austin-Bergstrom.

Faltaban doce minutos para las cuatro cuando, impacientes, abordamos el avión. Pablo era de las personas que les temen a las alturas, así que mientras Germán lo tranquilizaba, yo buscaba nuestros asientos dentro de la aeronave. Por fin el semestre había terminado, habíamos aprobado todos los exámenes de la mejor manera y nos encontrábamos emocionados y desmedidamente felices.

Las voces de las azafatas se escucharon de fondo dando las instrucciones correspondientes antes de despegar. Pablo sudaba frío de manera incontrolable y Germán aún no lograba tranquilizarlo, yo solo podía reír en silencio por su cara, sus acciones y sus gestos.

Al final de cuentas, personal de sobrecargo le dio un tranquilizante para que se relajara, pues era tanta su ansiedad que no la podía ocultar, lo que hizo que se quedara completamente dormido durante el vuelo. Ya por los cielos, me encontraba admirando el paisaje desde la ventanilla cuando repentinamente sentí un beso sobre la mejilla, una caricia en mi cuello y un fuerte apretón en mi mano derecha que me causó una incomparable sensación de alegría, paz y armonía que solo él me hacía sentir.

—Vaya semestre, ¡ah! —expresó Germán.

—Sin duda... creo que fue increíble —dije.

—¿Te arrepientes de algo?

—Para nada, eres lo mejor que me pudo haber pasado.

—Te amo, Carlos.

Sonriente lo miré a los ojos y le regresé el beso como respuesta, pero esta vez en sus labios, mientras lo sostenía de la mano más fuerte aún. Nos quedamos dormidos los tres durante el viaje hasta que el avión aterrizó en el Aeropuerto Internacional de Los Cabos. Ahora, más que nunca, estábamos preparados para una nueva aventura.

Pablo despertó agitado y pálido, Germán rio conmigo. Tomamos nuestras cosas. Cuidadosamente bajamos del avión y en la sala de espera aguardamos por nuestro equipaje. Eran muchos sentimientos encontrados, demasiadas emociones, ese prometía ser un viaje muy importante y que cambiaría mi vida por completo, ¡nuestras vidas!

—Mi cielo, mi vida. ¿Cómo has estado?, te hemos echado mucho de menos —exclamó mi madre.

—Madre mía, que felicidad, te extrañé mucho, ¿y mis hermanos? —pregunté.

—Braulio está trabajando y Jenny se quedó en casa preparando la cena.

—¡Qué rico!, espero que sea algo delicioso. ¡Mamá!, te presento a Germán, él es mi compañero de dormitorio en la universidad, el amigo del que tanto te he hablado. Germán, ella es mi madre, la señora Julissa Palacios.

—Pero qué gusto, señora —dijo Germán.

—El gusto es mío, Germán —respondió mi madre.

—Señora July, ¿cómo está? —Pablo se acercó para saludar a mi madre mientras yo hacía lo mismo con sus padres y les presentaba al chico de mi vida como un simple amigo.

Charlamos un poco de nuestras vidas independientes o fuera de casa, y acordamos tener una cena al día siguiente las dos familias para platicar más a fondo de las cosas. Después de ello, nos despedimos y nos marchamos a nuestros respectivos hogares.

—Carlos, estoy un poco nervioso. Pensé que no lo estaría cuando íbamos bajando del avión, pero ahora que he conocido a tu madre no lo puedo evitar —susurró Germán a mi oído.

—Tranquilo, no pasa nada. Aún tienes que conocer a mis hermanos —le dije sonriendo y en tono de burla.

Caminábamos presurosos al estacionamiento y rumbo al auto de mamá. Durante el trayecto a casa, le contamos algunas de nuestras anécdotas y experiencias vividas en el campus. Ellos entablaron una muy buena conversación acerca de la política vivida en el país, mientras que yo manejaba sonriente y muy entusiasmado. Mamá había quedado fascinada con Germán. Finalmente llegamos a casa, estacioné el carro, Germán bajó el equipaje de la cajuela y nos introducimos a mi hogar.

—Jenny, hija, ¿en dónde estás? Jenny, ya llegó tu hermano —gritó mamá.

—¿Moco? —expresó Jenny emocionada mientras bajaba las escaleras—. Pero qué alegría verte de nuevo.

—Jenny, ya te he dicho muchas veces que no le tienes que decir así a tu hermano cuando hay visita —replicó mamá.

—Está bien, madre, déjala. Ya tenía mucho sin escucharlo. —dije y nos abrazamos—. ¡Hermanita!, él es Germán.

—Hola, mucho gusto y bienvenido, Germán. Siéntete como en tu casa —expresó mi hermana.

—El gusto es mío, Jenny, estoy agradecido.

—¿Español? Ay, me encantan los españoles, tienen un acento divino.

—¿Verdad que sí, hija? —agregó mamá.

Sonrojado, Germán agradeció los halagos. Debo confesar que sentí mucha pena cuando mi hermana mayor me llamó «Moco» frente a Germán, quien por cierto al escucharlo hizo un gesto discreto de burla, causando que yo también me sonrojara, pero qué importaba, si después de todo ese era mi verdadero yo y no quería ocultarlo.

—Mi vida, tus tíos llegarán por la madrugada de Guadalajara, traen consigo a todo el pelotón, lo que significa que habrá casa llena. ¿Te importaría si compartes tu habitación con Germán? —preguntó mamá.

Nuestras miradas se cruzaron rápidamente, mostrándose emocionadas.

—Claro que no, madre, no hay ningún problema. Mi cuarto es grande y la cama también, así que podemos arreglárnosla a como dé lugar; además, ya estamos acostumbrados a compartir habitación.

—Espero que tú tampoco tengas problema, Germán.

—No, para nada, usted no se preocupe que nosotros estaremos bien —contestó emocionado.

—Muchas gracias, muchachos, aprecio mucho su comprensión… Ahora vayan a dejar sus cosas a su dormitorio y luego suben para cenar —pidió mamá.

Ella, mi querida y amada Julissa, era una señora moderna y joven, de esas mamás únicas a las que nada les espanta. Carismática y noble, a veces demasiado intuitiva, pero eso sí, muy discreta. Estaba casi seguro de que mi madre sabía de mi orientación sexual, sin embargo, nunca me había cuestionado sobre ello o dicho algo al respecto, y tal vez no importaba, pero era algo que tarde o temprano tendríamos que hablar, y más ahora que había conocido a Germán.

La residencia era algo grande, tenía varias alcobas e incluso había cuarto de invitados, y aun así sobraban tres recámaras. Teníamos que bajar al menos trece escalones hasta mi habitación, que quedaba en la parte del sótano, lo que lo hacía el cuarto más frío de la casa. Qué conveniente y oportuna la llegada de mi familia, y mi madre pidiéndome compartir mi cuarto con Germán. Era algo inesperado, pero indudablemente perfecto para los dos.

—Pues este es mi hogar, mi vida, mi familia y mi habitación.

Apenas terminé de decir eso, repentinamente Germán me lanzó hacia la cama para besarme apasionadamente.

—¡Alto! —dije.

—¿Qué pasa?

—No ahora, alguien puede bajar y la puerta está abierta.

—Eso no es ningún problema, la puedo cerrar... Hemos dejado algo pendiente, ¿recuerdas?

—Claro que me acuerdo y muero de ganas como no tienes idea, pero no ahora, no en este momento. Además, mi mamá nos espera para la cena.

—Tienes razón, no hay que hacer esperar a tu madre o qué impresión le voy a dar —comentó resignado mientras se me quitaba de encima.

—¡Ven acá! —Lo jalé hacia mí, hacia mis labios, para darle un gran beso.

—Mira cómo me pones cada vez que me besas de esa forma —dijo y tomó mi mano para llevarla hacia su pene erecto bajo su pantalón.

—No hagas esto que también me vas a prender.

—No tienes idea de cuánto te deseo ahora mismo.

—Y yo a ti, pero ya tendremos tiempo para estar juntos esta noche. —Miré hacia la puerta.

—¡Venga pues, tío, vámonos!, pero prometo que no te escaparás de mí más tarde.

Sonreí ante su mirada lujuriosa y me levanté, mientras él acomodaba su pantalón para que no se notara su erección. Entonces nos fuimos al comedor.

Mi hermana había preparado la famosa receta familiar de los filetes a la mantequilla, un platillo aprendido de mi padre y amado por todos debido a su exquisito sabor entre picante y salado, pero a la vez suavemente dulce. Una vez acomodados en la mesa y cuando estábamos probando bocado, sonó el teléfono. Mamá contestó y al finalizar nos dijo que mi hermano Braulio —el mayor de los tres— no iría a casa esa noche. Al parecer tenía mucho trabajo y debía permanecer en su oficina, o mejor dicho en el hospital, ya que era doctor... Esa noche charlamos de muchas cosas, reímos y hasta recuerdo que cantamos un poco en la mesa. Germán estaba contento, muy contento, pero a la vez alcanzaba a percibir en él cierta nostalgia en su mirar. Tal vez era esa parte en su interior que deseaba a fuertes gritos una familia, pero lo sabía disimular muy bien. De hecho, hubo un momento en que Jenny preguntó sobre sus padres y hermanos, a lo que él con toda tranquilidad y franqueza respondió que no tenía. De esa manera, el tema no se volvió a tocar, terminamos de cenar, levantamos la mesa, agradecimos a mi hermana y a mi madre por tan buena bienvenida y nos fuimos a mi habitación, en donde tomamos una ducha por separado y nos fuimos a acostar.

—¿Estás bien? Te noto un poco triste —le dije.

—Sí, estoy muy bien, contento y feliz. Tienes una familia única, te agradezco mucho por haberme invitado.

Me acerqué hacia él para abrazarlo.

—No tienes nada que agradecer, al contrario, yo estoy muy feliz de que estés aquí conmigo —confesé.

Nos miramos mutuamente y bajo los impulsos del deseo incontrolable, un gran beso nos envolvió.

—¡Alto! —dijo esta vez él.

—¿Qué pasa?

—Tengo que hacer algo —expresó picarón mientras se levantaba para dirigirse a la entrada y asegurar la puerta. No queremos sorpresas, ¿verdad? —Reí—.

Era una escena de incendio total, nuestros labios se entrelazaban suave y salvajemente. Nos desprendimos de la ropa al compás del deseo y la excitación. ¡Oh, Dios!, su abdomen, sus brazos, su cuerpo entero era perfecto, comencé a temblar tal vez de frío, pero también de nervios. La luz estaba encendida, ahora tan solo estábamos en ropa interior. Pude admirar con gran plenitud todo de él y él todo de mí. Cada detalle en su piel, sus hermosos pies descalzos, sus piernas, una nueva erección plasmada sobre sus calzoncillos que no podía ocultar y que hacía que yo me perdiera en el deseo, queriendo más de él, todo de él...

—Carlos, hijo, les he traído unos cobertores para que no pasen frío acá abajo —manifestó mamá mientras el sonido de sus zapatillas anunciaba que estaba bajando las escaleras.

—Rápido, métete entre las sabanas. —Lo aventé hacia la cama.

Me puse el pantalón y una playera larga que cubriría la erección que tenía y abrí la puerta para que entrara.

—¡Gracias, mamá!

—De nada, cariño, buenas noches; hasta mañana, Germán.

—Hasta mañana, señora Julissa, gracias por todo —dijo Germán.

Me dio un beso en la mejilla y sonriente se retiró.

Cerré la puerta y, al mirarnos, reímos como dos locos sin parar atrapados por ciertos nervios y la sorpresiva visita de mi madre. Mi corazón latía acelerado. Una vez más, me retiré el pantalón que me había puesto, extendí las frazadas y me reincorporé con él en la cama ya tibia para darme calor corporal, y entonces me abrazó por la espalda para calmar mi cuerpo, que nuevamente temblaba de frío.

—¡Sabes, Carlos!, cuando nací mi padre nos abandonó, así que mi madre cayó en una depresión profunda que la llevó a las drogas; luego conoció a un hombre que se mudó con nosotros. Yo tenía tal vez seis años, y ese hombre abusó sexualmente varias veces de mí —comenzó a relatar—. Lo peor del caso es que ella siempre lo supo, pero nunca hizo ni dijo nada. A ella no le importaba si yo vivía o estaba muerto, creo que de hecho por eso mismo me odiaba. Siempre he creído que mi madre pensaba que por mi culpa mi padre nos había abandonado y ese otro hombre ya no la tocaba ni le hacía el amor. Me golpeaba constantemente, me regañaba demasiado, aun cuando hacía méritos para quedar bien con ella. Me despreciaba y siempre estaba en contra mía. Esa fue una de las principales causas, aparte de quererme vender para pagar sus vicios, por las que fui a parar a un orfanato. —Tomó aire—. Nunca he hablado sobre esto con nadie, eres la primera persona que lo sabe. —Guardó silencio un momento—. Tuve que hacer muchas cosas para sobrevivir cuando hui de ahí. —Me giré hacia él—. A veces robaba a las personas en la calle o me metía en casas ajenas para tomar objetos de valor, hacía pequeños trabajos e incluso a los doce años comencé a prostituirme, pero siempre cuidándome. A los hombres mayores les gustan los niños. De ahí empecé a sacar mucho dinero con el que ayudaba a la señora que me acogió como a su propio hijo, no era algo que me gustara hacer, pero era lo único que en ese entonces tenía a mi alcance, y así estuve hasta los quince años, cuando ella murió y yo decidí comenzar de nuevo. —Sus bellos ojos se tornaron cristalinos y se notaba en ellos un gran vacío, acaricié su rostro sin poder siquiera decir algo—. Si te cuento esto, es porque me has abierto tu vida entera y yo quiero hacer lo mismo, así que espero que no me juzgues ni me dejes de querer después de haberte dicho esto.

—Jamás te juzgaría, Germán... Ten por seguro que nada cambiará en mí, por el contrario, gracias por contarme sobre tu vida, significa mucho que confíes en mí de esa forma. Lo que importa ahora es tu presente, eres una gran persona y no quiero que olvides nunca que, a pesar de todo tu pasado, me tienes a mí y yo estaré contigo. Este es tu hogar, mi familia es ahora tu familia, Germán.

Sonrió.

—Te lo agradezco inmensamente. Eres un gran chico, mi chico. El tío que logró llegar hasta lo más profundo de mi existencia. El tío que penetró mi corazón de piedra y rompió todos esos barrotes que mucho tiempo me aprisionaron.

—Me alegra mucho haber sido yo, me pone feliz que digas esto, me haces sentir especial.

—Lo eres, nunca olvides eso, nunca lo dudes, por favor. Eres único, y me encanta que seas muy maduro para la edad que tienes.

—Te amo, Germán. —Sonreí—.

—Y yo a ti, más de lo que jamás imaginé que podría llegar a amar.

Nos miramos durante escasos segundos y después cerramos los ojos bajo la influencia del cansancio, quedándonos completamente dormidos tomados de la mano, perdiéndonos cómodamente en la oscuridad de la habitación, hacia el viaje de los sueños en esa acogedora cama en la que yacían nuestros cuerpos semidesnudos bajo el calor de las cobijas en esa noche de luna llena.

A la mañana siguiente nos despertamos temprano. Hacía demasiado frío, un frío de los mil demonios, no queríamos ni levantarnos de la cama. Mamá no estaba, había ido al mercado a comprar las cosas que necesitaría para hacer el desayuno, la casa estaba repleta. Toda la familia que venía de Guadalajara estaba ahí; mis primos, mis tíos, ¡había mucha gente!, todos regados por todas partes, mucho ruido, risas, gritos. El caso es que a todos saludé, les presenté a Germán y ayudamos a preparar un gran banquete para el desayuno.

—Carlos, ¿puedo hablar contigo un momento? —preguntó Jenny.

—Sí, hermanita, ¿qué pasa?

—¿Podemos salir al patio?

—Claro, ahora vuelvo, Germán.

Asintió con la mirada y un pequeño guiño mientras salíamos de la casa al patio trasero. El clima estaba ya más cálido, pero el viento soplaba con fuerza.

—¿Qué sucedió con Braulio? —me preguntó.

—¿Por qué?, ¿a qué te refieres?

—Es que desde que entró a tu habitación en la mañana, salió muy molesto y no ha querido hablar con nadie.

—Pero ni siquiera lo he visto, no sabía que ya estaba aquí.

—Entonces no entiendo qué es lo que le sucede, porque ni con mamá ha querido hablar —explicó extrañada.

—No tengo idea, hermanita, pero si te hace sentir mejor, iré a hablar con él.

—Pues sí, en verdad pensé que habían discutido o algo parecido, pero ya veo que no. ¡Por cierto!, supongo que ahora hasta a mí me va a tocar compartir mi habitación.

—¿Por qué lo dices?

—Porque viene más familia. —Suspiró quejumbrosa—. Por la noche llegarán los tíos y primos de San Antonio. ¿No te informó mamá al respecto?

Mi mente dio muchas vueltas, divagando de un lugar a otro, logrando que inmediatamente sintiera cierta preocupación. Mi corazón casi se detuvo por un instante, ahora estaba doblemente preocupado, entré en pánico nada más imaginar la situación que se me venía encima. En ese momento se escuchó la voz de mamá llamándonos, que llegaba de hacer las compras, así que ingresamos a la casa para reincorporarnos a la ayuda colectiva familiar y así alistar la mesa y poder desayunar... ¡Así se fue la mañana!

Ya para eso de las cuatro de la tarde, Braulio seguía sin bajar de su alcoba. Yo no tenía valor para ir a verlo, sentía cierto temor, así que mejor invité a Germán a dar un paseo por la playa, por un lugar poco visitado... mi lugar favorito en el mundo entero.

Caminamos descalzos sobre la arena, plantamos nuestro pícnic frente al mar, comimos, reímos y jugamos; compartimos caricias y apasionados besos. Hablamos mucho, de las cosas que nos gustaban y las que no, de nuestras manías, de los peores defectos y hasta de las obsesiones. Hablamos tanto como pudimos para conocer más sobre nosotros y reforzar nuestro vínculo, hasta que se hizo tarde. Empezaba a ocultarse el sol, así que lo llevé a un lugar en donde podríamos apreciar mejor el bello atardecer. Un mágico paisaje nos estremecía entre el sonido de las olas rompiendo contra las rocas y la brisa salada tocando nuestro rostro con una leve ventisca que cada vez refrescaba más.

—¡Carlos!

—¿Sí?...

—Hay algo que te quiero preguntar.

—Adelante... —respondí extrañado.

—¿Me dejarías ser parte de tu vida? —cuestionó con gran seguridad.

—¡Ya lo eres, Germán!, ¿no te das cuenta de que eres ya mi vida? —contesté mientras mantenía cerrados mis ojos, concentrándome en la sensación del aire húmedo sobre mi cara.

—La verdad es que nunca he sido bueno para estas cosas.

—¿Qué cosas, de qué hablas? —Abrí mis ojos para después mirarlo con total atención.

—De que te amo y me gustaría ser parte de tu vida, poder cuidarte y tenerte a mi lado, no solo así como un amigo, por eso quiero saber si te gustaría...

Un silencio acogedor se interpuso entre los dos, lo miré sonriente y emocionado, a la vez que noté sus nervios expresados a través de sus ojos, que me miraban y se perdían en otras direcciones entre movimientos descontrolados de sus párpados, y de sus manos temblorosas.

—¿Te gustaría ser mi chico?

—¿Tu chico? —pregunté confuso.

—Sí, mi chico, mi novio, mi pareja, *my boyfriend...*

La luz del sol comenzó a mezclarse a lo lejos con el mar, dejando por los cielos un bello color naranja. Mi expresión lo decía todo, no lo podía ocultar. Sonreí llevando mis manos hacia su cara y lo miré fijamente a los ojos, con una manifestación de gran alegría y felicidad sobre mi rostro.

—¡Sí! Sí, quiero —grité a los cuatro vientos frente a él, frente al mar, frente a nuestro gran atardecer—. Claro que quiero ser tu chico, tu novio, tu pareja, *your boyfriend, your everything, ¿do you hear me?* Quiero ser tu todo.

Me abrazó fuertemente, radiante y feliz, contento y emocionado. Comenzó a besarme, comencé a besarlo y, de esa manera, en ese mismo instante, el sol se perdió bajo el océano.

Ese día lo recuerdo constantemente con gran cariño. El sol se esfumó con el tiempo y en ese bello ocaso prometimos cuidarnos, juramos hablar siempre de todo y nunca ocultarnos nada, confiar el uno en el otro y jamás dejar de mirarnos justo como nos mirábamos en ese instante. ¿Cómo olvidar algo así?

Tal vez el título de «novios» para muchos no es tan importante, pero para mí lo era todo, era algo especial y único, y más porque era el primero, mi primer novio. Ese, sin duda, representaba un paso fuerte para los dos, pero sabíamos que juntos podríamos llevar una buena relación. Lo sabíamos porque no solo lo deseábamos, sino que además lo sentíamos. Era una extraña conexión, de esas que pocas veces suceden en la vida. Claro que tenía temor de fallar, pero sabía que él estaría ahí para ayudarme, es decir, ¿qué tan difícil podía ser llevar una relación de pareja cuando ambos estábamos locamente enamorados?

—¿Te gustaría saber qué fue lo primero que me atrajo de ti?

—Recordando la bochornosa situación en la que nos conocimos, podría decir que... ¿mi cuerpo desnudo? —contesté bromeando.

—La verdad es que ese día no alcancé a verte muy bien, fue rápido, repentino, por supuesto que me encanta tu cuerpo, todo de ti, la pasión que reflejas y el desborde de emociones que haces que tenga con tan solo un beso, pero recuerdo que cuando volví a entrar en nuestro dormitorio aquella vez vi a un chico nervioso, apenado e inocente... ¡me encantó tu inocencia! No eres para nada una persona mala, y eso es algo que amé de ti desde el primer día.

—¿En verdad crees que aún mantengo cierta inocencia en mí? —cuestioné dudoso.

—No lo creo, ¡es la verdad, tío!, y eso me mola como no tienes idea.

—¿Qué te parece si, en vez de llamarme «tío», ahora me dices «amor»?

—Suena profundo y acorde, aunque «Moco» no te vendría nada mal. —Soltó una fuerte carcajada a la que yo también me uní.

—¡No, por favor!, entonces prefiero «tío», bastante tengo con esa fastidiosa forma de llamarme que ha empleado mi hermana durante mucho tiempo de mi vida —recalqué aún riendo.

—¡Está bien, tío!, de hoy en adelante serás «mi amor»... El único, mi verdadero y más grande amor —afirmó atenuando su risa con esas palabras en tono suave y romántico—. Lo prometo, Carlos, te juro aquí sentado frente al inmenso mar que no habrá nadie más que tú, desde hoy hasta el último día de mi vida —dijo y alcanzó mis labios en un nuevo y duradero beso.

Era como una perfecta foto blanco y negro, él y yo tirados sobre la arena fundiendo nuestros labios en un gran y romántico momento. Yo, acostado; él encima de mí sosteniendo mis manos. A un lado, los zapatos, las camisas; y de fondo, olas altas, mar abierto. Todo en una porción de tiempo tan corta, pero difícil de olvidar.

—¿Qué demonios estás haciendo, Carlos? —Un grito inesperado y fuerte nos separó de inmediato.

—Hermano, ¿qué haces aquí? —pregunté.

¡Así es!, era Braulio, que nos interrumpía gritando con gran furia. Nos quedamos paralizados. Germán, desconcertado y confundido; yo, sorprendido. No podíamos decir nada, o mejor dicho, no sabíamos qué hacer, solo recuerdo que al momento en que le hice esa pregunta, inmediatamente se dejó ir contra Germán y se originó una pelea a golpes entre los dos.

Intenté separarlos, pero fueron inútiles mis palabras y esfuerzos, pues Braulio no dejaba de agredir a Germán, que trataba de cubrirse de los golpes sin siquiera defenderse. Así que me abalancé sobre el cuello de mi hermano desde su espalda, logrando de esta forma que cayera sobre la arena y yo junto con él. Inmediatamente Germán me tomó de la mano y me ayudó a levantarme, me coloqué delante de él y frente a mi hermano para de esta forma hacerle saber que lo protegería en una clara señal que revelaba mi postura entre los dos, prefiriendo indudablemente al que ahora era mi novio.

—¿Qué te sucede, Carlos, por qué estás haciendo esto? —preguntó Braulio.

—No, ¿qué es lo que estás haciendo tú?, ¿quién te crees para venir y golpear a mi...?

—¿A tu qué, eh?, ¿a tu novio?... —cuestionó muy enojado.

—¡Sí, a mi novio! —le grité.

—¡Par de maricones!, no puedo creerlo.

—Me importa un carajo lo que digas y pienses, ¿tienes algún problema con ello? —grité aún más exaltado, enfurecido.

Sus palabras habían sido demasiado hirientes. Estaba sumamente enojado, en ese momento no lo veía como mi hermano, ¡había estallado!, quería lanzarme contra él, pero Germán intentaba tranquilizarme, y yo, por respeto a Braulio, solo me quedé observándolo con gran rencor y mucha rabia.

—Escúchame bien, Carlos, mañana mismo se larga este tipo de aquí, ¡no lo quiero en mi casa! —pidió Braulio.

—Tú no tienes ningún derecho en correr a Germán de la casa de mi madre.

—Tengo todo el derecho desde el momento en que pago todas las cuentas, así que ya me oíste.

—Pues si se va él, yo también me largo.

—Tú no irás a ningún lado, no permitiré de ninguna manera que regreses a esa universidad, ¿entiendes? —expresó elevando su tono de voz—. Porque, de lo contrario, no pienso soltar un centavo más para tus estudios.... Y yo que creí que estaba haciendo lo correcto apoyando tu idea de largarte al extranjero.

—Pues no me importa si me sigues apoyando o no, no permitiré que nos hagas esto.

—No, Carlos, tranquilízate. Yo estaré bien, yo soy el que tiene que marcharse, no quiero causarte problemas —intervino Germán.

—No, Germán, no me digas esto, jamás permitiré que nos separen, ¡jamás! —Esto último se lo grité a Braulio de frente.

—Estás cometiendo un grave error, Carlos, no continuaré pagándote la universidad, y además, mi madre estará al tanto mañana de toda esta porquería tuya, eso te lo puedo asegurar —afirmó con repudio y abandonó el lugar.

Retumbaron como eco en mis oídos sus palabras de amenaza, estaba en *shock*, sentía mucho odio y enojo, de repente entré en pánico. ¿Qué pasaría cuando mi madre se enterara? La familia lo sabría todo, ¿mi hermana también me rechazaría?, ¿qué haríamos?, ¿qué haría yo? Ya no tendría el apoyo económico de mi hermano, y, por lo tanto, no podría costear mis estudios por mi cuenta. ¡Dios!, qué situación.

—Tranquilo, amor, que todo estará bien. No temas, mañana mismo hablo con tu hermano y yo me regreso, no es justo que por mi culpa pierdas todo lo que tienes —dijo Germán.

—¡No!, de ninguna manera permitiré que se salga con la suya, no esta vez. Siempre lo ha hecho, siempre ha tratado de manipular mi vida, pero esta vez es diferente. Lo único que le voy a agradecer el resto de mi vida es haberme apoyado durante este tiempo, y no me importa que no lo vaya a hacer más. Ya encontraré una forma para pagar yo mismo mis estudios, pero no voy a abandonar mi futuro, la universidad, ni mucho menos a ti, Germán, ¿me escuchas? ¡Jamás voy a dejarte!

Me llevó hacia él en un abrazo justo cuando algunas lágrimas salieron de entre mis ojos.

—No llores, por favor, me duele verte así. Él es tu hermano y de alguna forma quiere lo mejor para ti. Déjame hablar con él, y si eso no sirve de nada, entonces decidas lo que decidas yo te apoyaré. Siempre estaré para ti, recuerda eso...

Aún el enojo corría por mis venas, pero escuchar esas palabras me devolvió poco a poco la tranquilidad, logrando que me invadiera una gran impotencia.

—¿Tú te encuentras bien? —pregunté.

—Lo estoy, no te preocupes por mí. Lo que no entiendo es cómo supo que estábamos acá, ¿o fue coincidencia?

—¿Recuerdas cuando mi hermana me llevó al patio por la mañana porque quería hablar conmigo?

—Sí, claro que me acuerdo.

—Me cuestionó sobre la actitud de mi hermano, me dijo que había cambiado después de haber entrado a mi cuarto por la mañana. Sospecho que nos vio abrazados, porque no recuerdo haberle puesto seguro a la puerta ayer por la noche después de que mamá abandonó mi alcoba.

El silencio nos atrapó al instante. Comenzó a bajar más la temperatura y estábamos sin camisas. El aire soplaba fuerte. Sentí caer una gota que escurrió sobre mi hombro derecho y, al limpiarme, me percaté de que era sangre, así que presuroso me separé de él para mirarlo.

—Estás sangrando de la nariz —le dije alertado—. Ven, recuéstate aquí.

—No es nada, estaré bien... Tu hermano sí que pega fuerte.

—¡Vamos!, recuéstate un momento, por favor.

Cogí las camisas del suelo y me senté en la arena, tendí la de él para que ahí posara su espalda mientras mis piernas le servían como apoyo para su cabeza. Con mi camisa limpié la sangre que tenía en el rostro. Lo miré con cierta nostalgia.

—Gracias por intervenir por mí — comentó asombrado.

—No tienes por qué agradecer, eres mi novio. En verdad siento mucho que esto haya sucedido. Vaya forma de conocer a mi hermano, jamás imaginé que sería capaz de algo así, pero... ¿por qué no te defendiste?

—Porque escuché que lo llamaste «hermano», supuse que era Braulio. Si hubiera sido otra persona, claro que me habría defendido, pero nunca lastimaría a ningún miembro de tu familia...

—Pues no me hubiera importado si le dabas una buena lección al idiota.

Sonrió.

—¡Ey! —expresó con una caricia sobre mi rostro—, lo que hiciste fue muy valiente. Gracias por decirle que soy tu novio, por haberme dado mi lugar, eso jamás lo olvidaré. Significa mucho para mí.

—Solo dije la verdad, y es algo que volvería a hacer si es necesario.

—Esto se siente muy bien, ¿no crees? Saber que ya somos novios realmente significa mucho. Eres mío, soy tuyo y que a nadie se le ocurra poner los ojos en ti, porque tendrá problemas conmigo.

—Así que eres celoso, ¡ah!

—¡Mírate, tío!, estás hecho un forro, cualquiera en mi lugar se pondría celoso si alguien intentara seducirte y ligar, aunque supongo que todo dependería de si tú das entrada a otro tío.

—¡Vamos, Germán!, ambos sabemos que tú eres un hombre sumamente atractivo, y no solo eso, también eres muy inteligente y agente encubierto. Yo tendré lo mío, pero a tu lado, es más probable que otros intenten enrollarse contigo, y te aseguro que no creo ser del tipo de novio celoso, pero me dolería mucho verte correspondiendo a sus flirteos.

—No pienses eso, ya te lo dije y lo he jurado. Mis ojos siempre te verán a ti, mi vida ahora es tuya, yo pertenezco únicamente a ti. Así que, por favor, nunca caigamos en esos juegos tontos y absurdos de provocarnos celos, ¿de acuerdo?

—¡Absolutamente!

—Por favor, nunca dejes de mirarme así.

—¿Así cómo?

—De esa forma en que lo haces justo ahora, tan tierno y profundo, me mola esa mirada...

Sonreí pensativo.

—¿Estás mejor? —preguntó.

—Lo estoy, y todo gracias a ti. De hecho, ahora mismo estoy excitándome nada más de ver tu pecho descubierto. No tienes idea de cuánto te deseo, podría hacerte de todo aquí mismo, frente al mar.

—¿Ah, sí?, ¿y qué esperas?

—No lo sé, tal vez mi hermano siga por ahí observándonos, y aunque en realidad me daría mucho gusto poder ver su cara atónita, ya está haciendo algo de frío, supongo que otra vez nos quedaremos con las ganas.

—¡Oh, no!, eso sí que no. La noche nos espera y es larga, ayer te me escapaste, pero esta vez no será así, eso te lo aseguro.

Sonreímos en un leve beso que se mostró tembloroso por la sensación del aire fresco, que ya arreciaba y soplaba sobre nuestra piel. Su hemorragia nasal ya se había detenido, así que nos levantamos, cogimos nuestras cosas y partimos rumbo a casa acompañados de la oscura noche. El resto de mi familia estaba por llegar y algo muy dentro de mí me alertaba de un fuerte presentimiento, algo difícil de explicar.

—¡Dios mío!, pero ¿qué sucedió muchachos? —preguntó mamá completamente alarmada.

—Nada, madre, no pasó nada.

—Pero como que no pasó nada, si mira nada más cómo vienen.

—Todo está bien, señora July. He tropezado torpemente sobre unas rocas en la playa. Me resbalé y caí, y su hijo aquí presente, en su intento de ayudarme, también resbaló, pero no es nada, ambos estamos bien, no se preocupe, por favor —explicó Germán.

—¡Pero qué barbaridad! Hay que tener mucho cuidado, jovencitos, bendito Dios que no les pasó nada grave. Por favor, vayan a su alcoba, ahora mismo los alcanzo —dijo yendo inmediatamente por el botiquín de primeros auxilios y una bolsa con hielos mientras nosotros nos dirigíamos a mi habitación.

Minutos después ya nos encontrábamos los tres platicando sobre nuestra aventura en la playa. Mamá nos escuchaba atenta mientras atendía a Germán de la nariz y su ojo, que comenzaba a hincharse levemente. Pensó que a mí también me había sucedido algo, pero aseguré que las manchas de sangre impresas en mi camisa pertenecían a él, ya que se la había prestado para que pudiera limpiarse. Ella solo movió la cabeza haciendo un gesto de admiración y continuó atendiendo a mi novio, que estaba con la bolsa de hielo sobre su ojo, evitando de este modo que se le hinchara aún más.

—Por cierto, ¿has visto a tu hermano Braulio? Ha estado muy raro, me preocupa, me parece que ha tenido problemas en su trabajo, quizás no pudo con algún caso o algo le pasó, porque estuvo toda la mañana encerrado en su habitación y por la tarde ya nadie supo de él. Tu primo Gabriel dijo haberlo visto irse presurosamente hace un rato —dijo mi madre.

—¿Gabriel? —pregunté notablemente sorprendido.

—Sí, mi amor, Gabriel y tus tíos llegaron hace dos horas de San Antonio, ¿no te dije?... Discúlpame, hijo, con tantas cosas en la cabeza, seguramente me olvidé de comentártelo.

—¿Y en dónde están todos?

—Se fueron a cenar al centro, porque tus tíos venían con antojo de pozole. Ya sabes que en Estados Unidos la comida mexicana sabe a todo excepto a comida mexicana. —Rio levemente—. Le pedí a Jenny que trajera algo para ustedes, yo no quise ir porque tenía que dejar listas las habitaciones para tus tíos. Tal parece que estas vacaciones tendremos la casa más llena de lo normal... ¡Listo, Germán!, tómate esta pastilla y te sentirás mejor, si necesitas algo más, siéntete en plena confianza y no dudes en avisarme, por favor.

—Muchas gracias, señora July —respondió Germán.

—Con todo gusto, hijo. ¡Anda!, vayan a ducharse y cambiarse de ropa, subiré a la sala para esperar a los demás.

Braulio era especialista en cirugía reconstructiva, sin duda, uno de los mejores en la ciudad. Hombre de carácter fuerte, era muy respetado y admirado en el sector y en su vida profesional, pero como hermano era extremadamente machista y hasta homofóbico, por lo que había podido apreciar con su actitud. Él me veía como su hermano consentido, y por lo mismo a veces era muy duro y exigente conmigo. Posiblemente, para él había resultado un gran golpe descubrir que su hermano menor era homosexual.

—Madre, espera, no te vayas —pedí.

—¿Qué sucede, hijo?

—Hay algo que necesito hablar contigo, más bien... necesitamos decirte los dos.

Germán me miró sorprendido, mostrando repentinamente cierta palidez en su rostro.

—Claro, ¿qué pasa?, ¿está todo bien? —preguntó preocupada.

—Verás, madre, lo que sucede es que Germán y yo...

—¿Carlos, estás ahí abajo? —se escuchó una voz juvenil al compás del sonido de unas fuertes y rápidas pisadas bajando las escaleras.

—Gabriel, hijo, ¿eres tú? —preguntó mamá.

—Sí, tía, ¿ya llegó Carlos?

—Sí, cariño, aquí está, baja y pásate, la puerta está abierta... ¿Me decías, hijo?

—Olvídalo, mamá, era algo sin importancia, mejor luego platicamos —dije.

—¿Seguro, hijo?, ¿están bien los dos?

La puerta se abrió.

—Sí, señora July, todo está bien. Carlos y yo hablaremos con usted el día de mañana sin prisas... —reafirmó Germán.

—¿Seguro? —repreguntó ella expresando duda en su mirada.

—Hola, primo, ¿interrumpo? —dijo Gabriel.

—Sí, mamá, no te preocupes... Gabriel, ¿cómo estás? —pregunté indiferente.

—Muy bien, primo, ¿dónde andabas?, te he estado buscando desde que llegamos.

—Sí, eso mismo nos decía mi madre... Te presento a Germán.

—¡Ah, hola! —expresó Gabriel mirándolo desconcertado y serio, sin acercarse para saludarlo formalmente con la mano.

—Mucho gusto, Gabriel —replicó Germán.

—Bueno, muchachos, los dejo entonces para que se terminen de saludar y se pongan al tanto, debo terminar de acomodarlos a todos en sus respectivas habitaciones. ¿Tus padres ya llegaron, hijo? —preguntó mi madre.

—Sí, tía, están en la sala.

—Perfecto, subo enseguida... ¡los quiero! Tomen un baño caliente, no se me vayan a resfriar —dijo mientras cerraba la puerta.

—¿Cómo estás, Gabriel? —pregunté serio.

—Bien —contestó tajante y desinteresado—. ¿Están bien?, ¿por qué la sangre?

—Un leve accidente en la playa, ¿qué tal el viaje?

—Todo tranquilo, un largo camino, ¡odio viajar en carretera!

—Pensé que se vendrían en avión.

—¡No!, a mi padre se le ocurrió la estúpida idea de querer estrenar su nueva adquisición automotriz y tuvimos que viajar por tierra firme.

—Bueno, Carlos, yo sí le tomaré la palabra a tu madre y me daré un baño, los dejo para que platiquen mejor —intervino Germán.

—Está bien, Germán, si necesitas algo, avísame... —respondí.

GABRIEL MILLER PALACIOS

Mi primo Gabriel era todo un caso, pero ya que tengo que decirles cómo era realmente, podría describirlo como un hombre simpático, a veces prepotente y un tanto alzado, pero un chico de buen ver, principalmente por su bien torneado y definido cuerpo. A sus veinticinco años, era un exitoso ingeniero de *software* que trabajaba para una de las empresas más importantes del mundo, conocida por su gran control y prestigio en la era digital a través del Internet, con su tan conocido motor de búsqueda Google. Aunque para ese entonces ya no vivía con sus progenitores, estos le habían exigido que los acompañara en ese viaje para visitarnos como cada año, logrando, así, que él se tomara unas merecidas vacaciones luego de casi tres años de no hacerlo, pues en serio que había dedicado todo ese tiempo a prepararse arduamente.

Durante nuestra infancia y hasta mis catorce años, siempre habíamos sido muy apegados. Cada año era mejor que el anterior, pero no fue sino hasta mis quince y sus veinte que todo cambió cuando un día de esas vacaciones que solían hacer anualmente, la familia decidió ir de paseo por la ciudad. Nosotros no quisimos acudir y nos quedamos en casa, bajo la confianza de nuestros padres de que no nos meteríamos en problemas, y así fue. Solo que ese día sería uno de los que daría comienzo a tanta confusión en mi cabeza, pues al quedarnos completamente solos y en nuestra búsqueda interminable de opciones para divertirnos, de repente sacó de entre sus cosas

—y para mi sorpresa— una cinta para adultos que después observamos en la habitación de mi hermano.

Jamás había visto algo parecido, realmente no fui tan precoz descubriendo el sexo, tampoco era que no supiera absolutamente nada al respecto, pero una cosa es lo que te dicen, lo que escuchas, lo que te imaginas, y otra es lo que puedes mirar o llegar a hacer con otra persona.

Hasta ese momento todo iba bien, es decir, dos chicos adolescentes viendo porno no es una escena inusual, solo que para mí era algo completamente nuevo; sin embargo, y al calor del momento, mi primo, completamente excitado, comenzó a tocarse frente a mí y sin pudor alguno, incitándome a que siguiera su ejemplo e hiciera lo mismo. Por supuesto yo también sentía todo ese mundo de sensaciones y excitación correr por cada parte de mi cuerpo al ver esa cinta para adultos, y aunque resultaba bastante extraño encontrarnos en esa situación, me dejé llevar por el momento, haciendo exactamente lo que me había pedido. Estaba muy asombrado por lo que veía en el televisor, pero fue más mi asombro cuando vi que dejó al descubierto su pene erecto para masturbarse en mi presencia, lo que extrañamente me encendió mucho más a pesar de sentir cierta incomodidad. Acto seguido, recuerdo bien haberle preguntado entre nervios y asombro: «¿Qué estás haciendo?», a lo que limitadamente sugirió que hiciera lo mismo sin pena, pues era algo normal que los chicos como nosotros solían hacer. Atento, él miraba la televisión, mientras yo lo veía discretamente a él, así que luego de dudarlo tan solo por un momento, bajé la bragueta de mi pantalón y saqué mi pene que también estaba erecto para masturbarme como él. Y así, sin más, de repente nos encontramos envueltos en una típica situación adolescente que, para mí, no era más que una novedad que sin duda estaba disfrutando.

Esas vacaciones en especial se habían quedado más tiempo de lo esperado, casi tres semanas. Usualmente buscábamos cualquier excusa para no estar con la familia ni acudir a donde iba, y así quedarnos solos y repetir nuestras «travesuras». Pero un día no nos permitieron quedarnos en casa y nos fuimos a una excursión familiar a la playa. Allí nos perdimos explorando sobre unas rocas junto al mar, y encontramos un camino que nos guio a una cueva escondida, en donde una vez más comenzamos el mismo juego, pero con la diferencia de que, en esa ocasión, me pidió que lo tocara, que lo masturbara mientras él hacía lo mismo conmigo. Lo miré sorprendido, me miró impaciente, insinuante, despreocupado, y aunque ciertamente lo dudé algunos segundos atrapado en el silencio, finalmente él se acercó a mí y comenzó a masturbarme. No podía creer lo que estaba haciendo, mi propio primo me estaba tocando. Con su mano tibia tomó mi pene completamente erecto y comenzó a masturbarme lentamente. Nunca nadie me había tocado antes, nunca había sentido todas esas cosas, moría de nervios, sabía que estaba mal, pero me estaba gustando. Estaba disfrutando que él sostuviera con una de sus manos mi miembro, y la expresión en su rostro también me decía que él lo estaba gozando. Pude verlo en sus ojos verdes, que me observaban fijamente a la vez que me sonreía.

—¡Tócame! —expresó mordiéndose uno de sus labios.

Suspiré, mis ojos se desviaron de su cara para mirar sin pena su gran miembro, que en ese momento también sostenía con una de mis manos. Era una extraña situación, no podía entender por qué me estaba causando gran deseo en vez de alguna sensación negativa.

Ahí estábamos los dos, masturbándonos el uno al otro, sentados sobre la arena dentro de una cueva escondida entre las rocas que daba frente al mar. De repente se detuvo y se puso de pie. Confuso, observé que acercaba su pene hacia mi cara.

—¡Métela en tu boca!

—¿Estás loco? —Respingué presuroso alejándome de él.

Recuerdo haberme levantado desconcertado, confundido, nervioso y, tal vez, aterrado por lo que me acababa de pedir. Tan solo pude expresar negación con mi silencio, pero comenzó a decirme que era normal y que eso no nos hacía maricas porque éramos primos, y que además era un juego de exploración sexual que a los dos nos serviría en el futuro cuando saliéramos con chicas.

Cosas absurdas que, debido a mi escasa experiencia en el campo, me daban la impresión de que podía tener razón, y más porque inexplicablemente —y aunque algo muy dentro de mí me decía que no era lo correcto— lo estaba disfrutando al máximo. En conclusión, terminó convenciéndome cuando me dijo que ese acto también sería recíproco, así que sí, comencé a mamarle la verga a mi primo mientras él gemía de placer, hasta que finalmente terminó dentro de mi boca. Después de ello cumplió su palabra y también lo hizo, dejándome saber lo que era sentir por primera vez ese placer cuando alguien te hace sexo oral. *¡Wow!*, estaba sorprendido, extasiado, había sentido demasiado placer, bastantes emociones que, al terminar, no podía entender, pero que habían dejado una gran huella en mis pensamientos. Por último, juramos nunca decir nada, ese sería nuestro gran y mayor secreto...

Los días siguientes a ese incidente actuamos con total normalidad, como si nada hubiera pasado, pero yo comencé a verlo distinto, cada vez deseaba a todo momento quedarme a solas con él para volver a experimentar todo eso, y aunque a veces nos era imposible, esperábamos a que la noche cayera para encontrarnos en mi habitación y saciar nuestras ganas y nuestros deseos, que comenzaban a ser normales para mí, pero adictivos. Así estuvimos unos días más, hasta que llegó el momento de que se fuera. Prometió que nos veríamos el siguiente año y que todo eso sería mucho mejor. Me dejó la cinta para que pudiera entretenerme cuando tuviera ganas, y aunque algunas veces la miré, normalmente me acordaba de él, de mí, de nosotros practicándonos sexo oral, ya que nunca llegamos a hacer algo más. Sin embargo, el hecho de pensar en esas vivencias constantemente me alertó de que algo había cambiado en mí, y más aún cuando en una ocasión, al ver la película porno, me di cuenta de que lo que verdaderamente me excitaba eran los penes de los actores y nunca las vaginas o tetas de las mujeres que ahí aparecían, así que me deshice de ella. ¡Allí comenzó mi gran confusión!

Al año siguiente lo esperaba con ansias, tuve que reprimir todos esos deseos y ocultarlos porque de alguna forma me sentía mal, se suponía que debía haberse quedado en una lección sexual que me ayudaría a enfocarme más en el sexo opuesto, pero, por el contrario, me había enfocado más en los hombres. Necesitaba verlo y hablar con él para saber si a él le pasaba lo mismo, pero cuando llegó el tan esperado momento, él vino acompañado de una chica, su novia, así que, como podrán imaginarse, fue una situación bastante difícil e incómoda, extraña y más confusa para mí… En todo momento me evadía, me ignoraba, y cuando durante las pocas veces que nos quedamos solos intentaba mencionar algo de lo que habíamos pasado, me ignoraba o amenazaba agresivamente con que si decía algo sobre eso, me arrepentiría. Así que al comprender su actitud y que todo sería de ese modo, no le quise mover más al asunto. Tuve que lidiar con todo por mi propia cuenta, incluso con la rabia que experimentaba cuando veía que besaba a su novia frente a mí, cuando la abrazaba, sentía mucho coraje de que me estuviera haciendo eso, pero ¿por qué?, si éramos primos y nada más. No entendía para nada lo que me estaba sucediendo, tal vez mi enojo era porque no quería hablar y porque se portaba indiferente conmigo, pero ¿y mis celos? Lo mejor para mí en esos momentos era retirarme y encerrarme en mi alcoba a pensar, y a veces hasta llorar. Era obvio que en él sí había surtido efecto esa práctica, pero a mí solo me había dejado un mundo de preguntas y miedos, aunque supe controlarme en todo momento hasta el día de su partida. ¡Vaya terrible año!

Dos meses después de cumplir los diecisiete, el verano se acercaba una vez más y, con él, la fecha para verlo de nuevo. Para ese entonces, yo ya había controlado todo lo que sentía, aunque a decir verdad me pondría a prueba cuando lo tuviera enfrente de nueva cuenta. Esos dos años habían sido singularmente fuertes para mí, pues me encontraba en esa etapa de autoaceptación y descubrimiento sexual. Había caído en la realidad de que era homosexual y de alguna forma debía lidiar con ello, así que comencé con ese proceso, y aunque no había tenido ningún tipo de acercamiento con otros chicos, yo estaba seguro de que lo que quería era experimentar de todo con otro hombre…

Llegó el día, ahí estaba, bajándose de un taxi de aeropuerto con su familia. Esta vez iba solo, es decir, sin ella, y se veía muy distinto: lucía una pequeña arracada en el lóbulo de su oreja izquierda y un tatuaje en el brazo derecho, cabello corto y un cuerpo que denotaba los resultados de las rutinas del gimnasio. Se veía muy, pero muy atractivo. Así lo observé desde una ventanilla en la sala, pero al percatarme de que había empezado a sentir nervios, decidí correr a mi alcoba y encerrarme. Necesitaba tranquilizarme y así lo hice. Al cabo de algunos minutos, salí nuevamente para darles a todos la bienvenida y saludarlo a él con un indiferente «Hola». Durante la cena no dejó de observarme, lo hacía despistadamente, pero yo podía sentirlo, y cuando apenas volteaba para verlo me sonreía, pero yo desviaba la mirada. Luego, y ya por la noche, cuando todos dormían, acudió a mi habitación e impulsivamente me abrazó, mientras que yo, sorprendido, interpuse mis brazos entre los dos para alejarlo de mí... fue entonces que se quebró y comenzó a llorar.

—¿A qué has venido, Gabriel?, ¿qué quieres?

—He venido a pedirte perdón... en verdad siento mucho lo que te hice.

—No importa ya, Gabo, solo vete y déjame en paz.

—Por favor, escúchame, tengo que decirte algo.

—Sea lo que sea que me quieras decir, no importa más, así que solo vete.

—Sí importa, para mí importa mucho, por favor, déjame hablar contigo.

Lo miré, dudoso e intranquilo, pero accedí.

—Sé breve porque quiero dormir.

—Carlos, no sé qué me pasa y no sé si te sucede lo mismo, pero desde hace dos años no dejo de pensar en ti. ¡Ayúdame, por favor!, ayúdame a entender. Necesito saber qué es lo que me querías decir el año pasado con tanta insistencia.

—¿Y ahora quieres saberlo, Gabriel? ¿Después de que te portaste como un verdadero imbécil y me trataste tan mal?

—Lo siento, en verdad perdóname, estaba muy confundido.

—¿Por qué confundido?

—Tú lo sabes muy bien, sé que lo sabes.

—No sé de qué me hablas.

—Carlos —dijo tomando mi mano—, siento algo muy grande por ti.

Lo miré estremecido y con gran sorpresa.

—¿No piensas decir nada?

—No tengo nada que decirte, Gabriel, lo que te quise decir alguna vez hoy ya no me nace y además ya no importa. Me dejaste solo con toda esa confusión y me hiciste sufrir, trajiste a tu novia a mi casa, con quien te encargaste de hacer que esos días fueran el peor martirio, un infierno. Me ignoraste, me trataste como un completo desconocido mientras que yo solo quería comprender lo que me estaba sucediendo tal y como te está pasando ahora a ti, pero ¿sabes qué? Eso ya pasó.

—¿Qué era lo que me querías decir, Carlos? Dímelo, por favor.

—Ya no importa, no tiene caso.

—Para mí, sí. —Se acercó a mí y con la otra mano levantó mi rostro—. Por favor, dímelo, ¿era eso también?, ¿sientes algo por mí, por tu propio primo?

Me quedé callado mientras me miraba atento a los ojos.

—Sentía... creí sentir algo por ti, pero ya no —contesté haciéndome el fuerte.

—No me digas eso, por favor, yo sé que sientes aún lo mismo, yo sé que te mueres de ganas de estar conmigo, así como también sé que todo esto te consume por la simple idea de saber que somos primos hermanos y que esto es imposible.

—¡Basta!, no sigas, por favor. Eso fue una locura, un error, una simple confusión que me costó dos años para aclarar, y hoy te puedo decir con toda seguridad que solo fue eso, una total y absoluta confusión.

—No te creo, estás mintiendo.

—No, Gabriel, te estoy diciendo la verdad. Te aprovechaste de que yo era un chico estúpido, sin conocimiento alguno sobre el sexo y el amor, un adolescente que apenas descubría su sexualidad. Me utilizaste para cumplir tus deseos reprimidos y saciar tu calentura, y luego simplemente me dejaste a la deriva con falsas ilusiones que yo mismo me hice. ¿En qué estaba pensando? No puedo creer lo idiota que fui al siquiera pensar que estaba sintiendo algo por mi propio primo. ¡Dios!

—Entiende que me pasó lo mismo, me pasa lo mismo y ahora sé más que nunca que es real. Te veo y lo estoy confirmando, te escucho y lo reafirmo aún más.

—¡Cállate!, no me interesa saber más al respecto.

—Yo sé que esto está mal, yo lo sé, pero no podemos hacer nada contra esto que sentimos.

—Entiende que yo solo siento un cariño grande porque eres familia, eso es todo, y como tú dijiste, lo que hicimos y nos pasó alguna vez fue un simple juego de adolescentes. ¡Mírate!, ya tienes veintidós años, no puedo creer que me estés diciendo todo esto.

—Con mayor razón te lo digo, porque sé perfectamente que esto que siento por ti... es amor, estoy enamorado de ti, Carlos, ¿qué no entiendes? —afirmó con gran seguridad.

—Te pido que salgas de mi habitación ahora mismo.

—Por favor, entiéndeme, ayúdame, escúchame.

—Vete, Gabriel, no me incites a hacer algo para obligarte. ¡Vete ya!

Se marchó con una fuerte expresión de nostalgia y desconsuelo.

No sé en qué diablos habíamos pensado, ¿por qué nos había tenido que pasar eso?, ¿por qué nos habíamos involucrado el uno con el otro? Así permanecí cuestionándome por al menos dos horas, dándole vueltas al asunto una y otra vez. Me di cuenta de que en realidad no lo había superado por completo, de que cuando me había dicho que estaba enamorado de mí, en realidad había querido abrazarlo, pero tuve miedo. Comprendí que, aunque no quisiera aceptarlo, aún seguía sintiendo algo por él, algo grande que era mejor evitar por el bien de los dos...

Durante los días siguientes casi no hablé con él, yo lo evitaba y me salía de la casa para no tener que verlo, comportándome frío y seco cuando estaba cerca. Pero un día antes de que se marcharan de vuelta a San Antonio y en el que me había perdido casi toda la mañana, regresé a casa y me di cuenta de que no había nadie, excepto él. Intentando evitarlo como ya lo había estado haciendo, me fui directo a mi habitación para tomar una ducha, pero él se fue tras de mí. ¡La bomba estalló!

—Ya te dije que me dejes en paz, Gabriel.

—No puedo, no quiero y no me voy a resignar a perderte. —Me miró fijamente a los ojos—. Ya lo eché a perder una vez y no quiero volver a dejarte sin haber luchado por ti.

—Gabriel, por favor, para... esto que estás haciendo está mal.

—No me importa, Carlos, no me importa que seas mi primo, no me importa que llevemos la misma sangre. Ya me harté de luchar día y noche contra todo esto que siento —sollozó.

—Por favor, tienes que parar...

—Mírame, mírame a los ojos y dime que no sientes más nada. Si me dices que no, te juro que te dejaré en paz.

Ni siquiera tuve valor de mirarlo a los ojos, por más fuerte que intentaba ser, no podía, no pude más, así que algunas lágrimas corrieron sobre mis mejillas y de inmediato lo abracé. Lo abracé tan fuerte como pude, mientras le reclamaba lo idiota que había sido y lo imbécil que era.

—Perdóname, por favor, yo te amo, Carlos —confesó.

—Esto está mal, Gabriel, no podemos hacer esto, no debemos hacer esto.

—Lo sé, pero tampoco debemos luchar contra nuestros sentimientos.

—¿Y qué vamos a hacer? —pregunté afligido, confundido.

—Escucha, Carlos, lo he pensado mucho, demasiado, y tal vez esto suene muy loco, pero... Yo sé lo que siento por ti, sé que en verdad te amo. Tal vez no puedas comprender la magnitud de todo mi sentir por el miedo que tienes ahora, pero dicho esto, sé que quiero estar contigo. Y lo digo en serio, quiero estar contigo bien, como una pareja, quiero que seas mi novio.

Suspiré nervioso.

—Pero tú... pero tú ya tienes novia, ¿no? —pregunté.

—No... terminé con ella hace tiempo, no podía seguir engañándome ni engañándola de esa forma. No lo merecía, es una buena chica, pero no se merecía que estuviera con ella pensando en ti.

Durante un momento nos quedamos en absoluto silencio tomados de la mano y recargados sobre la pared, nos mirábamos mutuamente como intentando buscar una solución, pero también una forma de frenar todo nuestro sentir sin éxito. Yo lo miraba preocupado, pero él observaba constantemente mis labios y mis ojos, y otra vez mis labios, hasta que lentamente se acercó para darme un leve beso que solo pude responder quedándome congelado.

—Lo siento, nunca había besado a alguien —me excusé.

—No importa.

Sonreí nervioso.

—¿Por qué no te vienes a vivir conmigo? —preguntó.

—¿Qué? ¿A los Estados Unidos? ¿Estás loco?

—Lo digo en serio.

—Ni siquiera tengo la visa, Gabriel, tampoco el pasaporte. Además, estoy por terminar la preparatoria y aún no decido qué voy a estudiar.

—Con mayor razón deberías irte conmigo, puedes estudiar allá y yo me hago cargo de ti, tengo un buen trabajo, un departamento espacioso. ¡Sería perfecto!

—Lo dices como si fuera tan fácil. No podría dejar así a mi familia, a mis amigos, mi vida entera está aquí.

—Lo sé, pero vendríamos a visitarlos continuamente.

—No creo que esa sea la mejor opción, Gabriel, y en todo caso, obtener una visa para entrar al país de las oportunidades no es muy sencillo. Para ti es muy fácil porque tú naciste allá, pero todo ese proceso es muy complicado, sobre todo para los mexicanos.

—Por favor, Carlos, ayúdame, hazme saber que también quieres estar conmigo.

—Pues es que sí quiero, Gabriel, pero esto es muy extremo. Yo solo estoy siendo realista.

—Mira, por lo que sé, puedo enviarte una carta de invitación al país, la cual llevas el día de tu entrevista, y con ello es más probable que te den permiso de entrar; o la otra opción, ya que lo mencionaste, es que te inscribas en algún programa que te permita estudiar en el extranjero. Así, una vez que termines la preparatoria y entres a la universidad, estudiarías allí con una visa especial —comentó animado y con cierta emoción.

—Sí había escuchado algo parecido, siempre ha sido uno de mis más grandes sueños; de hecho, es lo que tiene pensado hacer mi mejor amigo Pablo, pero yo no lo había tomado mucho en cuenta porque no quiero dejar a mi familia, no sé si pueda.

—Vamos, Carlillos, en algún momento debes dejar el nido. Sé que lo que te estoy pidiendo es mucho, pero créeme que cada día haré que nunca te arrepientas.

—Eso dices ahora, Gabo, pero ¿qué tal si te enamoras de alguien más? ¿Qué va a pasar conmigo si te fijas en otro chico o en una chica?

—No pienses en eso, tontito, sé que cometí un error, ¿OK? Eso no pasará jamás, lo juro. Además, el único chico que me gusta y me trae vuelto loco eres tú.

—Uno nunca sabe esas cosas, Gabriel...

—Yo lo sé, y créeme cuando te digo que nunca me he fijado en otro hombre y no es algo que vaya a suceder.

—¿Y cómo sé que me estás diciendo la verdad?

Acarició mi mejilla izquierda con su mano derecha, se acercó lentamente y me dio un nuevo beso, un beso que respondí abrumado por los nervios, pero que se fue haciendo menos tenso cuando su lengua se entrelazó con la mía. Un beso menos torpe, de alguna forma, romántico y lindo, un beso que fue el primer gran beso de mi vida.

—¿Lo hice bien? —cuestioné inquieto.

—Más que bien... de no ser así, no estaría tan excitado.

Suspiré.

—Te extrañé mucho.

—Y yo a ti... es una verdadera lástima que me tenga que ir mañana, hubiésemos aprovechado mejor el tiempo... Prométeme algo, Carlos.

—¿Qué?

—Prométeme que vas a buscar opciones para irte, prométeme que lo tomarás en cuenta, promete que harás todo lo posible para estar conmigo.

—Lo haré... claro que lo haré.

—Y también prométeme que serás paciente y no te fijarás en nadie más.

—Eso es algo que, más bien, tú me tienes que prometer a mí.

—Te lo prometo, lo juro por mi propia vida.

—Eso es muy fuerte.

—Lo sé, y por eso te lo estoy diciendo: **Yo, Gabriel Miller Palacios, te juro, Carlos Palacios, que a partir de hoy serás el**

único hombre en mi vida. Te juro que siempre lucharé por ti, pase lo que pase, y contra quienes se interpongan.

—Creo que eso último es algo que no podrás cumplir.

—¿A qué te refieres?

—Si algún día nuestras familias se enteran, no podremos hacer nada.

—Y por eso es algo que debemos manejar con cuidado. Debemos ser discretos cuando estemos juntos. No es necesario que nuestras familias sepan lo que sucede entre nosotros. Eso sería un golpe muy fuerte, y lo impedirían por completo.

—Estoy de acuerdo en ello. No puedo siquiera imaginar lo que pasaría. Nuestras familias se dividirían, así que supongo que este será nuestro nuevo secreto.

—Así es...

Una vez más nos comenzamos a besar sin siquiera poner atención a los detalles externos, sin imaginar que, justo en ese momento, Pablo entraría a mi habitación y nos encontraría en esa escena que lo dejaría totalmente perplejo, tropezando con el cesto de la ropa para alertarnos de su presencia por el sonido emitido. Todo fue tan rápido que lo único que recuerdo es a Gabriel aventándome con un golpe directo al rostro, tratando con ello de improvisar de una forma muy cobarde y estúpida, pero tal vez la mejor para él. Acto seguido, simplemente se dirigió con prisa hacia la puerta y abandonó el lugar sin decir nada.

Aún recuerdo a Pablo totalmente sorprendido, solo me miraba de una forma confusa, intentando comprender algo de lo que había visto. Yo, que yacía en el suelo, me levanté aturdido por el golpe que me había propinado Gabriel.

—Pablo, por favor... no es lo que piensas —dije.

—No lo sé, hermano, esto es muy extraño para mí, será mejor que me vaya. —Se dirigió hacia la puerta.

—No, espera, déjame explicarte, por favor.

—No creo que exista una explicación para esto.

—Por supuesto que sí, por favor, no confundas las cosas. Gabo solo me estaba enseñando cómo besar. ¡Vamos, hermano! Tengo diecisiete años, nunca he besado a una chica, le comenté al respecto y, bueno, somos primos, eso no significa nada.

—¿Ah, no?

—Solo quiero estar preparado y no cometer un error cuando sea la primera vez. ¿No recuerdas lo que le pasó a Billy en su primer beso? Casi vomita a su novia.

Se quedó pensativo.

—Tal vez eso tenga algo de sentido —respondió dudoso—, pero lo que no entiendo es por qué con otro hombre, y además con tu primo.

—Precisamente porque es mi primo, Pablo...

—Discúlpame, amigo, no me termina de cuadrar todo esto. Además, ¿por qué te golpeó?

—Supongo que se asustó, igual que yo... Mira, él no quería, ¿OK? Yo se lo pedí, así que, cuando se distrajo, aproveché para hacerlo y fue justo cuando tú entraste.

Se perdió entre la nada cerrando sus ojos.

—Lo mejor será que olvidemos todo esto.

—Sí, tienes razón...

—¿Estás bien? —preguntó al verme frotando la mejilla por el golpe.

—Sí, no fue nada...

Pablo no era tonto, pero decidió hacerse de la vista gorda, o tal vez sí me creyó, pero lo cierto es que fue un momento aterrador para mí. Es decir, nadie sabía de mis preferencias, ni siquiera yo, pero mi corazón casi explota cuando mi mejor amigo nos descubrió en esa situación. Afortunadamente, supe improvisar mejor que Gabriel —con quien por cierto estaba muy molesto—, echándome incluso la culpa, pero a través de eso comprendí cuán serio podría llegar a ponerse todo si alguien sospechaba siquiera un poco lo que sucedía entre mi primo y yo.

Si se estaban preguntando qué estaba haciendo mi amigo ahí en ese preciso instante, resulta que Pablo era casi mi vecino. Habíamos pasado toda la mañana jugando en la playa al fútbol, y habíamos acordado vernos después de la comida en mi habitación para mirar algunas películas que mis tíos me habían traído de los Estados Unidos, pero se había adelantado a la hora acordada debido a que en su casa no había nadie.

Para ese entonces, Pablo y yo éramos inseparables, así que prácticamente era como de la familia y no necesitaba tocar la puerta para poder pasar. En conclusión, el susto había pasado, pero a pesar de que había logrado salvar la situación, no me sentía nada contento, quería ver a Gabriel y hablar con él, pero no podía dejar a Pablo solo. Pensaba una y otra vez en ese beso, y en todo lo que me había dicho, y sinceramente me sentía emocionado, quería hacerlo, quería intentarlo, pero también quería reclamarle por lo que me había hecho. En fin, la tarde se nos fue viendo películas, así que a eso de las nueve de la noche acompañé a mi amigo a la puerta para despedirlo, y entonces se marchó. Jamás se mencionó algo al respecto, él nunca volvió a preguntar o a abordar el tema, fue algo que pasó, pero que quedó en el fondo de su memoria.

De vuelta en mi habitación, tomé una ducha para relajarme y calmar los nervios que aún sentía. Estaba decidido a confrontar a Gabriel después de ello, así que cuando terminé y salí del baño, irónicamente él estaba acostado sobre mi cama esperando que saliera. Su reacción al verme fue de arrepentimiento y culpa, gran culpa, así que presuroso se levantó para ir hacia mí y abrazarme.

—¿Estás bien?, déjame verte… —Examinó mi rostro—. ¿Te lastimé?, ¿te hice daño? —preguntó angustiado.

—Estoy bien, Gabriel…

—No supe qué hacer, en verdad lo siento…

—Está bien, ya pasó…

Me abrazó una vez más.

—¿Qué sucedió con Pablo?

—No te preocupes por él, todo está bien.

En el fondo estaba enojado con él, pero la forma tan linda en que se comportaba conmigo me hizo dejar a un lado el orgullo. Sabía que no había querido golpearme, y además las cosas no habían salido tan mal con Pablo, así que comencé a relatarle cómo había arreglado la situación, y entonces impulsivamente me volvió a besar.

—Detente, Gabriel.

—¿Qué sucede?

—No me siento bien, todo esto es demasiado. Además, alguien más podría entrar.

—No te preocupes por eso, he asegurado la puerta.

—Aun así, no es apropiado que hagamos esto aquí.

—Está bien, lo entiendo —comentó resignado.

—No me pongas esa cara, por favor. Entiende que todo esto es nuevo para mí. Estuve deseando que pasara durante mucho tiempo, y estoy feliz de que haya sucedido, pero también me encuentro confundido, asustado.

—¿Te estás arrepintiendo?

—No es eso, solo necesito tiempo para pensar en lo que haré, en lo que haremos.

—¿Eso quiere decir que tomaste en cuenta lo que te dije?

—Sí, y creo que lo haré... Definitivamente lo haré —confirmé, y él sonrió inmerso en una gran felicidad—, pero, por ahora, necesito que me dejes solo, ¿está bien?

—No, no me pidas eso. Te recuerdo que me voy mañana temprano, tal vez sería bueno pasar esta última noche juntos. Es decir, no me malinterpretes, no tiene que pasar algo, tan solo estar juntos, dormir juntos, eso me haría muy feliz.

Lo observé con cierta nostalgia.

—Tienes razón, pero es en serio, Gabriel, no va a pasar nada, ¿comprendes?

—Entendido... —respondió mientras se quitaba los zapatos para acomodarse entre las cobijas.

Cubierto únicamente con la toalla, lo observé atento sin poder aguantar la risa, parecía y actuaba como un niño, y de alguna forma eso me gustaba. Finalmente me vestí y me incorporé en la cama con él. Curiosamente, y aunque le había dicho que nada pasaría, creí que perdería mi virginidad esa noche con Gabriel, pero efectivamente no sucedió nada. Tan solo hablamos de nosotros, hicimos planes a futuro, quería llevarme a conocer muchos sitios, que viajáramos por el mundo... Yo encantado lo escuchaba, estaba disfrutándonos por primera vez siendo nosotros mismos: él, transparente, aceptando todo su sentir hacia mí; y yo dándole una nueva oportunidad para arreglar las cosas. Estuvimos así hasta que el sueño nos consumió.

A la mañana siguiente, sus labios sobre mi espalda me despertaron de un profundo sueño. Había llegado el momento de despedirse, un momento inevitable y difícil para ambos, pues él no quería marcharse y yo no quería que se fuera, pero las cosas eran como eran. Así que una vez vestido y con la familia esperando en la sala y ya lista para partir, nos despedimos con un último beso y un fuerte abrazo, acordando mantenernos en comunicación constantemente. Fue difícil para mí despedirme de él una vez más, y más con todo lo que había sucedido. No tenía idea de cuánto tiempo iba a tener que pasar para volverlo a ver. Apenas iba a terminar la preparatoria y no sabía cuánto me demoraría en encontrar una universidad que tuviera el programa de intercambio, ni mucho menos si mi familia aceptaría. Me sentí triste, pero esperanzado en que pronto pudiera reunirme con él, pero no fue así...

No volví a ver a Gabriel en los próximos años, excepto por las video llamadas que hicimos a través de la plataforma Skype. También mantuvimos contacto por el ya extinto MSN Messenger y por correos electrónicos, pero en algún momento durante el primer año de no verlo las cosas se enfriaron entre los dos, o tal vez en mí. De repente ya no me apetecía hablar con él, para mí era una fantasía y una completa estupidez llevar una «relación» a distancia. Y escribo «relación» entre comillas porque no éramos nada, solo habíamos hablado de ser algo, e intentábamos serlo, pero luego de un año entero sin ver a alguien en persona te vuelves loco, te sientes solo y completamente vacío.

¿Por qué no fue durante ese tiempo? Como ya lo mencioné con anterioridad, Gabo se esforzaba mucho por destacar y ser alguien, así que para él lo más importante era su trabajo y el continuar preparándose. Y no lo culpo, en realidad es algo que admiro de él, pero también fue eso lo que me hizo poner en una balanza mi bienestar emocional, la realidad, y lo que debía hacer. Así que un día —de repente y de la nada— dejé de contestar los correos electrónicos y de atender sus llamadas. Para ese entonces, yo ya había terminado la preparatoria e incluso había encontrado, junto con Pablo, una buena universidad que al año de estar cursando la carrera nos daría justamente la oportunidad de inscribirnos al programa de intercambio para estudiar en el extranjero. De alguna forma había hecho lo que Gabo me había pedido, pero ya no lo estaba haciendo por él, sino por mí. Estaba siguiendo un sueño que fue apoyado por mi madre y mis hermanos, principalmente por Braulio económicamente, quien aunque al principio se rehusó, terminó aceptando ser cómplice de lo que él llamaba «un simple capricho».

Así se fue el tiempo... La última vez que hablé con Gabriel recuerdo que discutimos porque me estaba reclamando mi indiferencia, y aunque prometió que iría a visitarme, le pedí que no lo hiciera y que no me buscara más, cortando de lleno la llamada y toda comunicación con él.

Por eso, como podrán darse cuenta, su visita durante esa ocasión en la que Germán se encontraba conmigo fue para mí como un balde de agua fría. Esa era la razón por la que estaba nervioso ante él, por la que actuaba distante e indiferente. No era porque aún sintiera algo por él, de hecho, todo ese tiempo alejados me sirvió para aclarar mi mente, pero sí era —debo confesar— porque temía que hiciera algo para arruinar mi relación con Germán.

Aunque, irónicamente y de algún modo, las cosas ya estaban de cabeza con lo que había pasado con mi hermano ese día en la playa...

—¿Quién es ese tipo? —preguntó Gabriel.

—Ya te lo dije, es un amigo de la universidad.

—¿Ahora hasta amigos de la universidad traes a tu casa, a dormir a tu cuarto?

Lo miré retador.

—¿Qué quieres? ¿A qué viniste?

—¿Por qué dejaste de contestar mis correos, mis llamadas? Teníamos un plan, Carlos. ¿Por qué me hiciste eso?

—Mira, Gabriel, no quiero ser grosero, pero en verdad estoy muy cansado y solo quiero tomar una buena ducha, cenar y dormir.

—¿Acaso te vas a bañar con él? —Ironizó.

—No, Gabriel, solo te pido que por favor hablemos de esto en otro momento, ¿te parece?

—¿Es tu novio?

Lo miré en silencio.

—Sí… Germán es mi pareja.

Inclinó el rostro, completamente abrumado por una fuerte sensación de ganas de llorar.

—¿Por qué? ¿Qué sucedió? Me prometiste que no te fijarías en nadie más —sollozó un tanto exaltado.

—Por favor, Gabriel, tranquilízate. Te pueden oír.

—¿Qué sucedió, Carlos? ¿Ya no me amas?

—Gabo, entiende… Esto no podía ser, somos primos, primos hermanos. Lo que sucedió entre los dos fue solo un juego de adolescentes confundidos.

—¿Estás diciendo que no significó nada para ti?

—No quiero seguir hablando de esto, por favor, vete —exclamé impaciente con las manos sobre mi rostro.

—Está bien, te dejo, pero no creas que me voy a quedar con los brazos cruzados —advirtió mientras secaba sus lágrimas.

—Solo espero que no cometas una locura, Gabriel.

Tocaron a la puerta.

—¡Adelante! —contesté.

—Carlos, amigo, cómo es... tás... ¿Está todo bien? —preguntó sorprendido al ver a Gabo.

—Pablo, amigo, vaya sorpresa, ¿qué haces aquí? —dije.

—Carlos, hijo, llegaron los Huitrón, atiende a tu amigo Pablo y su familia por favor, estoy vuelta loca —gritó mamá desde las escaleras.

—¡Por Dios, Pablo! Lo había olvidado por completo, discúlpame, amigo, qué bueno que llegaste. ¿Te acuerdas de mi primo Gabriel, verdad?

—¡Claro! —dijo y lo miró incómodo—, lo recuerdo perfectamente, ¿cómo olvidarlo?, ¿estás bien, Carlos?

—Sí, amigo, todo perfecto, no te preocupes —respondí.

—¿Y Germán?

—Se está bañando, de hecho espero a que salga para bañarme yo también, pero no me tardaré nada.

—De acuerdo, ¿quieres que los espere aquí?

—No es necesario, Pablo, yo ya me voy. Pero si tienes unos minutos me gustaría hablar contigo —dijo Gabriel, y Pablo al escucharlo me miró dudoso.

—¡Muy bien! Vayamos afuera entonces. No tarden, Carlos.

—No, amigo, en unos minutos subimos —expresé mientras abandonaban la habitación.

Una vez asegurada la puerta, permanecí pensativo durante un rato, pues temía que Gabriel le confesara todo a mi mejor amigo. En ese momento mi cabeza daba muchas vueltas. Estaba tan estresado por todo, por Gabriel, por Braulio, incluso por el tema de la universidad, que tenía muchas ganas de llorar, pero una vez más me hice el fuerte, me supe controlar, así que fui a donde Germán para acompañarlo en la ducha... Al entrar al baño, no pude evitar suspirar al ver su silueta reflejada por la mampara de cristal, la que dejaba ver su cuerpo tan perfecto, sus nalgas que tanto me gustaban y me volvían loco...

Ese era mi hombre, mi español, mi novio, mi amor.

—¡Ey!

—Hola, ¿qué haces aquí? ¿Y tu primo? —Se giró hacia mí.

—Salió a platicar con Pablo, pero no te preocupes, cerré la puerta con seguro, y por si acaso también la del baño —comenté mientras me incorporaba con él al agua caliente al mismo tiempo que juntaba mi cuerpo desnudo con el suyo.

—¿Con Pablo?

—Así es, olvidé que hoy vendría a cenar con sus padres. ¿Recuerdas que los invitamos ayer?

—Es verdad... pero qué descuido, tío.

—¿En qué quedamos? —Lo miré mientras se enjabonaba su cabello.

—¿Sobre qué?

—Sobre eso de llamarme «tío».

—¡Oh!, tienes razón, lo siento, mi amor.

—¿Estás bien?, ¿te sucede algo? Te siento un tanto serio conmigo.

—Sí, claro, es solo que estoy un poco nervioso por toda esta maraña, eso es todo.

—¿Estás molesto porque estuve a punto de contarle a mi madre sobre nosotros?

—No molesto, preocupado por lo que pueda suceder, por lo que va a pasar mañana cuando les digamos. —Giró mi cuerpo para enjabonarme la espalda.

—¿Te estás arrepintiendo?

—¡No!, no digas eso, para nada. Estoy nervioso y preocupado, solo eso.

—No tienes que hacerlo si no quieres, Germán, tú fuiste el que se ofreció para hablar con mi hermano. ¿Por qué mejor no dejas que yo me haga cargo?

—¡No!, jamás te dejaré solo en esto... —Me abrazó.

—¿Qué pasa? Siento que hay algo más, y no me repitas que son nervios y preocupación, porque sé que algo te sucede.

Me miró atento.

—¿Te puedo preguntar algo, amor? —dijo Germán.

—Claro que sí, lo que quieras.

—¿Tu primo Gabriel es el primo con el que me dijiste que habías experimentado algo en tu infancia?...

Tomé un poco de aire y me di la vuelta para mirarlo con cierta sorpresa durante un instante, sus ojos inquietos me observaban impacientes. Pensativo, me armé de valor para contestar algo tan simple, pero de mucho pesar.

—¡Sí, es él! —Un leve silencio invadió el momento, logrando que cierta tensión se expresara en mi rostro—. ¿Es tan obvio?

—Sentí cierta incomodidad en él cuando nos presentaste, y sin que fuese mi intención, escuché parte de vuestra conversación... ¡Lo siento!

Lo miré con cierto asombro, pues no sabía hasta dónde o qué era lo que había escuchado, pero no quería más problemas. De por sí me sentía fatal con todo lo que estaba pasando, así que solo actué con naturalidad restándole menor importancia al asunto, pues no quería ahora tener que lidiar con un problema más.

—Germán, a decir verdad, no sabía que vendría, llevábamos casi tres años sin vernos. De haber sabido que así sería, te hubiese prevenido para evitar este mal momento.

—¡Tranquilo! No te estoy reclamando nada, ya me habías alertado de alguna forma sobre esto, y ese no es el problema. Lo que verdaderamente me causó gran impresión fue cuando te preguntó si ya no sentías amor por él... ¿acaso vosotros tuvieron algo más que solo simples experiencias de adolescentes?

Lo miré con gran consternación.

—Preferiría no hablar de eso ahora, prometo contarte todo con detalle, pero no ahora, no hoy.

—Solo contéstame si aún estás enamorado de él.

—¿Qué dices? —pregunté admirado.

—Por favor, Carlos, si hubo o no algo entre vosotros no me importa, en realidad no me sorprende ni me espanta, pero sí me preocupa. No soy esa clase de persona que juzga los sentimientos de los demás, pero sí necesito saber lo que está pasando por tu cabeza y en tu corazón ahora mismo —argumentó preocupado.

—Germán... —Tomé aire, lo miré a los ojos y me armé de valor—. No tienes idea de lo difícil que fue para mí enfrentarme solo a todo esto, luchando día y noche contra algo que no debía ser. No te imaginas todo lo que pasé con esta situación, así que bien, si quieres que te conteste si todavía amo a mi primo... —Nos miramos atentos—. La respuesta es no.

Suspiró aliviado y me abrazó.

—Perdona por haberte presionado, solo necesitaba saberlo.

—Está bien, no importa, esto es algo que debí decirte con anterioridad, es solo que me siento avergonzado de ello.

—No tienes por qué, no te sientas mal por esto. A veces el amor actúa de diferentes formas, formas inexplicables, pero pasan, así que no seas tan duro contigo mismo, ¿de acuerdo? ¡Te amo!

—Yo te amo a ti, German, este amor es único, es diferente y es lo mejor que he sentido en toda mi vida, de eso puedes estar seguro, pero en cuanto a Gabriel, es algo que me confundió mucho, y lo que sentí alguna vez por él no se compara en nada con todo lo que siento por ti. Así que, por favor, nunca dudes de mí, de esto que tenemos tú y yo, ni de este corazón —llevé su mano a mi pecho— que está completamente loco por ti... ¡Créeme!

—Te creo, de verdad te creo, amor.

Un tierno y profundo beso armonizó nuestros pensamientos, reforzando cada sentimiento expuesto a flor de piel. Por primera vez lo veía un poco celoso, invadido por tantas dudas y cuestionamientos, y aunque muy en el fondo mi primo había removido parte del pasado, era cierto que para mí Gabriel ya no significaba nada, mientras que Germán era absoluta e indiscutiblemente el hombre al que en realidad amaba con todo mi ser.

Capítulo 4

UN EVENTO DESAFORTUNADO

Existen varios tipos de amigos, o al menos podemos diferenciar a los verdaderos de los falsos, pero si quieres saber si tu amistad con alguien está destinada a trascender y es absolutamente pura y auténtica, solo basta con mirar a esa persona a los ojos y encontrarte dentro de ese brillo del que también eres parte.

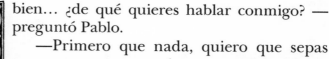 bien… ¿de qué quieres hablar conmigo? —preguntó Pablo.

—Primero que nada, quiero que sepas que estoy muy apenado por aquel incidente de hace tres años —respondió Gabriel.

—Preferiría que dejáramos las cosas como están.

—Por favor, solo déjame explicarte.

—No me siento cómodo hablando de esto, Gabriel, en verdad, no tienes que explicarme nada.

—¿Sabes que Carlos es homosexual, verdad?

—No sé a qué viene tu pregunta.

—Sé que lo sabes, eres su mejor amigo, por supuesto que debes saberlo.

—¿A qué viene todo esto, Gabriel?

—Lo que sucedió aquel día… Sé que Carlos se echó la culpa y te dijo que le estaba enseñando a besar, que me había tomado por sorpresa y que por eso reaccioné de ese modo, pero la realidad es muy distinta. —Tomó aire—. Solo te diré que él y yo, por más demente, inmoral o imposible que te parezca, tuvimos algo muy serio.

Pablo lo miró sorprendido.

—Todo empezó como un juego, un simple juego de *dudes* explorando su sexualidad, pero después todo se nos salió de control y ambos terminamos enamorándonos.

—¿Te das cuenta de la estupidez que estás diciendo, Gabriel?

—No es una estupidez, es verdad. No entiendo por qué la gente se espanta por algo así cuando hay cosas mucho peores en el mundo. En esta vida, nadie elige de quién enamorarse.

—Estoy de acuerdo contigo en eso, pero por Dios, Gabriel, independientemente de tu sexualidad, estamos hablando de que son primos hermanos. ¿Puedes siquiera imaginar los problemas que eso les traería a sus familias si se llegan a enterar? Estamos hablando simplemente de que hay reglas morales que se deben seguir... Mira, no lo voy a negar, ese día descubrí que había algo entre ustedes dos, y no porque él me dijera algo, sino porque yo vi cuando se estaban besando, yo vi que fue un beso que ambos desearon, algo en lo que los dos estuvieron de acuerdo, y nada de esa tonta historia con la que me quiso ocultar lo evidente.

—Y entonces ¿por qué no le dijiste nada?

—¿Qué querías que dijera? Estaba impactado. ¿Acaso creíste que iba a ir a evidenciarlo con su madre? No soy esa clase de persona, y mucho menos de amigo. No es que no supiera que Carlos fuera diferente, porque lo intuía, pero jamás imaginé que lo encontraría en esa situación —comentó angustiado.

—Pablo, en verdad siento mucho que esto sea algo difícil de entender para ti. Tanto Carlos como yo tuvimos que pasar por momentos difíciles intentando luchar contra esto, pero simplemente no pudimos.

—Pues por lo que veo, quien no pudo eres tú, porque él sí lo logró.

—Sí... creo que de eso me acabo de dar cuenta —exclamó acongojado.

—Escucha, Gabriel, yo sé que Carlos es gay, y también sé que fue duro para él aceptar que lo de ustedes estaba mal... Cuando te marchaste no volvió a ser el mismo, todo el tiempo hablaba de ti, estaba distraído, ausente, sumergido en su propio mundo y pegado a la computadora, supongo que escribiéndote. Muchas veces intenté acercarme a él y hacerle saber que podía hablar conmigo y contarme lo que fuera, pero sencillamente no pude. Yo fui criado en una familia cristiana, así que si el hecho de saber que mi mejor amigo era gay me lastimaba, no tienes idea de lo que sentía cada vez que él decidía pasar más tiempo frente a un monitor aferrado a ti que conmigo. No sabía qué hacer, traté de entenderlo, incluso de aceptarlo, así que la mejor forma de apoyarlo fue no dejando de quererlo...

—Eres un gran amigo, Pablo, en verdad que lo eres...

—En resumen, con el tiempo Carlos volvió a ser el mismo, sabía que algo había cambiado en él porque volví a verlo feliz, porque jamás te volvió a mencionar... No sé qué es lo que haya pasado entre ustedes, pero sí sé que él se dio cuenta del gran error que estaba cometiendo contigo, así que al terminar la preparatoria, él estaba muy animado y me propuso buscar universidades que ofrecieran la oportunidad de estudiar en el extranjero, y lo logramos.

—Sí, pero esa idea yo se la di para poder estar juntos.

—Te equivocas, tal vez tú lo mencionaste, pero yo ya le había estado comentando desde mucho antes que ese era mi plan. Lo que sí hiciste fue animarlo, hacer que se decidiera, y supongo que es la mejor decisión que ha tomado en su vida, pues aunque te cueste trabajo escucharlo, y por más difícil que pueda ser para ti lo que te voy a decir, él, a diferencia de ti, pudo olvidarte y seguir adelante.

—Eso no es cierto, yo sé que Carlos jamás se olvidará de lo que siente por mí, y eso es algo que tú nunca vas a poder entender. Nosotros tenemos una conexión más fuerte que la sangre, y aunque hoy esté fingiendo ser feliz con ese chico con el que está, yo sé que algún día él y yo estaremos juntos, de eso puedes estar seguro, Pablo.

—Pues deseo que tu espera no sea tan difícil, porque dudo mucho que eso suceda, así que ten mucho cuidado con lo que haces, porque además de que Carlos y Germán claramente son felices estando juntos y tienen todo mi apoyo, una familia como la que ustedes tienen no merece ser destruida de esta forma —dijo y se marchó.

Justo en ese momento, Germán y yo ya estábamos vistiéndonos para, minutos más tarde, incorporarnos con los Huitrón y toda la familia. Germán lucía encantador, se veía, además de atractivo y varonil, muy contento, feliz de convivir con mi familia, de ser parte de ella aunque fuera de forma indirecta. Simplemente estaba disfrutando una ocasión que jamás había experimentado. Curiosamente, mamá había improvisado una cena en dos tiempos, pues también había olvidado que los Huitrón irían, y aunque de cierta forma era comprensible por tanta gente en la casa, con la ayuda de mis tías y mi hermana sorprendió con una exquisita cena que dejaría un buen sabor de boca, incluso a aquellos miembros de la familia que ya habían probado bocado una hora antes, pero que, antojados por el aroma, decidieron incorporarse a la mesa en la que ya nos encontrábamos los Huitrón, mi bello español y yo.

Pasaban de las nueve de la noche cuando de repente se escuchó que abrieron la puerta principal. Era Braulio, quien con alegría saludó a cada integrante de la familia, pero al ver que Germán se encontraba ahí, su rostro cambió radicalmente y se tornó totalmente seco. Sin embargo, supo disimular muy bien y saludó al resto de los presentes, incluyendo a los padres de mi amigo y, por supuesto, a él. Comencé a sentir cierto enojo nuevamente, pero esta vez más nervios que cualquier otra cosa, porque pensé que Braulio utilizaría ese momento para hablar con mi madre. ¡El corazón se me salía del pecho!

—Hijo, qué bueno que por fin vienes a saludar, te he sentido algo extraño, ¿está todo bien? —preguntó mamá con gran admiración.

—Sí, madre, todo bien, demasiadas preocupaciones en el hospital.

—Como puedes ver, tenemos casa llena, y tu hermano Carlos llegó ayer con su amigo Germán, ¿ya los presentaron?

—Sí, madre, ya tuvimos el gusto —expresó secamente.

—Anda, hijo, toma asiento que te voy a servir tu cena.

—No es necesario, madre, tengo que irme.

—Pero si acabas de llegar...

—Lo sé, pero ya sabes que el trabajo en el hospital nunca acaba y recibí un llamado al que no puedo faltar, solo vine a saludar antes de irme... Me gustaría platicar contigo, pero será el día de mañana cuando regrese.

—Claro que sí, cariño, pero no me dejes con la duda, al menos adelántame un poco.

—Mañana platicamos con calma, no te preocupes. —Le dio un beso en la frente de despedida mientras deseaba las buenas noches al resto, para después salir por la puerta rumbo al garaje.

—Ahora vuelvo, Carlos —dijo Germán.

—¿A dónde vas? —pregunté.

—Este es el momento adecuado para hablar con tu hermano, antes de que lo haga con tu señora madre.

—Yo voy contigo.

—¡No!, por favor, aguarda aquí, esto es algo que yo debo hacer, que necesito hacer solo.

—Pero...

—Por favor, confía en mí, no tardaré, ¿de acuerdo?

—Está bien... —expresé resignado mientras se levantaba presuroso para alcanzar a Braulio.

—¿A dónde va German? —preguntó Pablo.

—Fue a hablar con Braulio —le respondí.

—Amigo, ¿estás bien? Te noto un poco nervioso y hasta pálido te pusiste.

—Sí, claro que estoy bien, gracias por preocuparte.

—Carlos, por algo soy tu mejor amigo, te conozco y sé que a ti te pasa algo. ¡Anda, hermano!, dime qué es lo que sucede, sabes que puedes contar conmigo.

Lo miré cabizbajo.

—Acompáñame, te lo contaré todo.

Nos levantamos del comedor, excusando nuestra repentina ausencia, para luego salir hacia el patio trasero de la casa.

Efectivamente Pablo me conocía muy bien, no tenía por qué fingir con él, era solo que estaba espantado por todos los recientes acontecimientos en torno a Germán y a mí. Y no era para menos, según sus propias palabras. Mientras lo ponía al tanto, era inevitable que caminara de un lado a otro en un estado de total angustia en el que jamás me había visto, así que me tomó por los hombros y, cuando me pidió que me tranquilizara, no aguanté más. Unas cuantas lágrimas se escaparon de entre mis ojos y entonces me abrazó...

—Braulio, ¿tienes un momento? —preguntó Germán.

—¿Qué quieres? —contestó desinteresado al darse cuenta de quién era el que lo abordaba.

—Necesito hablar contigo.

—Tú y yo no tenemos nada de qué hablar. —Apresuró el paso.

—Sé que hemos empezado con el pie izquierdo, pero en verdad te pido la oportunidad de que me escuches un momento.

—No me interesa escucharte.

—Por favor, Braulio, somos personas adultas, hablemos y resolvamos esto actuando como tales.

Con esas palabras, Braulio detuvo su andar y volteó hacia él. Sin duda le había dado donde más le dolía, ya que siempre se había caracterizado por ser una persona capaz de encontrar soluciones a través del diálogo; por lo tanto, se sentía culpable de haberlo golpeado con anterioridad en un arrebato de enojo guiado por sus impulsos, los que creía saber controlar.

—¡Tienes cinco minutos!

—Sé que todo esto para ti es nuevo, estás cabreado y lo entiendo, pero también debes entender que Carlos es tu hermano y él te ama y necesita de tu apoyo.

—¿Apoyo?, ¿estás bromeando? Lo he apoyado toda mi vida. ¿Quién eres tú para decirme qué hacer?

—Sabes a lo que me refiero.

—Esto jamás lo apoyaría, ¿cómo se te ocurre decirme eso?, viniendo de ti, el causante de todo esto.

—Carlos es un buen chico, Braulio, con un futuro brillante, él solo hace lo que le dicta su corazón, al igual que yo.

—¿Cómo dices que te llamas?

—¡Germán!

—Muy bien, Germán, te diré lo que pienso de esto… Carlos tiene apenas veinte años, está confundido, es una simple etapa y no sabe lo que quiere, ni siquiera sabía lo que deseaba estudiar, pero al final se decidió por esa carrera tan patética que, por desgracia, apoyé. ¿Qué edad tienes tú? Espera, no me respondas, has de tener unos veinticuatro o veinticinco años cuando mucho, porque definitivamente no eres de su edad, así que supongo que has vivido más que él.

—Esto no tiene nada que ver con la edad ni con mi vida.

—Claro que tiene que ver, y mucho, porque seguramente tú lo has estado confundiendo más. Él se fue de aquí contento, feliz, sin nada de estas actitudes raras y con ganas de sobresalir, y ahora viene con esta etapa de total confusión siendo una persona que apenas reconozco, y con un extraño con quien lo encuentro besándose, un extraño que además es un hombre. ¿Qué le hiciste, Germán? ¿Qué le dijiste o qué pasó para que él ahora me venga con estas ideas homosexuales?

—Con todo respeto: siendo su hermano, tal parece que no lo conoces. ¿Te has puesto a platicar con él sobre lo que siente y quiere de la vida? ¿Acaso nunca se te hizo extraño que no trajera ninguna chica a vuestra casa o que no se mostrara interesado por tener novia en todo este tiempo?

—¿Tú qué sabes?

—Sé lo que tu hermano siente, sé lo que él me ha dicho, él siempre ha sabido lo que es, pero nunca había querido expresarlo a vosotros, que sois su familia, por temor al rechazo. Tal vez lo que has estado haciendo es querer tapar el sol con un solo dedo.

Braulio inclinó la mirada, haciendo una expresión burlona.

—Braulio, yo amo a tu hermano, en verdad lo amo, y por más que te cueste entenderlo o aceptarlo, eso nunca va a cambiar.

—Está decidido, mañana te tienes que ir de aquí y él no va a regresar a esa universidad, yo mismo me encargaré a primera hora de darlo de baja.

—¡Aquí tienes!

—¿Qué es esto?

—Son los resultados de los exámenes de fin de semestre de Carlos, como puedes ver ahí, sus notas son excelentes. No te hagas ideas falsas de lo que no es, él realmente se está esforzando por ser alguien, y si tú le quitas este sueño, jamás te lo va a perdonar. Es un gran estudiante, lo quieren dentro del diario universitario, una oportunidad casi imposible para estudiantes de nuevo ingreso, y él se la ha ganado. ¡No le cortes las alas, tío!

Braulio tomó la papeleta y la observó pensativo durante unos segundos.

—Es que no puedo entender cómo y en qué momento es que pasó esto.

—Lo que existe entre él y yo es muy independiente de sus estudios, te lo aseguro...

Ambos guardaron silencio.

—¿En verdad lo amas?

—Lo amo, joder, vaya que lo amo.

—Entonces tienes que marcharte mañana mismo... Ven ahora conmigo, te llevo al aeropuerto y te compro tu vuelo de regreso en el primer avión que salga. Si lo haces, no diré nada sobre esto, lo seguiré apoyando con sus estudios, pero a ti no te quiero volver a ver aquí nunca.

Germán lo miró absorto.

—A mí no tienes nada que probarme, pero solo de esta forma sabré que en realidad lo que me dices es cierto —afirmó Braulio.

—¡Vale, bueno!, pero al menos tengo que ir a avisarle que saldremos a dar una vuelta.

—¡No! Si haces eso, él lo impedirá. Cuando estés de regreso, le puedes contar todo lo que hemos hablado sobre nuestro acuerdo, pero mientras tanto pruébame lo que dices haciendo lo que te pido... ¡Anda, sube al auto!

—¿Cómo sé que me estás diciendo la verdad?

—No lo sabes, pero si no lo haces, todo esto tendrá una gran repercusión para él y para nuestra familia en las próximas horas.

Con el rostro cabizbajo y la mirada llena de nostalgia, Germán volteó hacia la casa, suspiró abatido inclinando la cara y entonces se trepó al carro para marcharse con Braulio... De alguna forma no se sentía mal, porque a pesar de todo tenía algo de certeza de que si no era ahí, continuaríamos nuestra relación en Austin. Sin embargo, se sentía impotente y triste porque las cosas se estaban dando de ese modo en un viaje que ambos creímos que sería bueno en todo sentido para los dos. Él sabía que yo me angustiaría si no lo veía, si no sabía en dónde estaba, pero también confiaba en que yo confiaría en él...

—¿Te sientes mejor, amigo? —preguntó Pablo.

—¡Eso creo!

—Vamos, viejo, dale tiempo a tu hermano. Estoy seguro de que Germán lo hará entrar en razón.

—Eso espero, porque si no es así, no sé qué pasará mañana cuando mi mamá lo sepa todo ni qué demonios haré yo si deja de pagarme la universidad.

—No puedo creer que tu propio hermano te esté haciendo esto, pero al menos, y sin defenderlo, trata de comprender lo difícil que puede estar resultando para él el hecho de que a su único hermano hombre le gusten los hombres.

Suspiré comprensivo.

—¡Lo sé!, pero no es la forma de hacer las cosas, y menos el haber golpeado a Germán.

—Sí, qué raro de él, no me lo imagino agresivo ni mucho menos peleando... —expresó Pablo.

—¿Sabes? Germán me pidió que fuera su novio —conté un tanto apagado.

—¿En serio? ¿Entonces ya es oficial?

—Sí, lo es...

—Hombre, hermano, muchas felicidades. En verdad me da gusto saber eso, ya se habían tardado... aunque por la forma en que lo dijiste, no parece que estés feliz por ello.

—No, no es eso, en realidad estoy más que feliz, era algo que deseaba desde hace mucho.

—¿Entonces?

—Lo que pasa es que todo se me ha juntado esta noche, incluyendo la visita de mi primo Gabriel. Sé que no te cae bien y nunca lo has querido desde aquella vez, así que hablarte sobre él solo sería meterle más leña a la hoguera.

—No te preocupes por eso, sé más de lo que imaginas.

Lo miré boquiabierto al instante en que hizo esa aclaración.

—¿Acaso te mencionó algo cuando charlaron?

—¡Sí!, lo hizo.

—Maldito imbécil...

—Vamos, Carlos, yo nunca te voy a juzgar, seas lo que seas, hagas lo que hagas y estés con quien estés, así que si quieres hablar de eso conmigo, puedes hacerlo. Te lo digo en serio, hermano, yo jamás diré nada a nadie ni tampoco te voy a defraudar.

—Lo sé, Pablo, en realidad no es que no confíe en ti o no quiera contarte sobre esto, sino que me siento muy avergonzado. ¿Qué fue lo que te dijo?

—Puras tonterías, básicamente que está enamorado de ti y asegura que tú también lo estás.

—¿Y tú le crees? —Lo miré con gran atención.

—Sé que él sí siente algo por ti, y también que tú lo sentías, pero sé que lo superaste y amas a Germán.

—Así es, definitivamente amo a ese tío. —Suspiré y reímos.

—Veo que ya se te están pegando sus palabras... ¿te sientes mejor?

—Sí, muchas gracias, amigo, eres el mejor.

—Solo ten cuidado con Gabriel, ¿de acuerdo? Lo sentí muy honesto, pero también me insinuó con gran seguridad que ustedes dos volverían a estar juntos. Siento que puede estar tramando algo...

—Gracias por preocuparte, Germán también me dijo lo mismo.

—¿Qué dices? ¿Germán sabe lo de ustedes?

—Sí, así es. Antes de que llegaras, se metió a bañar, pero alcanzó a escuchar algunas cosas que Gabriel y yo platicamos, además de que en alguna ocasión le comenté que había tenido algo que ver sexualmente con un primo.

—¿Entonces es verdad?, ¿sí tuvieron algo que ver?, ¿te enamoraste de él?

Lo miré por unos segundos y guardé silencio.

—¿Sigues enamorado de él?

—No, Pablo —contesté presuroso—, no te voy a negar que en algún momento creí estarlo, pero no, nada de eso... Hace cinco años iniciamos un juego de adolescentes que terminó en una confusión muy difícil y fuerte que yo pude superar, pero ahora veo, y por lo que dices, que él no lo logró.

—¿Un juego o una relación?

—Un juego, Pablo, un juego. Yo no sabía nada sobre el sexo ni la masturbación, él fue quien me enseñó de alguna forma. Nunca tuvimos relaciones sexuales, pero sí hubo acercamientos. Después de eso, descubrí que me gustaban los hombres, creí haberme enamorado de él, pero su indiferencia y su rechazo en los años posteriores me ayudaron a superarlo... Aquella vez que nos viste besándonos, cuando te marchaste él fue a pedirme perdón por haberme golpeado, de hecho esa noche dormimos juntos e hicimos planes. Me confesó que me amaba, que estaba enamorado de mí, quería que hiciéramos bien las cosas, tal vez que empezáramos algo, y estaba emocionado, sabía que estaba mal, pero me encontraba dispuesto a hacerlo. Todo cambió cuando se fue, me harté de esperarlo, de no verlo, así que me replanteé mi vida, mi sentir y lo que debía hacer, optando por olvidarme de él.

—Amigo, siento mucho no haberte apoyado en ese tiempo tan difícil para ti, tal vez habría sido menos duro.

—No te apures, hermano, aunque nunca me dijiste nada, siempre estuviste presente, siempre has estado aquí.

—Sabes que siempre contarás conmigo, Carlos.

Nos abrazamos.

—Lo sé, amigo, y en verdad te lo agradezco mucho.

—Por favor, avísame si necesitas algo, con Gabriel aquí y con todo esto, es seguro que algo suceda.

—Lo haré...

Nos separamos y el silencio nos cubrió durante cierto tiempo. Mamá salió para buscarnos e invitarnos a entrar, porque serviría el postre, así que sin más nos fuimos tras ella para integrarnos una vez más a la mesa. Noté que Germán aún no estaba, comencé a sentirme bastante inquieto y por más que traté de ser paciente no pude, así que salí de la casa para buscarlos, pero no los vi, ni tampoco el coche de Braulio.

—¡Carlos! —gritó Gabriel.

—Gabriel, ¿qué haces aquí afuera? ¿Has visto a Germán y a Braulio? —pregunté.

—Se marcharon hace un momento.

—¿Qué?, ¿a dónde? —cuestioné confundido.

—No lo sé, solo vi que se fueron juntos.

—No me mientas, Gabo, por favor, no ahora, si sabes algo, dímelo. Esta es tu oportunidad para hacer algo bueno por los dos —recalqué mientras lo sostenía por los brazos.

—Es que no sé si deba decírtelo.

—Decirme qué, vamos, dime.

—Salí a fumar un cigarro, pero me fui al garaje para que nadie me viera, y entonces los escuché platicar... Escuché que Braulio le dijo que si te a... —titubeó—, que si en verdad te ama, tiene que marcharse, así que lo llevó al aeropuerto.

—¿Qué? Esto no puede ser cierto...

—No estoy mintiendo, es la verdad.

Instantáneamente me invadieron una vez más el coraje, la angustia, la ira. Corrí a casa para tomar el teléfono y llamar a Braulio, pero su celular estaba apagado, así que cogí detrás de la puerta las llaves del carro de mamá. Pablo, que sentado ya disfrutaba del postre, alcanzó a verme y presuroso se fue tras de mí. Mamá y los Huitrón observaron admirados tal escena, pero no dijeron nada, simplemente mamá actuó con naturalidad y continuó sirviendo el postre con la expresión «¡Ay, estos jóvenes de hoy!».

9:00 DE LA NOCHE

Al salir de casa, corrí directo al carro de mamá mientras Gabriel intentaba detenerme, pero al aventarlo con gran fuerza, cayó al suelo y yo aproveché para meterme al auto y arrancarlo. Pablo gritaba que me detuviera, pero no hice caso, fui directo al aeropuerto, desesperado y enojado, confundido y llorando de coraje. Iba muy rápido, tan rápido que hasta algunos altos me pasé. Lo único que recuerdo, después de eso, fue haber visto las luces de una camioneta que venía directo y de frente metiéndose en mi carril para embestirme. Al intentar evadirla, viré el volante tan fuerte que después, cuando quise retomar el control, el auto giró bruscamente patinando y volteándose sobre el pavimento del otro carril. Un golpe me dejó inconsciente en el instante.

QUINCE MINUTOS ANTES

Al terminar de servir el complemento, mamá se disculpó un momento con los Huitrón justificando su repentina ausencia para salir a buscarnos, así que una vez que estuvo fuera de casa, se percató de que Gabriel se estaba levantando del suelo mientras los autos se alejaban a lo lejos.

—Pero ¿qué te pasó, hijo?, ¿qué hacías en el suelo tirado?, ¿y los muchachos? —preguntó mi madre.

—Me tropecé al querer alcanzarlos, tía —explicó Gabriel.

—¿Te dijeron a dónde iban? ¿Germán iba con ellos?

—No lo sé, tía, no alcancé a ver, solo los vi a ellos dos.

Mamá se quedó consternada y bastante preocupada, le pidió a Gabriel que ingresara a la casa y ella bajó a buscar a Germán a mi alcoba sin éxito. Se quedó sentada sobre mi cama durante algunos minutos.

Luego de que yo saliera con gran prisa en el carro, Pablo también tomó el auto de sus padres, que se encontraba estacionado justo afuera, para ir tras de mí, de igual forma, a alta velocidad intentando alcanzarme.

Esa escena la describiría más bien como un retrato olvidado en el sótano, una sobreexposición de luz, la luz de la camioneta vista desde la perspectiva de Pablo en su carro. Mi auto, girando bruscamente, volaba por los aires hasta caer en el otro carril; acto seguido, patinaba sobre el pavimento y, a la vez, era golpeado por otro vehículo que no había tenido tiempo para detenerse.

Por su parte, y luego de presenciar tan impactante accidente, mi amigo alcanzó a frenar a tiempo. De no haberlo hecho, también habría chocado directamente con el principal causante del siniestro, quien segundos después se impactó contra unos árboles aledaños a la carretera. Una vez parqueado sobre el acotamiento cubierto de vidrios, bajó del vehículo y corrió hacia el irreconocible auto de mamá, mientras otros conductores que también habían resultado afectados se ayudaban unos a otros.

Resulta que el conductor responsable del trágico incidente se había quedado sin frenos. Salió afortunadamente ileso luego de haber colisionado contra un árbol metros más adelante, suerte con la que no corrí yo. Cuando Pablo logró abrir la puerta para sacarme, presenció una escena completamente desgarradora. Ahí estaba yo bañado en sangre, pues me había golpeado muy fuerte en la cabeza. Sobre mi rostro, algunos vidrios enterrados causaban dolor. Uno de mis brazos se había dislocado, y al costado de mi abdomen un trozo de acero salía atravesando la cintura de un lado a otro. Pablo quedó impactado, pero aun así intentó ayudarme e hizo todo lo que estaba a su alcance. Yo seguía inconsciente, pero el dolor y sus gritos de desesperación hicieron que reaccionara con sonidos que expresaban mi martirio por las heridas.

—Carlos, amigo, tranquilo, te sacaremos de aquí, todo va a estar bien.

—Germán, ¿en dónde está Germán? Germán —pregunté.

—Tranquilo, amigo, por favor, no hagas ningún esfuerzo, pronto llegarán los paramédicos —sollozó.

—Pablo, por favor dile que lo amo, dile que siempre lo voy a amar.

—Sí, hermanito, yo lo haré, lo traeré y tú mismo se lo dirás, no te preocupes, ya viene la ayuda en camino.

Cerré los ojos.

Pablo intentó reanimarme, pero al darse cuenta de que no reaccionaba, comenzó a gritar desconsolado por ayuda. Una última lágrima de entre mis ojos se combinó con la sangre que se regaba entre el pavimento y las manos de mi mejor amigo, quien entre gritos de tristeza y llanto se lamentaba y pedía que alguien llamara a una ambulancia, y me exigía a la vez que no me muriera....

Mientras, en casa, mamá no imaginaba lo que había sucedido. Pensativa y con la mirada perdida, de repente sintió un fuerte pesar en el pecho, puso sus manos a la altura de su corazón con demasiada angustia y permaneció así durante algunos minutos.

—Mamá, los Huitrón te están esperando en la mesa —dijo Jenny.

—Sí, hija, ya voy, diles que subo en un instante —respondió.

—Mamita, ¿qué te pasa, estás bien?

—Claro, princesa, no pasa nada, solo un pequeño dolor de cabeza.

—¿Entonces, por qué lloras?

—No es nada, hija, ya te dije que me dolió la cabeza muy fuerte.

Jenny la miró consternada, cuando de repente se escuchó el sonido del teléfono timbrando. Se dirigieron a la sala para tomar la llamada que les daría aquella fuerte información, la noticia de que su hijo Carlos Palacios había tenido un lamentable accidente y que se encontraba muy grave rumbo al hospital Amerimed. En un llanto que no pudo aguantar, mamá se desmoronó en el sofá cercano a ella, para después compartir a los presentes la información de la trágica situación y, de inmediato, partir hacia el hospital en el que ya me habían ingresado.

SALA DE ESPERA
10:47 DE LA NOCHE

Mamá llegó al hospital acompañada por mis tíos, Gabriel y los padres de mi amigo, quienes se encontraban muy angustiados porque temían que Pablo también hubiese corrido con la misma suerte. Sin embargo, aliviados, abrazaron a su hijo cuando al llegar lo vieron derrumbado en la sala de espera. No podía siquiera hablar, pero denotando cierto trauma en su rostro, mi pobre amigo solo pudo preguntar por Germán, a lo que Gabriel, en privado, respondió que lo había visto marcharse con Braulio en su carro.

—¿Familia Palacios?

—Sí, doctor, yo soy la madre, dígame, por favor, ¿cómo está mi hijo?

—Señora, debe ser fuerte, lo que a continuación le voy a decir requiere mucha fortaleza.

—¿Qué pasa, doctor? Dígame que mi hijo está bien, por favor.

—Su hijo sufrió golpes muy graves en la cabeza, lo que le causó una contusión cerebral. Tiene varias heridas, un brazo dislocado y ha perdido mucha sangre, necesitamos donadores cuanto antes. ¿Sabe qué tipo de sangre es su hijo?

—Sí, doctor, desafortunadamente mi hijo es cero negativo —reveló con gran angustia, dejando al doctor perplejo.

—¿Alguno de los presentes es también cero negativo? —cuestionó con gran preocupación.

—¡Yo! —contestó Gabriel.

—Excelente, muchacho... —Respiró el doctor aliviado—. ¿Tú eres...?

—Es mi sobrino, doctor, él es Gabriel —contestó mamá, abrazándolo en un gesto de agradecimiento y cariño.

—¡De acuerdo!... Señora, por favor, necesito que trate de conseguir a alguien más con ese tipo de sangre, de ello depende que su hijo se salve, pues no bastará solamente con un donador, además es de urgencia hacer una intervención quirúrgica cuanto antes.

—¿Una cirugía dice? ¿Pero por qué? —preguntó alarmada.

—Tenemos que removerle una barra de acero que atravesó su cintura.

—¡Dios mío! —exclamó casi al borde del desmayo.

—Afortunadamente logramos estabilizarlo y contamos con uno de los especialistas más importantes en el campo, que ya viene en camino, pero si no actuamos ya... —Inclinó su rostro—. Por favor, haga lo que le dije, el hospital también emitirá una alerta ahora mismo a través de los medios para encontrar posibles donadores. Mientras tanto, joven Gabriel, sígueme por favor.

Se retiraron.

Era un momento trágico y desgarrador. Mientras Gabriel ingresaba a la sala de urgencias con el doctor, Jenny y mamá lloraban desconsoladas apoyadas en mis tíos y los Huitrón, que también trataban de tranquilizar a Pablo, quien solo mantenía sus manos en su rostro esforzándose para no seguir llorando. Minutos antes, cuando Braulio iba con Germán hacia el aeropuerto, repentinamente recibió una llamada en el teléfono celular de su trabajo en la que le hacían saber que requerían su presencia con gran urgencia en el hospital, por lo que al no tener otra opción, desvió su auto y le dijo a Germán que en cuanto llegaran ahí le pediría un taxi para que se fuera a encontrar conmigo, recordándole de igual forma que al día siguiente se tendría que marchar temprano. Así que una vez que arribaron a su destino, Germán aguardó afuera por el vehículo que lo llevaría a casa, mientras que Braulio con prisa ingresaba al hospital.

—Madre, ¿qué hacen aquí? —preguntó mi hermano con gran sorpresa.

—Braulio, hijo, tu hermano Carlos…

Mamá abrazó a Braulio envuelta en un llanto inconsolable, mientras Jenny más calmada le contaba lo sucedido. Mi hermano estaba paralizado de la impresión por tremenda noticia, había comprendido que el llamado del doctor que lo solicitaba con urgencia era para atenderme a mí.

Así que con algunas frases positivas y alentadoras se alejó de la sala de espera pidiendo a Pablo que fuera por Germán, que se encontraba justo afuera del hospital. Luego se dirigió al quirófano, en donde ya me tenían listo para la cirugía y Gabriel se preparaba para la transfusión.

—¡Germán!

—¿Pablo?, ¿qué haces aquí? —preguntó atónito.

Con algunas lágrimas en los ojos y difícilmente articulando las palabras, Pablo le informó sobre la lamentable situación y lo grave que me encontraba. Germán no lo podía creer, encogió sus brazos y su mirada intranquila se perdió por completo al cerrar sus ojos y hacer un gran gesto de desesperación y culpa. Jamás había sentido esa sensación de agobio y miedo corriendo por su cuerpo, en su mente. Inmediatamente le pidió a Pablo que lo llevara hacia donde estaba mi familia. Mamá, desesperada, se encontraba haciendo llamada tras llamada, mis familiares y mi hermana se movilizaban dentro del hospital preguntando a los presentes, pero ninguno respondía positivamente; ya que, ese tipo de sangre era muy difícil de encontrar. Cuando Pablo llegó con Germán y supo lo que estaba sucediendo, para sorpresa de todos, mi bello español —entre emocionado, impaciente y presuroso— afirmó tener también ese tipo de sangre, causando una gran expresión de alivio entre todos, pero principalmente en mi madre, quien corrió inmediatamente por el doctor... Fue una situación bastante compleja, yo pendía de un hilo entre la vida y la muerte, pero por extraño que parezca, tanto Gabriel como Germán portaban el mismo tipo de sangre, coincidencia que salvaría mi vida y que Jenny agradecía devotamente a Dios... Segundos después, mamá llegó con Braulio del brazo y lo llevó hacia donde Germán. La expresión de mi hermano al ver que era mi novio el otro donador de sangre fue de total asombro, pero inmediatamente lo llevó con él para prepararlo e iniciar la transfusión.

Llegando al quirófano, Germán no pudo contenerse. Su cara de angustia se reflejó de inmediato cuando me vio recostado y sin sentido, con el rostro cubierto, empapado en sangre y con un objeto punzocortante atravesándome el cuerpo. Volteó a ver a Gabriel, quien lloraba discretamente y se encontraba en una camilla a mi derecha con uno de sus brazos intervenido, del que le estaban sustrayendo sangre. A él lo recostaron en otra camilla a mi lado izquierdo, y una vez que también fue preparado, comenzó el proceso de transfusión sanguínea, mientras que mi hermano hacía su trabajo con la cirugía para remover el pedazo de acero, que afortunadamente no había dañado ninguno de mis órganos internos. ¡Vaya día!, apenas habíamos llegado y ya habían pasado muchas cosas, más malas que buenas.

Dicen que, por ética profesional, ningún doctor debe atender a sus propios familiares. En este caso, Braulio era el único especialista disponible en esa rama, por lo que sin excepción alguna y al estar mi vida en juego él había sido designado como mi doctor temporal.

Finalmente, la transfusión terminó, y lograron estabilizarme por completo. Tanto Germán como Gabriel lucían pálidos y agotados, pero contentos de saber que me habían salvado la vida, así que luego de retirarles el catéter de entre sus brazos, los instalaron en otra sala contigua para tenerlos en observación durante treinta minutos, mientras los alimentaban para recuperar fuerzas y energía. Fue un momento bastante incómodo para ellos, pero que les dio la oportunidad de hablar. Por su parte, mi hermano logró hacer su trabajo con éxito, pero con un nudo en la garganta al darse cuenta de mi terrible condición.

—Esto es muy extraño, ¿no crees? —preguntó Gabriel intentando romper el hielo.

—Sí... sí que lo es —respondió Germán tajante.

—Es decir, quién iba a pensar que tú y yo... que nosotros tenemos el mismo tipo de sangre y que le salvaríamos la vida...

Germán permaneció callado.

—Escucha, sé que empezamos mal, ¿de acuerdo? Y me disculpo si fui grosero cuando Carlos nos presentó, es solo que...

—No tienes que decirme nada, tío, lo sé todo.

Un silencio incómodo los atrapó a los dos, el ambiente era tenso y Gabriel no supo qué decir, tan solo miró hacia el suelo, pues se encontraba sentado sobre una silla, mientras frotaba sus manos sobre su pantalón. Por su parte, Germán, aún recostado sobre la camilla, observaba hacia el techo de la sala tranquilo, pero envuelto en sus emociones y la culpa que lo carcomía por dentro.

—¿Carlos te habló sobre mí? —preguntó Gabriel dudoso.

—Sí, claro que lo hizo... pero también escuché parte de vuestra conversación cuando llegaste, y te aseguro que no fue mi intención... —respondió afligido.

—Me dijo que son novios... ¿Lo amas?, ¿tú amas a Carlos? —Tragó saliva.

—Claro que lo amo... Yo amo a tu primo como nunca he amado —respondió melancólico.

—... Yo también lo amo, Germán, aunque no lo creas, lo amo.

—¿Y por qué no habría de creerte?

—No lo sé, estas son cosas que nadie habla, que nadie ve bien, que todos juzgan, y que nadie cree.

—¿Qué te puedo decir, Gabriel? Claramente no soy «todos», y que estés enamorado de tu propio primo me es indiferente, pero él está conmigo ahora, y aunque esto pueda ser difícil para ti, te pido por favor que no intervengas entre nosotros.

—No entiendo por qué me dices esto.

—Bueno, es simple... Te escuché cuando dijiste que no te quedarías con los brazos cruzados.

—Sí, lo dije, pero no me refería a hacer algo para que ustedes estén mal o terminen —confesó calmado.

—¿Ah, no?, entonces explícate...

Claramente la tensión entre los dos se iba haciendo más fuerte, y aunque Gabriel estaba diciendo la verdad, en el momento en que Germán le dijo que yo estaba con él, sintió mucho enojo, pero supo disimularlo controlándose.

—¿Sabes qué es lo irónico de todo esto, Germán? —preguntó seguro y retador—. Dicen que la sangre llama... Tal vez él esté ahora contigo como su novio, pero yo siempre seré su primo, su familia. Y cuando no esté más a tu lado, porque sé que eso algún día tiene que pasar, yo estaré ahí. Estaré justo ahí tal y como estoy ahora, porque aunque tú no lo veas, yo sé que Carlos aún me ama, yo sé que él sigue sintiendo ese gran amor por mí.

Germán se levantó de la camilla para mirarlo con gran molestia.

—Yo siempre seré la sombra entre ustedes, y lo digo con toda seguridad, porque el primer amor nunca se olvida, y yo sé que aunque él te ame a ti, algún día volverá a mí.

Germán lo observó desafiante, pero Gabriel desvió su mirada. Mi bello español sentía por primera vez una ira que estaba controlando con gran trabajo. Las palabras de Gabriel habían sido tan fuertes y crueles que indudablemente le habían llegado muy profundo. En ese momento, una enfermera irrumpió en la sala para decirles que podían retirarse e incorporarse con sus familiares. Acto seguido, Gabriel se levantó de la silla para dejar primero el lugar y dirigirse a la sala de espera, a la que minutos después se incorporaría Germán para aguardar impacientes a que saliera Braulio. Luego de cuarenta angustiantes minutos, finalmente salió por aquellas puertas que llevaban directo al quirófano.

—¡Hijo!, te estábamos esperando. ¿Cómo está tu hermano? —preguntó mi madre.

—Él está bien, mamá. —Braulio suspiró con una fuerte expresión de tristeza.

—¡Bendito Dios!, gracias, Dios mío —expresó mamá con un alivio que dejaba su fuerte angustia y la de los presentes a un lado.

—Está fuera de peligro, pero...

—¿Pero qué, hijo?

—Pero entró en estado de coma...

Mamá se dejó caer en el sillón sin poder ocultar su dolor, el dolor que le causaba saber que, aunque estaba vivo, no era seguro que regresara de ese mundo misterioso del que pocos regresan, y si lo hacía, no había una fecha exacta para saberlo.

Mi hermana la abrazó junto con la señora Huitrón. Braulio pidió a todos que tuvieran fe, mientras Pablo, abrazado a su padre, no pudo evitar dejar ver su angustia e impotencia en la también triste expresión de su cara. Por su parte, Gabriel y Germán se hicieron los fuertes en todo momento, pero en un claro impulso de desesperación e incertidumbre, mi español se acercó a mi hermano para pedirle que lo dejara verme, algo que no pudo ser posible debido a que me encontraba en cuidados intensivos, al menos hasta que me trasladaran a una habitación, lo que indicaría que ya me encontraba totalmente fuera de peligro.

Yo dormía profundamente en un sueño único, perdido en el más allá, quizá en el mundo de los muertos o en el de los verdaderos sueños, no podría describir con exactitud cómo era eso que vivía, pero ahí no sentía nada, no había dolor ni sufrimiento, solo paz y armonía, solo luz y tranquilidad, solo un lugar inmenso y yo en la nada, pero con todo ese gran amor que sentía y que parecía infinito.

Capítulo 5

RENACIMIENTO

Hay momentos en la vida que jamás se olvidan, momentos que marcan y dejan huella, están aquellos que solo son instantes, pero que duelen y dañan, y también aquellos que intentamos repetir u olvidar. Todos son momentos, simples y buenos o malos momentos.

Caminaba sobre un pastizal muy verde que no podía tocar, estaba como flotando o volando. Había un extenso lago lleno de agua cristalina que, a lo lejos, se hacía notar con un brillo deslumbrante reflejado por la luz del sol radiante. Las nubes eran blancas, y las aves se mecían con la suave brisa que rozaba delicadamente las hojas verdes de los grandes árboles que rodeaban el camino hacia el agua. Corría desesperado y brincaba fuertemente para así poner los pies sobre la tierra, pero no podía, lo intentaba y no lograba conseguirlo. En mi sueño percibía la soledad, nadie estaba a mi lado, solo yo, ese lago y las aves. Comenzaba a sentir mucha tristeza, y las nubes se agitaban tornándose color gris casi negro, una fuerte tormenta caía con intensa furia, y de repente ya no había aves, ya no había nada y el agua no me tocaba; llovía fuerte sobre mí, pero no me mojaba, era como si fuera invisible, pero yo me podía ver a mí mismo.

asaron un par de horas para que finalmente mi madre y hermana pudieran verme. Tanto Braulio como ellas se encontraban a mi alrededor y me observaban con gran dolor. Mi amada familia, sin poder expresar palabra alguna, era cobijada por todas esas emociones que causaban impotencia, tristeza y desconsuelo al saberme vivo, pero perdido en ese lugar del que solo Dios sabría si me permitiría volver.

—¿Crees que tu hermano algún día salga del coma, hijo? —preguntó mamá con gran pesar.

—Eso espero, madre, el golpe que recibió en la cabeza fue muy severo, pero tengo fe en que él es fuerte y que luchará por regresar con nosotros en algún momento —contestó Braulio mientras me observaba nostálgico.

—Es que todavía no puedo creer cómo sucedió todo esto, por más que trato de entender qué fue lo que pasó, no logro concebir una respuesta a esta desgracia. ¿Qué fue lo que motivó a mi angelito a salir presuroso de casa?, ¿por qué tomó mi carro sin avisar siquiera a dónde iría?

—Tranquila, mamá, no te angusties más por esas cosas, lo importante es que mi hermanito está luchando por su vida, y sé que pronto esta pesadilla acabará —dijo Jenny.

—Tienes razón, hija, eso es lo de menos, tu hermano es fuerte y le queda mucha vida por delante, estoy segura de que no se dará por vencido, ¿verdad, mi cielo? Sé que me estás escuchando, mamá te ama, y aquí estamos tus hermanos y yo cuidando de ti y esperándote para cuando decidas regresar. ¡Te amo, mi cielo! Eres mi pequeño y tienes que ser fuerte, luchar para venir con nosotros, aún no es tiempo de que te vayas, hijo mío —me susurró con gran dolor suavemente al oído.

—Madre, hay algo que tengo que decirles.

—¿Qué sucede, hijo?

—Es que... —Dudó por un momento—. Es que yo soy el culpable de este infortunio. —Un gran y acumulado llanto inconsolable desarmó a mi hermano, que se había estado aguantando desde el momento en que me había atendido en el quirófano.

—Pero ¿por qué dices eso, hijo? Claro que no, tesoro, no digas esas cosas —exclamó mamá al mismo tiempo que lo abrazó, mientras Jenny los miraba atenta con sus ojos empañados en lágrimas.

—Madre, yo soy el responsable, por mi culpa mi hermanito está tendido en esta cama —dijo apenas pudiendo hablar.

—No, hijo, no digas nuevamente eso, tu hermano tuvo un accidente de auto, para nada fuiste tú el culpable.

—Sí, fui yo, mamá, perdóname, perdóname, por favor, Carlos, hermano. —Soltó a mamá para recostar su cabeza sobre mi pecho—. Si me estás escuchando, perdóname, necesito que vuelvas, despierta, hermano, te lo pido, no quiero perderte, por favor, perdóname.

No aguantó más, mi hermano se quebró en mil pedazos justo en ese momento. La culpa, el remordimiento, el dolor y la tristeza lo habían doblegado ante la posibilidad de que yo jamás despertara y muriera en el cuarto de ese hospital.

—Madre, Jenny, sé que este no es el momento ni el lugar para decirles lo que les voy a decir, pero si Carlos no despierta nunca, jamás me lo voy a perdonar.

Ambas lo observaron confundidas, consternadas.

—¿De qué hablas, Braulio?, ¿por qué nos dices esto? —preguntó Jenny.

—Entre Carlos y Germán hay algo más que una simple amistad, yo los descubrí hoy por la tarde en la playa, los vi juntos, besándose, y entonces no pude evitar enojarme y me lancé a golpes contra los dos.

Una expresión de asombro las invadió al escucharlo con total atención.

—Los amenacé, amenacé a mi hermano con decirte a ti, madre, y además con quitarle todo mi apoyo económico para que no regresara a esa universidad en donde conoció a

Germán. Estaba muy enojado, molesto, no sé por qué actué de esa forma, pero así fue. Y cuando fui a casa esta noche, iba con la intención de informarles sobre toda esta situación, pero al ver que estaban pasando un buen momento decidí callar. Fue entonces que, al retirarme, Germán me alcanzó y me pidió hablar... —Tomó aire—. Así que luego de haberlo escuchado durante algunos minutos, le exigí que se marchara. Que si en verdad amaba a mi hermano, se tendría que ir y yo no diría nada ni le quitaría mi apoyo, así que lo llevé conmigo al aeropuerto para comprarle su boleto de regreso... Germán quería avisarle a Carlos, pero no lo dejé, porque sabía que si lo hacía, mi hermano lo impediría... supongo que de alguna forma debió enterarse o simplemente salió a buscarlo cuando se dio cuenta de que se había tardado... Perdóname, Carlos, por favor, hermano, perdóname.

Estremecido y sorprendido por un nuevo llanto, Braulio se echó a llorar sobre mi pecho mientras repetía una y otra vez que lo perdonara. Mamá, con el corazón partido en mil pedazos, se acercó a él para abrazarlo mientras que Jenny, que también lloraba, lo tomó de la mano al igual que a mí, quedándose así, casi sin aliento durante un par de minutos.

—No es tu culpa, hijo mío.

—Sí lo es. De no haber sido por mí, por eso que obligué a Germán a hacer, esto no hubiese pasado.

—¡Escúchame! Lo que hayas hecho o intentado hacer, y lo que sucedió mientras tu hermano conducía, fue una cadena de sucesos lamentables. Si bien es cierto que van ligados los unos con los otros, no tienen nada que ver con el resultado final. Simplemente tu hermano estaba en el lugar equivocado en el momento equivocado. Por favor, no seas tan duro contigo mismo, tú no tienes la culpa de lo que sucedió.

Braulio la miró con profunda tristeza, algunas lágrimas que salieron de entre sus ojos fueron limpiadas por mi madre, que luego lo llevó a sus brazos para consolarlo mientras mi hermana una vez más se unía a ellos hasta que estuvieron los tres más tranquilos.

—Yo siempre he sabido que mi Carlos es diferente —dijo mamá y me tomó de la mano—. Sé lo que son cada uno de ustedes porque soy su madre, yo los llevé en mi vientre durante nueve meses, los crie, los eduqué y veo y seguiré viendo por ustedes hasta el último día de mi vida. Mis tres tesoros son lo más sagrado para mí, y desde aquel momento en que supe que yo sería su madre y su padre a la vez me prometí apoyarlos y amarlos con todas mis fuerzas y mi corazón, fueran como fueran. Entiendo, Braulio, que tú no apruebes la forma de ser de tu hermano, pero si yo, que soy su madre, no lo juzgo, tú, que eres su hermano mayor, lo menos que puedes hacer es protegerlo, cuidarlo y respetarlo. Tú, mi guerrero indestructible, y tú, mi hermosa princesa de gran corazón, ustedes que son sus hermanos mayores deben sosternerlo. Juntos hemos hecho de esta familia una gran familia, así que debemos respetarnos y ayudarnos a ser felices. —Los abrazó una vez más—. Si Germán ama a su hermano y además le ha salvado la vida junto con su primo Gabriel, nuestro cariño hacia ellos así como nuestro agradecimiento siempre serán sinceros y a manos llenas. El mundo ya tiene bastante odio, resentimiento y coraje, debemos brindarle todo nuestro amor a su hermano y hacerle sentir que no está y nunca estará solo, y lo mismo con Germán. Por favor, háganlo sentir parte de la familia, háganlo por mí, por Carlos, por su felicidad y porque estoy segura de que es algo que él buscaba trayéndolo aquí.

Dicen que nadie nace sabiendo ser padre, pero indiscutiblemente algunos padres tienen el toque, la chispa, el don de ser realmente los mejores; y ella, esa bella señora de gran luz, cabello rizado y encantadora sonrisa, era sin duda alguna la madre perfecta... ¡mi madre!

No estuvieron mucho tiempo conmigo. Braulio solo había conseguido que pudieran pasar a verme escasos quince minutos, así que después de ello salieron de terapia intensiva mientras me quedaba al cuidado de una enfermera. Todos aguardaban impacientes en la sala de espera, especialmente mi querido Germán, quien de su rostro solo podía desprender una acentuada expresión de tristeza. Mamá se acercó a él para abrazarlo en un gesto de gratitud por lo que había hecho por mí, anunció a todos que yo estaba mejor y en recuperación, agradeció desmedidamente el apoyo y la compañía, pero también pidió que fueran a descansar. Así que aunque algunos se rehusaron, finalmente todos accedieron con la promesa de que se los mantendría al tanto sobre mi situación.

De esa forma, los Huitrón se fueron a casa, así como mis tíos, Gabriel y Jenny. Fue difícil convencer a mamá, pero al cabo de una leve charla con Braulio, también aceptó cuando este le dijo que no tenía caso que se quedara, pues ya no podría verme sino hasta el día siguiente en horario de visita, por lo que resultaba mejor que tratara de descansar para que por la mañana pudiera estar ahí; después de todo, él se quedaría a mi cuidado total durante las próximas doce horas. Por su parte, Germán no quiso moverse de ahí a pesar de la insistencia de mi hermano, así que, con cierto remordimiento, Braulio apoyó su decisión asegurándole a mi madre que lo convencería más adelante para que se fuera en un taxi a casa.

—¿Cómo está Carlos? Necesito verlo, Braulio, por favor —le pidió Germán.

—Por ahora es imposible, Germán, pero él está mejor, aunque como escuchaste se encuentra en estado de coma.

—Permíteme verlo, aunque sea un momento, te lo pido por favor.

—No puedo, Germán, no en este momento, necesitas ser paciente, y en cuanto haya oportunidad yo te llevaré con él, lo prometo. Por ahora tengo que irme, debo monitorearlo. Ve por un café y algo de comer, eso te hará bien. ¡Te veo aquí en una hora!

Pasaban de las cuatro de la mañana cuando Braulio finalmente pudo dar acceso a Germán para que estuviera conmigo tan solo quince minutos. Su rostro se entristeció al verme tendido en la cama en esa situación.

Un gran vendaje cubría mi cabeza y parte de mi rostro, a la vez que me encontraba conectado a un respirador artificial.

—Mi amor, me siento destrozado, verte como estás me parte el corazón, y más porque sé que no puedes responderme, ni siquiera puedes verme... ¿Acaso Dios quería esto para nosotros?, ¿es así como tenía que pasar? Porque si es así, Dios, escúchame con atención, nada podrá vencerme ni detenerme, yo lo amo, ¿entiendes? Y este amor que siento es mucho más fuerte que el tiempo que tenga que esperar para que le permitas despertar —afirmó con gran pesar—. Carlos, mi amor, ¿puedes escucharme? Por favor, despierta, tienes que luchar, debes ser fuerte, aún tenemos muchas cosas que hacer. Perdóname, amor, debí hacerte caso, debí ir contigo y avisarte lo que estaba sucediendo. Por favor, tienes que luchar y regresar conmigo, no me dejes solo, tío, no me dejes sin ti, porque no podré vivir más si tú no estás...

Así, mezclando su cansancio con el llanto, Germán se quedó unos minutos mirándome y sosteniendo mi mano. La imagen perfecta para que Braulio, al entrar y vernos desde su perspectiva, se tocara el corazón y se diera cuenta de que Germán realmente me amaba, de que ya era hora de aceptar algo que siempre había sospechado, de dejarme ser libre y hacer mi vida solo, sin su ayuda.

—Germán, no quisiera... pero tienes que irte —expresó Braulio tocándole el hombro.

—¡Lo sé!

—Anda, es hora de que tú vayas a descansar. Ve a casa que yo lo cuidaré.

—Muchas gracias, Braulio.

—¡No!, gracias a ti por salvarle la vida a mi hermano.

Braulio estrechó entre sus brazos a Germán, los dos se abrazaron compartiendo su dolor sin decir nada, y minutos después lo acompañó a la salida del hospital, en donde ya aguardaba un taxi por él para llevarlo a casa.

Hubiera dado todo por ver esa escena, por haber abierto los ojos en el momento en que se abrazaron y ser testigo de los inicios de una gran relación entre mi hermano y mi amado Germán.

Continuaba lloviendo, pero las gotas no podían siquiera rozar mi rostro, estaba entrando en una gran desesperación, era como si estuviera dentro de una burbuja. En mi sueño profundo, el lago comenzaba a crecer desatando una corriente que me arrastraba hacia una enorme cascada, pero yo continuaba seco, completamente seco. Estaba a punto de caer por el precipicio, intenté aferrarme a unas rocas, pero la corriente era fuerte. Ya no había árboles, ya no había nada... y caí al precipicio...

Me encontraba solo en la habitación, fueron diez a quince minutos los que estuve sin compañía alguna. Repentinamente mis ojos se abrieron durante varios segundos, pude ver mucha luz, sentí dolor. Mi rostro dolía, intenté hablar, pero no pude. El medidor de mi ritmo cardíaco se aceleró, mis ojos fueron cerrándose, y la luz ocultándose... simplemente caí al precipicio, mi corazón dejó de latir...

En esos hospitales donde el servicio es privado tienen un sistema moderno de seguridad: cuando el medidor del ritmo cardíaco baja o sube, inmediatamente se activa un sistema de alarma para que el personal encargado acuda de inmediato. Este se había activado cuando Braulio iba entrando de nuevo al hospital; Germán ya estaba rumbo a casa, así que ni idea tenía de lo que pasaba. Enfermeras, doctores y mi hermano estaban muy movilizados en mi caso, tuvieron que utilizar un desfibrilador para revivir mi corazón y estabilizarme, algo que Braulio nunca contó a mamá y que guardó como un gran secreto...

VEINTE MINUTOS DESPUÉS

—Germán, qué bueno que llegaste, te estaba esperando —expresó mamá.

—Señora July, ¿qué hace despierta?

—Braulio me llamó para avisarme que venías en camino. ¡Por Dios!, te vas a resfriar, anda, entra a casa.

—Gracias, señora July, le agradezco mucho.

—De hoy en adelante llámame solo «July», y háblame de «tú», ¿te parece?

—Claro, July. —Sonrió.

—¿Cómo está Carlos?

—Tu hijo se encuentra estable, él está bien, no hubo complicaciones.

—Debo apurarme, tengo que ir al hospital para estar con mi bebé por si despierta.

—Braulio comentó que él lo estaría cuidando y que la hora de visita es a partir de la una de la tarde. Tal vez deberías descansar un poco más.

—Es que no he podido siquiera dormir, no dejo de pensar en todo esto. Mi hijo me necesita allá, no aquí durmiendo.

—Lo sé, July, y en verdad entiendo perfectamente tu preocupación, pero tienes que descansar, aunque sea un poco. Carlos está en buenas manos y más tarde podrás verlo. Por favor, necesitas descansar.

—Tengo miedo de que algo le suceda mientras duermo — expresó con gran tristeza y preocupación.

—Eso no pasará, Carlos es un chico fuerte y sé que está luchando para salir bien librado de esta batalla y así estar nuevamente con vosotros.

—Tienes razón, hijo, mi Carlos se pondrá bien.

Germán la vio tan vulnerable que sintió una enorme necesidad de abrazarla cuando lo llamó «hijo», y así lo hizo. Le agradeció por hacerlo sentir parte de la familia y le dio un beso de esos que les dan los hijos a los padres con mucho cariño.

Mamá intentó hablar, pero su voz se quebraba poco a poco, aunque seguía firme y en su postura de madre comprensiva.

—No hay nada que agradecer, Germán. Lo sé todo, sé que entre tú y Carlos existe algo más que una amistad, sé que tú y él están juntos.

El silencio se apoderó de los dos por un momento, mamá lo miró a los ojos. Con su mano derecha le acarició el rostro y lo llevó hacia ella para darle un beso en la frente.

—Yo... yo lo amo, July, yo amo a tu hijo más allá de mí mismo.

—Lo sé, sé que lo amas y te agradezco tanto que le hayas salvado la vida, no sé cómo podré pagarte lo que has hecho.

—No, no, no, para nada, no me digas eso, aun en otras circunstancias yo hubiese hecho lo mismo.

—Lo sé, hijo, eres un hombre de gran corazón, y eso lo pude percibir desde el primer momento en que cruzamos palabras... Solo prométeme que harás muy feliz a Carlos, que lo cuidarás mucho y que nunca le vas a fallar.

—Así será, July, más que una promesa esto es un juramento que con total seguridad te hago, pues yo sé que en realidad lo amo, lo amo más allá de mí, incluso de una forma en que jamás había amado, él es el amor de mi vida. —Sus ojos se tornaron llorosos.

—Me alegro mucho de que mi muchacho haya tenido la gran fortuna de conocerte... ¡Bienvenido a la familia!

Con una enorme expresión de felicidad, Germán le dio las gracias y nuevamente la abrazó. Después de algunos minutos, mamá se dirigió a su habitación para intentar descansar, mientras Germán en mi alcoba trató de hacer lo mismo.

En algún lugar de ese mundo desconocido, desperté flotando en el agua, ahora sí ya estaba empapado, se había roto por fin la burbuja de aire que no me permitía sentir absolutamente nada. Caer de esa enorme cascada me quitó la vida durante algunos instantes, pero al resucitar, pude percibir por el tacto la sensación de que alguien me sostenía. Mis ojos permanecían cerrados, pero a lo lejos pude escuchar una voz masculina y agradable que repetía una y otra vez «Ven a mí».

Luego del incidente en el hospital, Braulio se quedó sujetando mi mano y acariciándola. Me observaba fijamente y con gran tristeza, pero no decía nada, absolutamente nada. Solo miraba mi cuerpo inmóvil y se transportaba a aquellos tiempos en los que, antes de dormir, siempre me contaba alguna historia. Su rostro se iluminó con una sonrisa cuando recordó que yo le pedía relatos de terror, y justo cuando me estaba por quedar dormido, solía acariciar mi mano y luego me daba un beso en la frente. Su rostro volvió a entristecer cuando recapituló cada momento que se había perdido conmigo, lo mucho que había cambiado y lo duro que había sido en muchas ocasiones en las que intentó frenar parte de mis sueños.

Ahí estábamos los dos una vez más, él cuidando de su hermano pequeño, pero no en casa, sino en el cuarto de un hospital en el que en vez de contarme una historia para poder dormir, rezaba con mucha fe para que pudiera despertar...

CUATRO SEMANAS DESPUÉS

Durante ese tiempo no había sucedido mucho, solo que dos días antes, toda la familia había tenido que marcharse a excepción de Gabriel, quien con vacaciones de sobra y tratando de compensar el pasado aprovechó para quedarse un tiempo y así apoyar con mis cuidados, esperando verme pronto abrir los ojos. Para ese entonces, yo ya me encontraba fuera de peligro y no en terapia intensiva, sino en una habitación de hospital en la que además eran permitidas las visitas familiares a toda hora, e incluso podían quedarse a dormir ahí. Así que entre mamá, Germán, Jenny, Gabriel, Braulio y hasta Pablo se estuvieron turnando constantemente para hacerme compañía durante esas noches.

Ese día en particular pasaban de las siete de la mañana y mamá se encontraba conmigo junto con Gabriel. El turno de descanso de mi hermano había comenzado y se dirigía a casa para comer algo, reposar un poco y regresar de nuevo por la noche para trabajar y cuidarme en compañía de Germán, que se encontraba apenas despertando nostálgico, triste e impotente, con un enorme vacío en su interior.

Había pasado ya tiempo, cuatro malditas semanas en las que nunca se presentó ningún cambio en mi estado, ni siquiera una pequeña señal que les indicara que pronto saldría del coma. Por supuesto, él cada vez se sentía peor, jamás cayó en la resignación, pero la soledad lo consumía cuando despertaba y no me veía a su lado, cuando caía de nuevo en la cuenta de esa, nuestra cruel realidad. Tal y como sucedió esa mañana, en la que, al no poder dormir más, decidió vestirse y emprender camino a nuestra playa, aquel hermoso sitio en el que me había pedido que fuera su novio.

Iniciaba la brisa matutina, el sol desprendía sus luminosos rayos llenos de brillo. Germán estaba sentado en la arena, el agua mojaba sus pies descalzos. Pensativo y con unas gafas oscuras que cubrían sus ojos, admiraba el paisaje.

—Hola, Germán, ¿puedo sentarme?

—¡Braulio, qué sorpresa! Por supuesto, adelante... ¿Cómo estás?

—Bien, gracias, llegué hace un rato a casa y al escuchar que la puerta se cerraba, observé por la ventana que venías en dirección a la playa... imaginé que estarías aquí.

La brisa del mar lanzó entre los dos una ventisca que interrumpió la plática. Braulio se sentó a un lado de Germán y ambos contemplaron el inmenso mar y el bello amanecer durante algunos minutos en completo silencio.

—¿Alguna noticia sobre Carlos?

—Estable, sin dar otras señales. Mamá y Gabriel se encuentra con él justo ahora.

—¿Crees que algún día despertará?

—Ruego por que así sea, porque si no, jamás me lo voy a perdonar.

—Me siento de la misma forma, no puedo imaginar mi vida sin él... ¡disculpa!

—No te preocupes, Germán, puedes hablar libremente, después de todo, le salvaste la vida y están juntos, eso te hace parte de la familia... —expresó con gran sinceridad—. Lamento mucho haber actuado de esa forma en aquella ocasión, siento haber sido tan miserable e injusto contigo, perdóname por haberte juzgado y tratado de esa forma.

—No te preocupes, entiendo perfectamente.

—Te veo aquí, así, y veo que tienes incluso el mismo sentimiento de impotencia y dolor que todos nosotros. En serio lo amas, ¡ah!

—Siento que estoy muriendo sin él, Braulio. Le echo mucho de menos, me hace falta. Sus ocurrencias —rio—, su sonrisa, la manera de mirarme y su tan sola presencia... tantas cosas que le dan sentido a mi vida. Sin duda te puedo decir que es la persona más valiosa que jamás haya tenido.

—Sabes, siempre fui muy injusto con Carlos. Solíamos venir a esta playa y jugar cuando éramos pequeños. Papá nos traía seguido a admirar los atardeceres, a escuchar el sonido de las olas. Él creía que, si realmente deseabas algo, al venir a este lugar y pedirlo con mucha fe podía cumplirse. Pensaba que el canto de las olas al reventar eran las respuestas de las sirenas. Si el sonido era muy fuerte, no era bueno; pero si, por el contrario, se escuchaba lento y tranquilo, entonces el mar cumpliría tus deseos... ¡cuentos tontos!...

—¿Qué sucedió con vuestro padre?

—Nos abandonó el muy maldito...

—Lo siento, no fue mi intención.

—Descuida, fue mejor así. No nos hace falta, nunca nos hizo falta y afortunadamente pudimos salir adelante sin él. Mamá fue capaz de aguantar ese duro golpe, y yo me volví como el padre de mis hermanos, por eso siempre los sobreprotegía exigiéndoles demasiado. Por un lado, estaba Jenny, quien afortunadamente ha sabido llevar su vida con la ayuda de mamá, pero por el otro estaba Carlos. Yo quería que fuera alguien fuerte, alguien como yo, que ni siquiera recordara a mi padre como tal, me encargué de manipular su vida haciendo lo que creía correcto para él, y aunque en un principio no quise que estudiara en otro país, después lo apoyé pensando que estando lejos de aquí podría evitar que se enterase por qué mi papá nos había dejado, pero fue imposible... Lo supo poco tiempo antes de irse a la universidad y sin embargo nunca me lo reprochó, nunca me contradijo... La verdad es que no me arrepiento de haberlo apoyado, te conoció y sé que es feliz, ahora lo veo, y me siento culpable, porque si no les hubiera hecho esto, nada habría pasado.

—No es tu culpa, no es culpa de nadie.

—Claro que es mi culpa, tenías razón, yo ya sabía que mi hermano tenía esas preferencias, pero jamás dije nada, por el contrario, me volví más estricto creyendo que podría cambiarlo. Sabía que nunca podría hacerlo, por eso actué así ese día. Discúlpame, Germán, por favor, discúlpame por haberte agredido —expresó con nostalgia y gran arrepentimiento—. ¡Sabes!, a pesar de no creer mucho en cuentos de hadas, solía venir a este lugar para pedir un único deseo: volver a ver a mi padre. Nunca se me cumplió y por eso dejé de venir, tal vez fue que nunca creí en ello, pero además venir aquí me traía malos recuerdos. En el fondo lo odiaba y no quería verlo, nos había cambiado por otra familia, había estado engañando a mi madre desde siempre y finalmente se decidió por ellos y por eso se marchó.

Braulio por fin había desahogado tanto rencor y enojo, y sintió una gran paz y tranquilidad. Al fin era libre de algo que lo había estado consumiendo, pero nunca había imaginado que la persona a la que algún día contaría parte de su vida sería aquel hombre que poco tiempo atrás quería fuera de su camino, su propio cuñado. ¡Vaya ironía!

—Discúlpame por contarte todo esto, no sé qué me pasó.

—Está bien, no te preocupes, todos guardamos cosas fuertes que siempre terminan saliendo cuando menos lo esperamos.

Solo espero que te haya ayudado y te sientas mejor —replicó Germán.

—¡Gracias!...

Mi mente aún permanecía vagando, seguía escuchando esa voz que me llamaba una y otra vez. Me iba acercando al lugar de donde provenía, pero con cada paso que daba sentía dificultad al respirar. Era una selva, yo aún estaba empapado, detrás de los árboles se veía mucha luz, y esa voz tan suave seguía cantando. Me detuve, no pude respirar, tenía mucho frío y decidí retroceder, ya no supe más.

—Si mi hermano no despierta en los próximos días, ¿qué harás? Las vacaciones pronto terminarán —dijo Braulio.

—Eso es lo que he estado pensando, sería muy egoísta de mi parte irme y fingir que no pasó nada. Seguir y no estar en el momento en que pueda despertar...

—También sería muy egoísta detener tu vida. Debemos tener mucha fe y no perder la esperanza, pero también adaptarnos a las nuevas circunstancias.

—Lo sé, además no me gustaría causar más molestias.

—¿Bromeas?, nada de eso. Tú ya eres de la familia, así que no vuelvas a mencionarlo. Yo me refiero a que debes seguir con tus planes, tus estudios. He estado en muchos casos de este tipo, y muchas familias se quedan estancadas, lo pierden todo, no me gustaría que pasara eso con mi madre, con mi hermana ni tampoco contigo.

—Entonces, ¿crees que si Carlos no despierta en el transcurso de estos días, deba marcharme?

—Sí, pero solo temporalmente. Podrías venir cada vez que sea posible, y aquí tendrás las puertas abiertas. Además, nosotros lo cuidaremos, estará bien, está con su familia. Yo me encargaré de mantenerte al tanto por cualquier cosa...

—Hay algo que tengo que decirte, Braulio. —Sonó justo el celular de Germán—. Permíteme un momento, por favor...

Germán contestó su teléfono, pero no dijo nada; al cabo de unos quince segundos colgó y se quedaron callados. El sol brillaba más fuerte iluminando el océano, las gaviotas volaban por encima del mar agitado, la marea alta azotaba sobre la playa.

—En realidad yo tengo veintinueve años, no soy estudiante real de la universidad.

—¿A qué te refieres? —preguntó asombrado.

—Antes de decírtelo, necesito saber que puedo confiar en ti y contar con que no harás nada al respecto, ni dirás una sola palabra de lo que hablemos.

—¿Tan serio es? —exclamó consternado.

—¡Demasiado!

—Está bien, cuenta con ello.

—Braulio, yo soy un oficial encubierto trabajando para la Interpol. Por ningún motivo nadie, absolutamente nadie, tiene que saber esto.

—No entiendo —respondió pensativo, confundido y con una gran expresión de sorpresa en el rostro.

—No puedo decirte mucho, Braulio, pero estoy implicado en un caso muy fuerte que me ha llevado a tener que hacer esto.

—¿Entonces todo esto de que estás con Carlos también es falso?

—¡No! —se apresuró a contestar—. Yo me encuentro investigando un caso muy delicado dentro del campus, pero eso no tiene nada que ver con nosotros. De hecho, estuvieron a punto de quitarme mi placa al grado de perder mi trabajo y mi reputación, precisamente porque me involucré con tu hermano de esta forma, pero todo se resolvió y estamos siendo muy cuidadosos y discretos.

—¿«Estamos»? ¿Entonces Carlos lo sabe todo?

—¡Así es!... En un principio no se lo dije, pero después lo tuve que hacer.

—Es que no entiendo, ¿por qué estás como oficial encubierto en una universidad de prestigio? ¿Qué está sucediendo? ¿Carlos está en problemas, en peligro? —preguntó notoriamente preocupado.

—¡Tranquilo, Braulio!, todo está bajo control. Como te comenté, no puedo decir mucho, pero Carlos no tiene nada que ver en todo esto.

—¿Esto está relacionado con la universidad?, ¿es segura?

—La investigación que estoy haciendo tiene que ver con algunos estudiantes y sus tutores, pero nada más. La misma institución no sabe nada de esto, y por este motivo necesito que me ayudes con tu silencio y confianza. Si te estoy confesando esto, es porque tengo que irme, debo regresar —explicó suavizando las cosas para no alarmarlo más.

—¿Es por esa llamada que acabas de recibir?...

—¡Lo es! —Asintió—. Tengo que volver cuanto antes. Al parecer las cosas se han complicado y es preciso que me vaya. Quisiera poder contarte más, pero por ahora no puedo, sin embargo, te prometo que pronto sabrás el porqué de toda esta situación.

—Comprendo... —comentó resignado.

—No quisiera irme, no en este momento, pero tengo que hacerlo, y eso es lo que más me duele. ¡No sé qué hacer!

—Si todo esto es cierto como dices, Germán, entonces ve, tienes trabajo que hacer y cosas por resolver.

—No quiero dejar a tu hermano, no así.

—No tengo idea de lo que esté pasando allá, me inquieta bastante escucharte decir estas cosas, pero voy a confiar en ti, así que haz lo que tengas que hacer y cuenta con todo lo que ya te dije.

—¡Gracias, Braulio!, gracias en verdad por comprenderme.

El sol intenso iluminó sus caras tristes y preocupadas, ambos contemplaron perdidamente el inmenso mar algunos minutos más en absoluto silencio, para después levantarse y volver a casa.

Eran las nueve de la mañana, uno de mis brazos se movió. Mamá había ido a comprar algo para desayunar mientras Gabriel me cuidaba, pero este miraba atento el bello paisaje por la ventana del cuarto en el quinto piso en el que me habían ubicado, sin siquiera darse cuenta de lo que estaba pasando. Mis ojos se volvieron a abrir, pero no pude ver nada. Todo estaba oscuro, sentía demasiado dolor en el pecho, un dolor que no pude soportar y que hizo que desde el fondo de mi ser desprendiera aquel sonido que alertó a mi primo y lo hizo darse cuenta de la situación. Gabriel se sorprendió y pensó en llamar a algún doctor o a una enfermera, pero al ver que después de eso volvía al estado en el que estaba, tan solo se acercó y tomó mi mano.

—Lo siento mucho, Carlos, siento haberte causado todo ese dolor aquella vez cuando más me necesitaste. Siento tanto no haberte ido a visitar las veces que me pediste que lo hiciera. Tal vez si lo hubiera hecho, si te hubiera puesto más atención a ti y menos a mi trabajo, hoy estaríamos juntos, y nada de esto hubiera pasado... —expresó con gran pesar—. No sé si puedas escucharme, pero te juro que jamás fue mi intención lastimarte, usarte ni mucho menos ilusionarte. Esto siempre fue algo muy difícil para los dos, pero como te dije aquella última noche que pasamos juntos, yo te amo.

Se abrió la puerta.

—Ya regresé, hijo, aquí tienes una rica torta de jamón con huevo, frijolitos, aguacate y un café para despertar —le dijo mi madre.

—Muchas gracias, tía, se ve delicioso.

Repentinamente sintió la necesidad de contarle a mamá lo que había pasado minutos atrás, pero una vez más prefirió guardar silencio.

—Agradezco mucho, hijo, que estés aquí, sobre todo ahora que Germán y Pablo pronto deberán regresar a la universidad. No había tenido tiempo de hablar contigo, pero jamás voy a dejar de agradecerte lo que hiciste por mi Carlos, estaré en deuda contigo por toda mi vida.

—No tienes nada que agradecer, tía, es lo menos que puedo hacer y pude haber hecho por mi primo.

—Lo quieres mucho, ¿no es así?

—Claro que sí, es mi primo... —contestó un tanto nervioso.

—Ustedes dos siempre fueron muy apegados, pero de repente las cosas cambiaron. Supongo que es natural, ambos crecieron, tú lejos, otras costumbres, otras ideas, otro país. Recuerdo lo mucho que disfrutaba el tiempo cuando tu mamá y yo éramos pequeñas. Todo fue color de rosa incluso hasta la preparatoria, ella era un chica muy temida y popular, asediada por los chicos, que no la dejaban en paz, pero siempre tenía tiempo para mí, éramos como uña y mugre. De repente todo cambió, ambas crecimos, entramos a la universidad, definimos nuestros gustos y cada una tomó diferentes caminos. Ella conoció a tu padre y se fue a vivir al otro lado. Digo, no es que no sigamos siendo muy apegadas, pues nos hablamos cada semana y es un ritual que cada año nos vengan a visitar, pero sin duda las cosas cambian, hijo. Así que puedo entender que tú y Carlos se hayan distanciado por sus razones, pero nunca olvides que son familia y que, pase lo que pase, siempre existirá ese lazo que los una —concluyó sonriente.

Ese día por la noche, cuando Germán y Braulio llegaron al hospital, hablaron con mi madre sobre la repentina partida que debía hacer mi bello español al día siguiente, argumentando una situación muy delicada que le exigía volver cuanto antes. Antes de ello, e irónicamente, los dos habían ido al aeropuerto a comprar el vuelo de regreso, y aunque mamá sabía que de alguna forma ese día llegaría, también tenía muy en cuenta que Germán regresaría, así que sin cuestionarlo y sin entrometerse, simplemente entendió y apoyó su partida. Por su parte, cuando se enteró Jenny, ella pensó que Germán no había aguantado la situación y me dejaba así, sin más, creía que me abandonaría y que no regresaría.

Esa misma noche Pablo acudió al hospital luego de que Germán le pidiera hablar con él, así que en el cambio de turno en el que mamá y Gabriel se iban a descansar a casa, Germán y Pablo se encontraron.

—¿Qué pasa, Germán, por qué la repentina decisión de irte mañana?, ¿sucedió algo?, no entiendo —preguntó Pablo.

Germán lo miró desconcertado.

—¿Qué sucede, Germán?

—Encontraron a Bruno Giesler muerto...

Una inmediata expresión de terror se apoderó del rostro de Pablo.

—¡No puede ser!

—Lo sé, Pablo, estoy igual que tú.

—Pero ¿cómo pasó?, ¿qué le sucedió?

—No lo sé, ese tipo de detalles no suelen compartirse en llamadas telefónicas, y menos en casos de alto riesgo como en el que estamos implicados... Por eso tengo que regresar cuanto antes, debo irme mañana mismo.

—Tengo que volver contigo...

—¡No!, ¿estás loco, tío?... Ahora más que nunca Carlos te necesita, además no tienes nada que hacer allá si las clases comienzan en una semana.

—Es que no lo puedo creer, esto no puede estar pasando.

—Créeme, Pablo, tenía la esperanza de que Bruno estuviera bien, pero con todo esto debemos actuar cuanto antes, estoy seguro de que fueron los hermanos Colvin. —Un leve silencio se apoderó del momento y Pablo quedó en total *shock*—. Necesito que estés con Carlos y me informes de su estado. Yo me comunicaré contigo a diario para mantenerte al tanto, así que por ahora lo mejor es que permanezcas aquí y no levantemos sospechas de nada... ¿entendido?

—¡De acuerdo! —asintió resignado.

—Carlos, despierta, mi amor, tienes que despertar. No quiero irme sin ti, me haces mucha falta, no sé si podré aguantar estando lejos de ti, debes despertar ahora mismo, por favor... Mañana me voy y no quiero, no quiero dejarte aquí. Por favor, amor, tienes que luchar, tienes que hacerlo por nosotros. —Se recostó sobre mi pecho para dejar caer un par de lágrimas que no pudo contener.

El silencio los envolvió. Pablo, por su parte, contemplaba con gran tristeza a un Germán destrozado al mismo tiempo que continuaba asimilando la muerte de Bruno, mientras que mi amado español suplicaba a través de sus pensamientos que pronto despertara...

A la mañana siguiente y muy temprano, Germán se marchó no sin antes despedirse de mi familia. Pablo se ofreció a llevarlo al aeropuerto, y entonces, con la promesa de volver pronto, voló de regreso a Austin, Texas. Pablo lo alcanzaría una semana después para incorporarse al nuevo ciclo escolar que estaba por iniciar. Sin duda alguna, ese fue un día muy difícil para él, algunas lágrimas discretas salieron de entre sus ojos cuando el avión iba despegando, pero pudo mantenerse fuerte mientras recordaba aquellas palabras de aliento que mamá le había regalado antes de despedirse de él: «No te preocupes por Carlos, ten fe y verás que todo será posible. Recurre a Dios, recurre a tu interior cuando estés triste, busca esa voz dentro de ti y posiblemente logres escuchar la de él. Háblale desde lo más profundo de tu ser, y tal vez él logre escucharte, guíalo hacia ti, ¡hazlo! La voluntad de Dios es tan grande que, si tienes fe, los milagros pueden suceder, hijo».

Por mi parte, yo seguía sin dar seña alguna, luchando entre la vida y la muerte, entre los sueños y la realidad. Permanecía ahí, acostado, sin saber que el tiempo pasaba... los días, las semanas y hasta los meses.

OCTUBRE
TRES MESES DESPUÉS

Durante todo ese tiempo, Germán tuvo la oportunidad de visitarme en cuatro ocasiones. Pablo solo una, pues el ciclo escolar no se lo permitía tan a menudo, pero aun así mi novio lo mantuvo al tanto de todo y a cada momento. Mi recuperación había sido lenta, pero positiva, mi cara ya no mostraba los vendajes ni hinchazón alguna, incluso habían removido los puntos de la herida en mi cintura, y aunque físicamente mostraba una gran mejoría, mi mente seguida extraviada en algún lugar.

Un día, cerca de las once de la mañana, Gabriel se encontraba cuidando de mí como de costumbre. Tanto mis hermanos como mamá estaban realmente agradecidos con él, ya que se había quedado más tiempo del previsto. Al ser parte de una empresa tan accesible como Google, le habían dado la oportunidad de trabajar a distancia, así que realmente no había ningún problema con el tiempo de su estadía. Eso había sido de gran ayuda para mi madre, que se encontraba trabajando en ese momento, al igual que mi hermana —quien además estaba haciendo una maestría— y, por supuesto, Braulio, quien aunque todas las noches se hacía cargo de mí, en ese preciso instante se encontraba descansando luego de una larga y pesada jornada en el hospital. Gabriel me leía una novela mientras sostenía mi mano. No sé cómo fue exactamente ese momento, pero recuerdo que tenía mucho frío. Comencé a sentir que mi cuerpo temblaba, mis ojos se abrieron súbitamente, pude ver la luz de la habitación, sentí el aire fresco que llegaba de la ventanilla abierta. Escuchaba con atención las palabras de

Gabriel, pero no sabía quién era ni en dónde me encontraba. Apretar con fuerza la mano de mi primo fue lo máximo que pude hacer en ese momento. Inmediatamente se percató y paró su lectura, y quedó estupefacto cuando vio que mis ojos estaban abiertos.

Él se encontraba feliz, inmensamente feliz, sonreía atónito y emocionado, mientras yo lo observaba serio y confundido.

—Carlos, por fin despertaste, no lo puedo creer, esto es un milagro —comentó con gran entusiasmo.

—¿En dónde estoy?

—En el hospital, tuviste un accidente, ¿lo recuerdas?

Lo miré intentando recordar, pero no había nada.

—Estuviste en coma durante casi cuatro meses. No lo puedo creer, en verdad no lo puedo creer, por fin despertaste. ¡Debo ir por alguien!

No puse tanta atención a sus palabras, ni siquiera escuché lo que en ese momento había dicho, solo cabía en mi cabeza una sola pregunta: «¿Quién eres tú?». Pregunta sorpresiva que, al hacérsela, calmó su euforia y emoción para dar paso a la duda que reflejaba su rostro de una forma muy acentuada.

—¿Cómo que quién soy? —cuestionó pasmado—, ¿no sabes quién soy yo?

—No, no lo sé —contesté aturdido.

—Quizás son los sedantes, tal vez más tarde te acuerdes de todo.

—¿Acordarme de qué?, ¿quién eres tú?, ¿quién soy yo, en dónde estoy?

Gabriel comprendió que algo estaba mal. Por una parte, se sentía feliz porque sorpresivamente había salido del coma, pero por la otra estaba muy preocupado por mi extraño comportamiento, así que llamó a uno de los doctores en turno. Luego de valorarme, en efecto y sin dudarlo diagnosticó en mí pérdida de memoria... Inmediatamente se le avisó a mi familia de la buena noticia, pero la mala la darían cuando estuvieran en el hospital. Mamá salió feliz de su trabajo, mi hermana había dejado las clases presurosa y Braulio —que apenas llevaba un par de horas dormido— corrió a su auto para manejar presuroso hacia el hospital. Podría decir que era una imagen muy emotiva. Yo, despierto, pero asustado y confundido, mi familia apapachándome, mamá llorando emocionada y besándome, Jenny agradeciendo a Dios y Braulio sonriendo. ¿Yo? Admirado y perdido, en las nubes, preguntándome una y otra vez quiénes eran ellos, quién era yo, por qué estaba ahí y qué me había sucedido, pero ninguna de esas preguntas fue respondida en el momento. De hecho, mi familia aún no sabía de mi pérdida de memoria, pues el doctor que me había valorado no se encontraba presente. A Gabriel tampoco lo había visto desde aquel momento en que el doctor había confirmado mi triste situación. En ese instante ya ni siquiera me acordaba de él, al menos no en ese día, ya que después mis pensamientos pertenecerían única y exclusivamente a ese apuesto chico de ojos verdes.

—Disculpen, pero... ¿quiénes son ustedes? —pregunté desorientado.

Un silencio incómodo se presentó ante mi familia. Mi mamá y mi hermana voltearon a ver a Braulio confundidas, pero él solo hizo un gesto de total desconcierto.

—Carlos, hijo, soy Julissa, tu madre, ¿no me reconoces?

—Lo siento, pero no logro recordar nada —dije.

Un fuerte dolor en el pecho la invadió, mamá estaba profundamente triste y consternada, su felicidad se había convertido en angustia, estaba sorprendida, pero siempre fuerte.

—Carlos, ¿cómo que no te acuerdas de quién es ella? Es tu madre, yo soy tu hermana y él es tu hermano.

—Perdón, lo siento mucho, pero no sé quiénes son ustedes, ni siquiera sé quién soy yo, ¿en dónde estoy?, ¿qué me pasó? Ni el doctor que vino a verme ni la enfermera me han contestado nada.

Algunas lágrimas se salieron de mis ojos, dejando al descubierto la confirmación de las sospechas en Braulio. Fue ahí cuando el doctor que me había valorado entró para darles la mala noticia. Todos salieron un momento y yo solo pude escuchar lamentos y discusiones. Al final de cuentas, lo más importante era que yo ya había despertado, así que Braulio les pidió de favor que platicaran conmigo de todo, quizás se trataba de algo temporal y pronto todo podría volver a mi mente, aunque el primer diagnóstico estaba más que claro: no era seguro que yo recuperara la memoria por la fuerte contusión cerebral que había tenido durante el accidente...

Así se fueron pasando los días. Por supuesto Germán y Pablo ya sabían de lo sucedido, y aunque en ese momento lo que más deseaban era ir a verme, se encontraban en una situación crítica, Pablo con las clases y Germán a punto de encontrar a los culpables de la muerte de Bruno y desenmascarar por fin a esa organización.

Yo había despertado un martes 16 de octubre por la mañana, mi novio y mi mejor amigo me estarían visitando para el viernes diecinueve por la noche. Mientras ese día llegaba, durante los siguientes tres días me mantuvieron en el hospital bajo cuidados y supervisión, en tratamientos y aún internado.

Estaba bastante aburrido sin nada que hacer, solo recibía visitas de la familia, que me mostraban fotografías de mi infancia intentando que recordara algo, pero sin éxito... Fue para el jueves por la tarde que recibí nuevamente aquella visita que ese día me llevaría a un nuevo nivel en mi sentir, en mis pensamientos, en mi vida entera. Cuando se abrió la puerta, yo observaba por la ventana la inmensidad del paisaje intentando recordar algo de mi vida, pero nada aparecía en mi mente. Sentí cómo esas tibias manos me tomaban por los hombros desde la espalda y reaccioné desprevenidamente con cierta expresión de susto. Era Gabriel, una imagen única, ojos hermosos y verdes, labios rojos carmesí, una mirada que me ponía nervioso cuando me observaba fijamente, una piel suave, pero, sobre todo, un cuerpo atlético exquisitamente bien definido que se podía apreciar por su forma de vestir.

—Lo siento, no era mi intención asustarte... ¿estás bien?

—¡No! —respondí tajante—. ¿Qué haces aquí?, ¿quién eres tú?

—Por lo que veo, sigues sin recordar nada...

—¿Acaso nos conocemos?

—Por supuesto, más de lo que te imaginas... y estoy muy preocupado por ti, por todo esto.

Aparentemente Gabriel se notaba afligido, pero por dentro estaba feliz, y más porque tenía un plan que había estado ideando detenidamente y que a partir de ese momento pondría en marcha.

—¿De dónde nos conocemos?, te recuerdo del día en que te desperté, pero ¿por qué te fuiste?, ¿cómo te llamas?, ¿quién eres?... ¡Contéstame! —dije desesperado.

—Siéntate, te lo voy a explicar todo, pero necesito que te tranquilices, ¿de acuerdo? —expresó mientras tomábamos asiento—. Carlos, sé que todo esto que te voy a decir tal vez no te haga recordar nada, pero tienes que confiar en mí... Mi nombre es Cristián, he estado viniendo a escondidas durante los últimos meses para verte.

—¿A escondidas? ¿Por qué? —cuestioné ofuscado.

—Soy amigo de un miembro de tu familia, es decir, de tu primo Gabriel. —Extrajo de su bolsillo una fotografía que me mostró y en la que aparecía él con otro chico—. Él es Gabriel y nos conocemos desde hace mucho tiempo. Gracias a él he podido verte.

—No lo reconozco... ¿en dónde se encuentra él ahora?, ¿por qué no está aquí?

—Tuvo que irse por su trabajo, él vive en los Estados Unidos, pero vendrá pronto, sobre todo cuando se entere de que ya has despertado.

—No entiendo, ¿qué tiene que ver todo esto contigo?

—Ese día que despertaste tuve que irme porque tu familia pronto llegaría, y entonces podía haber problemas.

—¿A qué te refieres?

—¿En verdad no te acuerdas de nada, Carlos? Tienes que hacer un esfuerzo.

—Ya te dije que no, no recuerdo nada, quisiera hacerlo, pero no puedo —exclamé impaciente, exasperado.

—No sé cómo decir esto...

—Por favor, no lo hagas más frustrante, solo cuéntame qué tienes que ver tú con todo esto, con mi primo y conmigo.

—Carlos, lo que pasa es que tú y yo.... —Se armó de valor—. Tú y yo estamos juntos.

—¿A qué te refieres con que estamos juntos? —Pregunté confundido.

—A que tú y yo... Yo soy tu novio...

Capítulo 6

TRAICIÓN A LA MORAL

El amor es eso que te hace sentir libertad total al expresarte tal cual eres y desde el fondo de tu ser a través de las acciones, de las palabras e incluso con la mirada, pero también es esa parte que, si no se sabe controlar, puede liberar a tus demonios y desatar el mismo infierno en ti y en el mundo de los demás, incitándote a cometer las más dementes atrocidades guiadas por los bajos instintos.

odo era extraño, no sabía qué pensar, no pude contestarle, así que me levanté de la cama para ir hacia la ventana, dejándome llevar por la fuerte sensación que tenía. Algo me decía muy en el fondo que no era cierto, pero, a la vez, la inexplicable e intensa atracción que sentía hacia él me hacía dudar. ¿Cómo diablos recordarlo o saber si era cierto? Ni siquiera sabía nada de mi pasado o de mi vida, pero tampoco entendía eso tan grande que él me hacía experimentar. Simplemente dejé que la confusión actuara impulsivamente.

—Sé que para ti esto es muy confuso, para mí está siendo muy difícil, no tienes idea de cómo me está consumiendo. Verte aquí inmóvil durante varios meses sin saber si despertarías o no... y finalmente, cuando lo haces, no sabes quién soy...

—expresó con gran angustia—. ¡Lo mejor será que me vaya!
—Se levantó para dirigirse hacia la puerta.

—No, espera, no te vayas. Disculpa si no he sido agradable contigo, pero entiéndeme, no sé quién eres, ayúdame a recordar, tengo miedo, mucho miedo. Me siento en blanco, vacío, perdido.

Se acercó y me abrazó, y su aroma se impregnó en mi cuerpo, despertando en mí un deseo incontrolable. Sus manos recorrieron mi espalda hacia mi cintura, mientras que las mías se aferraban a su espalda para después tomar su cabello entre mis dedos.

No pude hacer caso omiso a lo que sentía, me había dado cuenta de que a pesar de que no recordaba nada, él movía intensamente mis emociones, él hacía que de alguna forma naciera esa necesidad de protección y me revivía algo muy en el fondo. Y yo, simplemente, me estaba dejando llevar sin saber absolutamente nada.

—Tengo que irme.

—¿Por qué?, apenas llegaste.

—Lo sé, pero no tarda en llegar tu familia y ellos no saben de lo nuestro, así que por favor no les menciones que estuve aquí.

—¿Por qué no saben?

—Ahora no puedo decirte más, solo confía en mí, por favor.

—¿Y cuándo te voy a volver a ver?

—Te darán de alta mañana, viernes diecinueve por la mañana. Te veo a las cuatro p. m. cerca del lago que está en tu casa; busca la lancha en ruinas, ahí te estaré esperando.

Abandonó el cuarto de hospital dejándome muy inquieto, deseaba irme con él en ese momento, pero no podía, al menos no todavía. No entendía por qué, pero me sentí contento, emocionado. Mi corazón palpitaba fuertemente, mis pensamientos vacíos se enfocaban en su mirada, en su persona... simplemente en él.

DOS DÍAS ANTES

Una vez que el doctor en turno me diagnosticó en su primera impresión con pérdida de memoria, Gabriel salió del hospital presuroso, dejando que una enfermera estuviera al tanto de mí, mientras que el doctor daba aviso a mi familia que milagrosamente había salido del coma. Sin embargo, Gabriel pudo localizar a mi madre antes que el doctor para llevar a cabo el que sería un plan casi perfecto.

—¡Aló!

—Tía July, soy Gabriel.

—Hola, mi niño, ¿qué pasa?, ¿está todo bien?

—Sí, tía, todo en orden, las cosas siguen igual, pero tengo un pequeño inconveniente.

—¿Qué pasa, hijo?

—Recién he recibido una llamada de mis superiores en la empresa para la que trabajo, necesitan que me presente mañana temprano con gran urgencia. Tengo que irme ahora mismo para resolver un gran problema en las instalaciones. Ya sabes cómo es esto de los contratos con marcas prestigiosas, si no los cumplen, te demandan por un dineral, y antes de que eso suceda, necesitamos llegar a un acuerdo con los clientes de uno de nuestros productos.

—Está bien, hijo, no te preocupes, yo entiendo, no tienes por qué darme tantas explicaciones. ¿A qué hora te vas?

—Voy saliendo del hospital rumbo a casa para tomar mis cosas, pero no te preocupes, Carlos está bien, se quedó al cuidado de la enfermera y el doctor en turno.

—De acuerdo, mi niño, yo iré para allá en cuanto salga de trabajar.

—Gracias, tía, te dejo la llave en la maceta afuera de la puerta, no quisiera irme, pero en cuanto termine de resolver este asunto regreso para seguir apoyándote con mi primo.

—No te apures, hijo, ya hiciste mucho y me encuentro muy agradecida contigo, y lo sabes… estoy en deuda.

—No digas eso, tía, para mí mi primo lo es todo, así que en cuanto pueda vuelvo.

—Gracias, hijo, que Dios te bendiga, cuídate mucho y que te vaya bien. Avísame cuando hayas llegado e informa a tus padres, por favor.

—Así será, tía, hasta pronto.

Otra llamada interrumpió el teléfono en la oficina de mi madre, pero al estar ocupada atendiendo a mi primo no alcanzó a contestar. Luego de colgar, ella quedó un poco mortificada porque me había quedado de alguna manera solo, pero sabía que ese hospital era uno de los más reconocidos por sus buenos servicios, así que regresó a sus labores. Quince minutos más tarde sonó nuevamente el teléfono. Era el doctor, informándole sobre las buenas noticias, de tal manera que presurosa y feliz detuvo sus actividades para dirigirse al llamado. Por su parte Gabriel, decidido a obtener su cometido, comenzó su aventura con esa gran mentira, así que fue por sus pertenencias a mi casa, hizo sus maletas y se dirigió a un hotel ubicado en las afueras de la ciudad, en donde se hospedaría el tiempo necesario para obtener lo que en ese momento se había propuesto: que yo me enamorara nuevamente de él, aunque en esta ocasión en diversas circunstancias.

Seguramente se estarán preguntando por qué nadie mencionó a Gabriel durante ese tiempo, y la razón es muy sencilla. Resulta que dentro de aquella charla que tuvieron mis hermanos y mi madre afuera de la habitación el día en que desperté y no los reconocí, acordaron no mencionar cosas fuertes. Según Braulio, empezar de esa forma podía afectar el proceso de recuperación, aun cuando sabían que las probabilidades de que yo mejorara eran casi nulas, así que decidieron no profundizar en el tema del accidente ni en situaciones que pudieran darme una gran impresión. Además, el doctor que en ese momento se hizo cargo de mí, que era nuevo en el hospital, les sugirió que solo se enfocaran en nuestro núcleo para que yo me ganara su confianza nuevamente; es decir, que me hablaran de mi niñez, las cosas que me gustaban, lo que amaba hacer en la vida, parte de mis pasatiempos e incluso gustos musicales. De este modo, una vez que yo tuviera claro que ellos eran mi familia, debían comenzar a introducirme a todas las personas que conocía, incluso a mostrarme fotografías. Pero el armado de todas las piezas del rompecabezas de mi vida debía ser poco a poco, porque, de lo contrario, tanta información podría confundirme y desencadenar una fuerte condición de doble personalidad. También acordaron no hablar de nada que no me resultara familiar ni sobre mi preferencia sexual; sin embargo, esperaban mucho la llegada de Germán y Pablo, porque tenían fe en que tal vez viéndolos los reconocería, algo que estaba muy cerca de comprobarse. Por otra parte, cuando Jenny preguntó por Gabriel al no verlo presente, mamá explicó lo que había sucedido con él, así que Braulio también sugirió que por el momento no lo mencionaran, al menos hasta que regresara. Claro que mamá no estuvo de acuerdo, porque no se le hacía justo que luego de haber sido uno de mis salvadores y de haberme cuidado durante todo ese tiempo no lo mencionaran ni le dieran su crédito, pero al final de cuentas entendió que si no los recordaba a ellos, no tenía sentido introducirme más información de la debida. Después de todo, y con el tiempo, en algún momento todo eso se sabría…

En el transcurso de esos días, Gabriel estuvo planeando todo cuidadosa y detalladamente. Había tenido razón, ya que ese día en que me visitó, confirmaron la noticia de que a la mañana siguiente me darían de alta. Por una parte, me sentía aliviado, pues ya no estaría encerrado, además de que cierta felicidad y algunos nervios se venían a mí porque sabía que lo vería pronto; pero, por la otra, aún conservaba todo ese revuelo de dudas y sentimientos en mi cabeza… Mamá y Braulio me llevaron a casa, todo era extraño, no reconocía nada, ni siquiera mi alcoba o mi ropa, ninguna habitación se me hacía familiar, me sentía simplemente como un desconocido en ese lugar, aunque también percibía cierta paz y gran armonía. Recuerdo haberles dicho que estaba cansado y que quería estar solo, así que me recosté un rato sobre mi cama, intentando una vez más hacer un gran esfuerzo por recordar algo, pero mi mente simplemente no respondía, por consiguiente, me quedé dormido durante un par de horas. Al despertar, me percaté de que el reloj marcaba las 4:10 p. m., así que presuroso y sin hacer ruido salí de mi habitación y me encaminé en busca de aquel punto en donde me encontraría con Cristián. No tardé en encontrar el sitio, pues justo en el patio trasero se encontraba ese enorme lago que desde la casa se veía impresionantemente hermoso.

Salí por atrás; a lo lejos se apreciaba un enorme árbol. Me llamó la atención su gran tamaño. Me dirigí hacia él, y cuando estuve más cerca, repentinamente comencé a escuchar mi nombre. Continué caminando en dirección a esa voz, solo para percatarme de que Cristián estaba sentado justo en una lancha en ruinas sonriéndome.

—Te extrañé mucho, pequeño. ¿Cómo estás? —preguntó para después abrazarme efusivamente, expresando gran cariño y emoción.

—Estoy mejor... feliz de verte.

Apenas terminé de responder cuando repentinamente sus labios se acercaron a los míos. Sostuvo con sus manos mi cara mientras que nuestros ojos se cerraban al compás del encuentro. El corazón casi se me sale del pecho, me sentía demasiado nervioso, pero también extrañamente contento.

—¿Estás bien? —preguntó.

—Sí, solo un tanto nervioso.

—¿Estuvo mal que te besara? Es decir, disculpa, pero moría por hacerlo.

—No, está bien. Fue algo impulsivo e inesperado, pero lindo. —Sonreí.

—¿Alguien te vio venir?

—No, salí de mi habitación sin hacer ruido.

—¡Ven acá! —Se sentó sobre el césped recargando su espalda en el árbol, y después me recosté sobre sus piernas. Él, contento, acariciaba mi cabello.

—¡Cristián! Háblame de ti, de nosotros —exclamé tranquilo mirándolo fijamente a los ojos.

—Pregúntame lo que quieras...

—¿De dónde conoces a mi primo?

—Somos amigos desde hace varios años, él suele venir con tus tíos de vacaciones a visitarlos, y en una ocasión, jugando fútbol en la playa, comenzamos a hablar. A partir de ahí, nunca perdimos comunicación.

—¿Él sabe de lo que existe entre nosotros?

—¡Por supuesto!, por eso me ayudó para poder verte.

—Todo esto es muy extraño, mi madre y mis hermanos no lo han mencionado para nada, ¡no entiendo!

Gabriel sintió un gran alivio.

—Tal vez por ahora están más preocupados porque no te acuerdas de ellos. Estoy seguro de que te lo dirán en algún momento, pero también debes ser consciente sobre tu situación. Demasiada información por ahora solo te confundiría más.

—Sí, tal vez tengas razón…

—Aunque también podría ser que tu primo les haya pedido que no lo mencionaran.

—¿Por qué haría algo así?

—Por lo que sé, tú y Gabriel eran muy unidos, pero hace años tuvieron ciertos problemas que nunca me compartió, y eso los distanció por completo. Por lo tanto, y al saber que tal vez no saldrías del coma, se sintió tan mal que se ofreció a cuidar de ti también, al menos eso fue lo que me dijo un día en el hospital. De hecho, hacía tres años que no se veían hasta antes de tu accidente, pues según dijo, vino para pasar las vacaciones aquí, hablar contigo y tratar de solucionar las cosas.

—Todo esto es tan confuso.

—Lo sé, y en verdad nunca supe qué les pasó, pero ese día él me dijo que se sentía mal y que lo único que deseaba era que despertaras, porque si no lo hacías, no se iba a perdonar nunca los años perdidos.

—¿Sabe que ya salí del coma?

—No lo sé, supongo que tu mamá ya le ha de haber informado al resto de tu familia… Tal vez ya lo sepa, de cualquier forma, yo intentaré comunicarme con él más tarde, ya que estos días no he tenido suerte, no contesta su teléfono.

—¿Por qué me dijiste que se tuvo que ir?

—Surgieron problemas en su trabajo, una situación muy delicada… Estoy seguro de que cuando se entere, si es que aún no sabe que ya estás despierto, se pondrá muy feliz y querrá venir a verte.

—No le digas nada, por favor, habla con él, pero si no tiene idea de que he despertado, no se lo digas.

—¿Por qué me pides que haga eso? —Actuó fingiendo asombro.

—No quiero saber de nadie más por ahora, para mí todo esto es nuevo. No tengo ánimos de ver a personas que no recuerdo intentando hacerme recordar, apenas puedo procesar toda la información que me estás dando... ¡Por favor!

—¿Y si ya lo sabe y viene en camino para verte?

—Pues ni hablar, aunque espero que no sea así. De cualquier modo, hablaré más tarde con mamá y mis hermanos para pedirles que por favor ahora no le digan a nadie, no quiero lidiar con nada de eso...

—¡Entiendo!... —Sonrió gozoso y sin que me percatara, por lo bien que le estaban saliendo las cosas.

—Mejor háblame de nosotros, quiero saberlo todo.

Me miró sonriente y pensativo.

—De acuerdo. —Tomó aire con profundidad y exhaló—. Te contaré todo desde el principio, pero necesito que no me interrumpas, ¿ok?

—¡Adelante!...

—Te conocí una tarde de otoño, hacía frío y el viento soplaba con fuerza. —Suspiró—. Ese día, yo estaba paseando a *Keeto*, mi perro, y tú te encontrabas viendo el mar como sueles hacerlo: concentrado y pensativo. El viento sopló tan fuerte que de inmediato se soltó con furia una tormenta, tú no te movías de ese sitio, las olas estampaban en el malecón empapando aún más tu ropa, tu cara, tu cabello. *Keeto* ladraba incontrolable hacia ti como pidiéndome que me acercara, nosotros estábamos resguardados bajo el techo de un establecimiento, así que amarré su correa a un poste que había y corrí hacia donde te encontrabas. Te pregunté si estabas bien, pero no respondiste, solo volteaste a verme y no dijiste nada. —Hizo una pequeña pausa—. El aire era cada vez más intenso y el agua golpeaba nuestros cuerpos fuertemente, tú estabas muy aferrado al barandal, pero por fin logré zafarte y llevarte hacia aquel lugar seguro. En ese momento, no me quisiste decir lo que estaba sucediendo contigo, pero tiempo después, cuando comencé a ganarme tu confianza, me confesaste que todo era por causa de lo que te estaba pasando, específicamente por sentirte atraído por los hombres, y que preferías no seguir viviendo para no lidiar con el rechazo de tu familia y la sociedad. —Un silencio lo estremeció, contemplé atento su cara, él me miraba con cierta nostalgia—. Por supuesto yo también me abrí ante ti y te conté que estábamos en la misma situación, pero que yo te ayudaría a superar todos esos miedos... ¿Y cómo no hacerlo si me había enamorado de ti desde ese día en que te vi? Y te lo dije, en ese momento te confesé que me gustabas y sonreíste, y sonrojado me dijiste que yo también te gustaba, y entonces nos besamos... Ese beso fue inolvidable y a la vez un poco torpe, porque fue el primero. —Rio—. Con el tiempo reforzamos nuestro lazo, y entonces un 20 de octubre te pedí que fueras mi novio... es decir, mañana cumpliremos un año.

—¿Un año? —pregunté sorprendido—. *¡Wow!*

—Así es, pequeño, y la verdad es que no ha sido nada fácil, porque después de que comenzamos nuestra relación, se te presentó la oportunidad de ir a estudiar al extranjero, y aunque al principio lo dudaste por nosotros, finalmente lo hablamos y entonces aceptaste. Sabíamos que iba a ser difícil sobrellevar nuestra relación a distancia, tú en otro país estudiando y yo con planes en ese entonces de mudarme a Ensenada, Baja California por mi trabajo, ciudad que se encuentra a aproximadamente dos horas en avión desde aquí...

—¿Y entonces qué pasó?

—Decidimos hacerlo y luchar por nosotros, y todo iba bien. Hablábamos todos los días sin falta, tú preparándote para ser un gran periodista, y yo emocionado con mi primer trabajo como arquitecto profesional en una gran empresa.

—¿En verdad estaba estudiando en otro país?

—Lo estás, elegiste los Estados Unidos... Me imagino que la universidad está al tanto de tu situación, pero estoy seguro de que una vez que te recuperes, podrás continuar con tus estudios por allá.

Exhalé admirado.

—¿Qué edades tenemos?

—Yo tengo casi veintiséis años, y tú veinte.

—¿Desde cuándo soy así?, ¿siempre me han gustado los chicos?

—En alguna ocasión me contaste que desde siempre te habías sentido diferente, pero realmente todo esto comenzó hace un par de años... yo soy tu primer novio, pero... —Hizo una pausa.

—¿Pero qué?

—Olvídalo, no tiene caso hablar de eso.

—Claro que sí, por favor, dime, dímelo todo, Cristián, no me dejes así. ¿Qué es lo que me ibas a decir? —insistí impaciente.

—Cuando terminaste tu primer semestre, acordamos vernos aquí para pasar las vacaciones juntos. Todo iba como lo habíamos planeado, pero conociste a un chico en tu universidad, su nombre es Germán. En algunas ocasiones me hablaste de él, y de hecho tuvimos algunas discusiones porque yo estaba celoso, y más cuando supe que lo traerías contigo... —Guardó silencio nuevamente.

—¿Por qué?, ¿quién es él?

—Solo sé que es un compañero tuyo al que tu mejor amigo, Pablo, estuvo ayudando para acercarse a ti.

—¿Pablo?

—¡Así es! Pablo es tu mejor amigo, pero fue cómplice para que Germán hiciera lo que hizo...

—¿Qué hizo? Por favor, Cristián, continúa...

—No tenían siquiera dos días de haber llegado cuando Germán, que sabía que tú tenías novio, intentó entrometerse en nuestra relación. Aquel día acordamos vernos en la playa. Tú ibas con él, pues querías presentármelo, pero justo cuando yo estaba llegando, él te comenzó a besar y tú lo aventaste, así que me lancé hacia él y nos agarramos a golpes. Al final, me fui enojado, muy molesto, y tú me perseguiste, pero yo no quise escucharte, no quería verte, me sentí herido, lastimado, así que tomé mi auto y me marché. Entonces fuiste a casa por el auto de tu mamá y al intentar alcanzarme fue que tuviste ese maldito accidente —expresó molesto y con gran pesar—. Me siento culpable por lo que te pasó, pero también me da rabia pensar que ese tipo disfrazado de tu gran amigo provocó todo esto, y peor aún es que tu familia no haya sabido la verdad y lo vea con aprecio cuando ni siquiera sabe de mi existencia...

—Me siento terrible. ¡No sé qué decirte!

—No te sientas mal, al final lo que importa es que ya estás aquí y de alguna forma todo va a pasar.

—¿Pero por qué mi familia no sabe de nosotros?

—Porque tú tenías miedo, no deseabas que ellos se enteraran, pero querías aprovechar esas vacaciones para hablarles sobre ti, sobre lo nuestro, decirles que tienes novio, pero todo pasó tan rápido que no hubo tiempo de nada... Curiosamente, tu primo Gabriel vino de vacaciones y al verme tan afectado no pude mentirle, así que tuve que confesarle todo, razón por la cual, aparte de nuestra amistad, me estuvo ayudando para poder verte cuando él se quedaba a cuidar de ti. —Respiró profundamente—. Yo he venido cada vez que pude, como en esta ocasión, que mi trabajo me lo permitió, y porque Gabriel me comentó que se tendría que ir, así que de alguna manera esta sería mi última oportunidad de pasar tiempo contigo. Realmente tuve suerte de estar ahí cuando despertaste. De haberlo hecho antes, habrías visto a tu primo... En cuanto a Pablo y Germán, ellos regresaron a la universidad, tengo entendido que Germán vino algunas veces a visitarte y que volverá pronto, no sé cuándo, pero si tu familia ya les informó que saliste del coma, lo más seguro es que vengan en estos días para verte.

—Pues yo no los quiero ver, ni a él ni al que dices que es mi mejor amigo. Nada más de pensar en todo esto me da mucha rabia —comenté decidido—. Estoy impactado por todo lo que me has dicho, no sabía que mi vida fuera tan intensa, pero te creo, porque los pocos detalles que mi familia me ha dado sobre el accidente y mi vida coinciden con lo que me estás contando...

Durante una hora entera, Gabriel se la pasó dándome detalle de muchas cosas que en ese entonces yo ignoraba. Supe más de mí, no solo aquello que me habían contado mis hermanos o mi propia madre, y al final simplemente me sentía tan bien con él que confiaba en todo lo que me decía y le creí, realmente le creí. Me habló sobre mi padre, sobre cosas que nadie más sabía de mí, detalló situaciones y momentos que vivimos juntos, y yo atento lo escuchaba queriendo saber más y más.

—Antes de que todo esto sucediera, ¿éramos felices, Cristián?

—Claro que sí, pequeño, no hay duda de ello.

Impulsivamente comenzó a picarme el estómago haciéndome cosquillas, yo reía y reía intentando impedir que siguiera con el juego hasta que paró, y con su mirada tierna exclamó «Te amo». Yo no pude contestar lo mismo, pero sonreí y lo abracé.

—Y...

—¿Y qué?

—Esto sonará muy atrevido, pero... ¿hemos estado juntos?

—¿A qué te refieres, sexualmente?

—¡Eso creo! —dije tímido y sonrojado.

—Claro que sí, muchas veces. Es algo que nos gusta a ambos demasiado y que, de hecho, extraño bastante... —Me miró picarón.

—Carlos, hijo, ¿en dónde estás? Carlos... —Se oyó la voz de mi madre.

—Me tengo que ir, pequeño, te veo mañana a la misma hora, ¿de acuerdo? —dijo Gabriel.

Nos levantamos presurosos del suelo.

—Está bien, Cristián, nos vemos mañana... ¡Cuídate! —sugerí sonriente.

—No olvides que te amo.

—No lo olvidaré.

—¿Carlos? —insistió mamá.

—Ya voy, mamá, estoy por acá.

Gabriel se fue una vez más, toda la información que me había proporcionado de alguna forma llenó algunos huecos vacíos. Pensaba mucho en él, y a pesar de la pérdida de memoria, no me importaba nada más. Estaba consciente de que mi vida era un desorden total, pero solo él me hacía sentir tranquilo y seguro... Preocupada, mamá me llamó un poco la atención, nada grave, pero exclamé que el hecho de estar pasando por esa situación no significaba que estuviera tonto y que no me pudiera cuidar solo, así que, admirada por mi respuesta, solo guardó silencio y nos fuimos a comer.

—¡Hijo!, mañana por la noche recibirás visitas.

—No quiero ver a nadie, mamá.

—Pero, Carlos, son personas que te quieren y vienen desde muy lejos.

—No me importa, no deseo ver a nadie. De hecho, te voy a pedir que no le cuentes a nadie que he salido del coma. No quiero tener que lidiar con visitas de personas a las que no reconoceré. Así que ten por seguro que no saldré ni abriré la puerta de mi habitación si vienen a visitarme.

—Hijo, pero son personas a las que tú también quieres... se supone que llegarían hoy, pero hubo un problema y al final arribarán mañana sábado.

—Ya te lo dije, mejor diles que no vengan, por ahora no es un buen momento y yo necesito tiempo.

Mamá estaba sorprendida, de repente mi actitud había cambiado mucho, ya no era el hijo dulce, educado ni obediente, me estaba convirtiendo en alguien sumamente agresivo y respondón, siempre a la defensiva. Mi madre era fuerte y trataba de comprenderme, aunque verme actuar así realmente le partía el corazón. Luego de ello, solo recuerdo que me levanté al terminar de comer, fui a mi cuarto y ya no salí para nada, me encerré y me puse a ver la televisión hasta quedar dormido, momento en el que una vez más ese sueño se apoderó de mí.

Se escuchaba una voz masculina llamándome, yo estaba empapado y temblaba de frío. Sabía que si seguía esa voz, corría el riesgo de morir, pues al intentar dar un paso más, el aire se me iba. Sin embargo, esta vez me arriesgué, continué caminando adentrándome en esa selva, el aire se iba, se me escapaba, pero la voz que escuchaba me daba fuerzas para seguir caminando. Finalmente logré atravesar un campo lleno de grandes árboles y mucha maleza, ahora se escuchaba el sonido de las olas del mar, ya podía respirar sin dificultad, pero de repente se oscureció, era de noche. La voz se oía mucho más fuerte acompañada del intenso sonido del agua. Volteaba hacia el cielo estrellado, la luna llena iluminaba aquel hermoso paisaje, aquella imagen que quedó grabada para siempre en mis recuerdos. Era alguien sentado a lo lejos, no alcanzaba a distinguirlo ni a ver su rostro, pero me estaba llamando, así que me acerqué poco a poco hasta llegar a donde él se encontraba. Espontáneamente sus plegarias dejaron de escucharse cuando una de mis manos alcanzó su hombro y él volteó a verme. Era bello y joven, puro como un ángel, con una mirada profunda y expresiva. El brillo de sus ojos expresaba confianza. Sus manos alcanzaron las mías, me senté a su lado y empezamos a charlar. Él decía que tenía que ir a la playa, regresar hacia el mar, que buscara ese lugar y encontraría la verdad...

Durante la mañana siguiente no hice mucho. Mamá se había ido a trabajar, y mi hermana, a la escuela. Braulio era el único que estaba en casa, pero dormía.

Aproveché para explorar todo el recinto, la casa era grande, con muchas habitaciones. En el primer piso había un pasillo enorme con fotos de todos. En muchas salía yo, me di cuenta de que había sido un buen estudiante. Había fotos de mamá y de mis hermanos, incluso de mi padre, imagen que al mirarla me hizo sentir un fuerte dolor de cabeza, acompañado de mucha luz y flechazos de algunas caras que no reconocía, pero entre tanto recuerdo, las palabras de Cristián eran totalmente confusas. A mi mente venían muchas cosas, escuchaba gritos y risas, mi cabeza estaba a punto de estallar.

—Carlos, ¿estás bien?

—Mi cabeza, me duele mucho mi cabeza, no lo puedo soportar, por favor, ayúdame —supliqué mientras de mi nariz brotaban chorros de sangre.

A pesar de los esfuerzos inagotables de mi hermano, fue imposible controlar la situación. Yo caí tendido al suelo completamente desmayado, estaba inconsciente una vez más, y el día se fue sin rastro alguno de mi existencia para Cristián, quien me había estado esperando puntualmente en el lugar acordado ese día en que cumplíamos un año de relación.

La noche llegó, en mi habitación estaban Pablo y Germán intentando despertarme, a lo lejos escuché sus voces. Aturdido y desubicado abrí los ojos lentamente, y al ver a Germán me quedé sorprendido y sin palabras. Era el chico en mi mente, aquel personaje dentro de mi sueño en el mar, el que gritaba mi nombre y quien me había dicho que fuera a ese lugar para saber la verdad, pero ¿qué verdad? Emocionados, me abrazaron fuertemente haciendo casi una fiesta sin parar, los dos reían, pero yo no hacía nada, mi cara expresaba cierta incomodidad, confusión y gran desconfianza.

—¿Qué te pasa, Carlos, no te da gusto vernos? —preguntó Germán emocionado mientras lo miraba sin decir absolutamente nada.

—Muchachos, precisamente de eso era de lo que les quería hablar, pero se me adelantaron —comentó mamá.

—¿Qué pasa, Carlos? Señora July, ¿está todo bien? —preguntó Germán.

—Mi hijo... —Su voz se quebró—. Mi hijo perdió la memoria... él no recuerda a nadie...

Un profundo silencio invadió la habitación. Germán volteó para verme e intentó tomar mi mano, pero yo lo rechacé desviando incluso la mirada.

—Mamá, te dije que no quería ver a nadie, por favor, salgan todos de mi alcoba.

—Carlos, mírame, soy Germán, y él es Pablo, tu mejor amigo.

Al escuchar su nombre recordé inmediatamente todas las palabras que Cristián me había dicho, y a pesar de que él era la persona con la que noche tras noche soñaba, inmediatamente entré en un estado de completa agresión.

—Váyanse de aquí, ¡ahora! —grité.

—Carlos, ¿qué te pasa, hijo?, tranquilo.

—No quiero a nadie en mi habitación, salgan todos, por favor.

—Carlos, soy yo, tu Germán.

—No quiero que me toques, vete de aquí, váyanse todos. No quiero saber nada de nadie, quiero estar solo, por favor.

Fue una escena totalmente devastadora. ¿Qué diablos me estaba pasando?, ¿en quién me había convertido? Admirados y sorprendidos, salieron de mi habitación. Mamá, inconsolable, lloraba por mi comportamiento y pedía a Dios que regresara todo a la normalidad. Yo me quedé en mi alcoba maldiciendo una y otra vez, había hecho realmente mía la historia de Cristián, me dolía saber que estaba ahí el causante de mi accidente y toda esa situación, que Pablo era su cómplice y que los tenía en mi casa.

—Por favor, discúlpenlo, han sido días duros para todos, pero sobre todo para él —dijo mamá.

—¿Por qué no nos avisaron sobre esto, July? —cuestionó Germán.

—Perdónenme, muchachos, por favor, tenía la esperanza de que al verlos quizás Carlos se acordaría de ustedes, y que su problema se reduciría a una simple amnesia, pero veo que no fue así.

—Nunca había visto a Carlos así —replicó Pablo.

—Lo sentimos mucho en verdad, debemos ser fuertes y tener fe. Esperaremos a que Carlos se tranquilice y que pueda hablar como la gente civilizada, debe existir alguna razón por la que no los haya querido ver a ustedes o haya actuado de esa manera. ¡No lo entiendo! —dijo mi madre.

Durante largo tiempo estuvieron hablando sobre el asunto, cuestionándose sobre muchas cosas, buscando respuestas, opciones, alternativas, pero desafortunadamente solo les quedaba ser pacientes y esperar a que el mismo tiempo les diera una pista, algún indicio de lo que estaba por venir y de lo que realmente pasaba conmigo.

Yo lloré y lloré hasta agotarme, el cansancio me consumió y, una vez más, caí rendido sobre la cama. Los Huitrón no tardaron en llegar por mi buen amigo, Germán fue acomodado en otra habitación, y, de esta forma, un día más se esfumó.

Dentro de mi profundo sueño, seguía viendo a Germán, insistía en que fuera a la playa, su voz era tan suave y a la vez tan fuerte que, siendo la una de la mañana, desperté. Me vestí, salí presuroso y fui directo hacia la playa. Necesitaba buscar ese lugar, el lugar que aparecía en mi mente a cada instante y el que sin duda alguna me despertaba gran curiosidad por descubrir la verdad. Hacía mucho frío, el viento soplaba fuerte y yo no sabía siquiera qué dirección tomar, solo me dejaba guiar por el sonido de las olas.

—¿Carlos?, ¿eres tú?

—Cristián, ¿qué haces aquí? —Expresé pasmado.

—No, ¿qué haces tú aquí y a esta hora? Te estuve esperando como quedamos, ¿por qué no fuiste?

—Lo siento mucho, no sé qué me pasó, me empezó a doler bastante la cabeza y me desmayé, desperté por la noche.

—¿Qué dices?, ¿está todo bien?

—Sí, estoy bien, no te preocupes.

—Pero ¿qué haces aquí, vagando a estas horas?

—Ni yo mismo lo sé. Tal vez esto te parecerá extraño, pero he tenido un sueño constante. ¡Oh, Dios mío, qué frío hace!

—Respingué tallándome los brazos—. Será mejor que regrese a casa.

—¡Ven aquí! —Me abrazó—. ¿A qué sueño te refieres?

—Primero respóndeme, ¿cómo supiste que estaba aquí?

—Estuve vigilando muy de cerca tu casa, planeaba entrar a tu habitación para descubrir el motivo de tu ausencia, pero justo cuando lo iba a hacer, escuché ruidos de la puerta trasera y me escondí. Vi salir a alguien, así que te seguí muy de cerca hasta que me di cuenta de que eras tú.

—Estás loco, Cristián, no puedes arriesgarte así, alguien podría verte, podrían descubrirnos.

—Lo sé, pero necesitaba verte, saber por qué no acudiste a nuestra cita, pero ahora que te tengo aquí me alegra saber que todo está bien...

—Debo regresar a casa.

—No, no vayas, quédate conmigo esta noche, vayámonos a donde me estoy hospedando.

—No lo sé, Cristián, esto es muy arriesgado. Además, tal y como lo dijiste, Germán y Pablo están aquí.

—¿Y qué pasó?

—Nada, no quise hablar con ellos, los corrí de mi habitación... Por favor, debo regresar, alguien puede darse cuenta de que no estoy.

—No me dejes así, ven conmigo, pasemos la noche juntos, mañana te traigo muy temprano. Ni siquiera notarán que no dormiste ahí —comentó nostálgico—. Anda, dejé el auto cerca de aquí... —Lo miré atento y resignado.

—Está bien, pero debo regresar antes de que todos se despierten.

Caminamos unos minutos hasta el sitio en donde había estacionado el auto que había rentado y así, una vez dentro, nos dirigimos hacia el hotel. Un hotel muy grande y de lujo, por cierto. Se estaba hospedando en el último piso, la habitación era amplia y muy cómoda, tenía una vista única y hermosa que daba hacia el mar. Yo estaba un poco cansado, así que me acosté sobre la cama y él a un lado mío.

—¿Ahora sí me vas a contar sobre tu sueño? —Me tomó de la mano.

—No es nada, es algo confuso, es sobre un hombre cerca del mar que me habla constantemente hasta que me acerco a él. He tenido este sueño desde que salí del coma.

—¿Reconoces a este hombre?

—No tenía idea de quién era, pero esa persona extrañamente es uno de los chicos que hoy fue a visitarme.

—¿Quién de los dos?

—Germán... lo supe cuando lo vi.

—¿Y qué pasa después? —preguntó con cierta preocupación.

—Nada, solo me siento a su lado a observar el inmenso mar, es algo muy confuso —repliqué omitiendo el resto del sueño inexplicablemente.

—Tranquilo, solo es un sueño, no debes de preocuparte por eso y menos a estas horas de la madrugada, algo te puede suceder.

Cerrando con esas palabras, se giró hacia mí sobre la cama para comenzar a besarme. Sus labios carnosos y cálidos, acompañados de su lengua, se juntaron con los míos. Besó suavemente mis mejillas, mi nariz y luego mis ojos, cada parte de mi rostro en un gesto romántico, para después morder lentamente mis orejas y volver a mis labios de nuevo, logrando encender la excitación en mi interior. Sus manos rodearon mi cintura, comenzó a desvestirme; primero la camisa y poco a poco el pantalón, hasta quedar solo en ropa interior. Estaba nervioso, muy nervioso, pues de alguna forma era algo «nuevo» para mí. Ni siquiera me podía mover, dejé que él hiciera todo y cerré mis ojos por un momento. Al abrirlos, me percaté de que él estaba ya sin ropa, al igual que yo. Se acostó encima de mí para después besar mi pecho y morder sin presión mis pezones, mientras que yo desprendía sonidos de total éxtasis. Mis manos acariciaban su espalda, su cabello, su cara... sentía muchos nervios, pero me gustaba, no quería que se detuviera.

La luna fue testigo del pecado, la ventana estaba abierta y su luz iluminaba cada parte de nuestro cuerpo en nuestro acto. Cristián se veía feliz, por fin estaba obteniendo lo que tanto había deseado, por lo que se había arriesgado en todo sentido para estar ahí haciendo lo que estaba haciendo, lo que durante mucho tiempo había soñado. Su obsesión había logrado que yo me perdiera en esa fusión, un momento irreparable de total traición a la moral. Cada centímetro de mi piel era recorrido por su lengua, el sudor reciente entre los dos había extinguido el frío que quemaba aún entre las sabanas. Nos quedamos completamente desnudos. La pasión crecía a medida que, bajo el cielo de esa noche, nos íbamos volviendo uno en el acto sexual.

Al llegar juntos al clímax, de repente se cruzaron nuestras miradas para unir una vez más nuestros labios en un gran y último beso en el que el cansancio agotó nuestra existencia, para caer rendidos en el mundo de los sueños, al que nos trasladamos sobre esa cama de hotel, en la que dormimos completamente exhaustos, desnudos y abrazados...

A la mañana siguiente, el sol se metía enfurecido en la habitación, su intensa luz sofocadora provocó en mí una sensación de ardor que me hizo despertar. Cristián aún me abrazaba, seguía dormido. Me levanté y me dirigí a la ventana para ver el bello amanecer a través de esa increíble vista.

—Qué hermoso te ves desnudo y de espaldas —me dijo.

Lo miré al instante y sonreí.

—Pensé que seguías dormido... —Comencé a vestirme—. Me tengo que ir, mi familia debe estar preocupada.

—¡Lo sé!

Estaba a punto de colocarme la camisa cuando me abrazó por la espalda, recorriendo cada parte de ella con un beso, al mismo tiempo que decía que me había extrañado mucho. Sugirió con su voz tan varonil el deseo de tomar una ducha juntos, y así fue. No me pude resistir, era algo incontrolable. El tan solo hecho de que me tocara, de que recorriera mi piel y me incitara a hacer el amor con la mirada me excitaba demasiado, no podía negarme. Tomados de la mano nos fuimos al baño, el agua iba llenando poco a poco la bañera mientras sus brazos tibios y acogedores me sostenían marcando territorio al son del acto sexual, una vez más Cristián me estaba haciendo suyo, y yo, sin pensar en nada ni en nadie más, me entregaba a él bajo la acción de la lujuria y sus mentiras...

Pasaban de las ocho de la mañana cuando salimos de la ducha e inmediatamente nos vestimos. Insistió en llevarme, pero por la situación le pedí que no lo hiciera, y acordamos vernos al día siguiente ahí mismo, así que tomé un taxi y partí rumbo a casa. Experimentaba una gran emoción y mis sentimientos crecían con gran fuerza por él, era algo fuerte, como una conexión que no podía explicar, como si lo conociera desde mucho tiempo atrás. Poco tiempo después llegué a casa y todos se encontraban en el comedor.

—¡Hijo! Estaba a punto de ir a llamarte, ¿no se supone que estabas en tu alcoba? —preguntó mamá.

—Ehhh, sí, madre —respondí nervioso—, pero salí temprano para ir a caminar.

—Está bien, cariño, ve a lavarte las manos para desayunar...

—Y ahora a ti ¿qué te pasó? —cuestionó mi hermano.

—¿Por qué preguntas, Braulio?

—Pues es que traes una cara de felicidad que no puedes con ella, ¡digo!, a comparación de la actitud tan pesada en la que te montaste ayer.

—No pasa nada, solo salí a caminar —recalqué sonriente.

—Braulio, deja en paz a tu hermano... —intervino mamá.

—¡Buen día, Carlos! —saludó Germán.

—¡Buen día, Germán! —contesté evadiendo su mirada.

—¿Cómo estás?

—Bien, gracias. —Me dirigí al baño para lavarme las manos y después reincorporarme con ellos en la mesa.

La expresión en mi rostro cambió notablemente al sentarme para compartir la mesa con ellos, pero aún me sentía muy feliz por dentro. Mamá sirvió el desayuno y empezamos a comer. Noté que Germán me observaba con insistencia, lo que causó cierta incomodidad en mí, pero a la vez inquietud. Fue en ese preciso momento en que me detuve para observarlo bien, y me di cuenta de que había algo en él que en realidad me llamaba mucho la atención. Su mirada era triste, llena de nostalgia y mucha melancolía, podía sentir también cierta paz, algo que no entendía, algo que quería comprender, pero que solo me desconcertaba.

—Entonces, Carlos, ¿qué piensas hacer de tu vida? —preguntó mi hermano.

—¿A qué te refieres, Braulio?

—Sí, ¿qué es lo que vas a hacer? No puedes permanecer en casa sin hacer nada y solo perder el tiempo.

—Pues no lo sé, ustedes díganme qué es lo que sé hacer o se supone que deba hacer.

—¡Hijo!, lo que tu hermano quiere decir es que tienes que regresar a la universidad, debes continuar y terminar tus estudios.

—Claro que sí, madre, y lo haré. En cuanto inicie el próximo semestre volveré a estudiar.

—Ayer llamaron de la universidad para preguntar por tu estado de salud. Cuando Braulio le mencionó al rector que ya estás mejor, este sugirió con gran alegría que regresaras cuanto antes y sin ningún problema, pues te dará la oportunidad de que te pongas al corriente con lo que se ha visto durante estos tres meses, y así no perderás el semestre entero de tu carrera.

—¿Y al menos le dijeron lo que realmente está pasando conmigo?

—Hijo, el director no sabe que perdiste la memoria, creemos que, tal vez poniendo un poco de tu parte, podrías continuar con tu vida.

—¿Me están pidiendo que finja que no perdí la memoria? —cuestioné.

—No tanto como mentir, hermano; además, con la ayuda de Pablo y Germán estoy seguro de que te vas a adaptar muy rápido —aclaró Braulio.

—¿No creen que esto es demasiado arriesgado? No me siento preparado para algo así —mencioné afligido.

—Carlos, hijo, necesitas hacer las cosas que hacías para ayudarte a ti mismo, necesitas continuar con tu vida y tu preparación, yo tampoco quisiera ponerte en esta situación, pero creemos que puede ayudarte mucho de alguna forma.

Miré a mi madre con un gesto de molestia, de nuevo esa sensación en mi cuerpo invadía mi cabeza, ese inmenso dolor me mostraba imágenes que no podía reconocer. Era Braulio peleando con alguien, otra imagen me mostraba a mí mismo defendiendo a esa persona y discutiendo con mi hermano. Muchos recuerdos se venían a mi mente, pero todo era tan confuso que empecé a quejarme. Mamá pidió a Braulio que me ayudara cuanto antes, intentó abrazarme, pero me tiré al suelo y comencé a convulsionar. Jenny estaba espantada, abrazaba a mi madre, mi hermano me sostuvo por los pies al mismo tiempo que le pidió a Germán que me sostuviera por los brazos, y al hacerlo se vinieron a mi mente los recuerdos del pasado con gran intensidad... Vi a Pablo atrapado en unos baños y rodeado de gente que le quería hacer daño, vi a Germán besándome y haciéndome el amor. A mi mente llegaban imágenes de muchas personas desconocidas, e incluso del mismo Cristián varios años atrás. Mamá cuidándome, sonriéndome, yo jugando con Jenny en un tiempo en el que fuimos todos felices... Una vez más quedé inconsciente, mi nariz comenzó a sangrar, mi cuerpo yacía en el suelo sin movimiento alguno, de mis ojos cerrados se desprendían pequeñas lágrimas causadas por ese, el castigo equívoco en mi vida. Me colocaron sobre el sofá, Jenny fue por alcohol y mi madre por el medicamento.

Resulta que luego de haber salido del coma y después de algunos estudios, los doctores habían prevenido este tipo de ataques en mí, ya que, según un diagnóstico más profundo y detallado, existía una gran posibilidad de que recuperara la memoria, y si lo llegaba a hacer, no podían predecir con exactitud el cuándo, pero sí que eso podría llevar semanas, meses e incluso años en recuperarme completamente. Así que lo bueno de todo ese malestar y de los fuertes episodios de jaqueca era que esos ataques estaban reafirmando el diagnóstico, mi yo interno se encontraba luchando fuertemente una gran batalla que, para mí, era difícil de entender, pero que para el ámbito médico simplemente era la recuperación tan avanzada y milagrosa que mi cerebro estaba mostrando.

—¿Qué está sucediendo, Braulio, es normal esto?

—Sí, Germán, no te preocupes.

—Cómo quieres que no me preocupe, mira cómo está tu hermano.

—Lo sé, pero esto es algo bueno. —Braulio sonrió tomándolo por hombro—. Esto es un buen indicio de que mi querido hermano se está recuperando. Es increíble, jamás imaginamos que pasaría tan rápido.

—Así es, Germán, al parecer mi hijo está recuperando la memoria... —dijo mamá.

Una expresión de alivio y felicidad invadió el rostro de todos, excepto el de Germán, quien me observaba acongojado y realmente preocupado. Pocos minutos después, desperté aturdido. Al abrir los ojos me di cuenta de que él sostenía mi mano y Braulio me sonreía. Mamá intentaba darme el medicamento y Jenny decía palabras de aliento. Esta vez no rechacé a Germán, pues esa luz en su mirada me decía que él era una buena persona.

—¿Qué me pasó? —pregunté.

—Te volviste a desmayar, ¿cómo te sientes?

—Desorientado, pero estaré bien. —Volteé a ver a mamá y la abracé. Su rostro triste y lleno de tanto cariño despertó en mí una leve pero pronunciada sonrisa.

—¿Estás bien, cariño?

—Madre, sé que a tu lado he sido feliz, sé que yo soy un buen hijo, pero no logro recordar muchas cosas en mi vida. Por favor, perdóname si en estos últimos días he sido duro, no es mi intención, quisiera poder recordar y saber cómo era todo, pero cada vez que vienen recuerdos a mi mente termino desmayándome y siento una gran impotencia.

Comencé a llorar, mamá me abrazó junto con Braulio y Jenny. Germán, sentado, observaba toda esa escena estremecido, le pidieron que se uniera a nosotros y lo hizo, se levantó del sofá y nos abrazó. Hasta ese momento no entendía por qué lo querían tanto, pero tenía que existir una razón que pronto descubriría. El susto pasó, nuevamente nos incorporamos a la mesa para desayunar. Al terminar, fui un rato al lago para admirar el bello paisaje sentado bajo la sombra del viejo árbol. Tal vez estando ahí podría recordar algo, pero no lograba concentrarme.

—¡Hola! ¿Me puedo sentar contigo? —preguntó Germán.

—Claro que sí... adelante —respondí.

—Extrañaba verte así.

—¿Así cómo?

—Sonriente, tranquilo, pensativo —argumentó Germán sin dejar de mirarme.

Para ese entonces ya no me sentía incómodo con él, pero aún seguía pensando en las palabras de Cristián.

—¿Germán, por qué viniste hasta acá? ¿Qué es lo que quieres?

—Porque me importas, yo sé que no recuerdas nada, pero al menos debes darte la oportunidad de considerarlo.

—No sé qué decirte...

—Al menos dime por qué me tratas así, entiendo que todo esto para ti sea extraño y difícil, frustrante y muy delicado, pero no debiste habernos tratado así ayer por la noche; ni a Pablo, que es tu mejor amigo, ni a mí...

—Lo siento, te pido una disculpa por mi actitud.

—Carlos, mírame a los ojos, sé que puedes ver en mí todo lo que hay dentro, todo lo que siento por ti, por el tío que me enamoró completamente.

—Por favor, Germán, no quiero ser grosero otra vez contigo, por ahora no entiendo nada de esto y te pido que me tengas paciencia. No estoy preparado para escuchar este tipo de cosas, y menos viniendo de ti, que tuviste que ver de alguna forma con el accidente.

Germán enmudeció.

—¿Qué pasa?, ¿por qué te quedaste callado?

—Yo quería decírtelo, pero...

—Por favor, no me digas nada, no quiero saber nada ahora, dame tiempo para entender todo esto y asimilar lo que me está pasando. En verdad agradezco que hayas venido hasta acá tan solo para verme, yo estoy poniendo todo de mi parte, pero fue un muy mal momento para hacerlo.

Me miró con nostalgia y, a la vez, con culpa.

Comencé a desvestirme y me tiré un clavado al agua. Germán permaneció por unos minutos sentado observándome, tratando de lidiar con su sentir, la impotencia y todo su amor, con sus enormes ganas de abrazarme, de besarme, pero en ese momento lo que más experimentaba era dolor, un dolor indescriptible que lo consumía por dentro... Se veía a alguien a lo lejos acercándose a él, yo nadé hasta el otro lado del lago. Observé que Germán, sentado y pensativo, se limpiaba algunas lágrimas con las manos. No alcancé a distinguir quién era la otra persona, pero al llegar hacia él, simplemente se marcharon y se metieron a la casa.

Ese día por la tarde mi hogar tenía vida, los Huitrón habían sido invitados por mamá a comer con nosotros, pues tanto Germán como Pablo tendrían que marcharse de regreso al día siguiente para continuar con sus deberes. Al llegar a la otra orilla, me acosté sobre el césped y cerré los ojos. El sol mojaba con sus rayos todo mi cuerpo cuando, de repente, una sombra me cubrió el rostro haciendo que inmediatamente los abriera.

—Hola, mi amor.

—Cristián, ¿qué haces aquí? —pregunté.

—Te extraño demasiado, me siento solo y aburrido en el hotel, te necesito.

—Este no es un buen momento, Cristián, lo siento mucho, pero no me siento bien.

—¿Qué te pasa, qué sucede?

—No me siento bien, será mejor que te vayas, alguien te puede ver.

—¿Por qué me pides que me vaya?, no entiendo, ¿no me tienes confianza?, ¿a dónde quieres que me vaya si no tengo con quién estar aquí? Esperé durante tres meses para estar contigo y ahora me pides que me vaya. ¿Acaso no significó nada para ti el haber hecho de nuevo el amor con la persona que amas? —se excusó victimizado.

—Entiéndeme, por favor, no es eso, es solo que estoy muy confundido y hay cosas que necesito aclarar. Quiero estar solo por un momento, además quedamos en vernos mañana a las cuatro, ¿o no?

—Tienes razón, la verdad es que ahora que estás despierto, intento pasar más tiempo contigo.

—Por favor discúlpame, Cristián, es que no sé qué hacer, todo es tan extraño y un presentimiento me dice que las cosas no están bien.

—¿Por qué no habrían de estar bien?

—Porque al parecer comienzo a recuperar la memoria… Según mi hermano, los doctores advirtieron que esto pasaría, pero no tan rápido, y, sin embargo, ya está sucediendo.

—¿Eso quiere decir que comienzas a recordarlo todo?

—No todo, solo pocas cosas, rostros que se me hacen familiares, pero nada más. Por eso necesito estar solo y aclarar todo esto que se me viene a la cabeza cada vez que me desmayo. De hecho, la última vez que me pasó te vi a ti...

Cristián me miró preocupado, su rostro empalideció inmediatamente. Desde la otra orilla del lago, aquella persona que no había reconocido anteriormente se iba acercando sin que nos diéramos cuenta. Me levanté tras Cristián y nos abrazamos mientras ese alguien presenciaba todo lo que ocurría a lo lejos y tropezaba en un intento desesperado por saber quién era la persona con quien yo estaba. Eso causó un sonido que inmediatamente nos alertó...

Sorprendidos nos soltamos, me dio un pequeño beso, me dijo que me esperaba a la hora acordada al día siguiente y se fue corriendo. Me lancé de nuevo al agua y nadé hacia la orilla en donde se encontraba Pablo, mi mejor amigo. Su mirada dudosa hizo que yo lo evadiera, así que cogí mis cosas y me fui caminando.

—¿Con quién estabas, Carlos? —preguntó molesto y en tono elevado en el momento en que me seguía, pero simplemente lo ignoré—. Te estoy hablando, ¿por qué me ignoras?

Continué caminando.

—Carlos, detente, soy Pablo, tu mejor amigo. Tan solo mírame por un momento, ¿quieres?

No accedí.

—Eres un maldito cobarde.

—¿Cómo me llamaste? —Detuve mi andar y me giré hacia él.

—Escuchaste muy bien, eres un cobarde.

La sangre recorrió rápidamente mi cuerpo, sus palabras aturdían como eco mis oídos y con toda la intención de lanzarme hacia él y comenzar una pelea, lo único a lo que me pude limitar fue a decirle que tenía razón.

—¿Algo más que me quieras decir? —pregunté.

—¿Quién era la persona con la que estabas?

—Se supone que tú eres mi mejor amigo, ¿no?, ¡dímelo tú!

—No se supone, Carlos, así es. ¡Maldita sea!, ¿qué es lo que te pasa?, tú no eres así. ¿Quién diablos te está cambiando?,

¿quién te está metiendo ideas estúpidas en la cabeza?, ¿acaso no te das cuenta de que tu familia te quiere, que nosotros te queremos?

—¿«Nosotros»? ¿Quiénes son «nosotros»? —Me acerqué a él de forma retadora.

—¿Qué, acaso me vas a golpear? ¡Anda, hazlo!, pégame y desquita tu coraje si eso es lo que quieres.

Podría jurar que estuve a punto de pegarle, mi cuerpo temblaba de coraje y mis puños apuntaban a tirar el primer golpe, pero me contuve y simplemente desvié la mirada dejándome caer hacia el suelo. Al verme desorientado y en esa situación, Pablo se inclinó quedando a mi lado, acto seguido me tomó por el hombro haciendo que lograra mirarlo.

—No puedo, no puedo hacerlo, no sé qué me pasa, siento mucho coraje, pero algo me dice que no soy así. ¿Qué me pasa? —inquirí.

—Lo ves, tú mismo lo sabes, soy tu mejor amigo.

—¡Lo sé! Pero no recuerdo nada, tengo ideas vagas de mi vida, pero nada que me deje avanzar.

—Ánimo, amigo, sé que lograrás salir de esto, eres fuerte y siempre has sabido arreglártelas, ya verás que todo estará bien. ¿Por qué no regresas mañana mismo con nosotros a la universidad?

—No lo sé, por ahora no me siento preparado.

—Tal vez eso te ayude a recordar más cosas, yo te voy a ayudar a integrarte junto con Germán.

—¡No!, no puedo volver, no en este momento...

—¿Por qué?, ¿por qué no quieres?, ¿ahora sí me dirás quién era la persona con la que estabas?

Los nervios me negaron la posibilidad de pronunciar su nombre, así que me levanté del suelo, y él lo hizo después de mí. Le pedí que nos fuéramos a casa, él no insistió más, pero inmediatamente presintió algo. Me conocía muy bien y sabía que dentro de toda esa situación había algo muy extraño. Entramos a la casa, saludé a sus padres y me fui a mi cuarto a tomar un baño. Al salir de la ducha me vestí y fui directo a la sala en donde estaban todos platicando.

—¡Señora July! —dijo Pablo.

—Dime —contestó mamá.

—Y a todo esto, ¿en dónde está Gabriel?

Mamá, extrañada, miró a Braulio y a Jenny.

—Tuvo un llamado de la agencia para la que trabaja y se fue justo antes de que mi hijo saliera del estado de coma —contestó relajada.

—¡Vaya!, ¿y él sabe que Carlos ya despertó?

—Supongo que sí, hijo, ya hablé con toda la familia, incluyendo a sus padres, imagino que se ha de haber enterado.

Mis oídos escuchaban con atención la charla, me puse muy serio, así que al percatarse de mi reacción y actitud, Pablo continuó indagando sobre el tema, al parecer estaba por descubrir una verdad que jamás hubiese imaginado.

—Mira, Carlos, aquí estamos los tres —Pablo sustrajo de entre sus cosas una fotografía que mostraba a tres personas abrazadas unos cuantos años atrás—. El primero soy yo, el del centro eres tú y este es tu primo Gabriel —dijo señalando con el dedo.

Me levanté inmediatamente de la mesa y presuroso corrí a mi habitación. Comencé a sentir una fuerte mezcla de emociones y desesperación e impotencia, preocupación y culpa, mis ojos se pusieron llorosos inmediatamente. Pablo me siguió mientras los presentes, sorprendidos, nos miraron asombrados una vez más, como aquella fatal noche del accidente en la que ambos salimos corriendo.

—Carlos, ¿qué sucede?, ¿estás bien? —preguntó mi amigo.

Lo miré a los ojos de una forma tan penetrante que varias lágrimas salieron desplazándose sobre mis mejillas. Volvió a mostrarme la fotografía.

—¿Te acuerdas de esto?, ¿pudiste recordar algo?

—¿Por qué me estás haciendo esto, Pablo?

—Ahí tú y yo teníamos seis años; y él, doce. En esta otra foto él ahora tiene veinticinco.

No lo podía creer, era el Cristián que yo conocía y de quien me estaba enterando que no era mi novio, sino mi primo. Era Gabriel, no el Gabriel que Cristián me había mostrado, sino mi verdadero y único primo... Todo se derrumbó, sentí la necesidad de correr, gritar, huir y llorar; ¿qué había hecho?, me estaba volviendo loco. Le devolví la foto y salí de la habitación, subí las escaleras hacia el pasillo de las fotografías, había fotos de toda la familia, pero inquietantemente ninguna de Gabriel; así que le pregunté a Jenny —quien en ese instante iba saliendo de su alcoba— sobre mi primo. Fuimos a su habitación y comenzó a buscar las fotos dentro de un cajón en un mueble, pero no encontró ninguna ahí, por lo que se asomó bajo la cama para sacar una caja de la que sustrajo un álbum con fotos de toda la familia. Allí encontró para mostrarme imágenes de aquel individuo que, en ese momento, odiaba con todas mis fuerzas: Gabriel Miller Palacios.

Abracé a mi hermana y comencé a llorar. Preocupada, preguntó qué era lo que me estaba pasando, pero solo pude contestar que me dejara llorar porque lo necesitaba, así que me abrazó aún más fuerte y dejó que me desahogara... Pablo, parado en la entrada de la habitación, nos veía sorprendido por la verdad que había descubierto, una verdad que mantendría en secreto por el resto de sus días y que jamás olvidaría hasta el momento en que dejara de existir...

Capítulo 7

EL CANTO DE LAS SIRENAS

Hay cosas en la vida que pasan de una forma tan extraña e increíble que sencillamente no encontramos una respuesta al por qué de lo que nos sucede. Sin embargo, y para nuestro consuelo, todo en la vida está lleno de lecciones de las que o aprendemos o dejamos que nos consuman.

amás había llorado de esa forma, atrapado entre tanto sentimiento, tan confundido y lleno de muchas preguntas, dudas que invadían mi cabeza. Aún recuerdo ese día como si fuera ayer, aún siento todo lo que experimenté en aquella ocasión que marcó por completo ese momento de mi vida. Sé que el amor te lleva a hacer cosas increíbles y fascinantes, pero también a cometer las peores atrocidades que ni tú mismo pensarías que podrías hacer, al menos eso aprendí con esta experiencia. Durante mucho tiempo pensé que no había sido amor lo que llevó a mi primo a hacer lo que hizo, sino una gran obsesión que después se convirtió en un acto desmedido de locura consciente, y aunque ciertamente solo él lo sabía en aquel momento, la verdad es que algunos años después lo pude entender.

Mi hermana me abrazó con fuerza intentando consolarme y entender el porqué de mi actitud al cuestionarme qué me sucedía, pero no recibió otra respuesta más que el mismo llanto acompañado de mi silencio. Ella sabía que lo que estaba pasando era demasiado difícil, así que con un gran nudo en la garganta permaneció así conmigo, así sin más, sin decir nada. Minutos después la voz dulce de mamá se escuchó desde la planta baja, invitándonos a incorporarnos a la mesa pues la comida estaba servida, así que luego de haberme tranquilizado, nos dirigimos hacia el comedor, en donde Pablo ya aguardaba con una expresión en el rostro que jamás voy a olvidar.

—Carlos, ¿estás bien? —preguntó Braulio.

Un silencio inmediato se sintió en el comedor, Pablo y Jenny inclinaron sus caras, pero todos los demás voltearon a verme, incluyendo a Germán.

—Sí, hermano, estoy bien. Ya sabes, dolores de cabeza muy fuertes, pero ya estoy mejor. Jenny me dio un par de analgésicos.

—¡Dios mío! ¿Cómo pude olvidar tu medicamento? —expresó mamá, quien inmediatamente se acercó a mí para entregarme las píldoras que sustrajo de un pequeño contenedor que había guardado en su mandil.

Pablo estaba sentado a mi lado derecho, Braulio en el izquierdo, y Germán se encontraba justo en frente de mí. Nos observamos mutuamente durante escasos segundos y ambos desviamos la mirada instantáneamente. Me sentí mal, comencé a recordar la fusión de cuerpos entre Gabriel y yo, y me invadió demasiado coraje y pena, me sentía sucio, completamente avergonzado. Empecé a ver la realidad y a aceptar que Germán era mi verdadero novio, y más ahora, que al mirarlo sentía algo extrañamente fuerte, un tipo de lazo inexplicable, aunque ciertamente aún lo veía como un total desconocido, pues aunque ya había regresado poca información a mi memoria, él continuaba dentro de un gran hueco. Al finalizar el gran banquete, los Huitrón, mis hermanos y mamá se dispusieron a jugar cartas en el comedor, mientras que Pablo, Germán y yo nos acomodamos en la sala para ver una película en completo silencio. Un silencio incómodo que Pablo algunas veces intentó romper, pero que continuó así hasta que finalmente, pasadas las ocho de la noche, se rompió cuando el filme terminó y yo me despedí de todos excusando sentirme cansado. Germán solo pudo mirarme con gran melancolía por mi indiferencia y falta de disposición e interés de acercarme a él, pero la realidad es que, aunque deseaba hacerlo, me sentía completamente mal.

—¿Puedo pasar? —preguntaron desde el otro lado de la puerta.

—¿Quién es? —repliqué secando las lágrimas sobre mi rostro.

—Soy Pablo, he venido a despedirme, amigo.

—¡Adelante!

Abrió la puerta, se acercó y se sentó sobre mi cama a un lado mío. Al percatarse de que había estado llorando, me abrazó tan fuerte como pudo, para después comentar algunas palabras.

—Lo sé todo, Carlos, no tienes por qué mentirme, pero sé que esto debe ser muy difícil para ti y no profundizaré más en el tema. Nuestro avión sale mañana temprano, ya que no hay por la tarde y no podemos estar más días, debemos seguir con las clases, al menos yo. Me hubiera gustado que este viaje fuera diferente, pero me encontré con muchas sorpresas, cosas que apenas puedo procesar y que me confunden como nunca… Aun así, jamás dejarás de ser mi mejor amigo, y si algún día quieres hablar, ahí estaré, así que, si cambias de opinión, sabes que cuentas conmigo para apoyarte en todo.

Al separarnos, una mirada de gran nostalgia nos cubrió a los dos cuando nuestros ojos se entrelazaron.

—¡Gracias, Pablo!

Tristemente sonrió y se marchó, dando paso a que un par de minutos después Germán ingresara también a mi habitación para despedirse.

—Hola, Carlos, te he traído esto.

Me entregó una fotografía en la que estábamos él y yo besándonos aquella tarde que representaba el día en que me había confesado su amor en la universidad. Los dos volteamos a verla y después nos miramos atentos.

—Nos la tomó Pablo días antes de las vacaciones, antes de que todo esto pasara.

—Yo... no sé qué decir. Quisiera recordar algo de todo esto, Germán, desearía tanto entender tantas cosas, pero por más que me esfuerzo, nada regresa a mi memoria. Ahora sé que muchas cosas son reales, pero no puedo recordarte a ti por completo. Estoy inmerso en un gran vacío, ¡me siento fatal!

—Desearía poder hacer algo para ayudarte, esto me está consumiendo totalmente por dentro.

—Lo siento de verdad, perdóname si te estoy haciendo daño. Espero que algún día pueda entenderlo todo, porque ahora, a pesar de estar aquí, ni siquiera me siento vivo.

—¿Tampoco puedes sentir algo por mí? —Me miró abatido.

—No lo sé, siento muchas cosas, pero no sé qué son, todo es confusión y vacío.

—Por favor, Carlos, esfuérzate un poco más, amor, tienes que luchar por ti, por mí, por nosotros.

—Eso intento, pero no es fácil, han pasado muchas cosas en tan pocos días desde que salí del coma que ya no sé lo que es verdad o mentira.

Sus ojos tan expresivos y tiernos brillaban en demasía, él estaba a punto de llorar, me abrazó muy fuerte y después besó mi frente.

—Vuelve conmigo mañana, con nosotros, yo te ayudaré a recordar todo poco a poco, yo te cuidaré y estaremos bien.

Lo miré atento para después tomar sus manos.

—Perdóname, por favor, perdóname, pero no puedo. Por ahora lo mejor será que permanezca con mi familia, no me siento listo. Necesito aclarar mi mente y resolver algunas cosas, necesito encontrarme a mí mismo.

—Desearía tanto poder quedarme más tiempo aquí contigo, para ayudarte y estar juntos, pero lamentablemente hay cosas fuertes que están pasando en la universidad y que me impiden estar aquí ahora... Prometo que en cuanto pueda venir lo haré.

—Te lo agradezco de verdad, pero lo mejor será que por ahora no vengas más, Germán, resuelve lo que tengas que resolver y continúa con tu vida. Si en algún momento llego a recuperar la memoria por completo, yo te buscaré, pero no detengas tu vida por mí, por alguien que ni siquiera te reconoce.

Algunas lágrimas salieron de entre sus ojos.

—Yo te estaré esperando, amor, te aseguro que yo estaré ahí para ti, porque tú eres mi vida y te amo, y sé que muy en el fondo de ti, tú también sientes lo mismo por mí. Estaré al pendiente de ti, aunque no te guste. Vendré cada vez que pueda, aunque no te parezca. Yo me encargaré de que vuelvas a ser la persona feliz que conocí y de la que me enamoré. —Miró profundamente mis ojos y después mis labios deseando poder besarme, limpió su rostro y entonces abandonó mi habitación.

Una gran tristeza invadió todo mi ser. Estaba mal, muy mal, pero no podía hacer más. Me sentí usado, sucio, sin ánimos, una basura, un completo imbécil por haber preferido confiar en alguien a quien no conocía, en vez de en mi propia familia. Tenía la oportunidad de volver, de irme con ellos, con él, y reconstruir mi vida tal vez desde cero, pero el remordimiento, la culpa, la nostalgia y el coraje me cegaban en ese momento tan crucial. Lo único que deseaba con profundidad era no haber salido del coma, no haber despertado en el momento en que Gabriel estaba ahí, no estar vivo pasando por todo eso...

Así transcurrió esa noche en la que no pude dormir, en la que todos mis esfuerzos fueron en vano al tratar de recordar algo que me hiciera cambiar de opinión para irme con ellos. Así estuve durante horas hasta que, a la mañana siguiente, mamá entró a mi habitación.

—Hijo, pensé que estarías dormido, te he traído tu medicamento.

—Hola, mamá, gracias.

—¿Cómo estás?, ¿cómo te sientes hoy?

—No lo sé, la verdad es que no pude dormir.

—No puedo imaginar por todo lo que estás pasando, mi cielo, pero si hay algo de lo que estoy segura es de que Dios es grande. Ten fe, hijo mío, ten fe en él y todo pronto regresará a la normalidad...

—¿Y Germán?

—Se fueron hace unos minutos, tu hermano los llevó al aeropuerto. Yo iré al mercado a comprar algunas cosas que faltan para preparar el desayuno. ¿Quieres acompañarme?

—Prefiero quedarme aquí.

—Está bien, mi amor, trata de dormir un poco...

—Mamá, ¿puedo pedirte algo?

—Claro que sí, ¿qué sucede? —Se sentó sobre mi cama.

—¿Podrías hablarme sobre Germán?

—¿Qué quieres saber de él? —Sonrió.

—No lo sé... solo quiero saber si él... —Hice una pausa apenado.

—¿Quieres saber si él y tú están juntos?

La miré un tanto sorprendido y después incliné la mirada.

—Mi niño, una madre no es tonta y yo siempre he sabido todo de ti, así que lo único que te puedo decir es que siempre te voy a amar seas como seas y estés con quien estés. Germán es un buen chico, es una gran persona que, además de amarte, te salvó la vida en ese terrible accidente.

—¿De qué hablas, mamá?

—Si no hubiera sido porque tanto él como tu primo Gabriel tienen tu mismo tipo de sangre, tú no estarías aquí, mi cielo. Sé que todo esto es muy confuso para ti y ruego a Dios para que te recuperes completamente, pero también te pido a ti que seas fuerte y luches, hijo mío.

—¿También mi primo Gabriel salvó mi vida?

—Así es, mi cielo… Por alguna razón la vida los unió y los puso en tu camino aquella vez en que todo pasó, pero sobre todo a Germán, así que no seas tú quien intente separarlos... ¡Él te ama!

—¿Por qué no me habían hablado de Gabriel?

Suspiró con culpa.

—Siento mucho haberte ocultado eso, es solo que no creímos que fuera necesario, pues ni siquiera nos reconocías a nosotros.

—¿Y qué pasó con él?

—Tu primo nos estuvo ayudando a cuidarte durante todo ese tiempo que pasaste en coma, pero el día en que despertaste, unos minutos antes de hecho, tuvo un llamado urgente de su trabajo y se tuvo marchar. Si tan solo se hubiera quedado más tiempo contigo, habría sido muy afortunado en verte abrir los ojos.

Algunas lágrimas llenas de gran coraje escurrieron por mis mejillas.

—Mamá, ¿y tú crees que yo también amo a Germán?

—No lo creo, hijo, sé que así es… Busca en tu interior.

Pensativo miré hacia la ventana mientras mamá me observaba con gran melancolía. Se levantó de la cama y se fue, de nuevo me recosté un momento y tomé la fotografía que Germán había dejado sobre el buró. La miré con tanta insistencia tratando de recordar algo que, de repente, empecé a escuchar un sonido extraño, era algo sumamente bello, una melodía que desprendía paz e irradiaba amor. Sentí mucha tranquilidad, así que una vez en calma, el deseo de saber qué era y de dónde venía me hizo levantarme, vestirme e ir en busca de esa melodía tan armoniosa.

—¿Carlos, a dónde vas? —preguntó Jenny.

—Hola, hermana, saldré un momento a caminar, necesito tomar un poco de aire fresco...

—¿Quieres que te acompañe?

—No, no hace falta, me gustaría estar solo.

—Está bien, entiendo...

—¿Jenny, puedes escuchar esa música?

—¿De qué hablas, cuál música?

De repente ese sonido en mi mente desapareció, dejé de escuchar aquel canto que en mi interior despertaba algo extremadamente conmovedor.

—La que hace unos segundos se estaba escuchando.

—Estás loquito, Moco, no había música en ningún lado. Ha de ser el efecto de la medicina, que te tiene aturdido.

—Te juro que la escuché claramente.

—Pues escuchaste mal, Moquito. Anda, mejor vamos a preparar algo para desayunar.

—No, mamá recién fue al mercado para comprar algunas cosas, lo mejor será que la esperemos.

—Muy bien, entonces mientras regresa ven conmigo, me gustaría mostrarte algo, después si quieres te vas a dar tu caminata.

—Claro, ahora mismo te alcanzo.

Salí de casa y me dirigí al patio trasero para intentar escuchar algo de aquella hermosa melodía, pero fue imposible. Emprendí camino al lago y miré hacia todas direcciones, pero ya no podía percibir ningún sonido parecido a ese canto. Un sonido hermoso y único, era como una alabanza a la propia vida, al alma, algo indescriptiblemente bello.

—Carlos, ¿qué estás haciendo?, regresa a casa, anda, ven.

Corrí a casa y, antes de entrar, por última ocasión miré hacia todos lados, pero no había nada ni nadie. Lo único que se escuchaba era el viento soplando fuerte con la brisa de ese día que sería uno de los más significativos y que lo cambiaría todo por completo.

—¿Acaso esta es la canción que escuchaste? *I'm walking on sunshine, oh yeah* —cantaba alegre—. ¡Anda, hermanito, baila conmigo!

—No te burles, Jenny, es verdad lo que dije.

Aún recuerdo esa canción emotiva que escuché entrando a casa: *Walking on Sunshine*. Mi hermana brincaba y cantaba al compás del ritmo con una cuchara sostenida por su mano figurando tener un micrófono. Me tomó por las manos y empezamos a dar vueltas en medio de la sala, ella seguía cantando y yo al menos me reía como loco. Esa mañana inolvidable sirvió mucho para retomar la confianza en ella y para apegarnos hasta el grado de ser inseparables.

Hubo un momento en que me mostró varias fotografías de mi padre, algunas más de la familia, de nuestros múltiples viajes y grandes aventuras. Me di cuenta de que yo era un chico feliz, muy feliz y afortunado.

—Jenny, cuéntame sobre el accidente, ¿cómo es que todo esto pasó? Dime todo lo que sabes, por favor.

Volteó a verme admirada y quizá un poco sorprendida. Ella sabía que algún día yo iba a hacer muchas preguntas y todos debían estar preparados para contarme detenidamente lo que había sucedido, solo que no esperaba que fuera tan pronto; sin embargo, comenzó a relatarme los sucesos que me habían llevado al accidente.

—Por supuesto, todos sabemos lo que existe entre Germán y tú, pero tranquilo, hermano, los apoyamos completamente.

—¿Entonces también Braulio lo sabe?

—Sí, así es... —Sonrió al mismo tiempo en que me abrazó.

—¿Y desde cuándo saben todo esto?

—De hecho, no tiene mucho, pero eso no importa, te queremos y te amamos, y siempre vamos a estar contigo. Aunque la verdad es que me siento muy apenada con Germán.

—¿Por qué?, ¿qué pasó?

—Bueno, no es que haya pasado algo en realidad, pero luego del accidente y cuando estabas en coma, Germán tuvo que partir poco antes de que las clases iniciaran... Así que pensé que te había abandonado al no soportar la situación, pero me equivoqué. Algunas semanas después, regresó y todo el tiempo estaba al tanto de ti, no quería despegarse ni por un segundo. Me sentí tan culpable porque fue entonces que comprendí cuánto te ama. —Me sostuvo con sus manos el rostro—. Ese hombre en realidad está loco por ti, hermano, y en verdad eres muy afortunado.

En ese momento entendí muchas cosas, era claro que Germán no era quien Gabriel me había descrito, y también pude ver por qué mi familia lo acogía y realmente lo apreciaba, y aunque a mi primo lo odiaba con todas mis fuerzas en ese preciso instante, no podía evitar preguntarme por qué había actuado así, por qué se había arriesgado de ese modo para estar conmigo, pero, sobre todo, por qué me había sentido tan atraído por él desde el primer instante en que lo había visto. Por supuesto sentí la enorme necesidad de confesarle todo a mi hermana, pero ese sería un golpe muy fuerte para ella, así que decidí guardar ese martirio para mí y solo fingir.

—Quisiera poder recordar todo eso, pero me es imposible. Ni siquiera puedo recordarlo a él y esto me hace sentir mal, muy mal, sobre todo ahora que se ha ido.

—No te angusties, hermano, Germán te ama inmensamente y eso te lo puedo asegurar. Sé que pronto estarán juntos de nuevo.

—Lo mismo me dijo mamá antes de salir, pero tengo miedo de que yo nunca lo recuerde y sin más lo deje ir. Lo traté con gran indiferencia en esta visita, pude ver en su mirada tanto amor, pero también mucho dolor, eso jamás me lo va a perdonar.

—Todo esto ha sido muy difícil para todos, hermanito, pero estoy segura de que él es fuerte y no se dará por vencido.

—¿Y qué va a pasar si no recuerdo lo que siento por él?

—Lo harás, sé que lo harás. Aunque no recuerdes nada ahora, tú lo amas tanto como él a ti, y por eso debes hacer un esfuerzo, hermano, muy dentro de tu corazón seguramente habrá algo que te haga sentir de nuevo la gran inmensidad del cariño hacia él y todos nosotros...

Así se nos fue parte de la mañana, mi hermana me contó muchas historias, yo atento escuché cada relato de mi vida, cada experiencia contada de su memoria, así como cada aventura en todas esas fotografías que compartió conmigo.

—Jenny, Carlos... hijos, ayúdenme con la despensa, por favor —expresó mamá mientras iba entrando a casa agitada.

—Claro, madre.

—Gracias, hijos, vayan a la camioneta en el garaje por lo que falta.

Salimos de la casa y nos dirigimos a la cochera. Estaba tomando las bolsas del supermercado cuando mi mirada se percató de que el vehículo tenía las intermitentes encendidas, así que dejé las bolsas y me subí para apagarlas. Así me quedé durante unos segundos, sentado en el asiento del piloto. Cuando iba a salir, sin querer tomé el volante... Sentí que mi cabeza estaba por estallar, grité de dolor y no me pude despegar de él. Las imágenes devastadoras del accidente que había sufrido vinieron a mi mente una y otra vez. El carro en el que iba se volteaba para después ser embestido por otro vehículo que terminaba impactándose contra el mío; mi cara estaba llena de sangre, Pablo intentaba ayudarme y yo solo pude decir «¡Dile a Germán que lo amo!...».

Jenny, apresurada, intentó auxiliarme; mamá salió rápidamente al llamado de mi hermana. La playera que traía puesta estaba empapada en sangre por la parte delantera. Tenía una fuerte hemorragia en mi nariz que no podía parar. Mi mente seguía en el momento del accidente, pero no pasaba de ahí. Espantada, mamá me abrazó fuertemente para evitar las convulsiones en mi cuerpo, pero al no recibir respuesta, se aferró tan fuerte como pudo de mí para lograr zafarme y sacarme del auto. Fue ahí cuando por fin dejé de ver esas imágenes tan perturbadoras, cuando todo paró...

—Hijo, ¿estás bien?, contéstame... —preguntó mamá preocupada mientras, tirados en el suelo, apoyaba mi cabeza sobre sus piernas.

—¡Sí!, tranquilas, estoy bien —lamenté aturdido.

—¿Recordaste algo? —cuestionó Jenny.

—El momento del accidente.

—Mamá, esto es muy extraño, deberíamos llevarlo al hospital. Los doctores dijeron que esto tardaría en pasar. Además, mira cómo se pone cada vez que recuerda algo, esto no es normal —supuso Jenny.

—No, por favor, estoy bien. No quiero que me lleven a ningún lado. Solo necesito descansar, eso es todo. Ayúdenme a levantarme.

—Hijo mío, tal vez tu hermana tenga razón.

—Estoy bien, de verdad —insistí.

—Cada vez que pasa esto, siento mi corazón partirse. Si esto vuelve a ocurrir, te llevaremos al hospital, ¿entendiste?

Nos levantamos del suelo, tomamos las cosas restantes y nos metimos a la casa. Un tanto desorientado, me dirigí a mi habitación para lavarme la cara y cambiarme de ropa. Me recosté un momento sobre mi cama y, presa del cansancio, no supe de mí hasta pasadas las dos de la tarde, cuando mamá acudió a mi alcoba con un plato de comida y me despertó, pues no había siquiera desayunado. Luego de probar bocado, volví a dormir hasta eso de las cinco de la tarde. Me desperté cuando oí, una vez más, ese bello canto que había escuchado por la mañana. Muy decidido a encontrarlo, me levanté rápidamente de la cama y salí de mi habitación en dirección hacia la playa sin que nadie se diera cuenta.

Por la hora, era claro que el sol pronto se perdería en el océano. Corrí, cada vez escuchaba con mayor intensidad la bella música que, al parecer, provenía del mar. Era hermosa, magistral, esa melodía era muy especial, pero no lograba saber de dónde salía. Caminé sobre la arena, me quité los zapatos para andar descalzo. La brisa soplaba fuerte y silbaba al son del ritmo musical.

El agua tibia me causaba una sensación de paz y tranquilidad, por lo que continué caminando durante unos minutos. Podría jurar que sentía que flotaba con tan solo escuchar cada parte de esas voces cantarinas.

Llegué a un rompeolas, el sol descendía rápidamente y yo estaba en un momento de gran desesperación porque no podía encontrar la fuente del sonido, así que fui directo hasta el frente de esa hilera de rocas y, con gran nostalgia, observé el hermoso atardecer. Sentí ganas de llorar, mi vida era un caos, no sabía qué pasaría con ella.

El sonido se hacía cada vez más fuerte justo ahí en donde estaba. Comencé a desear intensamente recuperar la memoria, volver a sentir que estaba vivo y saber por lo menos quién era yo. Lo deseé con todas mis fuerzas y con toda la fe del mundo, hasta que, repentinamente, el canto dejó de escucharse y el sol se hundió en el mar. Una lágrima corrió sobre mi mejilla... Una ventisca me envolvió con gran intensidad, sentía que no podía inspirar. Mi respiración, que era tranquila, comenzó a acelerarse, agitándose de tal manera que de repente en mi cabeza los recuerdos empezaron a bombardearme completamente...

A mi mente estaba llegando cada cosa vivida, cada pieza se ubicaba en su lugar, mi mamá, mis hermanos, mi padre e incluso Gabriel. Mi pasado, el presente y mi futuro. Mis amigos, la universidad, la fraternidad, Pablo y, por supuesto, mi gran amor, el amor de mi vida... mi Germán, el hombre a quien recordé que amaba con gran fuerza y con quien había pasado momentos dichosos de mi vida. Aquel que había aguantado mis caprichos y cumplido mis deseos, al que no cambiaría por nada ni por nadie, y con quien deseaba tanto estar en ese momento...

No lo podía creer, comencé a llorar, pero en esta ocasión de felicidad, con un sentimiento muy grande que no pude contener. Me encontraba hincado en las rocas mientras que el mar azotaba fuerte sus olas contra ellas. La brisa alcanzaba a mojarme y el aire soplaba fuerte como si me invitara a tranquilizarme, sentí mucha ira por todo lo que había pasado. Ahora entendía el presente, sabía perfectamente la verdad, no podía creer que había perdido tres meses de mi vida. Intenté calmarme, pero no podía hacerlo, recordé el momento en que dejé ir a Germán y eso me dolió profundamente. Todo, absolutamente todo, invadió mis pensamientos, y el llanto había pasado de ser feliz a cubrirse de gran resentimiento. Ese canto tan hermoso volvió a escucharse, la imagen de aquella tarde de verano en la que papá nos contaba una historia se apoderó de mi mente: «Si alguna vez pasan por momentos críticos o difíciles, vengan a este lugar. Si llegan a escuchar un canto divino o una melodía armoniosa, pidan un deseo. Ese sonido proviene del mar, es el canto de las sirenas. Solo aquellos que tanto lo necesiten y que sean personas de gran corazón podrán escuchar su hermosa canción. Una vez que así pasa, jamás la dejas de escuchar. Si el mar está agitado, es porque están enojadas; pero si el agua está tranquila, ellas harán todo por ayudarte, lo único que te piden es que no las olvides, y cada año, justo el día en que cumplieron tu deseo, debes venir a visitarlas y regalarles bellas orquídeas. Muy pocos han logrado verlas, tal vez sean hermosas, pero nadie lo sabe, pues aquellos que las han visto mueren en el instante. Así que solo vengan con la ofrenda y mantengan sus ojos cerrados, den las gracias y márchense, porque si no vienen a darles las gracias, todo lo que se les ha obsequiado les puede ser arrebatado».

Corrí sin parar a casa, estaba emocionado, feliz, moría por darle la noticia a mamá, por hacerle saber que recordaba todo, absolutamente todo, y así fue. Al llegar, presuroso abrí la puerta y comencé a llamarla, corrí por todas partes para buscarla, hasta que finalmente la encontré en su recámara. Comencé a relatarle todo con una expresión tan llena de felicidad que la hizo estremecer. Me abrazó tan fuerte como pudo y comenzó a llorar de la emoción al igual que yo.

—Madre, tengo que regresar a la universidad.

—Claro que sí, mi niño.

—Pero tiene que ser cuanto antes. ¡Hoy mismo me voy!

—Hijo, pero...

—Mamá, por favor. Necesito irme, tengo que irme, tú misma me lo sugeriste.

—Sí, claro que lo hice, pero eso fue por la mañana, hijo, ya es tarde como para que te vayas ahora, además no creo que haya vuelos disponibles hasta mañana temprano.

—Entonces tengo que ir al aeropuerto para reservar un vuelo para mañana.

Me miró un tanto sorprendida y consternada, pero comprendió en ese instante que mi corazón había vuelto a revivir todo ese gran sentir no solo por ellos, sino por Germán.

Se encontraba inmensamente feliz de ver que su hijo, el más pequeño de los tres, estaba recibiendo una nueva oportunidad en la vida, una nueva y gran oportunidad que sin duda apoyaría con todo su amor, respeto y comprensión absoluta. Sonrió, pero su mirada mostró cierta nostalgia que me hizo abrazarla y darle un beso sobre su mejilla.

—Sabes que te amo más que a nada en el mundo. Soy y seguiré siendo tu hijo, tu bebé, no quiero que te pongas triste.

—Lo sé, hijo mío, yo también te amo y siempre te apoyaré en todo, es solo que todo esto es tan repentino que de alguna manera siento feo que te quieras ir.

—Madre mía...

—Lo sé, no tienes que decirme nada, yo entiendo perfectamente... Anda, vamos al aeropuerto, tienes que irte y ser feliz, debes recuperar tu vida, recuperarlo a él.

Con esas palabras de aliento y una mirada tan llena de amor en ella, me dirigí a mi cuarto para tomar un suéter y empacar algunas cosas. Después emprendimos camino al aeropuerto bajo ese cielo de atardecer que ya pintaba la noche...

Durante el tiempo en que estuve en coma se suscitaron muchas cosas, algunas de ellas ya las saben, pero otras no, tales como la vida de Germán y Pablo en la universidad sin mí. Había sido un golpe muy fuerte regresar al campus sin mi compañía, y más sabiendo que me habían dejado en el estado en el que estaba. Las primeras dos semanas fueron un caos, Germán no se podía concentrar en la investigación de los hermanos Colvin, pero trataba de ser profesional trabajando sin parar en ello, sobre todo en ese momento en que autoridades externas comenzaban a indagar en el asesinato de Bruno, quien había sido encontrado envuelto en una bolsa de plástico en las afueras de Austin, con signos de abuso sexual y una causa de muerte que aún no se determinaba. Para ese momento, las cosas estaban realmente difíciles, principalmente cuando se les notificó a los familiares el trágico fallecimiento de nuestro compañero. Estos interpusieron una demanda contra la universidad sin obtener éxito al no encontrar vínculo alguno que relacionara su muerte con el campus o con algún estudiante, al menos no en ese momento. El caso quedó abierto y continuó la fuerte investigación que Germán estaba por culminar. Fueron tiempos muy duros para mi bello español, de hecho, en sus días libres, se la pasaba encerrado en nuestro cuarto viendo algunas fotos que Pablo nos había tomado, siempre acostado en mi cama, oliendo mi almohada e incluso llorando durante algunas noches. Pablo, por su parte, estaba más consciente de la situación, y aunque también le dolía mi ausencia, él era más fuerte que Germán. No obstante, había noches en que mi pobre amigo se despertaba muy agitado cuando tenía sueños tan recurrentes del accidente que había presenciado... Así se fueron esas semanas. Por supuesto que maestros, compañeros y amigos sabían de lo sucedido, así como también los integrantes de la fraternidad, quienes trataban de dar ánimos a mi novio, pero este prefería encerrarse en su propio mundo. Se lo veía solitario, enfurecido en el gimnasio, triste, desvelado y melancólico durante el día.

No fue sino hasta mediados de la tercera semana de mi primer mes en coma cuando fue a visitarme que su humor cambió, pues según me contaron, cuando regresó era otro; es decir, aún se lo veía apagado, pero al menos ya tenía ánimos y hacía las cosas que había dejado de hacer. Su actitud y su falta de desempeño laboral casi le cuestan el caso, pero, una vez más, Marco hizo todo lo posible para que este siguiera al frente de la investigación, y más en ese momento en que las cosas estaban demasiado tensas y ellos muy cerca de resolver el enigma de la terrible muerte de Bruno Giesler.

Una tarde después del gimnasio, Marco y Daniel lo invitaron a un bar próximo a la institución. Aunque al principio se rehusó, luego de cierta insistencia de Marco —con quien además mantenía una gran amistad— finalmente aceptó. Ahí estuvieron bebiendo varias horas al grado de ponerse un tanto ebrios; sostuvieron pláticas de sus vidas y algunas otras cosas, pero cada vez que le preguntaban sobre mí, Germán evadía el tema con alguna otra pregunta o, simplemente, quedándose callado. Esa noche, Marco comenzó a sentirse un poco mareado debido a los efectos del alcohol, así que decidió irse e insistió en que ellos se quedaran, pues además de entender que a Germán le sentaría bien un poco de distracción, confiaba en que Daniel le haría buena compañía. Con el paso del tiempo, y las copas, mi bello español no aguantó más y se desahogó con Daniel: cayó en un llanto estremecedor y luego le contó parte de todo lo que había sucedido no solo en aquel viaje, sino entre nosotros, información que dejó a Daniel completamente perplejo. Tal vez fue el impulso, o quizás creyó que no había ningún problema en confiar en él, pero sintió una fuerte necesidad de decirle a alguien todo lo que sentía.

—Estoy sorprendido, Germán, en verdad no puedo creer que hayas utilizado *bromer* para tener relaciones con Carlos. ¡Estás cabrón! —expresó Daniel.

—Joder, tío, lo sé, no me lo recuerdes más, soy un gilipollas —dijo Germán.

—¿Pero tú por qué diablos traías el *bromer*, para qué usarías algo así?

—¿Ves esta cicatriz que tengo aquí?

—¿Qué te sucedió?

—No mucho antes del semestre pasado tuve un accidente y me rompí el brazo. Cuando estaba en el hospital, y antes de que un doctor me valorara, me hice de un frasco que pude tomar sin que se diera cuenta una de las enfermeras. El *bromer* médicamente tiene otro nombre que, la verdad, ahora mismo no recuerdo, pero lo hice porque sentía mucho dolor y sabía que esa droga era perfecta para disminuirlo. Claro que después supe de sus múltiples usos y de su nombre en el mercado negro.

—¿Y aún tienes?

—Creo que queda un poco en algún lugar de mi habitación, pero me pienso deshacer de ella... No sé cómo pude hacerle eso a Carlos.

Daniel lo miró un tanto pensativo sin decir nada.

Esa noche se la pasaron charlando y bebiendo hasta casi el amanecer, así que, al cerrar el establecimiento, regresaron al campus para después despedirse e irse cada uno a sus respectivas habitaciones.

El *bromer* es una combinación de narcóticos, sedantes y alucinógenos empleada en muchos casos para calmar o quitar la fuerte sensación de dolor. Se administra en dosis pequeñas, ya sea vía oral o por medio del olfato, y su abuso puede ocasionar la muerte. Mantiene el cuerpo adormecido, mas no paralizado, causa pérdida de contacto con el entorno, alucinaciones, sueños vívidos e inconsciencia. A veces la memoria es consciente de lo que está pasando, aunque lo confunde, haciendo que una vez que pasa el efecto, sea difícil saber si lo que se vivió durante la etapa de alteración al cuerpo es real o nunca sucedió; es decir, puede ser manipulable.

Así fue pasando el tiempo. Pablo y Germán se veían de vez en cuando para ponerse de acuerdo para el siguiente viaje en el que me irían a visitar, ambos seguían sus vidas rutinarias dentro del campus. Por su parte, Marco y Germán se veían todos los días en la casa de la fraternidad, pero Daniel solía visitarlo de vez en cuando en nuestra propia habitación, algo que a mi novio al principio se le hacía un tanto extraño, pero dejaba de lado todo tipo de ideas erróneas, pues además de verlo como un amigo más y reconocer sus buenas intenciones, sabía que Daniel era novio de Marco y este era ya el mejor amigo de Germán.

El día en que Germán y Pablo regresaron a la universidad y yo recuperé la memoria, ambos estuvieron callados durante el viaje y casi no cruzaron palabras. Pablo, destrozado por lo que creía haber descubierto entre Gabriel y yo; y Germán, sumamente triste por mi actitud. Sabía que yo lo amaba tanto como él a mí, lo sabía porque, a pesar de todo, lo había visto en mis ojos, y por eso trataba de ser fuerte teniendo fe en que todo regresaría a la normalidad, pero jamás había imaginado que haberme visto fuera del coma, en vez de causarle alegría y felicidad, solo le traería más dolor y tristeza.

Lo cierto es que esa noche efectivamente no encontré vuelos directos disponibles, pero sí una opción de un vuelo con escala que me haría llegar cinco horas después a mi destino y que estaría despegando treinta minutos más tarde. Mamá aconsejó que me fuera al día siguiente para no llegar por la madrugada, pero aferrado y necio decidí comprar el vuelo sin importarme el tiempo de espera y la hora de llegada. En verdad, lo único que deseaba era estar con mi español, solo podía pensar en abrazarlo y sentir sus besos, sus caricias y el calor de su cuerpo. Necesitaba escuchar esas palabras de amor que siempre me decía y pedirle perdón por cómo me había portado con él, así que, finalmente y con algunas lágrimas saliendo de entre sus ojos, mamá me dio su bendición y tras un fuerte abrazo me dejó ir.

NUEVE HORAS ANTES

Gabriel me esperaba en el hotel impaciente, eran las cuatro de la tarde, hora en que habíamos acordado vernos, daba vueltas por toda la habitación desesperadamente. Se dieron las 4:30 sin rastro alguno de mi presencia, estaba enfurecido, pero continuó esperando, por su mente pasaban muchas cosas, se sentía mal por todo lo que había hecho, pero no estaba arrepentido. Su plan había sido enamorarme, hacerme suyo y cuando llegara el momento en que diera indicios de mi recuperación absoluta, creía que no me alejaría de él por todo lo que ya sentía. Así era como él pensaba, eso era lo que quería, pero no imaginó que mi recuperación sería tan rápida ni mucho menos que él se iba a enamorar de mí en la forma que creyó que yo lo haría... ¡pobre Gabriel! Se dio cuenta de que ya no iría, y la intriga, la incertidumbre y la impaciencia lo estaban carcomiendo intensamente, así que no aguantó y llamó a casa cautelosamente fingiendo otra voz.

—¡Aló! —contestó mi madre.

—Hola, buenas tardes, disculpe, ¿se encuentra Carlos?

—¿Quién lo busca?

—Soy Jorge, un amigo de la universidad, ya había llamado anteriormente, solo quería saber cómo se encuentra, pues supe que por fin salió del coma.

—Qué gran detalle, hijo, muchas gracias, soy su mamá. Efectivamente, mi muchacho ya salió gracias a Dios de ese estado, ahora se encuentra bien, luchando contra algunas complicaciones, pero nada grave, ahora mismo está descansando, ha tenido días muy pesados, pero podrías llamar más tarde cuando despierte.

—Claro que sí, señora, yo vuelvo a marcar más tarde. Le agradezco de verdad.

—Sí, hijo, gracias a ti. Le diré que llamaste... ¿Jorge qué?

Gabriel colgó. Muy enojado, pensó en ir a buscarme a casa, pero no quería arriesgarse a ser descubierto, sabía que si eso pasaba, todo se vendría abajo de una forma inimaginable. Decidió permanecer en el hotel ahogado en la impaciencia y con un mal presentimiento, así que después de esperar un par de horas volvió a llamar a casa esta vez siendo él mismo.

—¡Hola! —contestó Jenny esta vez.

—Prima, ¿cómo estás?, habla Gabriel.

—¿Gabo? Hola, primo hermoso —expresó entusiasta—, ¿cómo estás tú? Ni adiós dijiste, maldito, te pasas.

—Lo sé, discúlpame, tuve que salir de urgencia por el trabajo.

—Sí, mamá nos notificó, no te preocupes, ¿cómo estás?

—Muy bien, prima, gracias, supe que Carlos ya salió del coma.

—Así es, primo, gracias a Dios mi hermano ya despertó.

—Me gustaría saludarlo, ¿se encuentra en casa?

—No, no se encuentra, fíjate que mamá me habló hace como diez minutos, al parecer él va a tomar un avión para regresar hoy mismo para los Estados Unidos, ¿puedes creerlo?

—¿Qué, a esta hora?

—Así es, Gabo, se parece a ti, ni adiós dijo el condenado. Al menos eso fue lo que entendí, no escuché bien porque se cortó la llamada.

—Pero ¿está bien?

—Pues... no sé si supiste, pero mi hermano perdió la memoria.

—No, de hecho, solo sé muy poco.

—Pues así es, lamentablemente perdió la memoria, pero la ha estado recuperando de una forma insólita, hasta los mismos doctores no lo pueden creer, sobre todo porque dijeron que esto llevaría tiempo.

—¿Entonces quiere decir que ya la recuperó?

—No, no del todo. Tiene muchos vacíos aún, cosas que no recuerda, pero otras tantas ya. Tal vez esa sea la razón por la que se está yendo ahora mismo.

—¡Wow!

—Lo sé, todo esto es como de novela... Pero cuéntame, ¿todo está bien contigo?

—Sí, prima, todo bien. Tenía planes de regresar a ayudarlos, pero ya con esta buena noticia, entonces será mejor que planee con calma ir a visitarlos.

—Ojalá puedas venir pronto, además de que estamos en deuda contigo por todo lo que hiciste.

—No es nada, vas a ver que en cuanto pueda me daré una vuelta. Ahora me tengo que ir, porque debo regresar al trabajo, pero me estaré comunicando con ustedes después.

—De acuerdo, primo, te mando un fuerte abrazo. Cuídate y que estés bien.

Pasaban de las siete de la noche. Gabriel se despidió de mi hermana con un gran nudo en la garganta y se tiró en la cama a llorar de impotencia. Comenzó a sentir miedo, ya que sabía todo lo que podía suceder, aunque lo que más le preocupaba era saber que me perdería si recuperaba la memoria completamente. Se sentía realmente aturdido, confundido con sus decisiones, con todo lo que estaba pasando, y tenía miedo de lo que pudiera suceder... ¿Qué seguiría?...

CINCO HORAS DESPUÉS

Llovía muy fuerte y eran pasadas la una de la mañana cuando por fin llegué a la universidad. Pedí al chofer del taxi que me dejara en el edificio «A», pues el camino más adelante estaba inundado, así que me di una tremenda empapada. Corrí agitado sin parar a nuestro edificio. Por todo el camino iba dejando rastro de mis huellas con agua, moría de frío, pero no importaba, yo seguía corriendo emocionado, feliz, contento... Al alcanzar el edificio de nuestra habitación, casi caí al suelo de un resbalón. Luego subí las escaleras a brincos hasta que, por fin, llegué a nuestro piso.

—¿Carlos? —cuestionó Marco sorprendido, deteniendo mi andar.

—¡Ey, Marco! ¿Cómo estás? —pregunté admirado.

—No lo puedo creer, hombre, ¿qué haces tú por acá?, ¿cuándo llegaste?

—Justo ahora.

—¡Espera un segundo! ¿Me llamaste por mi nombre, te acuerdas de mí?

—Por supuesto que me acuerdo de ti. —Reí.

—Pero... no entiendo, Germán me platicó todo cuando llegó por la mañana.

—Es una larga historia amigo —continué impaciente—, pero ciertamente he recuperado la memoria y por eso estoy aquí, llegando así a esta hora... Necesito verlo, me imagino que ha de estar dormido.

—No lo sé, Daniel y él se fueron a beber a un bar cerca de aquí, quedé en alcanzarlos, pero al llegar el lugar ya estaba cerrado.

—¿A beber a un bar?

—Sí, hombre, han sido meses muy pesados para Germán desde tu accidente, hemos tratado de que se distraiga un poco, pero no te preocupes, está en buenas manos, de hecho, venía justamente a buscarlo para preguntarle por Daniel. ¡Vamos, te acompaño!

Nos encaminamos a mi habitación.

Fue un tanto extraño para mí saber que había estado bebiendo, comprendí que realmente le había estado afectando sobremanera toda esa situación, y más porque, hasta donde yo sabía, él no solía beber alcohol. En fin, traté de no darle tanta importancia a eso, pero no pude evitar cierta preocupación al saber que había estado solo con Daniel, y no porque dudara de Germán o pensara mal del novio de Marco, pero la simple idea de verlos juntos y solos me causaba celos.

Cuando por fin llegamos, me detuve por un momento lleno de nervios y tomando valor. Moría por abrir la puerta, necesitaba verlo, no sabía qué era lo que iba a hacer, si abrazarlo de la emoción o simplemente quedarme callado. Quería darle una sorpresa, pero la sorpresa me la llevé yo cuando abrí la puerta...

Daniel estaba encima de Germán y lo besaba de una forma incontrolable y pasional. Se encontraban ambos semidesnudos, y los brazos de mi español rodeaban el cuerpo de ese imbécil tal y como solía hacerlo conmigo. Pude percatarme de todo eso en tan solo cosa de segundos, ya que al sentir una fuerte sensación de aire helado sobre su espalda cuando abrí la puerta, inmediatamente Daniel se separó de Germán. Mis ojos se llenaron de lágrimas de una forma tan veloz que, por mi reacción negativa, Marco rápidamente se asomó para descubrir aquella escena que también le rompería el corazón. Lo miró con tristeza y coraje, decepción y hasta odio, y luego se marchó, mientras Daniel, en estado de *shock*, tomó sus cosas presuroso para salir corriendo tras él.

Germán continuó acostado en la cama mientras, aturdido, mencionaba una y otra vez mi nombre sin siquiera percatarse de que yo estaba ahí. Así permaneció durante unos segundos en los que me reprochaba duramente que ese era mi castigo por lo que había hecho, aquella noche de lujuria y tentación con aquel hombre que era sangre de mi sangre… «con mi propio primo».

Capítulo 8

EL DIARIO DE
GERMÁN PETROVA

*Soy creyente fiel de la idea de que todo en la vida se regresa. Creo
en la ley de la atracción e incluso en aquello llamado karma,
pero no en ese que te castiga el doble o el triple, sino en el
que asertivamente te hace entender, te da una lección y te abre los
ojos presentándose en el momento justo, que muchas veces puede
ser incluso el equivocado, o bien en un futuro y de forma sorpresiva
e impensable.*

alí de la habitación después de que Daniel se
escabulló detrás de Marco. Cerré la puerta y me
senté por un momento ahí mismo, afuera, justo en
la entrada, muriendo de frío, empapado, triste y
conteniendo las enormes ganas de llorar, pero Germán no salía...
Me levanté como pude luego de algunos minutos, temblaba
por la fuerte sensación del viento helado sobre mi cuerpo y
quizás de rabia, pero también de nervios. Estaba decidido a

enfrentarlo, así que, una vez más, abrí la puerta y volví a entrar, pero él seguía acostado; yacía inmóvil, sin hacer ni decir nada, lo que me molestó aún más. Muy enojado me acerqué y lo tomé por los hombros, sacudiéndolo para que reaccionara, pero continuó en ese estado, perdido e inconsciente. Fue entonces que me percaté de que el olor de su respiración no era solo a cerveza, sino también a una mezcla extraña de esa bebida junto con otra sustancia. Lo tomé de nuevo por los hombros y comencé a sacudirlo y a hablarle para que reaccionara, pero no había respuesta. Miré hacia el buró central que dividía nuestras camas y vi aquel singular frasco… A decir verdad, yo no conocía mucho de drogas, pero ya había escuchado de esa en especial. Muchas cosas pasaron por mi cabeza: estaba feliz porque había comprendido a la perfección la situación, sabía que Daniel había intentado aprovecharse de él bajo los efectos de la bebida y de esa droga, pero también sentí cierta impotencia al no saber qué hacer, cómo despertarlo, o si debía simplemente dejarlo así hasta que se le pasara el efecto al día siguiente. La desesperación se apoderó de mí, así que continué agitándolo fuertemente para que despertara, pero no recibí respuesta alguna. Miré a mi alrededor intentando encontrar algo que pudiera ayudarme a que volviera en sí, y entonces observé unas hojas tiradas sobre el suelo. Al levantarlas, vi un libro que, por curiosidad, abrí. Me di cuenta de que ese era su diario, el más preciado tesoro de Germán, en donde plasmaba sus sentimientos más profundos y gran parte de la investigación que estaba llevando a cabo. Sentí una fuerte tristeza mientras lo veía tendido en la cama, ese chico era el hombre de mi vida, la persona con la que quería compartirlo todo, mis triunfos y fracasos, mis sufrimientos y alegrías, mis anécdotas y fantasías; todo, absolutamente todo, y necesitaba decírselo, hacérselo saber, pero él estaba inconsciente y no reaccionaba…

Cuando apenas comencé a leer su diario, de repente su respiración empezó a agitarse, sus ojos se abrieron y estaban completamente en blanco, su cuerpo se convulsionaba sin parar. Supe que las cosas andaban mal e inmediatamente cogí el *interfón* para llamar al hospital universitario. Lo sostuve fuertemente mientras, consternado, lo observaba. Fue tan difícil y triste verlo de esa forma que juro que pensé que moriría, y... así fue. Su cuerpo inmóvil yacía sobre mis piernas sin respiración, sin emitir algún sonido, no tenía pulso, y yo pedía a gritos ayuda, intentando revivirlo... La puerta se abrió de inmediato, presurosos paramédicos hacían su trabajo, yo no podía siquiera hablar. A lo lejos escuché preguntas, pero solo observaba todo el proceso. Al darse cuenta de que no tenía pulso, emplearon el desfibrilador para revivirlo. Su cuerpo brincaba al ritmo de cada descarga, pero no respondía. Mi novio, mi Germán, mi bello español estaba muerto. El amor de mi vida había fallecido a causa de una sobredosis de esa maldita droga suministrada por Daniel...

Una nueva hemorragia nasal se apoderó de mí y perdí inmediatamente el conocimiento.

QUINCE MINUTOS ANTES

Lleno de rabia, Marco se alejó presuroso de la habitación. Estaba sorprendido, pero, sobre todo, decepcionado. Daniel lo persiguió por todo el pasillo sin parar, pidiéndole que lo esperara, hasta que por fin logró detener su andar al tomarlo por el hombro, justo antes de llegar a su habitación. Marco solo reaccionó agresivamente y le soltó un golpe que lo dejó tirado en el suelo. Siendo pareja, dormían en la misma habitación, pero intentaban disimular su romance ante los demás, aun cuando todos ya sabíamos de su relación sentimental. Ambos siempre habían tratado de ser discretos, pero en ese momento, y cegado por el coraje y la traición, a Marco no le importó que, por el leve alboroto, algunos estudiantes salieran de las habitaciones cercanas para presenciar la escena. Daniel estaba en el suelo sorprendido, Marco lo veía con arrepentimiento y dolor, con una gran expresión de tristeza en su rostro por haber encontrado a la persona que amaba y creía conocer acostándose con su mejor amigo, por haberlo golpeado y por ver en sus ojos lo asustado que estaba a causa suya... Así que sin más abrió la puerta de su habitación y se metió, Daniel se levantó del suelo atacado por todas aquellas miradas al mismo tiempo que caminaba hacia el cuarto para abrir la puerta y entrar en él.

Puedo comprender a Marco por su reacción, mas no lo justifico, aun así, a veces tantas cosas que te vas guardando te hacen reaccionar de manera impulsiva y de esa forma, y más con todo lo que él había soportado en ese momento. Estando los dos adentro, comenzó una fuerte discusión que finalizó con unas palabras duras y frías en las que Marco daba por terminada esa relación que los había mantenido unidos un par de años.

—No quiero que te vuelves a acercar a mí, no intentes hablar conmigo ni me busques. Te amo más de lo que imaginas y pude haber demostrado, pero ahora te odio y te veo como la peor cosa que me pudo haber sucedido. Terminaste con todo, acabaste con esto que teníamos y jamás lo vas a recuperar... Quiero que te largues mañana mismo de aquí, así que toma todas tus cosas y márchate cuanto antes.

Daniel, con lágrimas en su rostro, rogaba perdón a Marco, pidiéndole que le diera una oportunidad de explicarle, expresándole su arrepentimiento mientras se hincaba ante él, pero Marco, con un gesto de gran y profunda tristeza, se marchó de la habitación con rumbo fijo a la casa de la fraternidad. En ese justo momento se percató de que algunos paramédicos iban saliendo de mi habitación con Germán en una camilla y conmigo en otra; así que, sorprendido y presuroso, se acercó a uno que nos conocía que le informó brevemente que yo había perdido el conocimiento cuando estos habían acudido a mi llamado, en el que les había avisado que Germán al parecer no tenía pulso. Eso fue confirmado a su llegada, y tuvieron que reanimarlo con una fuerte descarga a través del desfibrilador. Por supuesto, Marco estaba muy estupefacto, no supo qué pensar, imaginó tantas cosas que al final decidió ir nuevamente a su habitación para exigirle a Daniel que le relatara lo que realmente había sucedido en ese dormitorio, ya que de ello dependía la vida de Germán... Daniel aún lloraba, y bajo la fuerte presión que Marco ejercía sobre él se sinceró enteramente, explicándole que había suministrado a Germán en un vaso con agua una fuerte dosis de *bromer*. Inmediatamente después, Marco salió presuroso del cuarto y se dirigió al hospital universitario para movilizar el traslado de Germán a un hospital privado, en donde atenderían con mayor urgencia su situación de gravedad, pues también tenía conocimiento de los efectos de esa droga. Además, lo hacía para evitar involucrar a la universidad y que el señor Trent no se enterara por completo de lo sucedido, ya que, de hacerlo, en esta ocasión no solo Germán, sino también Marco, estarían involucrados en serios problemas que tendrían que ver con drogas, sexo y alcohol, y los destituirían a cada uno de sus respectivos papeles dentro del campus...

En cuanto a mí, Marco decidió que me atendieran en el hospital universitario. Me dejó bajo el cuidado de algunos amigos y, de hecho, integrantes de nuestra fraternidad, y les pidió por favor que lo que había sucedido esa noche fuera tratado con total delicadeza y discreción.

UN DÍA DESPUÉS

Una vez más, fuimos tema de conversación en el campus, debido a que los que habían presenciado la noche anterior todo lo ocurrido se encargaron de compartir la información, que poco a poco se fue esparciendo hasta llegar a los oídos de Pablo. Todo el mundo hablaba de ello, pero a la vez del supuesto enfrentamiento entre Marco y Daniel, a quienes expusieron abiertamente como una pareja gay, confirmando los rumores y las sospechas que muchos tenían sobre ellos.

Una suave brisa entró por la ventana. Escuché mi nombre levemente, al mismo tiempo que sentí una leve presión en una de mis manos. Abrí los ojos y era él, Pablo, quien ya se había enterado por Marco de que yo había recuperado la memoria.

—¿Cómo estás, campeón?

—Hola, amigo, ¿en dónde estoy? —pregunté desorientado.

—En el hospital universitario.

Entonces reaccioné y, alterado, pregunté por Germán, pero Pablo solo inclinó su rostro sin decir nada. En ese momento, un doctor que también pertenecía a nuestra fraternidad se incorporó para cerciorarse de que yo estuviera bien. Al preguntarle sobre Germán, únicamente se limitó a decirme que no sabían nada sobre él, ya que había sido trasladado a un hospital del que no tenía conocimiento alguno.

—Tengo que hablar con Marco, por favor, Pablo, ayúdame a buscarlo.

—Claro que sí, amigo.

Tiempo después, y ya recuperado, me dieron de alta y nos dirigirnos en busca de Marco. En nuestro andar, algunos compañeros me observaban con cierta lástima o quizás admiración, nos habíamos vuelto demasiado populares en la universidad. Yo, sinceramente, no estaba feliz con ello, pero de alguna forma me sentí animado cuando al ir caminando por los pasillos de repente comencé a escuchar palabras de aliento. Aunque a través de la mirada agradecía tanto apoyo, no dejaba de sentir una gran tristeza y dolor, un dolor inmenso que no podía ocultar a pesar de la amarga sonrisa en mi rostro. Pablo estuvo conmigo en todo momento, no acudió a sus primeras clases, pues estaba preocupado por mí y con justa razón, así que decidió ayudarme en todo lo que fuera necesario. Algunos minutos más tarde, por fin llegamos a la habitación de Marco, la cual se encontraba abierta. Sorpresivamente nos topamos con Daniel, quien en ese instante estaba guardando sus pertenencias para mudarse a otro dormitorio... ¡Sentí gran furia cuando lo vi!

—Hola, Daniel, estamos buscando a Marco, ¿sabes en dónde está? —preguntó Pablo.

Rápidamente volteó hacia la puerta y quedó sorprendido y en total sorpresa al verme ahí parado. Acto seguido, desvió su mirada y permaneció en total silencio.

—Mi amigo te preguntó algo... ¿escuchaste? —pregunté en tono fuerte.

—Aquí estoy, chicos —exclamó Marco mientras salía del baño.

—¿Tienes un momento? —dije.

—Por supuesto... ¿cómo estás, Carlos?, ¿te sientes mejor?

—Sí, gracias, pero necesito hablar contigo.

—Si es sobre lo que sucedió ayer, no te preocupes, lo sé todo. Sé que Daniel, aquí presente, intentó aprovecharse de Germán bajo los efectos del alcohol y el *bromer*, así que puedes estar tranquilo...

Pablo nos miró estupefacto, pues recién en ese momento entendió con exactitud lo que había pasado.

—En realidad, vine por si sabes algo de él, en la enfermería me dijeron que lo trasladaron a un hospital privado, pero no me precisaron a cuál. Por favor, Marco, si sabes algo, dímelo, necesito verlo —pedí.

—Lo siento, Carlos, como puedes imaginar, mi cabeza no ha dado para mucho en lo que va del día. Estuve contigo hace unas horas en la enfermería para cerciorarme de que estuvieras bien y para saber sobre mi amigo, pero al igual que tú, por ahora estoy en cero. Necesito hablar con el señor Trent para que me informe del estado de Germán y en dónde se encuentra. No imagino el dolor que sientes después de todo lo que has pasado, pero créeme que en cuanto sepa algo, yo mismo te lo diré.

—Te lo agradezco mucho, en verdad necesito verlo, estar con él.

—¡Lo sé!... pero por ahora también necesitas ser fuerte; trata de descansar, ve a tu habitación y duerme un poco, más tarde yo te busco.

—Estaré en mi habitación esperándote, por favor, no tardes.

—¡Carlos!... Lo siento mucho... —expresó Daniel con voz entrecortada.

Lo miré con gran rencor, pero él ni siquiera tuvo el valor de mirarme a los ojos, así que me di la vuelta y abandonamos el lugar. Por fortuna, Marco se encontraba ahí, porque había ido a hablar con Daniel para dejarle muy en claro no solo que su relación realmente había terminado, sino que solo lo había ayudado para que no se supieran las causas de lo sucedido la noche anterior, evitando de este modo que fuera suspendido. Ciertamente Marco aún no había hablado con el señor Trent ni sabía con exactitud sobre el estado en que se encontraba Germán, pero luego de sostener esa conversación con su en ese momento exnovio, abandonó también el dormitorio para acudir al hospital en el que se encontraba mi bello español. Por su parte, Pablo no mencionó nada al respecto luego de que nos fuimos, solo compartió el silencio conmigo como el gran y mejor amigo que era hasta que llegamos a mi habitación. Me ayudó a ordenarla y luego se marchó cuando le pedí que deseaba estar solo. Por supuesto, se negó en un principio, pero terminó accediendo cuando le aseguré que yo estaría bien y que ante cualquier acontecimiento acudiría a él sin dudarlo.

Acostado ya sobre mi cama, nuevamente me percaté de ese diario que había puesto sobre el buró minutos antes y que había descubierto la noche anterior, así que lo tomé. Aunque lo dudé por un momento, al final comencé a leerlo. Me enteré de muchas cosas y de otras más; me sorprendí mucho cuando leí aquel escrito que confesaba nuestra primera vez juntos, nuestro gran encuentro sexual que había sido un sueño y a la vez una realidad, propiciado también por el *bromer* y no por un simple sedante, como Germán me lo había planteado. Una omisión que me hizo enfurecer y comprender todo de una forma más clara… Continúe leyendo hasta que llegué a un punto en el que el enojo desapareció por completo al enterarme de que Bruno Giesler había sido encontrado muerto tres semanas después del día en que tuve el accidente. Quedé aterrorizado; sentí por mi cuerpo escalofríos que se apoderaron de mí, así que hice una pausa a la lectura intentando comprender, asimilar, encontrar respuestas a tan impactante noticia. Ahora, más que nunca, teníamos el deber de hacer algo contra los hermanos Colvin…

Hasta ese momento, y por mi propia cuenta, estaba enterándome a través del diario de Germán de todo lo que había acontecido en los últimos tres meses dentro del campus en torno a la investigación y en la vida de mi gran amor. Algo dentro de mí estaba cambiando; tantas emociones, experiencias y vivencias en menos de un año me habían robado por completo la inocencia, había dejado de ser un chico de cierta forma ingenuo para convertirme en alguien con una fuerte determinación, valiente y seguro, un renovado Carlos Palacios que estaba madurando, creciendo y evolucionando…

Germán relataba en su diario detalladamente la forma en que Bruno había sido encontrado en las afueras de la ciudad, completamente desnudo, pero envuelto en una bolsa negra que cubría su cuerpo, dando por sentado que su muerte había sido un asesinato. Esto se confirmó después y a través de la autopsia, en la que los médicos forenses determinaron asalto sexual en un cruel acto de homicidio premeditado.

Junio/29

No hay ninguna pista de lo que ha sucedido con Bruno; el pobre chico yace en la morgue sin ser reclamado aún. He tenido la oportunidad de verlo para descubrir que en su piel lleva marcas extrañas. Estas han sido reconocidas por los expertos como símbolos satánicos, al ubicar la famosa flor de los tres seis, algo que me pone en una situación completamente distinta y de total impotencia, pues siento que estoy muy alejado de la verdad y en desventaja en este caso. Tendré que ser más observador y colarme directamente entre los hermanos Colvin y sus seguidores, para intentar descubrir si ellos portan algunos de estos símbolos, ya que solo de esta forma puedo asociarlos con el trágico homicidio de Bruno. De lo contrario, estaré completamente atascado en un caso sin resolver. Debo buscar la manera de interactuar con ellos...

Ahí permanecí leyendo durante las siguientes horas el avance en la investigación de Germán; solo pistas, pero nada en concreto. Sentí incluso su desesperación y todo lo que pasaba por su cabeza al estar lidiando con mi situación e intentando resolver un caso que cada vez se tornaba más complicado y complejo. Así continué, leyendo atento cada párrafo, hasta que finalmente llegué a las últimas hojas, que llevaban impresas en tinta negra resaltada un impactante final que me dejaría en total asombro...

Octubre/14

La investigación me ha tomado más tiempo del que pensé; no ha sido nada fácil dar con el o los responsables de la muerte de Bruno, pero siento que me estoy acercando a algo que me inquieta bastante.

Ayer por la noche he pasado una situación muy incómoda con Daniel Catalán, el novio de mi mejor amigo, Marco, pues si no me equivoco, este comenzó a coquetearme en el momento en que mi amigo se levantó para ir al baño del bar en el que estábamos.

Tal vez fueron los efectos del alcohol en la sangre, pero lo que realmente me tiene bastante intrigado es que, al salir del bar, un tío se acercó a mí y me dijo que tuviera mucho cuidado con Daniel, puesto que no era la persona que yo creía y que nos había estado engañando a todos, incluso a Marco, que era su novio. Al cuestionarle por qué me estaba diciendo eso, temeroso y volteando de un lado hacia otro simplemente se alejó sin decir más. Eso me dejó pensando toda esa noche para cambiar totalmente el foco de mi investigación, que ahora apunta a él. No sé si estoy haciendo lo correcto, pero tengo una gran corazonada.

—¡Maldito Daniel! Yo sabía que había algo raro en ti, la forma en que mirabas a Germán siempre te delató. Nunca fueron celos en vano de mi parte; siempre tuve razón —expresé con gran seguridad y enojo para luego tomar aire y continuar leyendo.

Octubre/15

No puedo creer lo que acabo de descubrir. Daniel Catalán es un traidor, y me siento tan impotente de no poder decirle nada ahora a Marco ni enfrentarlo a él, porque de hacerlo, todo cuanto he logrado hasta ahora se derrumbaría. Necesito más pruebas de lo que hasta este momento he descubierto, ya que no sé si es miembro de la fraternidad de los Colvin, pero de lo que sí estoy seguro es de que les ha estado ayudando y está muy implicado con ellos. ¡No puedo creerlo!

—Pero qué demonios... ¿Daniel, parte de los seguidores de los Colvin? Esto no puede ser, tiene que ser mentira. ¡Esto sí que no me lo esperaba!... —repliqué con total asombro.

Octubre/16

He recibido la mejor noticia que jamás haya recibido. Braulio, el hermano de Carlos, me ha llamado para decirme que el tío de mi vida ha salido del coma. Estoy feliz, emocionado e impaciente por ir a verlo, siento gran desesperación que quisiera ir ahora mismo, pero me resulta imposible dejarlo todo. Irme ahora y en medio de algo tan serio me costaría todo por lo que he trabajado. Debo hacer algo para poder ir a visitarlo este fin de semana próximo. Necesito verlo, abrazarlo, estar con él... ¡mi amor! Debo avisar a Pablo sobre esto, estoy seguro de que también le dará mucho gusto y se emocionará, y tal vez hasta me acompañe a visitarlo.

En ese momento recordé que no había hablado con mamá para avisarle que había llegado bien, así que inmediatamente cogí el teléfono de la habitación y pedí que me comunicaran a su número para hablar con mi madre brevemente. Quedé en llamarla al día siguiente para platicar con más calma, pues en ese momento mentí al decir que me preparaba para integrarme a clases...

Octubre/17

No aguanto más, Braulio no contesta mis llamadas, la última vez que logré hablar con él no quiso comunicarme con Carlos. ¿Qué está pasando? Necesito hablar con mi chico, tengo que escucharlo, saber que está bien... ¡Siento que muero!...

Por fin pude ver a Pablo y está decidido a acompañarme a ver a Carlos. Viajaremos el viernes por la tarde, y aunque estamos felices, también nos sentimos inquietos. Pablo logró hablar con sus padres, quienes le confirmaron que Carlos salió del coma y se encuentra bien, pero tampoco han tenido oportunidad de verlo. ¿Acaso estará pasando algo malo?... ¡Tengo un mal presentimiento!

Son casi las ocho de la noche, estuve siguiendo a Daniel sin que se diera cuenta hasta el territorio de los Colvin, pude ver que intercambió palabras con ellos y después se metieron a una habitación. Qué arrepentido estoy de haber confiado en él, ¿cómo pude ser tan estúpido? Afortunado soy de no haberle contado sobre mi verdadero papel aquí, soy un verdadero imbécil, un completo cabroncete, un tremendo gilipollas.

Octubre / 19

Este día tendría que haberme reunido con Carlos, pero las cosas se complicaron y nos fue imposible viajar. No aguanto más, necesito verlo, estar con él, hacerlo mío. Necesito sentir su cuerpo fusionándose con el mío, diciéndome que me ama; lo necesito... ¡te necesito, amor!... Las cosas por aquí han estado muy mal sin ti.

Por fin he logrado dar con el chico que aquella noche me advirtió sobre Daniel, su nombre es Greyson Thomas, estudiante de Leyes. Cuando me vio, se mostró asustado y se alejó discretamente, hasta llevarme a un lugar seguro en el que pudimos intercambiar algunas palabras. Ahí supe que Daniel no es parte de la fraternidad de los Colvin, pero sí uno de los catos consentidos y protegidos por ellos. De cierto modo también ha hecho cosas bajo amenazas y guiado por el miedo, algo que no me podía explicar sabiendo que Marco podía protegerlo, hasta que Greyson comentó que Daniel guardaba grandes secretos que lo podrían destruir, secretos que, si salieran a la luz, nadie, absolutamente nadie, podría protegerlo. Le ofrecí protección total a Greyson si me contaba todo lo que sabía al respecto, pero el miedo le ganó nuevamente y, antes de marcharse atemorizado, solo pudo mencionar el nombre de Bruno Giesler...

Estoy bastante confundido; no sé si es lo que estoy pensando, no puede ser...

Impulsivamente solté el diario de Germán, quedando completamente conmocionado. En ese momento me había imaginado lo peor justo como él, pues de alguna forma, el chico que lo había alertado estaba dando a entender que Daniel se encontraba implicado en el asesinato de Bruno, o al menos eso era lo que yo creía. Sencillamente no podía concebir el hecho de que todo esto fuera real, debía hacer algo y sentí la fuerte necesidad de alertar a Marco, pero si lo hacía, echaría a perder toda la investigación de Germán.

Octubre/22

Esta noche veré a Marco, necesito desahogarme con mi mejor amigo sobre cómo me siento. Voy sentado en el avión con Pablo a un lado, y por ahora no tengo ánimos de hablar con él ni con nadie. Además, él viene tan serio como yo y sumergido en sus propios pensamientos. Quisiera pedirle algún consejo, pero me siento entre las sombras, al borde del llanto y no puedo pronunciar siquiera una sola palabra, pues la persona que más amo en esta vida no me recuerda, ni siquiera recuerda nuestro amor... Carlos perdió la memoria...

Quizás, con el tiempo, Dios se apiade de él, de nosotros y se acuerde de mí, de todo lo que siente, de todo lo que somos y hemos hecho juntos... Lo amo y sé que siempre lo amaré, incluso si tiene que pasar mucho tiempo para que pueda recordarme, yo estaré dispuesto a perdonarlo y regresar si él así lo quiere, pues indudablemente ese tío es el amor de mi vida.

Comprendí el daño que le había causado mi total indiferencia. En ese instante, mis recuerdos viajaron al momento en que Gabriel me estaba haciendo suyo, y solo pude gritar de coraje con mi boca cubierta con una almohada. ¿Cómo iba a enfrentar algo así con él?, ¿qué pasaría cuando se enterara? No podía siquiera pensar en hacer el amor con Germán cuando mi cuerpo estaba impregnado de traición y de Gabriel...

Al llegar a mi habitación, encontré un sobre que contenía un mensaje que me ha dejado pensando aún más: «El próximo miércoles 31 de octubre habrá un nuevo asesinato, encuentra el camino de las cien rosas y los mil destellos». ¿Qué coño significa eso?

Esas fueron las últimas líneas que Germán escribió en su diario. Lo cerré y lo escondí muy bien en algún lugar del clóset, después me recosté una vez más sobre la cama y me quedé pensando en todo lo que había leído. Acto seguido tocaron a la puerta. Al levantarme, pude percatarme de que una nota era introducida en la habitación. La cogí y abrí la puerta, pero no había nadie...

«Sé en dónde está Germán, si quieres que te lo diga, necesitas encontrarte conmigo en las regaderas del edificio «G». Ven solo o no te diré nada, necesitamos hablar... Daniel Catalán».

Una gran expresión de asombro y también de duda se apoderó durante un momento de mí. Después de lo que había leído sobre Daniel en el diario de Germán, no estaba muy convencido de querer hacer lo que me pedía. En ese momento, sentí inseguridad sobre mis decisiones y prefería esperar a que Marco fuera. Sin embargo, al no aguantar más tiempo sin ver a mi bello español, salí corriendo de mi habitación. Increíble y sorpresivamente, en ese mismo instante, mi primo Gabriel iba llegando al campus, ya que luego de haberse quedado en el hotel el día anterior pensando en lo que haría, había decidido ir a buscarme para enfrentar toda esa situación. Aún no tenía claro si yo ya había recuperado completamente la memoria, pero sabía que ya había tenido indicios de que eso sucedería pronto; aun así, y cegado por los celos, el coraje y su amor, en vez de solo alejarse y dejar las cosas como estaban, tomó el primer avión directo a Austin para enfrentarme no solo a mí, sino a Germán, a quien pretendía hacerle saber lo que había ocurrido entre nosotros. Creía que, de esa forma, Germán me dejaría y entonces yo acudiría a consolarme con él.

El campus era inmenso, pero se las había arreglado para saber exactamente en qué número de cuarto y edificio me encontraba llamando a mamá; después de todo, ¿por qué le negaría esa información a mi propio primo?, aquel que había estado cuidando de mí todo ese tiempo que estuve en coma y quien también me había salvado la vida.

Preguntó a varios estudiantes sobre el edificio en el que yo estaba, y entonces, al ir caminando en esa dirección y para su suerte, se percató de que a lo lejos iba corriendo sin parar, por lo que presuroso comenzó a perseguirme. Yo iba entre nervioso y enojado; algunos compañeros me saludaban conforme avanzaba. Gabriel iba detrás gritando mi nombre, pero yo no hacía caso, no sabía que era él. En ese entonces, el coraje me había cegado por completo, pues mi único objetivo era encontrarme con

Daniel; así que corrí, corrí tan veloz que Gabriel no me pudo alcanzar y me perdió completamente de vista, pero continuó por la misma dirección. Me estaba acercando cada vez más al edificio «G» cuando repentinamente un chico se acercó a mí y me detuvo.

—No bajes, por favor, no bajes a las duchas —me suplicó.

—¿Por qué?, ¿quién eres tú? —pregunté.

—Mi nombre es Greyson Thomas, por favor, no bajes, vete cuanto antes de aquí... ¡es una trampa! —expresó agitado y en pánico.

Lo miré confundido mientras se alejaba e inmediatamente después recordé todo aquello que había leído sobre él, así que no dudé en hacerle caso, pues ese era el chico que, de alguna forma, había estado ayudando a Germán a acercarse cada vez más a la verdad. Quise alcanzarlo, pero lo perdí, así que me dirigí en otra dirección hacia el patio trasero del campus, a aquel lugar en donde sentado en la sombra bajo el árbol le había dicho por primera vez a Germán que lo amaba...

El viento silbaba una canción triste, une melodía que se podía percibir e interpretar melancólica y llena de desastre. Algunas lágrimas de impotencia se secaron con la fuerte ventisca mientras que con la mirada perdida hacia la nada recordé con gran cariño el instante en que Germán y yo estuvimos ahí sentados... Por su parte, Gabriel se detuvo durante un momento en el confuso pasillo que llevaba a varios caminos sin saber cuál tomar; entonces, vio salir a una persona de entre una de las puertas.

—Disculpa, estoy buscando a Carlos Palacios, no sé si lo conozcas, pero hace un momento venía corriendo rumbo a esta dirección.

—Sí, claro, sé quién es; de hecho, es buen amigo mío y lo estaba esperando porque acordamos vernos aquí, ¿quién eres tú?

—Soy Gabriel Palacios, su primo.

Una mirada malvada se notó en el rostro de Daniel, quien en ese momento había salido en mi búsqueda bajo las amenazas de los hermanos Colvin al percatarse de que yo no me hacía presente en el lugar.

—Mucho gusto, Gabriel, soy Daniel, nunca te había visto por aquí ni había escuchado de ti, ¿estudias en el campus?

—No, solo vengo de visita, una visita sorpresa, ya que ni siquiera él sabe que estoy aquí.

—¡Ya veo!... Sígueme por esta dirección, tu primo seguramente llegará en un momento.

¡Pobre Gabriel! Tan desesperado estaba por encontrarme que no tenía idea de hacia dónde iba ni con quién, pero no le había quedado otra a Daniel, quien sabía que, al informarles a los Colvin sobre nuestro parentesco, ellos estarían más que complacidos, y más porque al no ser un alumno de la universidad, el siguiente paso que debían dar no levantaría ninguna sospecha...

Volteé hacia el horizonte, las nubes eran negras, el viento seguía soplando muy fuerte. Algo andaba mal, lo podía presentir. Mi corazón estaba muy acelerado, quizá era la desesperación que aún sentía por no saber nada de Germán. Estuve poco más de una hora en ese lugar, deseando que él apareciera de nuevo como aquel día, que llegara sin avisarme y me sorprendiera, pero nunca apareció, así que me levanté y me puse en marcha hacia la habitación... Caminaba solitario y pensativo por el pasillo del edificio «E» cuando, a lo lejos, vi que Pablo corría hacia mí.

—¿En dónde te habías metido, Carlos? Te he estado buscando por todo el campus.

—Lo siento, amigo, salí a caminar... quería despejar mi mente.

—Tengo noticias de Germán, Marco me ha enviado para informarte que está bien, está vivo, amigo, Germán está vivo —expresó emocionado.

—¿Qué dices, Pablo?

—Lo que oíste, querido amigo, Germán se encuentra bien; fue trasladado a un hospital cercano al campus, pero ya fue dado de alta. En este momento seguramente va con Marco a la casa de la fraternidad, así que tenemos que ir cuanto antes hacia allá.

Brincando de la emoción, abracé a Pablo efusivamente, quien también festejaba conmigo la felicidad que ambos sentíamos.

Inmediatamente nos dirigimos presurosos rumbo a la casa de nuestra fraternidad, en donde esperaba con ansias poder reunirme con mi gran amor.

Una hora antes, Germán —que ya estaba recuperado— se encontraba siendo valorizado por enfermeras del hospital privado, en el que según reportes y con la influencia de Marco, fue intervenido en la madrugada debido a un fuerte episodio de migraña. De este modo, una vez que su médico principal, exalumno del campus y también perteneciente a nuestra fraternidad, aseguró que se encontraba en perfectas condiciones, lo dio de alta inmediatamente para que pudiera reunirse con Marco, quien lo esperaba impaciente y emocionado en la recepción.

—¿Cómo te sientes, querido amigo? —preguntó Marco.

—No lo sé, aún bajo los efectos de los sedantes... ¿qué fue lo que me pasó? —cuestionó Germán.

—Tranquilo, no es momento para hablar de eso en este instante, lo mejor será que estés completamente recuperado.

—Necesito saber qué sucedió, Marco, todo estaba bien, pero no recuerdo nada después de que llegué a mi habitación luego del bar con Daniel...

—En verdad no hay necesidad de hablar de esto ahora, hay cosas más importantes que tenemos que discutir, pero lo haremos camino a la fraternidad. ¡Sígueme!

Salieron del hospital para abordar una camioneta color blanco que ya los esperaba afuera. De alguna forma, Marco se sentía triste por lo que había sucedido entre él y Daniel, pero también estaba feliz por Germán y por mí, pues sin duda, después de todo, se había dado cuenta del inmenso amor que existía entre los dos, algo que había creído tener con aquel individuo que lo había traicionado de la peor manera.

—Germán, hay dos cosas que tenemos que discutir —dijo Marco—. La primera es sobre Bruno. Nos hemos tardado demasiado tiempo en este caso y aún no sabemos nada... este tema por ahora puede esperar, pero necesito que consideres hablar seriamente tanto conmigo como con el señor Trent acerca de todo lo que hasta ahora sabes.

—Claro que sí, amigo, lo prometo, tengo bastante información que he recolectado en las últimas semanas, pero que no he compartido porque estoy seguro de que me encuentro muy cerca de armar todo el rompecabezas. Sin embargo, debo confesar que me siento atorado en algo y es necesario que hable con todos cuanto antes... —expresó mostrando preocupación—. Supongo que el señor Trent está enterado de lo que me ha pasado.

—Así es, pero no te preocupes por eso, él no sabe con exactitud lo que sucedió, y necesito que también guardes ese secreto.

—¿Pero qué secreto, Marco?, ¿qué fue lo que me sucedió? —replicó insistente—. ¿Por qué no me lo quieres decir?

—Te lo contaré cuando lleguemos a la fraternidad, mientras tanto, debo decirte otra cosa que es mucho más importante que todo esto.

—¡Vamos, Marco! ¿Qué puede ser más importante?...

—¡Carlos! —contestó con una gran sonrisa en su rostro.

—¿Carlos?, ¿qué tiene que ver él en todo esto?, ¿está bien?, ¿le ha pasado algo?

—Tranquilo, hombre, que Carlos está bien, más que bien diría yo.

—¿A qué te refieres? Contesta, por favor...

—Carlos ha recuperado la memoria por completo.

—¿Qué?, ¿de qué hablas?, ¿cómo sabes eso?

Marco lo miró con gran gusto divagando entre pensamientos, después comenzó a reír desquiciado para con gran entusiasmo decirle que yo lo había ido a buscar.

—Por favor, no juegues conmigo así, ¿estás loco o qué te pasa?

—No, amigo, te estoy diciendo la verdad. Jamás jugaría con algo así. Carlos vino a buscarte; llegó por la madrugada, yo iba rumbo a tu habitación cuando me lo topé caminando presuroso hacia el mismo lugar. ¡Si lo hubieras visto! El pobre estaba completamente empapado y nervioso. ¡Ese chico está loco! Mira que viajar desde tan lejos a esas horas y exponerse ante un clima como el de ayer, en verdad está loco, pero loco por ti, mi amigo.

Germán se quedó pensativo y sin palabras, su mirada se perdió por un instante cuando la desvió hacia la ventanilla del auto para observar hacia la nada.

—¡Ey, despierta! ¿Acaso no comprendes lo que te estoy diciendo? Carlos está aquí, hombre, vino a reencontrarse contigo porque ha recuperado la memoria, él te ama...

—No lo puedo creer, no es verdad.

—¿Te he mentido alguna vez?

Germán lo miró atento a los ojos para comprender que Marco le estaba diciendo la verdad. Su rostro cambió completamente mostrando gran emoción y felicidad, sonreía pensativo, pero después comenzó a caer en la impaciencia.

—¿En dónde está él ahora?

—Enseguida lo verás, seguramente ya nos está esperando en la casa de la fraternidad; pedí a Pablo que fuera por él a tu habitación.

—No lo puedo creer, Marco, no lo puedo creer, ¡mírame!, estoy temblando de la emoción, estoy nervioso, parezco un crío.

—Me alegro mucho, amigo, en verdad. Jamás había sido testigo de una historia de amor tan fuerte como la que los une a ustedes dos. ¡Estoy feliz por ustedes! —Sonrió nostálgico.

—¿Falta mucho?, necesito verlo, tengo que verlo.

Eran aproximadamente las siete de la noche, el sol ya se había ocultado, pero aún había poca luz de día; por los cielos, las nubes comenzaban a dejar caer una brisa suave acompañada del viento testigo de aquel día, el día que marcó un gran momento que se quedó en muchos corazones, pero sobre todo en los nuestros, muy en el fondo, y que jamás voy a olvidar.

La camioneta estaba estacionando afuera de la casa de la fraternidad al mismo tiempo en el que tanto Pablo como yo corríamos desesperadamente sin parar hacia el mismo lugar. Germán bajó del vehículo inmediatamente y se dirigió con gran prisa hacia la entrada. Justo cuando giraba la perilla de la puerta para ingresar, a lo lejos comenzó a escuchar su nombre varias veces. Volteó y me vio ahí, corriendo velozmente hacia él. Sonrió y después corrió también hacia mí con gran emoción. No lo podía creer, después de tantas cosas vividas, después de haber creído que lo perdía, ahí estábamos los dos corriendo el uno hacia el otro. Por fin teníamos la oportunidad de estar juntos; por fin la vida y Dios se habían apiadado de nosotros al dejarnos el camino libre. Yo corrí aún más dejando atrás a Pablo, corrí lo más rápido que pude hacia él mientras la lluvia empapaba nuestra ropa. Ambos nos acercábamos cada vez más; el viento silbaba feliz en nuestro andar, y al seguir corriendo sin parar, finalmente logramos sentir nuestras almas uniendo su amor cuando nos abrazamos. Llorábamos de la emoción, él me abrazó tan fuerte como pudo, liberando el dolor que había llevado dentro de su ser, comprendiendo que hasta ese momento no se había equivocado al entregarme su vida entera, mientras que yo lo besaba y le decía una y otra vez que lo amaba, que por favor me perdonara y que jamás me volvería a alejar de él.

Fue en verdad el mejor día de mi vida. Tanto Marco, como Pablo y algunos compañeros de la hermandad presenciaron ese momento llenos de felicidad, incluso algunos lloraron de la emoción por tan emotiva escena, llena de muchos sentimientos que, sin duda, recuerdo como si hubiesen sido ayer. Aún siento todo ese amor dentro de mí y lo que experimenté aquella tarde lluviosa en la que me estaba reencontrando con el amor de mi vida.

En realidad, quise compartir con todos ustedes esto porque así fue como sucedió, así fue como la vida nos dio, tanto a él como a mí, la gran oportunidad de creer en el amor y tener nuestra propia historia. Una historia que, como han venido leyendo, ha estado llena de difíciles situaciones que son las que más nos unieron… Existen historias de amor fascinantes, demasiado fuertes e imposibles de creer o entender, y también están aquellas personas que no son tan afortunadas en el amor, pero yo lo fui y traté de aprovecharlo y valorarlo de una forma tan grande que sé que es para siempre. Pase lo que pase en un futuro, sencillamente este amor en él y en mí será para siempre, y lo sé. Estoy seguro de ello desde el momento en que nuestro amor ha quedado inmortalizado no solo en este libro, sino en nuestros corazones, aquella noche lluviosa y fría que, junto con la luna, fue testigo de ese mágico momento.

Marco y Pablo se acercaron para abrazarnos en un acto de su incondicional amistad, apoyo y cariño; ellos celebraban con nosotros al igual que otros de los presentes, que, guiados por admiración, respeto y alegría, aplaudían sonrientes. Al soltarnos, nos miramos con los ojos aún empapados en llanto, pero disimulado por el agua de la intensa lluvia que corría por nuestros rostros. Nos besamos una vez más, como si hubiese sido la primera vez, para después de un susurro en su oído correr en dirección al campus directo a nuestra habitación, en tanto los demás reían guiados por su imaginación para resguardarse en la casa envueltos en un gran sentimiento de felicidad.

Al llegar ahí, apenas cerramos la puerta nuestros labios se volvieron a fusionar de una forma incontrolable, nos desvestimos presurosos, quitándonos la ropa mojada, y quedamos uno en frente del otro mirándonos los cuerpos, las almas... él me observó con gran deseo al igual que yo, pero también nos miramos tiernamente y con nervios, y entonces nos volvimos a abrazar.

—Te he extrañado mucho, mi amor.

—Y yo a ti... por favor, perdóname por todo, perdóname por haber dudado y no haberte seguido.

—No hay nada que tenga que perdonarte, no tuviste la culpa de nada y yo sabía que tarde o temprano todo esto pasaría.

—Hay muchas cosas que tengo que decirte, hay tanto que tenemos que hablar que no sé por dónde empezar.

—No tenemos que hablar de nada esta noche, mi amor, solo abrázame fuerte y no me sueltes, que yo jamás te soltaré.

Nos acostamos sobre mi cama y, abrazados, se nos fue el tiempo, deseosos porque fuera infinito, mirándonos el uno al otro y sonriéndonos, sintiendo el calor de nuestros cuerpos desnudos, la pasión de nuestras almas siendo una y toda esa felicidad absoluta que pudimos ser capaces de experimentar aquella noche en la vida real, pero también en el infinito mundo de los sueños... Así, abrazados, mirándonos perdidamente enamorados, así hasta cerrar los ojos con toda la seguridad de que al despertar nos volveríamos a encontrar.

Capítulo 9

BRUNO, LA SECTA Y EL PARAJE ROSADO

Y mientras el sol se ocultaba en el horizonte, su vida se extinguía con desesperación, en un acto cruel de súplica y dolor en manos ajenas, impuras y llenas de maldad; la luna, que iba asomando su brillo, era testigo de aquellos hechos imperdonables, empapados de sangre, terror y crueldad extrema.

as siguientes noches no hubo luna, solo estrellas, ni siquiera se asomó; y cuando salió, no sonrió en algún tiempo. Su brillo no era intenso y se la veía alejada, más alejada de lo normal, e incluso roja; roja de impotencia, enojo y tristeza; roja en tono suave, pero agudamente juzgando aquel cielo que, sin nubes, dejó al descubierto el homicidio de ese chico de ojos grandes y negros, pestañas largas y mentón afilado, de fuerte expresión en su rostro que gritaba tristeza... el chico de nombre Bruno...

Aquella noche en la que Pablo huyó de la habitación en donde todo inició con los hermanos Colvin, Bruno no corrió con la misma suerte, pues al intentar escapar fue interceptado por el traidor de Daniel Catalán, quien lo entregó nuevamente a los líderes de la fraternidad, pero ellos no lo llevaron a la casa de fachada armoniosa que representaba a su hermandad, ubicada también a unas cuadras del campus, sino a un templo secreto del que solo fieles seguidores de esa fraternidad, y también secta, tenían conocimiento, y el que solo utilizaban en aquellas ocasiones en que era necesario y obligación acudir a un ritual de adoración y agradecimiento al que consideraban su Dios —el Dios de los caídos— a través de una ceremonia que exigía el sacrificio de un ser acusado y señalado injustamente por la errónea idea de un pecado o delito no cometido.

Este ritual era considerado el más fuerte y puro en sectas de este tipo, pues la víctima, después de haber sufrido maltrato físico y emocional, en el último suspiro dejaba al descubierto su inocencia reflejada a través de sus ojos y entregaba su alma al ser supremo, la cual era arrebatada en ese justo momento para quedar en manos de aquel al que adoraban. El Dios de los caídos otorgaría grandes recompensas sobre la tierra a quienes, bañados por la sangre de la ofrenda, entregaban también su alma a cambio de tiempo, riqueza, influencia, protección y poder, para seguir sirviendo, entrenando y reclutando a nuevos fieles sirvientes que mantuvieran intacto y a salvo ese ritual de adoración durante cada año, hasta juntar las almas requeridas y liberar al mal retenido.

Bruno Giesler era el típico chico de apariencia tranquila, solitario y deprimido. Su cabello solía cubrir la mayor parte de su cara, y su extrema delgadez denotaba a un chico descuidado completamente; y aunque ciertamente ese era el menor de sus problemas, su gran condena apareció aquel día en que, como muchos, llamado por la tentación, intentó ser parte de aquella fraternidad que, al ponerlo a prueba, lo mostró débil para ser el blanco perfecto de un acto atroz... En realidad, Bruno siempre había sido un chico fantasma; pocos sabían de él, pero esos pocos lo habían conocido tan bien como para asegurar que sus pensamientos negativos siempre habían estado ligados a llamados de auxilio, a fuertes señales que hacían creer que no quería vivir más en este mísero mundo en el que nadie, a pesar de saber que algo andaba mal con él, había hecho absolutamente nada para ayudarlo.

Daban casi las once de la noche. El lugar al que llamaban «templo» finalmente se llenó de aquellas personas que, gobernadas por un mal indescriptible, esperaban atentas para que se llevara a cabo el ritual que sería guiado por el sumo gran sacerdote y líder, Michael Galageta.

Bruno, sin oponer resistencia, fue colocado por los hermanos Colvin sobre una gran cama de piedra en el centro de un pentagrama invertido, creado con tinta negra. Los dos hermanos, por primera vez, presenciarían un sacrificio humano como bautizo de bienvenida a la secta más importante, respetada e imponente en el mundo de los cultos satánicos. Se los veía aterrados, pero con cierto placer en sus miradas y una aterradora locura desbordada por sus ojos al mirar extasiados a todos los presentes, que vestían con túnicas negras y portaban una capucha que cubría sus rostros al igual que ellos...

La ceremonia inició...

—Estamos reunidos esta noche que previene luna llena, para dar inicio a nuestra ceremonia número cuarenta y tres de agradecimiento, purificación y renovación, a través de esta ofrenda para nuestro rey Belcebú, Dios de los caídos, y el más dadivoso con nosotros, sus hijos. Mostremos nuestra devoción al verdadero rey del universo y pongámonos en posición para adorarlo en silencio.

Todos los presentes se arrodillaron alrededor del pentagrama en el que se encontraba Bruno, quien, con los ojos abiertos, miró hacia el techo en el que había una gran apertura que dejaba al descubierto el cielo estrellado. No tardaría en aparecer la inmensa luna llena. El gran sacerdote, hincado a un lado de él, posó una mano cubierta de sangre de cordero sobre su frente, susurrando palabras de alabanza. Parecía como si Bruno no se encontrara ahí, parecía que estaba de acuerdo en que todo eso estuviera sucediendo; parecía que él quería que todo pronto acabara y por eso no decía nada, no se resistía y ni siquiera lloraba, solo permanecía ahí atado, quieto e inmóvil, contemplando perdido el cielo azul. El silencio, después de algunos minutos, fue interrumpido por una triste y escalofriante melodía que hizo que todos se pusieran de pie. Lentamente comenzaron a desvestirse hasta quedar completamente desnudos y se arrodillaron nuevamente. Bruno, que desde un inicio había sido despojado de toda su vestimenta, fue colocado sobre una silla dentro de otro pentagrama hecho de sal y sangre de cuervo, y su pecho recostado sobre el asiento, de manera de quedar de rodillas y completamente expuesto. Iba a comenzar el acto dos de lujuria y perversión. Inmediatamente, el líder de la secta comenzó a abusar de Bruno sin piedad, mientras que este, con sus ojos llenos de lágrimas, apenas hacía ruidos y gestos de dolor. Una vez que Michael Galageta terminó de saciar su hambre de placer, la escena continuó con el mismo martirio por cada uno de los presentes, hasta que finalmente todos, incluyendo los hermanos Colvin, terminaron ese repulsivo acto de la ceremonia que pronto llegaría a su inevitable fin.

Bruno yacía en el suelo inmóvil, apenas respiraba. Esa melodía macabra era lo único que podía escuchar, mientras sus pensamientos divagaban a un lugar en el que él nunca había estado, que nunca había conocido, pero al que deseaba y anhelaba llegar con todas sus fuerzas, las últimas que le quedaban, pues creía que allí podría conocer la dicha y ser feliz por toda la eternidad...

Los hermanos Colvin le colocaron una bolsa de plástico negra sobre su cabeza. Sus ojos —antes de cerrarse con total resignación esperando el final— alcanzaron a ver a lo lejos, allá afuera y en el cielo, la luna llena, que se iba asomando ya por el gran orificio que había en el techo del templo. Después de ello lo volvieron a recostar boca arriba y con los brazos extendidos sobre la piedra del sacrificio, solo que en esta ocasión un tanto inclinado y al revés, haciendo alusión a una cruz invertida.

El sumo sacerdote, parado frente a Bruno, les pidió a los hermanos Colvin que tomaran sus herramientas de sacrificio ya purificadas con la luz de la luna y se colocaran a los lados para dar continuidad al paso final... La melodía se silenció.

—Y ahora, queridos hermanos, hemos llegado al final de nuestra ceremonia de bautizo, en la que estos dos chicos pasan de ser nuestros sirvientes y fieles seguidores a ser dos hermanos más de esta gran familia que promete honrar, proteger y cuidar la perseverancia de nuestro Dios, el gran Belcebú, sobre la tierra y el universo entero y eternamente... ¡Adelante!

Los hermanos Colvin, ya colocados a un costado de la piedra del sacrificio, tomaron las manos de Bruno con gran fuerza, alentados por aquellas palabras del sacerdote, mientras que juntos profesaron la oración final.

—Ante el todopoderoso e inefable Dios Lucifer, y en presencia de todos los demonios del infierno, que son los dioses verdaderos y originales, nosotros, Bradley Colvin y James Colvin, renunciamos a todas las lealtades pasadas. Proclamamos a Satanás como nuestro único y verdadero Dios. Nos comprometemos a reconocerlo y honrarlo en todas las cosas, sin reservas, con el deseo de su compañía en la finalización exitosa de nuestros esfuerzos.

Inmediatamente después de dichas esas palabras, y justo cuando se escucharon doce campanadas, cortaron en forma vertical las venas principales de las muñecas de Bruno con unas afiladas navajas, para después hacer un nuevo corte horizontal. De esta manera, dejaron impresas dos cruces invertidas de donde corría la sangre inocente del desafortunado chico al que, minutos después, la flama de la vida se le apagó por completo.

—Beban de esta sangre, hermanos míos, beban y muestren la señal en sus frentes con la tinta de este sacrificio, como símbolo de respeto y lealtad a nuestro rey, el Dios de los caídos, nuestro gran Belcebú.

Los hermanos Colvin tomaron las bandejas purificadas —colocadas estratégicamente y ya repletas de la sangre de Bruno— y bebieron unos sorbos, a la vez que sumergían sus dedos en ellas para después pintar sobre su frente la marca de la fraternidad. Pasaron los recipientes a otro de los integrantes que hizo lo mismo, y luego continuó otro, hasta que llegaron finalmente a manos del sumo sacerdote, quien bebió lo último de ellas y cerró con la marca pintada sobre su pecho.

—Y así, hermanos, bajo la luz de la luna, que fue testigo de este gran pacto a nuestro rey, damos por terminada la ceremonia número cuarenta y tres de bautizo y bienvenida a los hermanos Colvin. Abracémonos, protejámonos y nunca olvidemos que juntos somos uno, que juntos somos Belcebú.

James y Bradley Colvin fueron rodeados por todos los integrantes de la secta en un círculo de hermandad en el que, abrazados, con palabras de aliento y bajo la fuerte luz de la luna, eran recibidos dentro de la familia que siempre vería por ellos ante cualquier circunstancia y hasta el final de sus días... Algunos minutos después, un individuo cubierto totalmente con una túnica y un antifaz entró al templo bajo la orden de Michael Galageta para retirar el cuerpo de Bruno, que ya sin vida, era arrastrado por un túnel que daba hacia un campo extenso a las afueras de la ciudad y por el que, a lo lejos, se podían apreciar las montañas en sombra, apenas iluminadas por el brillo intenso del gran satélite bajo la inmensa y espesa noche.

Bruno fue envuelto en una gran bolsa de plástico negra y colocado en la cajuela de un automóvil que ya esperaba en el lugar. Lo llevarían al sitio donde días después sería encontrado...

En el templo se prendió fuego a las túnicas y las capuchas en una gran chimenea. Acto seguido, y bajo una nueva orden del líder, se abrió una puerta grande que llevaba a unas regaderas. Allí los integrantes de la secta se ducharon y se vistieron para acudir al gran festín, que ya los esperaba en el recinto ubicado en la superficie, a unos metros del templo que se encontraba bajo tierra.

Los hermanos Colvin fueron recibidos por decenas de mujeres y hombres que los adoraban y premiaban con besos y abrazos, al igual que a todos los demás integrantes, que gustosos bebían y festejaban el gran suceso. La celebración, con el calor de la noche y los efectos de las drogas y el alcohol, terminó en una gran orgía en la que todos estaban cubiertos de sangre...

—Amor, despierta, ¿qué sucede, estás bien?... Carlos, amor, despierta...

—¿Germán, eres tú?

—Sí, amor, aquí estoy contigo, ¡tranquilo!

Entre lágrimas y con una acelerada respiración, me lancé hacia los brazos de Germán, quien me había despertado pasadas las tres de la mañana de esa gran pesadilla que me había mostrado la trágica muerte de nuestro compañero.

—No me sueltes, por favor, abrázame muy fuerte.

—Solo ha sido una pesadilla, aquí estoy contigo, aquí me tienes, amor.

—Fue tan real... —expresé sofocado e intentando tranquilizarme.

—Lo que haya sido, solo fue un sueño.

—Fue algo más que eso, Germán, fue algo mucho más terrible, como si hubiera estado presente.

—Tranquilo, amor, por favor, estás muy alterado.

—Y cómo no estarlo, si he visto la muerte de Bruno con mis propios ojos.

—Ha sido una fuerte pesadilla, solo eso.

—No, Germán, tienes que creerme, amor, por favor, vi cómo mataron a Bruno; lo vi, lo sentí, lo siento aún, vi cómo sucedió todo.

Sin soltarme, Germán guardó silencio mientras, pensativo y consternado, esperó a que me tranquilizara, para después escuchar mi relato de aquella trágica y terrorífica pesadilla. Un relato que hasta a él le causó escalofríos en todo el cuerpo. Recordó que en algún momento, mucho antes de aceptar esa misión, uno de sus compañeros le había advertido que ese sería un caso difícil de resolver, pues creyera o no, tenía mucho que ver con el ocultismo, los sacrificios humanos y las sectas satánicas. De alguna forma, increíble tal vez, fuerzas oscuras hacían casi imposible que pudiera resolverse el caso… También le había informado que varios detectives se habían dado por vencidos y dos habían desaparecido justo en el momento en que creían estar cerca de develar la verdad.

Por eso Germán, completamente pasmado, solo escuchaba atento mi relato, mientras su rostro empalidecía. Yo, ya más tranquilo y menos alterado, describía cada detalle, cada aspecto y hasta cada sensación; intentando incluso recordar el nombre del lugar, que en ese momento, por la fuerte impresión, había olvidado por completo.

—Tienes que creerme, Germán, esto fue algo más que una simple pesadilla, es como si yo hubiese estado ahí presente, viéndolo todo y sin poder hacer nada. Aún siento la tristeza, el dolor, la impotencia del pobre Bruno.

—Te creo, amor, jamás dudaría de ti ni un segundo. —Besó mi frente con gran preocupación.

—Hay algo que tengo que confesarte.

—Creo que por ahora es necesario que intentes descansar.

—Es que con todo lo que ha sucedido, necesito decirte tantas cosas, tengo que sacarlo todo.

Una vez más, me abrazó tan fuerte como pudo.

—Por favor, discúlpame, no es que haya husmeado entre tus cosas, pero esa noche, cuando llegué…

—¿Hablas de la noche en que llegaste por la madrugada?

—Sí, exactamente… ¿Cómo lo sabes?, ¿recuerdas lo que pasó?

—No, no, Marco mencionó algo cuando salí del hospital, pero no quiso adentrarse en el tema, en realidad no recuerdo absolutamente nada de lo que ha sucedido.

Lo miré consternado, y él me observó confundido tratando de recordar.

—Germán, esa noche, cuando llegué y abrí la puerta… Daniel estaba encima de ti, completamente desnudo, al igual que tú, y lo estabas besando. —Hice una pausa e incliné la mirada.

—¿Qué? ¿Besando yo a ese gilipollas? —Se levantó inmediatamente de la cama un tanto exaltado—. No puede ser, yo jamás besaría a ese hijueputa, jamás te traicionaría de esa manera.

—Lo sé, y no estoy diciendo que lo hayas hecho, en realidad las cosas fueron distintas.

—¿Qué quieres decir?

—Tú estabas alcoholizado, y él aprovechó la situación para venir a nuestra habitación. Cuando abrí la puerta y me encontré con esa escena, supongo que la expresión en mi rostro fue tan fuerte que hizo que Marco se asomara y pudiera percatarse también de lo mismo. Te juro que por un momento pensé que estabas engañándome con él. Pero después Daniel se dio cuenta de que estábamos ahí y, luego de que Marco se fuera enfurecido, tomó sus cosas inmediatamente para ir tras él, mientras yo afuera no sabía si entrar o también correr.

—Amor, escúchame, jamás te traicionaría, jamás te haría algo así. —Sostuvo con sus manos mi cara para que lo mirara directo a los ojos.

—Lo sé, de verdad lo sé, Germán, y lo supe cuando al entrar te vi inconsciente. No reaccionabas en absoluto, y fue entonces que descubrí un frasco que contenía *bromer* y, por supuesto, también tu diario...

Su cara empalideció nuevamente. Había pasado de la rabia y el coraje a una actitud de culpa y resentimiento con él mismo.

—Minutos después de comprender lo que había pasado, comenzaste a convulsionar, y mientras trataba de ayudarte, de repente te detuviste; todo en ti se detuvo. Dejaste de respirar, no tenías pulso, te perdí, Germán, estuviste sobre mis brazos ido, inconsciente... muerto, mientras llamaba a los paramédicos del hospital, que rápidamente llegaron para darte atención. — Comencé a llorar sin más; sin poder contenerme, dejé que ese dolor saliera finalmente—. Te perdí, Germán, te perdí por un momento y no pude hacer nada, nada para ayudarte ni salvarte.

—Amor, aquí estoy, acércate, siénteme, estoy vivo, estoy aquí contigo gracias a ti. No me gusta verte así, me parte el alma, aquí estoy, amor mío.

Lo abracé aferrándome de una forma tan expresiva que, sin decir nada, pudo sentir el miedo que yo tenía, pero también un gran e inmenso amor, un amor tan puro que pude revelar con ese sufrimiento que aún me causaba la idea de saber que había estado a punto de perder al amor de mi vida para siempre. Así que, sin poder soportarlo, también comenzó a llorar.

—Después de eso perdí la conciencia justo como me pasó en casa de mamá, ¿recuerdas? Los paramédicos nos llevaron en camillas, a ti a un hospital privado y a mí al universitario. No tienes idea de la incertidumbre que sentí al despertar y no saber nada de ti; ahí estaba Pablo conmigo, pero él tampoco sabía nada, sentía que moría, quería morir contigo, creí que estabas muerto... —Tomé aire sollozando—. Pero entonces, cuando me dieron de alta, me encontré con Marco, quien no me dijo nada en concreto, pero sentí en sus palabras esperanza y paz en su forma de tratar de que yo me tranquilizara. Finalmente, Pablo y yo nos vinimos a nuestro cuarto y me ayudó a arreglar el desorden que había. Cuando se fue, recordé que antes de que comenzaras a convulsionar había encontrado tu diario, así que lo tomé y comencé a leerlo. Te juro que no fue mi intención, pero no pude evitarlo, y fue así como pude entender muchas cosas…

—Por favor, perdóname… —Sollozó inclinando su rostro.

—No —intervine presuroso—, perdóname tú a mí, perdóname por haber leído tu diario, por haberte hecho sentir tan miserable en el último viaje que hiciste para verme; perdóname por haberme comportado como un completo imbécil.

—Mi Carlos, yo tampoco tengo nada que perdonar. Esta situación es completamente distinta, tuviste un accidente, perdiste la memoria y todo por mi culpa.

—No fue tu culpa, fue culpa mía. Yo debí quedarme en casa y confiar en ti, en tus palabras; confiar en que pronto entrarías por la puerta, pero me ganó la desesperación, y entonces cuando salí y mi primo me dijo lo que había visto, tomé el auto de mamá y fui tras ustedes… iba tan rápido que todo pasó de esa forma.

—Sí, pero si tan solo yo te hubiese dicho algo, nada de eso habría ocurrido.

—Eso ya no importa y no tiene caso que nos lamentemos, estamos juntos de nuevo, Germán, juntos por siempre.

—Por siempre, mi amado Moco, jamás te voy a dejar, nunca, ¿me oyes? Jamás dejaré que algo así nos pase de nuevo.

Una vez más, nos abrazamos y después nos dimos un beso.

—Hay algo más que debo decirte, algo que tiene que ver con Gabriel.

Me miró atento.

—No me importa nada de lo que haya pasado entre tú y Gabriel. ¡No quiero saber nada!

—Pero es que si no te lo digo, jamás estaré bien ni me sentiré bien conmigo mismo, tengo que decirte que…

—¿Qué? —intervino bruscamente—, ¿que te acostaste con él?

Un silencio pronunciado se apoderó de mis labios. De mis ojos brotaron nuevas lágrimas con un gran pesar que lo confirmaba todo.

—Yo no sabía, él me engañó, me hizo creer que era mi novio y extrañamente le creí. ¡Maldita sea! ¿Cómo pude ser tan imbécil? —Me senté sobre la cama tallándome la cara exasperadamente, mientras él solo me miró sin acercarse—. Cuando desperté en el hospital, él era el único que estaba ahí; no lo reconocí, así como tampoco reconocí a mi familia ni a nadie. Ellos nunca lo mencionaron, y después volvió al hospital y me contó historias que ciegamente creí, que de alguna forma tenían sentido. Y como yo me sentía desprotegido y no confiaba en nadie, él fue el único en ese momento que me hizo sentir seguro, así que le creí todo, cada una de sus palabras.

—Es lógico, Carlos, tú siempre has estado enamorado de él, por eso le creíste, por eso sentiste que podías creerle, porque algo muy grande dentro de ti te decía que lo amabas —reprochó.

—Estás equivocado, Germán, ese amor que sentía era por ti, pero no lo sabía en ese momento... No te voy a negar que hubo un tiempo en el que creí estar enamorado de él, en el que sí, lo quise mucho y tal vez lo amé, pero por Dios, es mi primo, y además yo era muy joven. Apenas sabía lo que era un beso, apenas comenzaba a experimentar esas sensaciones, pero no, no estoy enamorado de él... estoy enamorado de ti, completa y absolutamente enamorado de ti.

Permaneció de pie pensativo, en tanto yo, sentado sobre la cama, intenté tranquilizarme por mi cuenta. Germán sentía rabia, coraje y celos, muchos celos; estaba muy enojado, pero no conmigo, sino con Gabriel, con todas las circunstancias, con la impotencia de no poder haber hecho algo al respecto. Y aunque pudo haberme dicho muchas cosas, él era lo suficientemente maduro como para entenderlo todo y saber sobrellevar esa situación, así que se acercó hacia donde yo estaba y se sentó a mi lado para abrazarme.

—Estoy que muero de celos como no tienes una puta idea, Carlos.

—Perdóname, amor, por favor, perdóname.

—Solo necesito que me mires a los ojos y me digas que en verdad no lo amas, dímelo de nuevo, necesito escucharlo.

Lo miré con mis ojos empapados en llanto, miré profundamente sus bellos ojos irritados, cansados y hasta con algunas ojeras, tomé su rostro con mis manos y sonreí.

—No lo amo a él, te amo a ti, entiéndelo.

Comenzó a besarme.

—Dime que eres mío.

—Soy tuyo, tuyo y de nadie más.

—Dime que jamás me vas a dejar. —Impulsivamente me tomó por el cuello.

—Nunca, jamás permitiré que nada ni nadie nos separe de nuevo... Sé que será difícil lidiar con esto, sé que a ambos nos costará trabajo, pero también sé que podremos superarlo... ¡Perdóname, por favor!

—No me importa, sé que no fuiste tú el que estuvo con él. No recordabas nada, no sabías lo que hacías, así que no tengo nada que perdonarte. Por ahora, lo que necesito es sentir tu cuerpo, tu piel, tu aliento; abrázame por favor. Prometo que siempre seré tuyo, siempre te cuidaré, siempre estaré aquí para ti, hasta el último día de mi existencia; lo juro por mi propia vida.

Pasaban de las cuatro de la mañana y nuestros cuerpos, entrelazados en un abrazo, sellaron esa escena. Fue un momento de reinicio, de perdón; un momento en el que ambos estábamos dejando ir todo aquel dolor, todo aquello que nos había lastimado y separado, para concentrarnos en nuestra nueva oportunidad. No es que lo hayamos dicho de esa manera, en realidad lo estábamos sintiendo así. Y es que cuando estás tan profundamente conectado con alguien, no solo en cuerpo, sino también en alma, puedes sentir lo que la otra persona experimenta, puedes saber lo que piensa; es algo inexplicable, pero se da cuando el amor es mutuo, verdadero, puro y real. Y eso es lo que ambos estábamos formando esa noche, una nueva oportunidad, un futuro en el que nos encontrábamos los dos alejados del reproche y el recuerdo; estábamos sanando y dejando ir —a través de ese gran y fuerte abrazo que duró más de diez minutos— todo cuanto se había interpuesto entre nosotros en el pasado, para estar juntos, agradeciendo asimismo el presente y todas esas posibilidades que habían hecho realidad nuestro nuevo y gran encuentro... Nos volvimos a recostar sobre la cama uno frente al otro, mirándonos con deseo y cariño, como si el tiempo no hubiese pasado; agotados, tomados de la mano mientras nos hacíamos el amor con la mirada, mientras veíamos reflejada en los ojos del otro nuestra historia, que estaba pasando con tanta rapidez para fortalecer aún más nuestro vínculo, nuestro amor. Así… hasta quedarnos dormidos una vez más.

31 DE OCTUBRE

Eran las diez de la mañana, y algunos rayos de luz que entraban por la ventana y daban directo a mí lentamente me fueron despertando. Germán yacía a mi lado, mirándome atento y tierno con una sonrisa, feliz de verme ahí y de tenerme con él una vez más, como lo recordaba y lo había estado deseando desde meses atrás.

—Buen día, dormilón.

—Buen día, mi bello español, ¿cómo estás?

—Feliz, feliz de tenerte a mi lado. Feliz de despertar y ver que no fue un sueño. Feliz y enamorado del chico mexicano que se ha robado mi corazón.

Sonreí.

—¡Te amo! —me dijo y enseguida acaricié su rostro.

—Yo te amo más.

Sonó el teléfono. De inmediato, Germán contestó y luego de algunos segundos colgó.

—Era Marco, quiere vernos en la casa de la fraternidad ahora mismo.

—¿Y por qué te pusiste tan serio?

—Porque me queda una semana para resolver el caso, y como no tengo nada concreto aún, me temo que Mr. Trent me sustituirá por alguien más.

—Germán, con respecto a eso… necesito pedirte que confíes en mí. Lo de anoche no fue solo un sueño, estoy seguro de ello; no sé cómo explicarlo, pero fue real. No te pido que me creas, pero desde que salí del coma, me han pasado cosas extrañas que me llevaron a recuperar la memoria y por las cuales estoy aquí contigo. Lo que piensas que soñé fue algo más que un sueño y tengo una fuerte corazonada de todo esto.

Me miró un tanto consternado y después sonrió acariciándome el mentón.

—¿Sabes lo que significa esto, verdad? Si no entrego pruebas suficientes de lo que está pasando y pasó con Bruno, me removerán del cargo y me mandarán a otra ciudad, país, no lo sé.

—Eso no va a suceder, confía en mí, por favor... Además, si eso llegara a pasar, yo te seguiría a donde fuera, me iría contigo.

—No es tan fácil, Carlos.

—Nada es fácil, Germán, ¡míranos! ¿Qué otra cosa nos podría pasar después de todo lo que ya nos ha sucedido?... Anda, no hagamos esperar a Marco y vayamos a la *frat*.

Comenzamos a vestirnos.

QUINCE MINUTOS DESPUÉS

—Carlos, Germán, qué bueno que ya están aquí, ¿por qué tardaron tanto?

—Vinimos tan rápido como pudimos, Pablo, ¿qué sucede?

—Mr. Trent ha convocado una junta urgente, se lo ve bastante enfurecido, muy molesto. Por ahora se encuentra en el cuarto comunal hablando con Marco y Frank Jr., y no ha dejado de gritar desde que llegó.

—Seguramente es por todo el incidente de ayer —agregó Germán—. Gracias, Pablo... ¡entremos!

Una vez dentro de la casa, bajamos las escaleras que dirigían al cuarto comunal, Germán tocó la puerta y los gritos del señor Trent dejaron de escucharse. Segundos después, la puerta se abrió y Marco, con una cara bastante alargada, nos permitió el acceso.

—Ahí están. Ustedes me han sacado de mis casillas por completo —expresó Mr. Trent dirigiéndose bastante enojado hacia Germán y hacia mí—. ¿Pero qué demonios está pasando con ustedes dos? No puedo creer que nuestra fraternidad, en vez de dar una buena imagen, está comenzando a desgastarse por culpa de ustedes dos, sobre todo de ti y tu gran ineptitud. —Tomó aire—. No debí confiar en ti, no debí ponerte a cargo de toda esta investigación. Primero te involucras con un alumno de la institución, ¿sabes lo que puede suceder si el comité estudiantil se entera de que yo he solapado su dichoso amorío? ¿Sabes lo que te puede pasar a ti si emito un comunicado a tus altos mandos? Veo que poco te interesan tu vida, tu libertad, tu carrera, Germán. ¿Qué demonios pasó contigo? Tú no eras así, tú eras mi mejor elemento.

—Mr. Trent, yo... —intentó explicar Germán.

—¡Cállate! No quiero escucharte más, estoy enterado de lo que sucedió ayer, una vez más Marco ha puesto las manos al fuego por ti, pero esta vez no, no lo voy a permitir, en esta ocasión ambos quedan destituidos de sus cargos y se largan cuanto antes.

—Mr. Trent, por...

—Que te calles te digo... —gritó realmente exaltado—. Y en cuanto a ti, muchacho —dijo refiriéndose a Marco—, voy a tener que suspenderte permanentemente de esta institución.

—Padre... necesitas tranquilizarte, por favor, tienes que darles la oportunidad de hablar —expresó Frank Jr. mientras su padre lo miraba intentando tranquilizarse.

—¿Y tú crees que se lo merecen, después de todos estos líos en los que se han metido? Por poco me descubren también a mí, y todo por andar cubriéndolos.

—Padre, tranquilízate, por favor, esto te puede hacer mal.

—Dudo que me pueda hacer más mal del que ya me han hecho, y no solo a mí, sino a esta fraternidad, a la institución, a los valores que rigen esto que he construido con tanto esfuerzo.

—Mr. Trent, por favor, dé la oportunidad a Germán de explicarle, de hablar con usted —pidió Marco.

—Y tú, Marco, después de que te he querido como a mi propio hijo, después de que te he ayudado, te he protegido, te he dado grandes oportunidades, ¿en realidad preferiste arriesgarte por este bueno para nada? ¿Acaso es que también te ha puesto de su lado y te ha convertido en un...?

—¿En un maricón, Mr. Trent? —interrumpió Marco abruptamente—. ¿Eso es lo que iba a decir?

Mr. Trent se contuvo en sus últimas palabras, pero al ser interrumpido por Marco, solo se limitó a mirarlo con cierto remordimiento para después desviar la mirada, tomar aire y un nuevo sorbo de agua de un vaso sobre su escritorio.

—Sabe, Mr. Trent —continuó Marco—, yo lo respeto, lo he respetado desde el primer día en que lo conocí, y además lo admiro, pero no voy a permitir que interfiera en mi vida personal. Yo jamás le he fallado, siempre he estado ahí en todo momento, siendo fiel y leal a su causa, a la fraternidad. Lo he llegado a estimar como quien estima o ama a un padre, y jamás he cuestionado sus decisiones, pero por primera vez en mi vida tendré el valor de decirle lo que pienso.

—Amigo, no lo hagas, no vale la pena que me ayudes más —dijo Germán.

—No, Germán, esto lo hago por mí, así que no interfieras... —contestó Marco apartándolo de su camino—. Mr. Trent, usted ha tenido que vivir con la culpa y la frustración de algo que no pudo resolver por su propia cuenta. Usted mismo es el culpable de que esto se le saliera de las manos, porque cuando tuvo la oportunidad de actuar, aquella vez que Michael Galageta intentó iniciarlo, al igual que los hermanos Colvin con Pablo y Bruno, no hizo nada. No denunció lo que estaba sucediendo, realidad que más tarde lo obligó a obsesionarse y aferrarse en la creación de esta fraternidad para hacerles frente a sus propias sospechas y miedos.

—¡Cállate, tú no sabes nada! —contestó nervioso Mr. Trent.

—Sé todo de usted, Mr. Trent, lo sé y por eso decidí ayudarlo, unirme a usted, por eso llevo años, como usted, intentando desmoronar esa red que acoge no solo drogas o actos sexuales de violación, sino asesinatos que usted pudo evitar, pero que prefirió callar como cualquier otro estudiante asediado por el miedo y no por la razón.

—¿De qué está hablando Marco, padre? —preguntó Frank Jr.

—Lo que en realidad me decepciona de usted, a pesar de que lo admiro, es su hipocresía, es la forma en que actúa ante personas como Germán y Carlos, ante personas como yo, basándose en los códigos de ética y religión. ¡Al diablo con esos códigos! —exclamó exaltado—, estamos en un país libre y no me avergüenzo en absoluto de ser la persona que soy, de que me gusten los hombres, de ser gay y de haberme enamorado de un maldito hijo de puta.

Un silencio estremecedor se apoderó de todos los presentes. Marco estaba siendo firme y, tal vez, duro con sus palabras, pero también sincero y honesto, y luchaba por su integridad como persona. Después de todo, quizás en ese momento pensaba que ya nada tenía que perder luego de la traición de Daniel, así que no se contuvo para decirle a su alto mando todo lo que pensaba de él y confrontarlo sobre lo que había estado pasando.

—No lo juzgo por no querernos como lo que en realidad somos, pero me da rabia pensar que he tenido que trabajar con alguien que todo este tiempo aseguró que me estimaba, cuando en realidad me aborrecía. Así que si me va a destituir, no voy a objetar eso, pero al menos, y como último derecho que tengo sobre esta fraternidad y por todos los años que le he servido, le exijo que por primera vez deje de culpar a otros y acepte su responsabilidad en toda esta sombría situación.

Aunque por algunos momentos el señor Trent intentó intervenir y callar a Marco, este quedó paralizado al verlo enojado como nunca lo había visto, así que, aunque lo miró de forma retadora cuando terminó su sermón, solo pudo guardar silencio al sentirse desarmado. Sobre el aire y el mutismo incómodo dentro de la habitación, Marco largó un suspiro que fue acompañado por un momento de angustia.

—Tienes razón, Marco, he sido muy duro con ustedes, y les pido que me disculpen ante la presencia de mi hijo —replicó Mr. Trent.

—Padre, ¿qué es todo esto?

—Disculpa, hijo, discúlpame... —Se levantó de su silla—. Marco tiene razón... durante todo este tiempo he sido un cobarde, un egoísta, no tuve el suficiente valor para denunciar aquello... Si lo hubiera hecho, quizá nada de lo que ha acontecido durante los últimos cuarenta y tres años habría ocurrido. —Tomó aire—. Yo entré a esta institución con apenas dieciocho años. Como cualquier otro estudiante, tenía sueños, aspiraciones y metas... —Miró a su hijo—. Siempre ha sido importante pertenecer a una fraternidad, porque no solo te da la oportunidad de conocer gente, sino también apoyo, hermandad y, sobre todo, un estatus dentro de las instituciones y en el futuro. En mis tiempos, emocionaba escuchar de las hermandades; era un requisito y una meta ser parte de una. Las pruebas para entrar eran difíciles, no como las sencillas estupideces que hacen hoy en día. La intención de una buena fraternidad se ha ido desmoronando con el tiempo, los intereses son más personales que grupales, los líderes abusan, son prepotentes y duros, no son dignos de ser las cabecillas de estas representaciones. ¡Qué vergüenza!... —exclamó con gran énfasis haciendo una pausa—. En fin, cuando yo intenté entrar en una de las fraternidades más prestigiosas de aquel tiempo, fui rechazado, así que la única opción que me quedaba era hacer la prueba en la fraternidad que en ese entonces estaba tomando poder y a la que perteneció mi enemigo número uno, Michael Galageta, hermandad que aún sigue y que ustedes conocen. A ella pertenecen los hermanos Colvin, y actualmente son sus líderes... Al no quedarme otra opción, acudí a la prueba de iniciación junto con un grupo de jóvenes dentro de los que se encontraba Galageta. Todo iba bien, en realidad parecía marchar normal y como cualquier prueba, pero en la última etapa, cuando quedamos Galageta y yo como finalistas, nos pidieron que abusáramos sexualmente de un joven como principal acto de lealtad para pertenecer y formar parte de manera definitiva. Por supuesto que me rehusé, pero mi oponente, sin remordimiento alguno, lo hizo. —Guardó silencio un momento y pasó saliva—. Aún recuerdo los gritos del pobre chico, que pedía que se detuviera; aún recuerdo la cara de Michael llena de placer, sin culpa alguna; aún recuerdo cuando por haberme negado a ser parte de esa maldita fraternidad, los líderes de aquella época me tomaron por la fuerza, me vendaron los ojos, me desprendieron de toda mi vestimenta, después me colocaron en la misma posición que el pobre chico y le exigieron a Galageta que abusara también de mí.

Gran sorpresa la nuestra... el relato nos tomó a todos completamente desprevenidos. El señor Trent tomó nuevamente asiento al mismo tiempo en que sustraía de su saco un pañuelo para secar algunas lágrimas producto del recuerdo de esa desgarradora historia.

—Mr. Trent, yo... yo no sabía... —intentó hablar Marco.

—¿Pues no era que sabías todo de mí, muchacho?

Marco, paralizado, se dio media vuelta para golpear con gran fuerza la pared más cercana a él.

—Juré que me vengaría, juré que algún día me vengaría de Michael Galageta y destruiría esa fraternidad, pero mientras tanto, serví a ellos durante un año, hasta que nuevamente aspiré a una fraternidad que me dio apoyo, fortaleza, que acogió todos mis miedos, mis temores, mi sufrimiento y me devolvió la luz, una luz que creí perdida, así como gran valentía para enfrentar el mundo. Fue entonces que, con mi esfuerzo, mi sudor y muchas lágrimas, por fin pude crear esta importante hermandad que no solo protege, sino que apoya de manera íntegra el verdadero propósito de una fraternidad —expresó mirando y dirigiéndose a Marco.

—Mr. Trent... no tenía idea...

—Escucha, Marco, no es que no acepte tu forma de ser, la de Germán o la de Carlos, aquí presentes, ustedes son personas como yo, como cualquier otro ser humano. En realidad, mi más grande temor es lo que les pueda pasar en un mundo en el que reinan la maldad, la discriminación, los asesinatos y la homofobia.

De Marco salieron algunas lágrimas que acompañaron las de Frank Jr.

—Discúlpeme, Mr. Trent, por favor, discúlpeme. Nunca fue mi intención exponerlo de esta forma.

—No te preocupes, muchacho, yo siempre he sabido de ti, y siempre te voy a querer de la misma forma en que quiero a mi verdadero hijo. —Llevó a Frank hacia él para abrazarlos a los dos—. Ustedes son un grupo muy vulnerable, el colectivo LGBT es el más vulnerable y propenso a ser atacado por este tipo de fraternidades. Sé que he sido muy duro con ustedes y debí haber sido más sincero con todos desde un principio, pero como verán, algunas cosas es mejor mantenerlas en secreto, así que les pido que esto siempre se mantenga así.

—Por supuesto que así será, padre, todos sabemos perfectamente que hemos hecho un juramento, y te aseguro que quien no lo cumpla se las verá conmigo.

—Tranquilo, hijo, sé que los aquí presentes son personas sensatas, nobles, buenas, no hay nada de qué preocuparse...

—Mr. Trent, sé que no he cumplido con todas sus expectativas. Marco me ha ayudado tanto que nunca terminaré de agradecerle, pero en verdad necesito que me escuche con total atención —expresó Germán con gran preocupación mientras mostraba parte de las pruebas que había conseguido durante ese largo proceso de investigación.

Poco a poco fue relatando cada paso, cada pista, cada detalle que lo acercaban a la verdad, incluso aquella parte en la que mostró a Daniel Catalán como posible cómplice de los hermanos Colvin en la desaparición y tal vez asesinato de Bruno Giesler.

—Siento mucho no haberte dicho antes esto, Marco, en verdad lo siento, hermano, pero necesitaba estar seguro de que Daniel se encontraba realmente involucrado en esto —continuó Germán.

—¿Y lo está?

—Me temo que sí, amigo.

Observar la cara de Marco en ese momento fue desgarrador, fue como ver su mundo desmoronándose en mil pedazos, el mundo de amor que sentía por aquel chico que a todos nos había logrado engañar, el chico de sus sueños... aquel chico al que amaba con todo su ser.

—Antes de continuar mostrándole más y después de todas las pistas que me han acercado al gran desenlace, no he conseguido la prueba final para concluir con mi investigación, y si con esto que le estoy mostrando usted decide removerme del cargo y sustituirme por alguien más, estoy dispuesto a aceptar las consecuencias. Pero antes, y aunque sé que esto que van a oír a continuación puede ser muy extraño, necesito que escuchen a Carlos y confíen en él.

Todos enfocaron sus miradas en mí.

—Muy bien, joven Carlos, tiene toda nuestra atención —dijo Mr. Trent.

Germán me miró con una sonrisa, expresando a través de su mirada ese mensaje que decía «Vamos, cuéntales, haz lo que tengas que hacer, confío en ti».

—Señor Trent, antes que nada, lamento mucho todo lo que usted ha tenido que pasar, y si me lo permite, me gustaría hacerle algunas preguntas —expresé.

—¡Adelante! —contestó.

—¿Cómo era su relación con el señor Galageta antes de que todo eso sucediera?

—¿A qué te refieres con cómo era mi relación?

—Sí, es decir, ¿ustedes se hablaban antes de lo sucedido?, ¿eran amigos?, ¿tenían comunicación?

—No, yo lo conocí justo ese día de la iniciación.

—Y después de todo lo acontecido, ¿cómo fue su relación con él?

—Bueno, como te podrás imaginar, nada buena —ironizó—. Después de que logré zafarme de ahí, rara vez lo veía. Durante mi estancia en la otra fraternidad no supe mucho de él. ¡Lo odiaba a muerte!

—Pero sabía que, año tras año, cuando reclutaban nuevos candidatos, existía la posibilidad de que sucediera lo mismo con algunos otros estudiantes, ¿no es así?

—¿Esto qué tiene que ver? —preguntó Frank Jr.

—Sí. —Exhaló Mr. Trent profundamente—. Así es, pero nunca hice nada.

—¿Después de su graduación volvió a ver alguna vez al señor Galageta? —continué.

—Sí, claro, en algunas convenciones y reuniones de negocios con amigos y socios en común.

—¿A dónde quieres llegar con todo esto, Carlos? —interrumpió Frank Jr.

—Frank, por favor, solo deja que Carlos continúe —intercedió Germán.

—Disculpe si lo estoy incomodando, Mr. Trent, no quiero inmiscuirme más en ello, lo que pretendo saber en sí es si alguna vez usted escuchó al señor Galageta hablar o mencionar algo sobre «el camino de las cien rosas y los mil destellos».

El señor Trent se quedó pensativo durante unos instantes, intentando recordar esas palabras, hasta que finalmente habló.

—Muchas veces, pero nunca supe lo que significaba, siempre se hablaban en códigos o con juegos de palabras que únicamente ellos entendían con claridad.

—Vamos, señor Trent, por favor, haga memoria. ¿Cómo usaban ese término?

—De muchas maneras, muchacho, ellos se referían así a las chicas, querían reclutar a cien chicas en representación de las cien rosas. También decían que algún día construirían un imperio, tal vez el verdadero significado de eso radicaba en el hecho de querer expandirse a cien instituciones, crear sus fraternidades y tener mil miembros en total, no lo sé. ¿Qué importancia tiene esto?

—Más de la que usted cree, Mr. Trent, pues hoy se llevará a cabo un nuevo asesinato, en el lugar al que lleva el camino de las cien rosas y los mil destellos —agregó Germán mostrándole la última pista que había dejado el joven Greyson Thomas.

—¿Greyson Thomas te dijo esto?

—Así es, Mr. Trent —respondió Germán—. El joven Greyson no ha querido hablar con claridad conmigo por miedo, porque teme por su vida, pero poco a poco me ha ido dando pistas, y esta fue la última que recibí de su parte. Solo espero que no sea demasiado tarde.

—Yo me lo encontré ayer a mediodía, él me ayudó cuando me iba a reunir con Daniel —agregué.

—¿De qué hablas, Carlos? —intervino Marco.

—Sí, Marco, cuando tú me dijiste que me fuera a mi habitación y esperara por ti, alguien dejó bajo la puerta esta nota. Lo dudé por un momento, pero por la desesperación de no saber qué era lo que pasaba con Germán, salí a encontrarme con Daniel.

—¡Maldito Daniel! Y yo que creí que era un buen tipo. ¿Cómo pudo hacerme esto?

—Justo cuando iba llegando a las regaderas del edificio «G», Greyson me abordó con urgencia diciéndome que no bajara, advirtiéndome que era una trampa de Daniel y los hermanos Colvin. Tal vez, si no le hubiera hecho caso, hoy no estaría aquí contándoles esto —expliqué.

—¡Maldito hijo de puta! —interrumpió Marco, dirigiéndose a la puerta.

—Marco, espera, detente. ¿A dónde vas? —preguntó Germán.

—A buscarlo, tengo que saber toda la verdad.

—No lo hagas, Marco, por favor; si lo haces, todo esto se vendrá abajo. Daniel está manipulado, seguramente tiene contacto directo con los hermanos Colvin. Si se entera de que sospechamos de él, todo esto se habrá perdido.

—¿Es que no te das cuenta, Germán? —preguntó con la voz entrecortada—. Estamos hablando de Daniel, de mi Daniel, del chico que creí conocer por completo, del chico al que amo con todo mi ser.

—Lo sé, hermano, pero no te puedes desmoronar ahora, necesitamos que estés enfocado, por favor. Sé que todo esto ha sido un golpe duro para ti, para todos; sé que estás pasando por una situación difícil, pero estoy seguro de que Daniel tiene sus razones para haber hecho esto. No hagas una tontería ahora que estamos a un paso de la verdad.

Reconfortado por las palabras de Germán, pero aún inquieto, Marco quedó pensativo, mostrando preocupación y a la vez aceptación y razonamiento.

—Ahora que lo recuerdo, existe un lugar en las afueras de la ciudad conocido como «el paraje rosado», está cerca de la salida yendo por la interestatal 35 —manifestó Mr. Trent—. El lugar fue hace tiempo un avanzado suburbio que fracasó, por lo que quedó deshabitado, pero tengo entendido que algunas granjas y fábricas en el lugar aún continúan de pie, al menos eso he oído.

Inmediatamente Germán tomó la computadora portátil que se encontraba sobre el escritorio para buscar información acerca del famoso paraje rosado. Quedó completamente asombrado con lo que había descubierto: «Cuenta la leyenda que el famoso paraje rosado fue un lugar que pudo prosperar muchísimas décadas atrás, pero se cree que fuerzas ocultas se encargaron de secar arroyos, tierras fértiles y cualquier tipo de producción que se intentara establecer ahí. Habitantes del pequeño pueblo declararon que todo comenzó con la llegada de un gran millonario indio que estableció su granja cerca de las montañas, pues desde que este construyó su recinto sobre un lugar que se creía sagrado, cosas extrañas comenzaron a suceder, tales como muertes inesperadas, ganado que desaparecía o aparecía degollado, frutos secos y ruidos extraños durante la noche que realmente eran perturbadores. Cuando los habitantes decidieron desalojar el lugar, una mujer conocida como «la gran bruja del lago Aquilla» acudió a esas tierras infértiles un 31 de octubre, tentada por los rumores que ya se habían esparcido a los alrededores, para purificar el sitio a través de un ritual que contenía magia divina o blanca, que, según ella, frenaría ese mal que se había despertado para que este no se continuara propagando... Se dice que en dicho ritual utilizó cincuenta rosas rojas y cincuenta rosas blancas que esparció en el lugar durante la noche completamente estrellada y bajo la luz de la luna llena, justo cuando el reloj marcaba las doce. Entre rezos y alabanzas, condenó a los demonios a no salir del sitio del que habían sido liberados. Algunos de los que presenciaron ese acto narraron que cuando la bruja Aquilla soltó la última rosa, en el cielo se pudieron apreciar cientos de destellos que acompañaron el cántico celestial de la sirviente divina, quien dijo finalmente haber frenado el mal, mas no extinguirlo. Por lo que este podría ser nuevamente liberado por aquel que juntara cien almas puras que debían ser entregadas la noche en que dos nuevos cometas se estrellaran cerca de la tierra, dejando así ver en el cielo una nueva capa de grandes destellos. Desde ese entonces, pobladores aledaños conocen y se refieren a ese paraje como el camino de las cien rosas y los mil destellos. A pesar de que la bruja dijo que esto podría volver a suceder y dio algunos detalles del cómo, jamás reveló la manera exacta de hacer volver al mal; por lo que, al no existir casos ni pruebas al respecto, esto simplemente se quedó en una escalofriante leyenda. Por su parte, el famoso propietario indio, en sus esfuerzos por salvar el paraje, invirtió millones de dólares en su granja para restaurarla y hacerla productiva, y también en muchas de las propiedades que poseía. Sin embargo, con el paso del tiempo, sus trabajadores fueron renunciando debido a las inexplicables cosas que sucedían tanto de día como de noche. Finalmente, una noche de otoño, el indio se quitó la vida, por lo que el lugar quedó inhabitable y desértico. Encontraron sus huesos sobre el comedor principal, cuarenta años más tarde, completamente solo y sin ninguna compañía. Es posible observar el paraje si se viaja por la interestatal 35 rumbo a Fort Worth, Arlington y Dallas, Texas, en los Estados Unidos, y aunque a lo lejos se puede apreciar como un pueblo fantasma, se cree que actualmente reside ahí Michael Galageta, conocido empresario que ha intentado nuevamente darle vida a la granja, haciéndola productiva y remunerable».

—¡Lo tenemos! —expresó efusivo Germán—. Debo llamar a mis superiores y pedir refuerzos para comenzar un operativo en ese lugar cuanto antes.

—Espera, Germán, ¿qué estás haciendo?

—Lo que oyó, Mr. Trent, esta es la última pieza que le faltaba al rompecabezas, ¿no se da cuenta? Hoy habrá un nuevo asesinato, y si no actuamos con prisa, se saldrán nuevamente con la suya.

—Germán, pero estas son simples leyendas; todas estas conjeturas están basadas únicamente en suposiciones y no tenemos ninguna prueba de ello.

—¡Se equivoca, Mr. Trent! Aunque esto suene poco creíble, imposible o difícil de entender, Carlos sabe con exactitud lo que le sucedió a Bruno Giesler a través de una de sus visiones.

—¿Visiones? —Sonrió en tono de burla—. ¿Pero de qué demonios estás hablando, Germán? ¿Acaso te has vuelto loco?, ¿estás diciendo que demos luz verde a este gran operativo solo porque Carlos te dijo que tuvo una visión?

—No solo fue eso, señor Trent, yo sentí cómo sufrió, cómo poco a poco se le fue la vida, y también sé quiénes fueron los que lo asesinaron.

—¡Vamos, Germán! No me vas a decir que crees toda esta sarta de estupideces —comentó iluso e impaciente.

—No son estupideces, Mr. Trent. La vida y la bondad, así como la maldad, obran de formas distintas, maneras que no podemos describir ni mucho menos imaginar, y si usted ha dedicado la mayor parte de su vida a intentar detener a los responsables de asesinatos sin resolver y desapariciones inexplicables, tal vez debería empezar a creer. Así que sí, yo creo en esto, creo en Carlos y sé que está diciendo la verdad —abogó Germán en completa calma y con total seguridad.

—¡Esto tiene que ser una broma! —Impulsivamente se levantó de su asiento.

—Espere, Mr. Trent, puedo probarle que esto es verdad... Solo usted tiene conocimiento de detalles que nadie sabe acerca de la autopsia de Bruno, deje que Carlos se los diga.

Un tanto renuente, pero invadido por la curiosidad, el señor Trent volvió a tomar asiento en tanto yo comencé a relatar a los presentes lo que había visto y sentido la noche anterior.

—¿Quién te dijo todo esto, Carlos? ¿Cómo sabes sobre las marcas en su cuerpo y la sangre de cordero sobre su frente? ¿Cómo sabes de qué manera le cortaron las muñecas?

—¿Entonces es cierto, Mr. Trent?, ¿es verdad todo lo que le acaba de decir Carlos?

—Padre, contesta, ¿es verdad que Bruno fue abusado sexualmente y sin piedad? ¿Es cierto que no murió asfixiado ni se suicidó cortándose las muñecas como nos lo han hecho creer?

—¿Cómo sabes esto, Carlos? Dímelo, por favor, ¿cómo lo sabes? ¿Acaso tú estás involucrado con ellos? Todo lo de tu accidente fue mentira, ¿verdad? Tú sabes todo esto porque estabas ahí, fuiste cómplice del asesinato de uno de nuestros estudiantes, tú y los malditos Colvin —expresó incrédulo y con gran enfado.

—Eso es imposible, Mr. Trent.

—¿Cómo va a ser imposible algo así, Germán? Explícame.

—Porque Carlos estuvo en coma todo este tiempo —gritó Pablo con fuerza.

Todas las miradas se fueron directamente hacia Pablo, quien enojado, desconcertado y aturdido desahogó todo su sentir a través de esas palabras en una forma imponente, dejando al descubierto la verdad sobre mi situación.

—¿Qué dices?

—Lo que escuchó, Mr. Trent. Carlos no solo estuvo hospitalizado por las graves heridas que tuvo en aquel accidente automovilístico, el cual yo vi con mis propios ojos y donde debí sostenerlo entre mis brazos desangrándose mientras suplicaba ayuda. Carlos estuvo en coma todo este tiempo hasta apenas una semana que logró vencer esa batalla. ¿Acaso me va a decir que él tuvo algo que ver con la muerte de Bruno, ahí postrado en una cama inmóvil mientras luchaba entre la vida y la muerte?

—¿Por qué no se me informó de esto? —manifestó en total asombro.

—Porque la familia Palacios así lo decidió.

Consternado, el señor Trent limpió el sudor sobre su frente. Apenas podía entender todo lo que Pablo y nosotros le habíamos dicho. Intentaba digerir cada palabra y unir cada pieza del rompecabezas conforme todas esas declaraciones y las pruebas presentadas por Germán.

—Señor Trent, no le pido que me crea, solo que confíe en mí. Una persona más está en peligro, y si no hacemos nada, usted tendrá que cargar con el peso de un nuevo asesinato sobre su conciencia —exclamé afligido.

—Frank, Marco... ¿ustedes qué piensan?

—Padre, por más difícil que esto nos parezca, debemos confiar en Carlos.

Marco se acercó hacia mí para abrazarme.

—Mr. Trent, a lo largo de todos estos años he visto cosas que no creí que vería, he conocido personas realmente únicas, de gran valor moral y buenas de corazón, pero jamás había conocido a una persona tan extraordinaria como lo es Carlos. Yo confío en él y sé que nos está diciendo la verdad.

Observé a Marco con una profunda mirada de agradecimiento.

—Muy bien, pues entonces no se diga más... Solo espero que tengas razón en todo esto, muchacho, porque, de lo contrario, todos estaremos completamente jodidos —dijo Mr. Trent.

Lo miré agradecido mientras que, por dentro, me repetía a mí mismo esas justas y exactas palabras.

—Rápido. Marco, Frank, Pablo, movilicen a toda la fraternidad para que en cuanto la Interpol arreste a los hermanos Colvin y yo les dé las indicaciones, capturen a todos los integrantes de esa fraternidad para ser interrogados. Mientras tanto, tengo que dar aviso a mis superiores de esto.

Salieron presurosos.

Mr. Trent continuó sentado sobre su silla mirando el monitor de la computadora portátil, en tanto Germán realizó la «llamada cero», reconocida entre ellos como de suma alerta para movilizarse para capturar a peligrosos fugitivos, asesinos y criminales.

—¡Germán, espera!

—¿Sí, Mr. Trent?

—Aquí dice que a pesar de que la bruja Aquilla nunca reveló cómo liberar al mal que retuvo, se cree que los sacrificios deben ser humanos y justo a la hora en que ella realizó el hechizo de retención, lo que quiere decir que si actuamos inmediatamente, no encontraremos nada y fallaremos esta misión… ¿Carlos? En tu… visión… ¿había alguna hora en específico o algún indicio que pudiera determinar la hora exacta del asesinato de Bruno? —preguntó.

—No vi la hora, pero claramente era de noche, y recuerdo muy bien haber escuchado doce campanadas justo antes de que le cortaran las muñecas —contesté.

—¿Lo ves? Seguramente ahora mismo no hay movimiento, lo mejor será prepararnos y sorprenderlos antes de la medianoche. Deben actuar con cautela y ser invisibles, que nadie se entere de este gran operativo. Informa a los demás agentes y a tus superiores que esta misión es de suma y obligada discreción. Manda las coordenadas del sitio y, si es posible, que lleguen a pie y camuflados. Que se preparen desde las nueve de la noche para buscar el famoso templo. Deben tener mucho cuidado, Germán, Michael Galageta es muy astuto, y estoy seguro de que tiene cámaras de vigilancia y un gran personal que estará muy atento cuidando los alrededores esta noche, si es que todo esto es verdad. —Volteó a verme.

Germán, que ya tenía enlazada la llamada con sus altos mandos, había puesto en altavoz el teléfono para que estos escucharan las sugerencias del señor Trent. Inmediatamente después les envió las coordenadas del lugar y así se dio luz verde al discreto operativo que comenzaría más tarde y antes de la medianoche.

—Carlos, necesito que permanezcas aquí, mi amor, resguardado bajo la seguridad del señor Trent.

—No, de ninguna manera me voy a quedar aquí —respingué.

—Por favor, tienes que hacerme caso, esto es muy peligroso, casi te pierdo una vez, no podría vivir si te pierdo definitivamente.

—Germán, estamos juntos en esto, ¿no? Yo también casi te pierdo y no voy a quedarme de brazos cruzados aquí sentado mientras tú arriesgas tu vida allá afuera. Además, yo soy el que de alguna forma conoce bien ese lugar; si van sin mí, irán a ciegas.

—No, porque estarás conmigo en una radiofrecuencia privada.

—No, entiende que no y no. No voy a dejar que vayas sin mí, no te voy a perder, Germán.

Me abrazó con gran sentimiento y después nos despedimos del señor Trent, que mostraba angustia y preocupación en su rostro, y era lógico. Hasta yo mismo me hubiese sentido así en su lugar, pero estaba confiando, dejando todo en manos de personas que, sin saberlo, una a una estábamos cambiando y aportando cosas realmente importantes a su vida, devolviéndole fuerza, valor y fe, pero, sobre todo, esperanza. Una esperanza que había perdido hace años, pero por la que había luchado todo ese tiempo hasta el día en que su propio hijo, Frank Jr.; Marco, a quien también quería como de su propia sangre; Pablo y yo, un par de nuevos estudiantes; y Germán, un detective encubierto, habíamos logrado una total y notable diferencia entre tantas posibilidades. La simple pero importante confianza se había convertido en la pequeña luz de toda esa oscuridad, en el camino de una peligrosa misión.

Capítulo 10

OBSESIÓN HOMICIDA

¿Qué es lo que verdaderamente lleva a alguien a sentir amor por otra persona? ¿Cuál es el momento indicado en el que se diferencia un simple querer de un amar? Si el amor se manifiesta de diferentes maneras, ¿es malo entonces amar con deseo y pasión, no de manera convencional, pero con verdaderos sentimientos y gran fuerza a alguien que lleva nuestra propia sangre?

amentablemente estamos tan marcados por la sociedad que lo que para los ojos de unos es malo y condenado, para muchos otros solo es la más pura expresión del mismo sentimiento, pidiendo a gritos vivirlo en esencia. Quizás a muchos de ustedes mi primo Gabriel podría haberles parecido un completo enfermo, un loco desquiciado cegado por la ira, los celos y la lujuria. Pero la realidad es que ni él mismo entendía, a pesar de todos sus esfuerzos y constantes luchas por olvidarme, por qué habíamos cruzado esa ligera pero importante línea entre nosotros: de un simple juego inocente había pasado a un sentimiento mucho más fuerte que, a su edad, le había dado la oportunidad de enamorarse por primera vez en la vida y de un hombre, aunque no de cualquier hombre, sino de mí, su propio primo hermano.

Muchas veces he pensado que si él no me hubiese rechazado cuando todo esto inició, apostaría que posiblemente hoy en día llevaríamos una relación, quizás oculta y a escondidas, pero una relación de dos hombres que, sin importar el parentesco, se amarían profunda, loca y apasionadamente. No me malinterpreten, no estoy diciendo que eso es lo que hubiese deseado, pues nada de lo que tenía en ese momento, ni mucho menos lo que había construido en conjunto con Germán, lo cambiaría por nada del mundo. Pero tal vez muchos de ustedes se han preguntado qué fue lo que en realidad sentí cuando estuve entre sus brazos, cuando besé sus labios aquella primera vez en el hospital, cuando lo vi desnudo y haciéndome el amor en el hotel. ¿Qué diablos fue lo que me hizo sentir mi propio primo cuando me hizo suyo?...

Y es que después de haber recuperado la memoria, tuve poco tiempo para pensar en todo eso, pero ahora que lo he analizado con mucha tranquilidad y tiempo de sobra, puedo decir con total seguridad que, aunque me gustó lo que viví con él, no sentí lo que siento por Germán. No sé cómo explicarlo, son cosas totalmente distintas, son personas completamente diferentes a pesar de su gran amor. Pude sentirlo aquella vez no como alguien obsesionado, sino como un ser humano que se enamoró profundamente y de verdad de otro; vi entre sus ojos su real cariño, percibí con sus caricias y a través de cada beso, todo ese amor que siempre había guardado y que solo me pertenecía a mí...

No estoy tratando de defender las acciones de Gabriel, en realidad estuve mucho tiempo enojado con él, pero también es cierto que, de alguna forma, me siento afortunado de que él me haya amado de esa manera que va más allá de todos los estándares sociales. Aunque lo que sí puedo asegurar es que mucho tiempo traté de entender ese tipo de amor que casi logra separarme por completo de Germán, ese que lo llevó a arriesgar su propia vida y que estuvo muy cerca de matarlo. Tuve que vivir un tiempo con ello, lidiar durante algunos días con el simple hecho de haber confundido el gran cariño que siento por mi verdadero amor con el que siento por mi propio primo, del que indudablemente en algún momento de mi vida me enamoré. No iba a ser nada fácil, sobre todo para Germán, porque tendría que ser bastante paciente para poder sanar y perdonarme de raíz el hecho de haber sido de alguien más tan solo en cuerpo. Era necesario hacerlo, tomar ese respiro y ese espacio en el que él, a pesar de jurarme estar bien, aún sentía celos y coraje, impotencia y cierto sentimiento de traición cuando apenas rozaba sus labios entre los míos. Además, y por mi parte, yo también tenía que aclarar mi mente, debía aguantar mi deseo hacia él, volver a ganarme su confianza y la confianza en mí mismo, con la total seguridad de que no solo mi cuerpo, sino también todos mis pensamientos, mi persona y hasta mi propia vida le pertenecían únicamente a mi bello español. Así lograría volver a entregarme a él íntegramente y en total convicción, demostrándole amor incondicional al haber dejado atrás la sombra de mi primo Gabriel.

EL DÍA EN QUE TODO TERMINÓ
31 DE OCTUBRE

Esa mañana, Germán y yo nos tuvimos que separar: él se fue con otros agentes y oficiales de la Interpol para reunirse con sus altos mandos y autoridades del Estado; y yo, con Pablo, Frank, Marco y todos los miembros de la hermandad, a quienes ya se les había informado sobre la gravedad de la situación y nuestro rol dentro de este gran acontecimiento. Por supuesto, planeamos vernos más tarde, a eso de las ocho de la noche ahí mismo, así que durante el resto de la mañana y la mayor parte de la tarde, Germán y sus superiores estuvieron desarrollando y perfeccionando la movilización de los miembros de las agencias y las organizaciones más cercanas a Austin. Esa acción les permitiría desplegar el operativo de forma discreta y sin levantar sospechas, con el objetivo principal de que a las veintiuna horas en punto, todos los agentes ya estuvieran en sus respectivas posiciones en el paraje rosado para dar paso a la sorpresiva captura de grandes delincuentes.

Nosotros, por otra parte, ya habíamos ideado también un plan para capturar de manera inmediata, y a la señal de Germán, a todos los integrantes de la fraternidad de los hermanos Colvin. De cualquier forma, este plan también estaría respaldado completamente por miembros y autoridades que pondrían a los capturados en custodia para sus respectivas investigaciones; es decir que, durante la redada, no seríamos solo estudiantes actuando por su propia cuenta, sino que personal armado estaría a cargo de esta operación que, claramente, desataría cierto pánico en el campus...

CASA DE LA FRATERNIDAD
20:00 HORAS

—Amor, esta será la última vez que te pida que por favor te quedes aquí, si te pasa algo, jamás me lo perdonaré.

—Germán, al parecer no te has dado cuenta aún de lo necio, terco y testarudo que puedo llegar a ser... No lograrás convencerme de no ir contigo, y por más que intentes persuadirme o incluso impedírmelo, no me voy a quedar aquí sin hacer nada. Tú fuiste quien me involucró en esta situación y no me importa, estamos juntos en esto y no permitiré que te arriesgues en una misión que puede quitarte la vida, mientras yo solo aguardo impaciente por ti.

—¿Es que acaso no te das cuenta? —replicó en tono fuerte y me tomó por los hombros—. Casi te pierdo una vez, te perdí por un momento, por algunos días, meses, casi pierdo incluso tu amor. —Inclinó su cara con gran melancolía.

—¡Mírame!, mírame a los ojos... No sé cómo te voy a compensar el tiempo que estuve perdido sin ti, pero lo voy a hacer cada día de mi vida. Sé que tienes miedo, ese miedo que sientes tú lo siento yo porque también puedo perderte... Nos merecemos algo más que un final trágico, nos merecemos estar juntos y luchar por este amor, así que no me quites la oportunidad de estar contigo y hacer esto acompañados como el equipo que somos.

Me miró silencioso durante algunos segundos y después me besó resignado.

—Está bien, pero tendrás que estar con el cuerpo de seguridad a todo momento. No debes despegarte de mí en ningún instante, y si la situación se torna peligrosa y en disparos, necesito que te resguardes en donde encuentras seguridad, ¿entendido?

—¡Completamente, agente Petrova!

—Esto no es un juego, Carlos, por favor, prométeme que harás exactamente lo que te he dicho.

—Lo prometo, amor, haré todo lo que me digas. —Lo miré con alegría.

—Ten, ponte este chaleco, debemos apresurarnos, pues las escuadrillas no tardan en desplegarse.

Íbamos saliendo de la casa rumbo a un automóvil de la agencia que ya esperaba a Germán cuando fuimos interceptados por Pablo.

—Carlos, te he estado buscando ¿qué estás haciendo?, ¿a dónde vas? Te necesitamos en la habitación de Marco dentro del campus; estamos preparando todo para el gran golpe —dijo.

—Sobre eso, Pablo, perdona que no te haya dicho antes, pero... iré con Germán.

—¿Qué dices? ¿Cómo que te vas con Germán? No puedes, no debes. Germán, por favor, dile que no puede —argumentó sorprendido.

—Tranquilo, Pablo —intervino Germán—. Carlos irá conmigo, debe estar conmigo y yo lo voy a cuidar. Estaremos bien, lo prometo.

Me acerqué a él.

—Pablo, amigo, tengo que hacer esto, no puedo quedarme aquí, no puedo alejarme nuevamente de Germán, ¿entiendes?

—¿Y si les pasa algo?

—Nada nos va a pasar, Pablo, yo cuidaré de tu amigo en todo momento —dijo Germán..

—Agente Petrova, debemos irnos —interrumpió el oficial que ya esperaba por Germán con la puerta abierta del automóvil.

—Pablo, amigo, estaremos bien, ¿ok? Ve hacia donde Marco y esperen el llamado de Germán.

—Está bien, cuídense, por favor. Te quiero; nos veremos pronto.

—Yo también te quiero —contesté sellando ese momento con un abrazo que fue interrumpido nuevamente por el oficial en espera.

Inmediatamente nos subimos al auto, que arrancó presuroso hacia el punto de encuentro del que se desplegaría la última escuadrilla en la que iríamos nosotros y al que llegaríamos quince minutos después.

CUARTEL GENERAL
20:20 HORAS

—¡Teniente Wattson! —saludó Germán.

—Agente Petrova, qué bueno que ya está aquí. ¿Por qué ha tardado tanto? ¿Quién es este joven?

—Teniente, él es Carlos, Carlos Palacios. Le hablé de él hoy por la tarde en nuestra conferencia.

—¡Es un gusto teniente! —expresé con un gesto distintivo al inclinar un poco la cabeza en alusión de respeto.

—Sí, claro, claro que lo recuerdo, pero ¿qué está haciendo él aquí? No puede estar aquí.

—Por favor, teniente, Carlos es una pieza clave e importante en esta operación, debe confiar en mí.

—No tenemos tiempo para discutir esto, agente Petrova, le recuerdo que la seguridad y la confidencialidad de este operativo están en riesgo, y usted puede verse completamente afectado al incluir a un civil a nuestra organización. Espero que lo tenga muy en cuenta, así que adáptese al plan establecido inicialmente e intégrese con los demás agentes cuanto antes, yo me haré cargo de Carlos.

Sabía que, al implicarme, me estaba poniendo en total peligro, pero recién en ese momento comprendí la gravedad de la situación en cuanto a la posición de Germán, pues no solo podría perder su trabajo, sino que, además, esto lo podría llevar a prisión al poner en riesgo una misión tan importante como esa, y todo por mi culpa.

—De ninguna manera, teniente, soy consciente de las consecuencias que esto puede causarles a mi carrera y a mi persona, pero este joven aquí presente, además de sustancial, ha sido extremadamente importante para que hayamos llegado por fin y después de tantos años a este punto —explicó Germán.

El teniente Wattson lo miró con asombro y desconcierto mientras levantaba sus lentes, un tanto caídos sobre su cara, para regresarlos a la altura de sus ojos.

—¿Es consciente de que esto repercutirá permanentemente en su historial, verdad? —preguntó el teniente.

—Sí, señor...

—¡Alto! Por favor, esperen —interrumpí—. Germán, el teniente Wattson tiene razón; yo no tenía idea de esto y no quiero que, por mi culpa, todo lo que has logrado hasta hoy se vea afectado, principalmente, y más que cualquier otra cosa, tu libertad.

Me miró con gran pesar e impotencia, pensando qué hacer.

—Por favor, hazle caso a tu teniente; yo iré con él —agregué.

—Teniente, haré lo que usted me diga, pero solo le pido como favor, un favor personal, que mantenga a Carlos con usted en la oficina de mando, solo de esta forma yo estaré tranquilo.

—Eso es imposible, agente Petrova, y lo sabe.

—Por favor, es lo único que le pido, necesito que él esté a salvo y sé que lo estará con usted, ya que su vida corre peligro... Como le comenté con anterioridad, él ha sido de gran ayuda, y cuando desmantelemos esa banda de criminales, podría haber represalias contra algunas personas, y él es una de ellas.

Con una acentuada exhalación y notoria molestia, el teniente Wattson asintió a la petición de Germán a través de un simple gesto.

—Tiene dos minutos para despedirse y reintegrarse con los demás agentes.

—De acuerdo, señor, muchas gracias, gracias en verdad. —Se dirigió hacia mí en tanto el teniente se alejaba de nosotros—. Carlos, tienes que irte con el teniente Wattson ahora, ¿de acuerdo? Por favor, solo sigue sus instrucciones y no interfieras en nada, y todo estará bien. Puedes escucharme a mí y todo lo que pasa en la misión desde el centro de control si te lo permiten, pero si no es así, en esta mochila te dejo mi radio para que puedas hablar conmigo. Lo único que tienes que hacer al encenderla es buscar la frecuencia ciento cuarenta y cuatro, y ponerla en privado. De cualquier forma, yo te buscaré por ahí mismo, mi amor, y cuando lo haga notarás un sensor verde que no emitirá ruido, pero que estará parpadeando —susurró con cautela.

—Cuídate, mi amor, por favor, cuídate...

—Lo haré, estaremos juntos muy pronto, así que quítame esa cara larga y déjame ver una sonrisa en tu bello rostro.

—¡Te amo, bello español! —Sonreí nostálgico.

—Y yo a ti, *mexican boy* —ironizó sonriente—. Quisiera darte un beso, pero...

—No te preocupes, yo entiendo... Anda, mejor ya vete, porque si no lo haces, yo sí te lo voy a dar.

Me dio un fuerte abrazo y después de entregarme la mochila caminé hacia donde había ido el teniente Wattson, rumbo a un helicóptero que ya se había puesto en marcha y al que subimos presurosos para dirigirnos al centro de control ubicado en otro punto de la ciudad... Mientras el helicóptero se iba elevando, solo pude ver a mi amado español que miraba con gran tristeza cómo me alejaba; desde los aires, pude sentir cómo una vez más era separado de la persona que tanto amaba, hasta que la perdí completamente de vista.

—Carlos Palacios, ¿correcto?

—Así es, teniente.

—El agente Petrova es uno de los mejores elementos con los que cuenta nuestra agencia, sé que tu vida corre peligro, pero no entiendo muy bien por qué me ha pedido este favor de manera personal... ¿hay algo que deba saber?

Lo miré desconcertado.

—¿En qué sentido, señor?

Me miró fijamente.

—Olvídalo, en cuanto lleguemos a la base deberás firmar un documento de confidencialidad. Nada de lo que veas o escuches ahí podrá ser difundido, ni siquiera a tus personas más allegadas. No quiero distracciones, preguntas ni que interfieras en absolutamente nada; tu presencia ahí debe pasar desapercibida, como si no estuvieras; debes ser invisible, ¿quedó claro?

—¡Entendido!

—No te escuché.

—Quedó claro, señor.

Minutos después, el helicóptero se encontraba aterrizando en una base oculta y resguardada por una docena de militares pertenecientes al Ejército de los Estados Unidos de América, quienes ya esperaban al teniente Wattson. Nos escoltaron directo al centro de mando de operaciones, en donde firmé dicho documento y desde donde se llevaría a cabo toda la operación guiada por las órdenes del teniente y otros altos mandos implicados. El operativo inició justo a las nueve de la noche, como se había previsto y programado. Todas las escuadrillas se encontraban en sus posiciones según los radares que monitoreaban a cada oficial, y eran guiadas por un agente que tenía comunicación directa con el centro de mando a través de frecuencias cerradas y difíciles de rastrear gracias a la tecnología militar con la que contaban… Pasaban de las diez de la noche, no había acontecido nada relevante hasta ese momento y tampoco había escuchado o sabido nada de Germán, hasta que finalmente el silencio inquietante dentro del centro de mando fue interrumpido por la voz de mi amado español.

—Aquí agente Petrova, confirmando posición principal en el paraje rosado, todas las unidades se encuentran listas para actuar. Cambio.

Inmediatamente me levanté del suelo con gran alivio y una sonrisa en el rostro.

—Aquí el mayor Terry Miles, se acepta confirmación, agente Petrova. Podemos ver dentro del radar la posición de todas las unidades, incluyendo la suya, ¿cuál es la situación? Cambio.

—Hace poco más de veinte minutos comenzaron a llegar muchos vehículos de distintas rutas, hasta el momento contabilizamos cuarenta y cinco, lo que nos indica que habrá una gran reunión en el punto focal, el cual pasa a ser positivo como el lugar del encuentro. Podemos visualizar cerca de diez hombres armados vigilando la granja desde diferentes puntos, pero lo que realmente me tiene alarmado es que nuestras máscaras de rastreo nocturno muestran una especie de esfera láser que cubre todo el recinto y gran parte de sus alrededores, lo cual me ha resultado muy extraño... Puede ser un sistema de vigilancia que activa algún tipo de alarma, aunque también he notado que no se activa convencionalmente al paso de cada vehículo, por lo que al parecer contienen un dispositivo que les permite cruzar invisiblemente. Cambio.

—¡Maldita sea! —exclamó enfurecido el teniente Wattson—, esto no puede ser.

—Aquí agente Petrova, ¿me copian? Cambio.

—Agente Petrova, le hemos copiado, nuestros analistas se encuentran trabajando en ello, espere instrucciones. Cambio.

—Entendido... Cambio.

—¡Teniente! ¿Cuáles son sus órdenes? —cuestionó el mayor Terry, encargado del sistema y las comunicaciones en el centro de comando.

El teniente Wattson mostró claramente una expresión de gran preocupación en su rostro. Mientras, los presentes aguardaban impacientes sus indicaciones para compartirlas con las escuadrillas ya listas para actuar.

—No podemos hacer nada al respecto por ahora, dé la orden de detener toda acción planeada, tenemos a un traidor en nuestra organización —interfirió el mayor Terry.

—¿De qué habla, mayor? —preguntó el teniente Wattson.

—Conozco esa esfera láser de la que habló el agente Petrova, usted mismo debe saberlo, es tecnología militar, creada por nuestra organización. Alguien que sabe sobre esto debe estar ligado a esta maldita red criminal, ¿cómo no lo vimos venir antes?

—¿Quiere decir que esto es un tipo de arma? —preguntó el capitán Jackson, también encargado del puesto de mando.

—Así es, este láser no es un sistema de alarma cualquiera, es un potente láser que engloba tecnología militar de lo más avanzada. No sirve como simple modo de defensa y seguridad, sino como una barrera invisible e impenetrable que suelta una gran descarga eléctrica a quien entra en contacto directo con ella sin portar el dispositivo protector que de alguna forma los cubre; por esa razón los automóviles pasan inadvertidos

—explicó mientras el capitán Jackson y el teniente Wattson lo miraban con atención—. Tenemos que advertirles antes de que sea demasiado tarde.

—Póngame en privado con todos los agentes, por favor.

—De inmediato, teniente.

¿Asustado? Creo que eso es muy poco decir en comparación con cómo realmente me sentía. Todo se me hacía increíble, extraño, como si estuviera dentro de un sueño. ¿Por qué yo?, ¿por qué mi vida había tomado ese rumbo?, ¿por qué me estaba sucediendo todo esto? En ese momento me hice demasiadas preguntas, pero a la vez traté de contener la calma, haciendo el menor ruido o movimiento posible para que no se notara mi presencia, tal y como el teniente Wattson me lo había ordenado.

—¡Atención!, agentes de todas las escuadrillas, aquí nuevamente el mayor Terry Miles, este es un enlace directo con el teniente Wattson. La siguiente información que se les dará es clasificada como de extrema alerta, así que pongan atención. Cambio.

—Agentes, me temo que tengo malas noticias. Es preciso que, sin cuestionar, sigan mis instrucciones... Nos encontramos ante un acto de traición a nuestra propia organización, y antes de poner sus vidas en peligro, es mi responsabilidad informarles que debemos abortar la misión inicial. Por el momento no podemos hacer nada, así que como plan B, tendremos que esperar hasta que resolvamos cómo desactivar este mecanismo de defensa que utiliza nuestro enemigo. Si es preciso idear un nuevo plan, lo haremos y se les informará de inmediato; pero si no logramos resolver esto con el tiempo debido, tendremos que esperar a que cada automóvil que ingresó al sitio salga para después interceptarlos y ponerlos bajo arresto e investigación. Repito, como orden directa de su teniente y primer mando responsable en esta operación, debemos abortar el plan A. Manténganse en sus posiciones hasta recibir nuevas instrucciones. Cambio y fuera —finalizó el teniente Wattson.

En los rostros de los que nos encontrábamos presentes se mezclaban asombro, preocupación y hasta temor, pero, sobre todo, duda. El teniente Wattson abandonó la sala de operaciones y se dirigió con otros dos altos mandos hacia un lugar más privado para intentar solucionar o idear un nuevo plan. Yo, que era vigilado por uno de los militares que nos habían escoltado a nuestra llegada, aprovechando el alboroto que se suscitó me escabullí hasta un sitio alejado y seguro para poder hablar con Germán a través de la radio que ya emitía su parpadeante luz verde.

—¿Germán, estás ahí? —pregunté.

—Amor, qué bueno que pudiste contestar. ¿Estás solo?

—Sí, tuve que escaparme del soldado que me estaba vigilando, pero creo que estoy seguro en este sitio, al menos por ahora.

—No tienes mucho tiempo antes de que te encuentren, así que dime, amor, ¿qué diablos está sucediendo?

Rápida pero claramente, comencé a relatar todo lo que había escuchado de las mismas palabras del mayor Terry. No me tomó mucho tiempo hacerlo, él se dio cuenta exactamente de lo que estaba hablando y de la gravedad de la situación. Estaba enterado de ese proyecto que aún se encontraba en prueba, pero que sin duda había resultado ser muy eficaz como arma de protección y seguridad para el Ejército, utilizada principalmente para salvaguardar sus campamentos durante la noche en tiempos de guerra y en territorio hostil. Ciertamente se mostró preocupado al sentirse en desventaja, pues aunque había escuchado sobre el proyecto, jamás lo había visto físicamente y en operación sino hasta ese preciso momento.

—Carlos, cuéntame más sobre esa visión que tuviste. Dijiste que cuando sacaron el cuerpo de Bruno, viste un túnel que daba hacia la carretera, ¿verdad?

—Sí, pero no lo tengo muy claro, es decir, no sabría decirte cómo es, tendría que estar ahí, por eso quería ir contigo, no puedo decirte si estoy a ciegas.

—Escúchame bien, vuelve ahora mismo a la sala de comunicaciones y dirígete hacia el mayor Terry, acércate lo más que puedas a él y dile que yo te he dicho que me hable en privado bajo el código TR1, ¿entiendes? Él sabrá perfectamente lo que eso significa. TR1, no lo olvides, amor, apresúrate.

Justo cuando entraba a la sala de comunicaciones, el soldado que me había estado vigilando me abordó por el hombro bruscamente para cuestionarme en dónde había estado. Un tanto nervioso, contesté que había tenido que ir al baño, entonces, con cierta mirada de desconfianza, me soltó y me dijo que no me moviera de ahí nuevamente. Escasos segundos después, para mi suerte, el mayor Terry se levantó de su asiento y se dirigió a la salida. Era la oportunidad perfecta para acercarme a él y hacer justo lo que me había pedido Germán, pero el soldado que me vigilaba intentó detenerme.

—Está bien, soldado, yo me hago cargo, déjelo que se acerque... ¿qué es lo que quieres? —preguntó el mayor Terry.

Me acerqué hacia él aún más para susurrarle al oído aquel código y el nombre de Germán Petrova, a lo que inmediatamente reaccionó con gran sorpresa, llevándome hacia el exterior de la sala.

—¿Cómo sabes sobre ese código? —preguntó impresionado.

—No sé nada, señor, solo me dijo que se lo dijera en caso de notar algo extraño aquí. Así que hablé con él hace unos momentos por la radio que me dejó, a través de una frecuencia privada.

Se detuvo a mirarme un momento, invadido por la confusión y cierta curiosidad.

—Desde que entraste con el teniente Wattson, me había estado preguntando quién eras tú y qué hacías aquí, pero ahora lo sé... tú debes ser Carlos, Carlos Palacios, ¿me equivoco?

—No, señor, está en lo correcto.

Una nueva mirada de asombro se dejó ver en su rostro, pero esta vez acompañada de una leve sonrisa.

—Gracias, Carlos, eso que hiciste al hablar con él por radio fue muy arriesgado, pero también muy valiente... ¡Sígueme, por favor!

Sin cuestionarlo seguí sus instrucciones. Llegamos a otra sala de control no tan alejada de la principal, pero más pequeña y con un sistema de transmisión y comunicaciones basado en una plataforma completamente visual: no solo podríamos escuchar cada palabra de los que estuvieran conectados al código TR1, sino también observar en tiempo real lo que ellos estaban viendo a través de las máscaras que llevaban puestas e integradas en su equipo. Esto no era posible de hacer en la sala de control inicial, debido a la fuerte señal de transferencia que emitiría si se conectaban a todas las escuadrillas al mismo tiempo, lo que de inmediato los delataría ante la posible tecnología de rastreo que tuviese el enemigo dentro.

—Carlos, cierra la puerta, por favor, e ingresa el número 31240245, seguido de las iniciales «TM». Esto activará un mecanismo que sellará la puerta tanto por dentro como por fuera, imposible de desactivar a menos que yo ponga la clave correcta.

Un tanto temeroso hice lo que me pidió y de inmediato se encendieron los monitores y el tablero de la sala de control, dando acceso a todas las cámaras existentes en el lugar así como a la imagen en tiempo real de los agentes familiarizados con el código TR1.

—Capitán Jackson, ¿me copia? Cambio.

—Aquí el capitán Jackson, confirmando, mayor Terry. Cambio.

Una fuerte movilización comenzó dentro de las instalaciones luego de las instrucciones dadas por el mayor Terry, así como también entre los agentes y los oficiales de alto rango que tenían conocimiento del código TR1. Conocido entre ellos como un llamado de auxilio de alta confidencialidad, el cual era utilizado como último recurso ante una situación sumamente peligrosa que involucraba a miembros de la Interpol. Para ese entonces, el teniente Wattson aún se encontraba ideando otro plan en otro sitio y no tenía idea de lo que estaba sucediendo con la operación… En la sala principal, el capitán Jackson junto con otro miembro monitoreaban a través del radar cada movimiento de las escuadrillas para así informarle al mayor Terry. Este, a su vez, mantenía comunicación directa con Germán, que en ese momento ya me podía ver y escuchar, y sonreía con una gran cara de alivio y agradecimiento.

—Muchas gracias, Terry, gracias por hacer esto… Veo que ya conociste a Carlos —dijo Germán.

—Así es, amigo, por fin tengo el gusto de conocerlo. —Me miró sonriente—. Tenemos muy poco tiempo antes de que el teniente Wattson se dé cuenta de lo que estamos haciendo, así que apresurémonos… ¿Cuál es el plan?

—¿Cuántas personas me están escuchando ahora?

—Los diez agentes encargados de cada escuadrilla, dos capitanes en la sala principal de comunicaciones, un mayor y un civil justo aquí.

—Muy bien, escúchenme bien, agentes, necesito que mantengan a sus escuadrillas inmóviles hasta mi señal. La esfera que vemos a través de nuestras máscaras no es un sistema de alarma, sino una barrera invisible que emite descargas eléctricas mortales, por esa razón no hay mucha seguridad vigilando. Así que está estrictamente prohibido acercarse o hacer algo estúpido antes de tiempo. No existe ningún modo de atravesar la esfera, a menos que contemos con cierto tipo de dispositivo, pero sí hay una forma de ingresar bajo tierra y por un túnel que debemos encontrar cuanto antes. El tiempo se agota, y si no actuamos de manera conjunta e inteligente, una nueva vida se perderá esta noche. Así que, por favor, informen sobre esto a todos sus oficiales y movilicémonos sigilosamente para encontrar este túnel… En la sala de mando se encuentra Carlos Palacios, el civil que hace unos momentos el mayor Terry mencionó, y es de gran relevancia en esta operación. Nosotros seremos sus ojos, así que les pido que por favor confíen en mí, confíen en él y hagan todo lo que se les ha ordenado. Si alguien encuentra esa entrada, informe de inmediato para dar órdenes sobre el siguiente paso. Cambio.

—Agentes, ya escucharon. Esta misión depende únicamente de ustedes. La máscara muestra bien el perímetro y las coordenadas de los sitios en los que se encuentran ubicados cada uno de ustedes, organicen la búsqueda sin tener contacto ni proximidad con la esfera láser. Estaremos observando desde aquí sus movimientos. Cambio y fuera —finalizó el mayor Terry.

Inmediatamente después de ello, cada uno de los agentes informó sobre la situación a sus oficiales en sus escuadrillas, ordenándoles permanecer inmóviles hasta nueva señal mientras que ellos recorrían los alrededores en busca de aquel túnel. Para ese entonces, el teniente Wattson ya se había percatado de lo que estaba ocurriendo a sus espaldas y, muy molesto, afuera de la sala de operaciones, exigía entre gritos y amenazas que el mayor Terry cancelara la operación o sería destituido de su cargo junto con todos los involucrados en ese movimiento sin su autorización.

La situación era realmente tensa, todo estaba en juego: la operación, los agentes involucrados, los capitanes, el mayor, mi Germán y hasta yo. Esa pesadilla parecía no tener final, y lo más preocupante —pero que nadie sabía— era que Germán había arriesgado todo por una visión que le había mostrado su novio, algo que ni siquiera yo estaba seguro de que fuera cierto.

Pasaban ya de las once de la noche; la luna llena, en todo su esplendor, casi llegaba a su punto máximo; nadie podía encontrar ninguna entrada, ni siquiera yo reconocía nada en las imágenes, ningún indicio siquiera de que existiera algún pasadizo secreto subterráneo... Todo parecía ir de mal en peor, incluso Germán se notaba frustrado, se escuchaba enojado, preocupado, se podía ver en él una gran impotencia y una inquietante desesperación al no encontrar nada, al darse cuenta de que la hora se acercaba y, más aún, al escuchar aquella música que comenzó a sonar tenebrosa desde adentro de la granja, una melodía que, acompañada con cantos depresivos y tambores, erizó la piel de todos los que podían escucharla y percibirla con gran inquietud. Era algo inexplicable, pero le había devuelto la esperanza a Germán, porque gracias a ello confirmó que yo tenía razón, que aquella pesadilla realmente había sido una visión.

—Carlos, ¿me escuchas? —preguntó Germán.

—Aquí estoy...

—¿Cuánto tiempo nos queda?

—No estoy seguro, pero cuando la música se detenga y al cabo de las doce campanadas, cuando la luna esté en su máximo esplendor... —Hice una pausa afligido, frustrado, decepcionado conmigo mismo—. Lo siento, siento mucho haberte defraudado.

—No digas eso; escúchame, te necesito fuerte, observa bien los monitores, tienes que recordar cómo es ese lugar.

Confundido, el mayor Terry me observó como si quisiera preguntarme algo, pero la confianza en Germán era tan fuerte que no podía darse el lujo de dudar en ese momento ni en su posición, una posición que, de a ratos, sentía que iba a cambiar cuando escuchaba cómo el teniente Wattson, junto con algunos oficiales que iban en nuestra detención, intentaba abrir las puertas de las dos salas de comunicación que se encontraban completamente selladas.

—Espera... Germán, date la vuelta —dije.

—¿Qué sucede?

—Las montañas, camina rumbo hacia esas montañas.

—¿Qué es lo que viste?

—Sigue caminando, debe haber un camino, algo parecido a una carretera.

—No veo nada, no hay nada. Me estoy alejando del lugar.

—Confía en mí, sigue caminando, corre en esa misma dirección hasta que lo encuentres.

—¡Alto, Germán! —intervino el mayor Terry.

—¿Qué sucede, mayor? —se sobresaltó Germán.

—Un vehículo se acerca velozmente hacia tu dirección —explicó.

—Sí, puedo ver las luces, va rumbo a las montañas, justo en la dirección que me dijiste, Carlos... ¿qué sucede?, ya no lo veo.

—Se ha detenido, Germán, a menos de doscientos pies de distancia de donde te encuentras.

—Agentes, diríjanse hacia mi posición con gran cautela y mantengan a sus oficiales inmóviles y preparados.

Germán y otros diez agentes se fueron acercando cada vez más al sitio en el que se había estacionado el vehículo, un camino solitario y de tierra que llevaba a las montañas. Al principio temió que los fueran a descubrir, así que dio la orden de que aguardaran, mientras él se aseguraba de que no había peligro; y entonces conforme se fue acercando, pudo percatarse de que era un solo individuo que, recargado sobre la cajuela del automóvil, se encontraba fumando un cigarrillo al mismo tiempo en que sostenía un objeto.

—¿Germán, hay modo de que puedas acercar la imagen de la persona desde tu cámara? —consulté.

—Sí, pero está de espaldas... Se ve inofensivo, pero tiene algo en su mano.

—Al parecer es una bolsa negra enrollada, la misma bolsa de la que te hablé, y como aquella en la que encontraron a Bruno.

—Sí, tienes razón, ahora lo veo. Lleva puestos unos audífonos. Hace bien, ¿no?, después de todo, ¿quién querría escuchar esa aterradora melodía?

—Mayor Terry, ¿de qué agente es esa cámara? —pregunté señalando el monitor que mostraba una imagen frontal de la persona sobre el auto.

—Este debe ser... es el agente Chase, Nickolas Chase. Agente Chase, ¿me copia? Cambio.

—Claramente, mayor. Cambio —se oyó la voz del agente.

—Quédese justo en donde está, pero acerque la imagen de su cámara hacia donde está el individuo sobre el automóvil.

—¡Entendido, mayor!

No podía creer lo que estaba viendo. En algún momento de todo lo que había pasado, tenía la esperanza de que muchas cosas fueran simples suposiciones, errores o acusaciones sin sentido, pero en ese instante, mis ojos estaban siendo testigos de una verdad difícil de ocultar, entender y sobrellevar, una verdad que tanto Germán como yo habíamos estado buscando, pero que también temíamos descubrirla...

—¿Qué sucede, Carlos?, ¿lo conoces?, ¿conoces a ese chico? —cuestionó al ver en mi rostro una fuerte expresión de asombro.

—Así es, mayor... ¿Germán?

—¡Aquí estoy!

—Es Daniel... Daniel Catalán... —dije.

—¡Lo sabía! Maldito traidor, maldito hijo de puta —expresó molesto en tono suave.

—¿Cuáles son sus órdenes, agente Petrova? ¿Debemos esperar a que nos muestre el túnel por su cuenta? —cuestionó el agente Chase.

—No, es momento de actuar ahora, acérquense a mi posición. Si nos quedamos esperando, la siguiente víctima estará muerta. Mayor, ¿qué dicen los radares?

—Todo despejado, están solos.

Luego de esas palabras, Germán y los demás agentes rodearon el vehículo y a Daniel, quien asustado y sorprendido soltó la bolsa que sostenía para intentar sacar un arma de entre sus pantalones. Pero le fue imposible, porque otro de los agentes lo tomó desprevenido por la espalda, para después esposarlo y recargarlo sobre el cofre del auto frente a Germán, que se quitó el equipo de su cabeza para que lo pudiera reconocer.

—¿Germán?, ¿qué haces aquí? ¿Qué significa esto? ¡Suéltenme! —exclamó Daniel entre forcejeos—. ¿Por qué estás vestido así?

—Ya todo acabó, Daniel, dime en dónde está la entrada…

—¿De qué hablas?, ¿cuál entrada?

—No trates de jugar conmigo, Daniel, sabes perfectamente por qué estamos aquí. Ahora dime, ¿en dónde está el túnel? —expresó con gran molestia y amenazador.

—No puedo, no puedo hacer eso.

—Daniel, tienes que hacerlo, si no, una persona inocente morirá, tal y como murió Bruno. ¿No entiendes?

—Yo no lo maté, yo no maté a Bruno —exclamó entrecortado.

—Lo sé, pero matarás a esta persona si no nos dices cómo entrar.

Era una escena cruda y llena de muchos sentimientos para mí, triste y a la vez confusa. Daniel estaba realmente asustado, y yo lo observaba con cierto resentimiento a través de todos los monitores que dejaban ver su rostro atemorizado envuelto en llanto… ¡Sentí lástima por él!

—No puedo hacerlo, si lo hago, me matarán a mí también.

—Eso no va a suceder, Daniel, ahora estás bajo mi protección. Por favor, no tenemos mucho tiempo, necesito que me ayudes: si no lo haces por mí, hazlo por Marco, por Bruno, por todas esas almas inocentes que han sido privadas de sus vidas.

Entre lágrimas, Daniel señaló un lugar exacto cubierto con varias ramas y madera que rápidamente fueron removidas por los agentes. Quedó al descubierto una puerta de acero muy gruesa que solo se abría a través de un código.

—503B1 —dijo resignado—, pero si lo activan ahora, sabrán que no fui yo, pues tengo la orden de hacerlo justo a la medianoche y después de las doce campanadas. De lo contrario, se activarán los mecanismos de seguridad y este túnel estallará en mil pedazos.

—¡Maldita sea! —expresó Germán exasperado.

—¡Agente Petrova! Conozco bien este tipo de mecanismo, el chico tiene razón, pero también existe una forma de desactivarlo. Solo que me tomará cerca de cinco minutos hacerlo —dijo el agente Chase.

—Tenemos tan solo quince minutos, agente Chase, dese prisa.

Germán colocó nuevamente el equipo en su cabeza para poder hablar conmigo.

—¿Estás bien?

—Sí... —contesté.

—¿Qué opinas de esto?

—No lo sé, estoy muy confundido. Entiendo que Daniel se haya sentido impotente, amenazado, con miedo, pero eso no justifica todos sus actos... Lo que hizo al ocultar la muerte de Bruno solo lo convierte en un cómplice de ese asesinato.

—Lo sé...

—Germán, tienen que darse prisa, por favor, las cosas por acá se están poniendo un poco tensas con el teniente Wattson —agregó el mayor Terry.

—¿Cómo va con eso, agente Chase? —presionó Germán.

—Ya casi lo tengo.

—Daniel, ¿sabes quién es la víctima a la que intentarán asesinar esta noche? —preguntó Germán.

Daniel lo miró empalidecido, rogando perdón a través de sus ojos, suplicando ayuda... Estaba a punto de contestar cuando la puerta se abrió.

—¡Listo, agente Petrova! —exclamó el agente Chase.

—Daniel, ¿hacia dónde lleva este túnel?

—Germán, ya no le preguntes nada a Daniel, estás perdiendo mucho tiempo ahí, ese túnel lleva directo al templo subterráneo en el que hacen los sacrificios, al final habrá una segunda puerta —expliqué.

—Agente Petrova, dense prisa, por favor, Carlos tiene razón, solo les restan diez minutos antes de que comiencen a sonar las campanadas y sea medianoche —pidió el mayor.

—¡Ya escucharon! Ustedes dos quédense aquí con este civil, manténganlo a salvo y en resguardo; esperen mi señal para movilizar a sus hombres —ordenó Germán.

—¡Entendido, señor!

—Los demás síganme con cautela.

Presurosos entraron al túnel, un túnel completamente a oscuras iluminado únicamente por el modo visión nocturna que contenían las máscaras de sus equipos. Minutos después, dejó de escucharse esa melodía macabra que inexplicablemente daba a todos escalofríos en el cuerpo, una rara sensación de miedo mezclada con terror.

Y es que, aunque podría decirse que para los agentes era rutinaria una misión de ese tipo, esa noche todos percibían algo totalmente siniestro y difícil de describir. Ante todo mantuvieron la calma, pero inevitablemente lo expresaban a través de sus ojos y su respiración agitada.

Una voz grave masculina comenzó a dar el último discurso, que profesaba palabras satánicas y alabanzas al mal. En ese momento, los agentes llegaron directo a la segunda puerta, que dejaba ver por algunos orificios el ritual maligno que se llevaba a cabo del otro lado. En cuestión de segundos, Germán alcanzó a ver a un chico moribundo a punto de ser asesinado por una docena de hombres desnudos y con armas punzocortantes en sus manos. Entre la multitud se encontraban el hombre de voz gruesa, conocido como el afamado empresario Michael Galageta; los hermanos Colvin y muchos otros rostros que a lo lejos no alcanzaba a distinguir. Contabilizó aproximadamente veinte individuos implicados en esa escena que desató la ira y la fuerte decisión de actuar inmediatamente, antes de que terminaran con la vida del chico, que ya parecía muerto.

«Suelten sus armas», «Las manos sobre la cabeza», «Todos al suelo» fueron solo algunas de las frases que se alcanzaron a escuchar de entre los agentes que disparaban hacia las paredes del templo, en una inesperada e inimaginable redada que tomó a todos por sorpresa. Yo solo pude observar con verdadero terror a través de los monitores la impactante imagen de toda la operación en la que un chico desnudo, amarrado, puesto sobre una piedra en forma de cruz invertida y bañado en sangre era salvado de ser asesinado por esa bola de crueles y malnacidos seres humanos.

Algunos de los presentes trataron de escapar, pero fueron detenidos con amenazas de disparo mortal si intentaban hacer algo. Había mucho movimiento, apenas podía ver y escuchar a Germán entre tanto alboroto. Dos agentes liberaron a la víctima y la cargaron cuidadosamente por el túnel, mientras que por allí también iban llegando refuerzos, militares de las escuadrillas que estaban movilizándose bajo las órdenes de los oficiales, en la primera sala de mando y comunicación. Acto seguido, escuché a Germán que daba la orden directa a Marco y a los oficiales que se encontraban en el campus para iniciar una detención general y en conjunto en la casa de la fraternidad de los Colvin. Repentinamente, una ola de disparos se dejó escuchar desde el interior del templo. Provenía de los hombres armados que se encontraban custodiando la granja, quienes habían sido alertados con la primera ráfaga de fuego de los agentes, por lo que habían acudido presurosos al templo bajo tierra. Sobre los monitores y desde la sala de comunicación, la situación se veía demasiado tensa. El mayor Terry Miles mostraba gran preocupación, pues algunas de las cámaras que portaban ciertos agentes dejaban ver cómo repentinamente varios hombres caían al suelo, en una clara señal de que estos habían sido abatidos por los disparos que eran respondidos por muchos de los militares que ya habían llegado al llamado de apoyo.

Pasaron poco más de diez minutos hasta que finalmente se escuchó el último disparo...

—Agente Petrova, agente Chase, ¿cuál es la situación? Cambio.

—Mayor, tenemos hombres heridos, no puedo decirle exactamente cuántos, pero es posible que de nuestro lado existan algunas bajas. Envíe cuanto antes paramédicos y elementos de auxilio. Cambio.

—En estos momentos los helicópteros están despegando para acudir al llamado de ayuda y rescate. El oficial Jackson me confirma una fuerte movilización dentro de la granja a través de los radares, al parecer muchos de los allí presentes pretenden huir en sus vehículos. Agentes a cargo de las escuadrillas en el perímetro, den la orden de detención con precaución sin acercarse a los extremos de la esfera, ya que aún no ha sido desactivada. Agente Chase, pongan en custodia a todos los detenidos cuanto antes, especialmente al líder de esta red criminal. Cambio.

—Mayor Terry, el monitor de Germán y estos otros dos no están funcionando —expresé con gran preocupación mientras el mayor analizaba los monitores que le había señalado, intentando rastrear a los agentes faltantes.

—Agente Petrova, ¿me copia? Cambio.

Posiblemente dos o tres minutos de angustia pasamos tanto el mayor Terry como yo al no recibir ninguna respuesta de Germán, minutos que para mí fueron una agonía, estaba a punto de explotar en desesperación e impotencia al encontrarme frente a simples pantallas y sin poder hacer absolutamente nada.

—Mayor Terry, aquí el agente Chase, hemos detenido ya a todos los sobrevivientes, afortunadamente no tenemos ninguna baja de nuestra parte, pero sí varios heridos que requieren ayuda médica inmediata. Cambio.

—Entendido, agente Chase, la ayuda ya va en camino... ¿sabe algo del agente Petrova? Cambio.

—Aquí estoy, mayor Terry, me encuentro bien —expresó Germán desde uno de los equipos de otro de los agentes que había tomado prestado.

Una fuerte sensación de alivio recorrió todo mi cuerpo. Juro que casi me desmayo, no sé si de la impresión, de tantos sentimientos encontrados o de la gran emoción que me dio ver a Germán vivo, completamente ileso, y sosteniendo fuertemente al señor Galageta, que se encontraba esposado, a través de la pantalla que mostraba la cámara del agente Chase.

—Siento haberme ausentado, estos malditos casi me matan. Si no hubiese sido por mi máscara y mi equipo, estaría muerto. Además, tuve que ir tras este bastardo, que estaba intentado huir por otra salida secreta. —Tomó aire—. Señor Galageta, usted y todos los arrestados sorprendidos en el acto quedan detenidos por intento de homicidio, el asesinato del joven Bruno Giesler y la desaparición de dos agentes federales de nuestra organización, así como por una gran lista de múltiples homicidios e interminables delitos vinculados con el tráfico de drogas, de armas de uso exclusivo del Ejército, y por muchos otros crímenes y violaciones graves a la ley. Tienen derecho a un abogado, así como a guardar silencio, ya que todo lo que digan a partir de este momento será usado en su contra ante un tribunal correspondiente al que se les asignará y que los juzgará por las faltas ya mencionadas —expresó agitado, en tanto yo lo miraba a través del monitor con gran orgullo.

—Lo felicito, agente Petrova, gracias a usted, hemos logrado resolver un caso que durante muchos años nos mantuvo con las manos atadas, y a muchos sin poder dormir.

—Se lo agradezco, mayor... Aún tenemos trabajo por hacer, así que auxiliemos a nuestros agentes y oficiales heridos, y pongamos en prisión a estos malditos delincuentes. Cambio y fuera.

De esta forma, el operativo fue clasificado como exitoso, los heridos fueron trasladados a los mejores hospitales y los caídos se quedaron a cargo de personal forense. En cuanto a los detenidos, estos fueron custodiados y trasladados con gran seguridad a la cárcel del condado de Travis, para, después de un juicio, ser enviados a una prisión dictaminada por un juez. Por su parte, Daniel Catalán también fue detenido, pero en calidad de testigo, al menos hasta que se aclarara su situación; y en cuanto al chico que iba a ser asesinado, fue trasladado a un hospital militar por seguridad y para su mayor recuperación.

—Carlos, confío ciegamente en Germán y nunca lo cuestiono sobre nada, pero hay algo que me tiene bastante inquieto en todo esto —expresó el mayor Terry.

—Adelante, mayor, puede preguntarme lo que quiera.

—¿Cómo es que tenías conocimiento de todo lo que pasaba allí adentro?

Lo miré con cierta sonrisa en mi rostro.

—Si se lo digo, jamás me lo va a creer, pero de una cosa puede estar seguro... ni yo mismo me lo puedo explicar.

—Bueno, entonces supongo que es mejor no hablar más del asunto.

En ese momento se levantó de su asiento para estrecharme la mano y darme las gracias por haber sido parte de esa tan importante misión. Acto seguido, introdujo la clave para que la puerta se desbloqueara. Entonces cuando algunos oficiales se disponían a arrestarnos, el teniente Wattson los detuvo al enterarse a través de una llamada telefónica del éxito obtenido, así que solo se limitó a expresar «Buen trabajo, mayor», mientras que a mí me miró asintiendo con su cabeza, de la misma forma en que yo lo había hecho cuando Germán nos había presentado.

EL REENCUENTRO

Una hora más tarde, me encontraba mirando hacia el cielo completamente estrellado en un paisaje que solo el intenso brillo de la luna dejaba ver. Sentí paz, mucha tranquilidad, y por dentro, aquella mala sensación que me causaba pensar en la trágica muerte de Bruno simplemente desapareció por completo. Era como si él en ese momento me hubiese estado abrazando, agradecido por haberlo escuchado en aquel sueño que se había mostrado como una visión; era como si finalmente su alma se estuviera uniendo a toda esa bella luz que emanaba de la luna, como si él se estuviese despidiendo de mí, en una leve brisa de aire fresco en la que pude sentir por primera vez en mi vida que me encontraba en el lugar correcto y que todo iba a estar bien.

—Ahí estás, te estaba buscando.

—Germán, mi amor... —Corrí hacia él para montarme entre sus brazos, a la vez que lo besé y lo abracé con gran amor—. ¿En qué momento llegaste?, ¿cuánto tiempo llevas aquí? Estaba impaciente por verte.

—Estoy aquí ahora, te prometí que regresaría, ¿no es así?

—Sí, y estoy feliz de que hayas cumplido tu promesa... ¿Cómo estás?, ¿bien?

—Ahora que te tengo entre mis brazos, estoy mucho mejor. —Se acercó una vez más hacia mis labios para darme un nuevo beso.

—¿Qué sucede?, ¿por qué tienes esa mala expresión en tu cara? Algo pasa, ¿verdad?

—Todo está bien, todo resultó bien gracias a ti. Acabo de hablar con Marco y con Pablo, y todos los estudiantes pertenecientes a la fraternidad de los Colvin también fueron detenidos. En estos momentos deben estar siendo interrogados. Posiblemente algunos queden como testigos y otros sean puestos a disposición de un juez, pero finalmente todo resultó como lo habíamos planeado.

—¿Ellos están bien? ¿Marco, Pablo, Frank, todos los chicos de nuestra fraternidad se encuentran bien?

—Sí, todos ellos están bien.

—¿Entonces por qué siento que hay algo más, algo que no me estás diciendo?

Me miró fijamente a los ojos.

—Hay una cosa que tienes que saber... Prometí al teniente Wattson que no iba a decirte nada hasta mañana, pero también te prometí a ti no tener más secretos entre nosotros.

Cierta incertidumbre comenzó a apoderarse de mí.

—¿Qué sucede, amor?

—Ya sabemos quién es la víctima, la persona que iba a ser asesinada esta noche —comentó con gran seriedad.

—¿Y quién es? ¿Lo conocemos?

—La verdad es que no tengo idea de cómo sucedió esto ni qué estaba haciendo él aquí, pero la persona a la que iban a matar era... —Hizo una pausa para pasar saliva—. Es Gabriel, tu primo.

Un silencio estremecedor se apoderó de los dos. Al verme tan sorprendido, comprendió que yo no tenía absoluto conocimiento de que mi primo había estado ahí durante las últimas horas, o incluso desde mi llegada.

—No... no lo comprendo —expresé apenas pudiendo hablar—. ¿En dónde se encuentra?

—Fue trasladado al Brooke Army Medical Center, en San Antonio, para ser atendido por los mejores especialistas.

—¿En qué situación se encuentra?

—Está muy grave...

Suspiré mientras de mis ojos se escapaban algunas lágrimas.

—Dime qué quieres que haga, haré lo que me pidas —dijo Germán.

—Solo quisiera poder olvidarme de todo esto.

—Lo sé, amor, lo siento mucho en verdad, siento tanto todo lo que has pasado en los últimos meses. No llores más, has sufrido bastante, me parte el alma verte así, me duele tanto porque no sé qué hacer. Dime qué hago, qué puedo hacer para que estés tranquilo.

—Solo abrázame, abrázame y no me sueltes… —pedí.

Dicen que cuando dos personas están hechas la una para la otra en todo sentido, pero especialmente en espíritu y esencia, pueden sentir todo lo que acontece en el interior de cada una, incluso experimentar sensaciones y sentimientos pasados, fragmentos de cosas que se han olvidado o guardado muy en el fondo de la memoria.

Germán, que me rodeaba con sus brazos, estaba sintiendo todo mi dolor, no solo el que me causaba el haberme enterado de que mi primo casi moría, sino también el que había experimentado en momentos específicos de mi vida: situaciones absurdas de mi infancia, trágicas como el accidente, cosas que me remordían la conciencia, instantes de amargura y desesperación que en ese momento estaban dejándome a punto del colapso. Sentía intensamente esa conexión, que se hacía cada vez más grande, a tal punto que, en ese preciso instante, permití inconscientemente que él entrara en mí y conociera completamente todo de lo que yo realmente estaba hecho. Fue una increíble y tal vez mágica o divina conexión que lo hizo estremecer, consolándome en mi llanto y desahogando, al mismo tiempo y conmigo, todo lo que él también había estado cargando. Todo eso, en un gran y fuerte abrazo lleno de dolor, pero también de amor incomparable.

—Míranos, parecemos dos críos empapados en lágrimas.

—No podía ser más perfecto este reencuentro, ¿no crees? Los dos aquí, bajo el inmenso cielo y la luna, abrazados… ¿y ahora qué va a pasar? —pregunté.

—Debemos ser pacientes, tenemos que descansar y esperar a que mañana las cosas tomen su nuevo rumbo.

—Sí, tienes razón, estoy muy agotado, completamente exhausto, y lo único que quiero ahora es estar en una cálida cama abrazado a ti.

—Entonces vayamos adentro, esta noche dormiremos aquí. El mayor Terry ya nos ha preparado un dormitorio para pasar la noche resguardados y protegidos. Después de todo lo que sucedió hoy, teme que pueda haber represalias o algún tipo de ataque, por lo que, en cualquiera de los dos casos, aquí estaremos seguros.

—¿Y nuestra hermandad?, ¿qué hay de Pablo y Marco, y de todos los que pertenecen a nuestra fraternidad?

—Ellos también están seguros, no te preocupes, tenemos elementos de seguridad vigilando todo el campus y la casa de la fraternidad. Mañana será un día agitado, pues lo que ha pasado se sabrá en todos los medios de comunicación, así que será mejor que vayamos a dormir y tratemos de descansar.

Y así fue... me tomó de la mano y nos dirigimos hacia el dormitorio que se había confeccionado para los dos, en el que había dos camas individuales pequeñas y separadas, y en las que luego de un nuevo abrazo y un leve beso nos acostamos, quedando uno en frente del otro, mirándonos sin decir nada, pero tomados fuertemente de la mano, queriendo decirnos todo, pero sin ánimos de hablar más, expresándonos nuestro afecto a través de las miradas esa noche de luna llena, en la que por fin, y al parecer, ... todo había terminado.

Capítulo 11

EL INICIO DEL FIN

Y bastaron algunos sueños para entender que la vida puede cambiar en un instante, que nuestra felicidad está sujeta a cada decisión y que, muchas veces, es necesario controlar la tormenta interna para evitar un caos en nuestra vida.

sa noche me perdí por completo entre el cansancio y una pila de fuertes sentimientos que me agotaron emocionalmente hasta no saber de mí. Germán no pudo conciliar el sueño hasta muy tarde; de hecho, permaneció mirándome gran parte del tiempo, mientras intentaba sobrellevar todo ese mar de emociones que había acumulado en lo más profundo de su ser. Pensaba una y otra vez en todo lo que había acontecido en los últimos meses, y en lo afortunado y feliz que se sentía de haber aceptado esa misión en aquella dura época de su vida, una época en la que jamás imaginó que el amor le llegaría de esa forma completamente inesperada.

Por supuesto, no todo era tan malo; es decir, al observarme, no solo pensaba en el pasado, sino que también nos imaginaba en el futuro. Germán quería realmente que fuera parte de su vida, así que estaba analizando seriamente pedir su cambio y establecerse ahí, comprar una casa y que viviera con él en vez de permanecer en el campus. Eso ya lo había estado considerando desde mucho antes, porque su trabajo como agente encubierto dentro de la universidad en algún momento terminaría, y ese momento había llegado... Estaba preocupado por muchas cosas, pero principalmente porque no sabía si aceptarían su petición y porque no imaginaba cuál sería mi reacción si era rechazada. Pensó en todo, en las posibilidades, los pros y los contras, y aunque al final tenía muy claro lo que quería hacer, tan solo faltaba escuchar mi opinión y saber mi respuesta.

A la mañana siguiente, un fuerte sonido nos despertó. Era la voz de un soldado que pedía a todo el personal que se integrara en la sala principal de la base, donde se recibirían nuevas órdenes en torno al caso para esclarecer ante los medios y en un comunicado de prensa los detalles sobre la exitosa misión que había logrado poner a disposición de las autoridades a uno de los criminales más peligrosos de los últimos años y a todo su séquito. Con el paso del tiempo, se había ido sustrayendo información sustancial para lograr capturar a cada uno de los cómplices aliados a esa red de delincuencia organizada, que operaba principalmente en universidades de prestigio a través de sus fraternidades.

Despertar fue confuso, mi mente divagaba. A pesar de que todo estaba bien, de que toda esa pesadilla había terminado, no lograba sentirme en paz. Quería ver a mi primo, pero en ese momento era imposible. Aunque Germán trató de ejercer su influencia a través de sus superiores, no nos fue permitido verlo, al menos en ese momento. Y es que Gabriel, además de encontrarse en recuperación por su estado crítico, era custodiado y vigilado día y noche por ser considerado testigo potencial y víctima clave de suma importancia: con su testimonio, sellaría una fuerte victoria ante los tribunales, que no dudarían en condenar con cadena perpetua a cada integrante de esa aterradora secta satánica; algunos incluso podrían encontrar en su camino la pena de muerte.

Por supuesto, uno pensaría que los únicos que podían verlo para ese entonces serían sus propios padres, pero mis tíos —que vivían en San Francisco, California— no tenían la menor idea de lo que estaba sucediendo con su hijo. En cuanto a nosotros, específicamente a mí se me había prohibido estrictamente que diera aviso a mi familia sobre lo acontecido, hasta que Gabriel estuviera recuperado y listo para dar su declaración.

Como era de esperarse, la noticia se regó como pólvora no solo por el condado, sino por todo el país. El acontecimiento había sido bautizado como «la matanza del paraje rosado», titular que acaparó cada medio impreso y noticiero televisivo, logrando cruzar fronteras y océanos, y causar gran impacto y conmoción a nivel mundial.

En realidad, no pude hacer mucho ese día, tan solo permanecer resguardado y esperar a que todo esto terminara. Los siguientes días fueron un total caos: padres de familia comenzaron a cuestionar la seguridad de la universidad, así como a poner en duda el trabajo y la reputación del señor Trent. Pero gracias a un comunicado emitido por las autoridades estatales, el FBI y la Interpol, los focos de atención volvieron a centrarse en los detenidos y en el testigo clave que aún no daban a conocer. Una ola de protestas se desató en contra de los asesinos de Bruno Giesler y de todos los desaparecidos bajo las mismas circunstancias en años anteriores, a quienes ya comenzaban a vincular con dichos acontecimientos.

—¿Mamá?

—Carlos, hijo, por fin llamas —expresó aliviada—. Estábamos preocupados por ti, ¿qué es lo que está sucediendo? Hemos visto en las noticias todo lo que ha pasado en tu universidad, al principio no me lo creía, pero...

—Tranquila, mamá, todo está bien.

—No me digas que todo está bien, hijo, los medios no dejan de hablar sobre arrestos, sectas satánicas y, peor aún, asesinatos. ¿Qué está pasando?, ¿estás bien tú? ¿Y Pablo y Germán?

—Mamá, no puedo hablar mucho, por favor, no te preocupes. Todos estamos bien, las autoridades se encuentran trabajando en ello.

—Tienes que regresarte cuanto antes, hijo, ¿me escuchas? Tomen el primer vuelo disponible y vuelvan a casa, por favor.

—Mamá, escúchame, no tengo mucho tiempo. No puedo regresar ahora, pero prometo que te llamaré en cuanto todo esto haya acabado, ¿de acuerdo? Debo irme, que me están esperando.

—Espera, Carlos, no me dejes así, hijo, por favor, aún no me cuelgues. Tu hermano Braulio fue para allá.

—¿Qué dices? —expresé con gran asombro.

—Sí, mi cielo, intentamos comunicarnos contigo, pero nadie respondió nuestros mensajes, las líneas de la universidad siempre están saturadas y hasta la fecha no hemos obtenido respuesta. Estábamos muy preocupados, así que tu hermano tomó el primer vuelo esta mañana; seguramente ya ha de estar allá buscándote.

—¡No puede ser!

—¿Qué pasa, hijo? Contéstame, habla conmigo —comentó realmente mortificada.

—Madre, escúchame bien: en cuanto te llame Braulio, dile que pregunte por la casa TAI, ahí estaremos esperándolo.

—¿TAI?

—Así es, mamá, que pregunte a alguno de los estudiantes dentro del campus, y cualquiera le sabrá decir su ubicación... ¡Te amo!

—Yo a ti, mi cielo. ¡Dios te bendiga, hijo mío!

Fue alrededor de las once de la mañana del 2 de noviembre cuando pude tener acceso a una línea telefónica para hacer esa llamada. Comprendí que todo lo sucedido requería discreción por su grado de importancia, pero me sentí más como un prisionero limitado en sus movimientos que como un testigo o miembro de gran ayuda. Y es que aún permanecía resguardado en ese cuartel y pocas veces veía a Germán, pues se encontraba resolviendo asuntos propios de la misión. Sin embargo, ese día en especial, había podido verlo y saber que había logrado autorización para que me permitieran hacer esa única llamada, pero con la condición de no mencionar más de lo permitido y siendo custodiado por mi propia seguridad.

—¿Qué te sucede, amor? ¿Está todo bien con tu familia? —preguntó impaciente cuando salí del habitáculo del que había realizado la llamada, mientras lo miraba atento dejando ver cierta preocupación en mi rostro.

—Es Braulio...

—¿Qué pasa con tu hermano? —cuestionó con rapidez.

—Por favor, Germán, tienes que hacer algo para que me permitan salir; Braulio se encuentra aquí y en cualquier momento estará buscándonos en la casa de la *frat*.

—¿En la casa de la fraternidad, dices?

—Así es, mi madre me ha dicho que ha venido a buscarme al no tener noticias mías. Como no podía contarle nada, le pedí que le dijera que nos encontrara ahí... Tengo que salir de aquí, amor, por favor, haz algo. Me estoy volviendo loco aquí encerrado, necesito ver a Pablo, reunirme con los demás, ya han pasado varios días y yo estoy aislado de todo y todos, esto no es justo —renegué en un tono molesto.

—Lo sé, amor, lo sé y lo siento mucho, he estado haciendo todo cuanto puedo para que te dejen salir de aquí, pero debes entender que está en riesgo tu seguridad, tu vida.

—Pues tienes que hacer más —interrumpí levantando la voz—, no es justo que yo me encuentre aquí encerrado como criminal, como si hubiese hecho algo malo, cuando lo único que hice fue ayudar.

—Lo sé... —Intentó abrazarme.

—¡Suéltame!

En ese punto, la relación entre nosotros estaba demasiado tensa. Por mi parte, por cómo me sentía permaneciendo ahí, es decir, atrapado y siendo custodiado a toda hora sin poder hablar con nadie; y en cuanto a él, por la presión, la impotencia y todo lo que tenía dándole vueltas en su cabeza.

—Tienes que hacer algo en serio, porque de lo contrario yo veré cómo me las arreglo por mi cuenta, Germán. Ni siquiera le han avisado a mi familia de la situación de mi primo, ni siquiera he podido verlo, no he podido hacer nada, Germán, nada —repiqué enfurecido—. ¿Por qué me tienen aquí y así? No me digas que solo es por seguridad. ¿Acaso piensan que estoy involucrado en todo esto?

Me observó atento y después desvió su mirada.

—¿Entonces es eso verdad? —insistí.

—No, no es eso.

—¿Entonces?, ¿por qué te quedas callado?

—Tranquilízate, por favor.

—No me pidas que me tranquilice, ¡contéstame! —exigí.

Se giró hacia mí con una expresión en su rostro llena de culpa.

—Todo es por mí... es porque tengo miedo de que algo te pase, de que alguien te haga daño, porque no quiero perderte de nuevo —explicó.

Cierto enojo se apoderó aún más de mí y con justa razón, pero, al mirarlo, pude sentir su miedo a través de sus expresivos y hermosos ojos, que calmaron la fuerte frustración que sentía.

—Tengo que ver a mi hermano, Germán, y también a mi primo... No voy a estar más tiempo aquí. —Me di la media vuelta y lo dejé ahí solo, observándome mientras me marchaba.

Una hora más tarde me alcanzó en nuestro cuarto. Me encontraba recostado boca arriba sobre una de las camas, contemplando mis pensamientos. Me resultaba tan increíble lo intensa que estaba siendo mi relación. La verdad es que me sentí agobiado por todo, tenía demasiados sentimientos encontrados; quería gritar, llorar, patalear cual niño sobre su cama; irme lejos, estar en otro lugar, en otra situación, deseaba que todo acabara y que Germán y yo pudiésemos tener una relación normal y empezar desde cero, porque se había perdido mucho tiempo. Tiempo valioso que podríamos haber aprovechado y disfrutado, tiempo que jamás recuperaríamos; no obstante, la culpa me seguía invadiendo. Aún sentía los besos de Gabriel sobre mi piel mezclándose con los de Germán, difuminándose en imágenes en mi cabeza que solo me confundían. Sabía que amaba como a nadie y como nunca a ese español de acento divino, pero también que en ese momento quería estar con Gabriel, deseaba verlo y tal vez abrazarlo, tan solo saber que ese chico —que independientemente de ser mi primo y por quien a pesar de todo también sentía gran cariño— se encontraba bien y con vida. Necesitaba que me dijera qué era lo que había estado haciendo ahí, por qué me había ido a buscar o cómo había terminado en esa terrible situación. Simplemente no podía dejar de pensar en él, en todo lo que había acontecido.

—¿Estás mejor?

—Sí, lo estoy —contesté indiferente.

—He localizado a tu hermano.

—¿Qué dices, en dónde está? —Lo miré presuroso al mismo tiempo en que me levanté de la cama.

—Di la orden para que lo trajeran hacia acá.

—¿Eso quiere decir que no me dejarás salir de aquí?

—No te he dicho eso.

—¿Entonces?

Me abrazó.

—Mañana habrá un gran homenaje en memoria de Bruno y todos los desaparecidos y asesinados por el clan Galageta; después de eso quiero llevarte con tu primo.

—¿Lo dices en serio?

—Lo prometo.

—Muchas gracias, gracias de verdad... ¿Cómo se encuentra? —indagué en una actitud más relajada.

—Está fuera de peligro y consciente.

—¡Gracias, Dios! —exclamé aliviado.

—Me lo informaron apenas hace unos momentos… También me dijeron que no quiere hablar con nadie, excepto contigo —dijo consternado y su rostro se endureció en una expresión de cierta incomodidad—. Solo necesito pedirte un último favor.

—¡Dime!

—Braulio aún no sabe nada, te pido que no le cuentes sobre Gabriel ni nada que tenga que ver con lo ocurrido, no al menos hasta que hables con tu primo y sepamos lo que sucedió con exactitud y cómo llegó a involucrarse en esto.

—¿Y qué le voy a decir a mi hermano?

—Braulio solo necesita comprobar con sus propios ojos que estás bien.

—Bueno, pero supongo que sí hará muchas preguntas cuando te vea con ese distintivo uniforme de agente de la Interpol.

—Tu hermano lo sabe, hablé con él sobre esto cuando estabas en coma.

—¿Qué tanto sabe? —exclamé admirado.

—Lo necesario, pero no lo que ocurrió recientemente, por eso te pido que por favor no digas nada por el momento.

—Está bien.

—No tardará en llegar, debes estar listo. —Se dirigió hacia la puerta.

—Germán, espera... ¿estás enojado conmigo?

Se detuvo por un momento para después girarse y mirarme fijamente.

—Jamás podría enojarme contigo.

—¿Entonces por qué te estás portando indiferente?

—Porque estoy enojado conmigo mismo, me siento mal por todo esto... no era mi intención hacerte sentir como prisionero.

Me acerqué hacia él.

—Perdóname, por favor —suplicó.

Me lancé hacia él impulsiva, salvaje e inconteniblemente para besarlo como si nunca nos hubiésemos besado. Sus manos tomaron con fuerza mi cuerpo y lo llevaron hacia el suyo, mientras que las mías exploraban su cabello, que después apreté con cierta presión. El beso despertó entre los dos un deseo incontrolable que nos llevó a la excitación total, que pedía a gritos nuestra unión.

—Agente Petrova, el transporte con el civil Braulio Palacios ha llegado —se escuchó desde el otro lado de la puerta interrumpiendo nuestro efusivo y salvaje momento.

—De acuerdo, pásenlo a la sala de convenciones, en un momento vamos para allá —respondió Germán.

—¡Entendido, señor!

Me miró fijamente, percatándose a través de mi agitada respiración, mi mirada y la forma tan coqueta con la que me mordía el labio inferior de que no pensaba detenerme esta vez, de que lo deseaba tanto y tal vez más que nunca, así que comencé a quitarme rápidamente mi atuendo. Se excitó aún más cuando solo quedé en ropa interior, lo que provocó que se me abalanzara y me comenzara a besar y también morder con gran pasión mis labios y después mi cuello.

—Tal vez debamos irnos —susurré a uno de sus oídos y después lamí su oreja.

—No, tu hermano puede esperar... Además, mira cómo me tienes. —Llevó mi mano hacia su miembro—. Necesito esto, tengo que sentirte, necesito estar dentro de ti —expresó perdido en una total excitación mientras lamía mi cuello.

—¿Me deseas?

—Con todo mi ser...

Fue así como la llama de nuestra pasión se encendió por completo una vez más. Me puse en cuclillas frente a él y bajé la bragueta de su pantalón para sacar su gran verga. Inmediatamente después la coloqué en mi boca y comencé a mamar. Solo podía escuchar sus suaves gemidos, que trataba de disimular para no llamar la atención y que nadie escuchara, pero también podía ver desde mi perspectiva y con cada movimiento de mi lengua jugando con su prepucio su rostro envuelto en absoluto placer.

Luego de algunos minutos, sus manos ágiles me llevaron hacia él para, a través de un nuevo y pasional beso, romper mis bóxers y después voltearme y recargarme contra la pared de una forma muy ruda, pero estimulante. Mientras, presuroso, desabrochó su pantalón, lo bajó completamente y después cubrió su verga con saliva.

—Despacio, por favor, hazlo despacio.

—Eres mío, Carlos, solo mío... ¡Dilo!

—Soy tuyo, cabrón, solo tuyo...

—Me gusta que me hables así, te voy a coger muy duro, tío... aquí voy.

Cierta adrenalina se apoderó de mi mente y cuerpo, por una parte, porque lo estábamos haciendo en un cuartel, pero por la otra porque era la primera vez que lo hacíamos sin protección.

—¿Estás bien?

—Sí, es solo que...

—Lo sé... tranquilo, todo está bien —susurró a mi oído mientras continuó entrando—, confía en mí.

—¡Despacio!

—¡Oh, Dios!, qué bien se siente, estás muy tibio, joder.

—No te detengas, cógeme más fuerte.

—No te quiero lastimar.

—Hazlo, estaré bien... en verdad extrañaba sentirte dentro de mí.

—Yo también... No sabes cuánto esperé por este momento.

Después de esas palabras silenciosas, comenzó a moverse lenta y después rápidamente como se lo había pedido. Con una de sus manos sostenía las mías sobre la pared, a la vez que mordía levemente mi cuello. Mientras, con la otra apretaba mis nalgas con una respiración tan agitada que podía sentirla cada vez que su aliento cubría por completo parte de mi espalda y en cada movimiento que ejercía su cuerpo, al cogerme de una forma tan brusca y fuerte, pero fascinante.

Una vez más, mi bello español y yo nos estábamos fundiendo en un acto de sexo imparable en el que la pasión y el gran deseo eran los principales testigos de nuestra lujuria, en ese rincón de aquel cuartel.

—Voy a terminar...

—Está bien.

—Quiero que también termines, venga.

—Casi lo hago...

—Quiero terminar dentro de ti.

—Hazlo, no te detengas.

—Así siempre me llevarás contigo, siempre seremos uno.

—¡Siempre!

Tomó mi cintura con sus dos manos para así poder acelerar sus movimientos. Su pantalón, que yacía a la altura de sus rodillas, desprendía ese característico sonido cuando el cinturón golpeaba levemente uno de los botones. Con mi cara apoyada sobre uno de mis brazos en la pared, comencé a masturbarme con gran velocidad, para así alcanzar el gran clímax juntos, en aquella escena en la que ambos parados hacíamos el amor salvajemente durante esa soleada mañana de noviembre, justo antes de reencontrarnos con mi hermano.

—Me voy a venir, voy a terminar.

—¡Hazlo, mi amor, hazlo!

Algunos leves gemidos de gran placer fueron silenciados con una de sus manos cubriendo mi boca, mientras ambos terminábamos envueltos en un incomparable clímax que nos hizo estremecer y perdernos en una adrenalina que, poco a poco, nos permitió recuperar el aliento y calmar el ritmo de nuestros fatigados corazones.

—¿Te encuentras bien?

—De maravilla —contesté apenas pudiendo hablar.

—Eso fue increíble...

—Lo fue, realmente lo fue.

—No imaginé que te gustaría hacerlo tan rudo.

—Ni yo, pero tenemos que hacerlo más seguido; aunque dudo que podamos repetirlo nuevamente aquí.

—Bueno, pero podríamos intentarlo en otros lugares. Quiero poder hacerte el amor en muchos sitios, a todas horas, de todas formas posibles.

—Claro que sí, tendremos mucho tiempo para eso y más. Todo el tiempo del mundo, ya lo verás, y podrás hacerme todo lo que tú quieras.

—Te amo, Carlos, lo digo con todo mi ser. Ahora siempre estaré contigo, somos uno completamente. Nos hemos vuelto uno, solos tú y yo, mi *mexican boy*.

—Agente Petrova, el joven Braulio los espera impaciente en la sala de convenciones como lo ha ordenado —se escuchó una vez más esa voz del otro lado de la puerta.

—Entendido, oficial, puede retirarse, dígale que en un momento estaremos con él —ordenó Germán.

Lo miré sorprendido, mientras él, ya más recuperado, me besó para después soltar una leve carcajada que nos devolvió el aliento a los dos.

—¿Crees que nos haya escuchado? —pregunté.

—No lo creo, no hicimos tanto ruido, ¿o sí? Si no hubiese sido porque te cubrí la boca, todos se habrían enterado —Rio nuevamente maravillado.

—Hacía mucho que no te veía reír así —le dije mientras contemplaba su rostro.

—En realidad no lo había hecho desde tu accidente.

—Siento mucho haberte levantado la voz hace rato.

—No importa, me lo merecía por gilipollas.

—No, no digas eso, Germán, tú solo intentas protegerme, cuidarme como siempre lo haces, pero para la próxima habla conmigo, por favor.

—Jamás me perdonaría si algo te sucede… nunca olvides que te amo, incluso más que a mi propia vida.

Un último beso cerró esa escena, que había pasado de ser frenéticamente excitante y sexual a romántica. Después salimos del cuarto y acudimos hacia el sitio en donde Braulio aguardaba impaciente.

—¿Braulio? —dije.

—Carlos, hermano, ¿cómo estás? —Se dirigió presuroso hacia mí para abrazarme—. Germán, qué gusto verlos a los dos.

—¿Qué haces aquí, Braulio? —pregunté.

—¿Bromeas? Más bien ¿tú qué haces aquí? Te dejé hace unos días en casa y, cuando regresé, mamá me dijo que habías recuperado la memoria y que te habías marchado, ¿estás loco? Intenté comunicarme con ustedes, pero... —Tomó aire—. Dios, qué susto nos hemos llevado con todo lo que se dice en las noticias. Me alegro mucho de que estén bien... ¿qué está sucediendo?, ¿es verdad todo lo que se dice en la televisión?

—Gran parte lo es, Braulio, pero como puedes darte cuenta, nosotros nos encontramos bien —dijo Germán.

—Sí, ahora lo confirmo, Germán, pero no entiendo cómo es que ha pasado todo esto en torno a la universidad. Cuando me pusiste al tanto sobre una fuerte situación aquella vez en la playa, no pensé que las cosas fueran tan graves.

—Te pido una disculpa si no te di más detalles.

—No te disculpes, entiendo perfectamente la ética profesional, aunque espero que después podamos hablar más a fondo al respecto.

Luego de ello, cogió su teléfono celular para llamar a mi madre y avisarle que ya se encontraba con nosotros y que estábamos bien... El resto del día se nos fue hablando con él de muchas cosas, fue puesto al tanto de la mayor parte de los acontecimientos por Germán, omitiendo, claro, las cosas confidenciales que habíamos acordado. Mi hermano quería que ese día me fuera de regreso con él, pero tanto Germán como yo lo convencimos de que no había nada por qué preocuparse y también insistimos en que se quedara esa noche ahí para que pudiera descansar. Recuerdo bien el momento de la cena en el que ambos hablaban como dos buenos amigos, una gran escena que siempre he tenido presente y con gran cariño. Germán me miraba contento mientras yo los escuchaba hablar sin poner tanta atención, solo apreciando ese instante, disfrutándolo y convenciéndome de que a pesar de todo lo que había pasado hasta ese día, no me arrepentía de haber vivido todas las situaciones por las que había tenido que pasar para llegar hasta ese punto de mi vida...

Al día siguiente, cerca de las nueve de la mañana, tanto medios de comunicación como cientos de personas nos reunimos en el campus para rendir homenaje a Bruno Giesler y a todos los estudiantes desaparecidos los años anteriores. Para ese entonces, ya habían salido a la luz —por la presión de los medios estatales a las autoridades— parte de muchas de las declaraciones de los detenidos, que daban nombres exactos de muchas más de sus víctimas. Sin duda algo impactante y triste para las familias que aún mantenían la esperanza de encontrar a sus seres queridos con vida.

Nadie podía creer que se habían sacrificado muchas vidas en manos de esos enfermos; la comunidad entera se encontraba en *shock*, paralizada, llena de nostalgia e impotencia...

Es difícil ver algo así, el dolor se siente sincero en todas las personas, que a pesar de no tener parentesco alguno con los difuntos, reflejaban su empatía con las familias que habían sufrido sus pérdidas, haciéndolo notar con su presencia y con palabras de aliento en esa reunión especial organizada por la universidad. De una manera simbólica, se rindió homenaje a través de una estatua que representaba la fuerza y la libertad de todas esas almas caídas, así como la unión entre los que de alguna forma habíamos logrado ponerle fin a un caso que durante muchos años había estado sin resolverse.

Hasta ese momento aún no había visto a Pablo ni a Marco, pero Germán les había informado sobre nuestra asistencia y ubicación exacta, para reencontrarnos al finalizar la ceremonia.

—Estamos reunidos para conmemorar no solo a estudiantes, profesionistas, hijos o hermanos, sino a grandes personas, seres humanos que fueron privados de la vida en actos atroces que todos ya conocemos... Como presidente del consejo y rector de esta universidad, me uno a la profunda tristeza de cada familiar, amigo y compañero ante la pérdida de sus seres queridos. Sé muy bien que mis palabras no aliviarán ni sanarán el dolor que todos sentimos ante estas circunstancias, y sé también que reponernos no será nada fácil. Sin embargo, podemos mirarnos los unos a los otros, mirarnos y recordar este día como el día en que todos nos volvimos uno, el día en que millones de personas fuimos testigos del fin de esos tiempos de amenaza y miedo, de temor e incertidumbre, y el comienzo de nuestra reinvención como sociedad... La pérdida de estos seres amados nos ha dejado un gran mensaje: no temer a quienes intentan dañarnos; unirnos como hoy para vencer a todos aquellos que deseen atentar contra nuestra vida. No quedarnos callados ni sentirnos intimidados por la maldad que existe en el mundo. No esperar nunca a que algo como esto vuelva a suceder, para valorar nuestra vida, la vida de los demás, la vida misma. Protegernos los unos a los otros, y siempre, por más que no conozcamos a alguien, acercarnos cuando sintamos que algo no anda bien con esa persona; porque todos sabemos, todos lo notamos, a todos en algún momento se nos despierta esa curiosa sensación, quizás inexplicable, que nos pide ayudar a alguien incluso cuando ni siquiera le hemos hablado en nuestra vida...

El discurso del señor Trent duró cerca de veinte minutos. Fue transmitido por medios locales e internacionales, jamás se había visto tanto interés en un acontecimiento de ese tipo. Si me preguntan el porqué, podría apostar que así como la oscuridad estuvo involucrada durante mucho tiempo, en esos días, millones de personas fuimos testigos de que fuerzas divinas también trabajaban arduamente para que la humanidad se uniera en un acto de empatía, hermandad, armonía y bondad en nuestros corazones. Por supuesto, mi hermano continuaba sorprendido por tal acontecimiento, pero de alguna manera estaba más tranquilo de saber que yo me encontraba bien. Minutos después de que terminó el discurso, pude apreciar a lo lejos y entre la multitud a Pablo acercándose junto con Marco. Con una gran expresión de alegría corrí hacia ellos completamente emocionado por nuestro encuentro. Ambos estaban felices de verme, incluso otros miembros de la fraternidad se mostraron contentos, pero, a pesar de ello, pude notar en Marco cierta entendible tristeza en sus ojos cuando removió las gafas de sol que llevaba puestas. Pablo, por su parte, sorprendido de ver a mi hermano, se acercó para saludarlo tanto a él como a Germán, quien a su vez presentó a Braulio con Marco y los demás compañeros. Mucho antes de eso, mi español había puesto al tanto a mi amigo sobre la presencia de Braulio, pidiéndole de igual manera que no comentara nada ni profundizara en detalles si este lo llegaba a cuestionar. En cuanto a Gabriel, afortunadamente Pablo no sabía nada al respecto, pero por la expresión en la cara de Marco podía intuir que ya tenía conocimiento sobre la participación de Daniel y su papel dentro de la fraternidad de los Colvin.

¡Pobre Marco!, mientras pasaba el tiempo y la charla se centraba entre Braulio, Germán y Pablo, podía ver en su rostro toda esa tristeza disimulada. Por un momento, su mirada se perdió entre la multitud y sus pensamientos. Sus ojos comenzaron a ponerse llorosos, y al percatarse de que yo lo observaba, se colocó nuevamente sus gafas para no mostrar el dolor acumulado, que ya no aguantaba más, así que discretamente me acerqué a él y me coloqué en uno de sus costados.

—Me alegra mucho verte, Carlos —me dijo.

—A mí también... Sé que es una pregunta muy tonta, pero ¿te encuentras bien?

—Disculpa, he estado bajo mucha presión y han sido días difíciles.

—Lo sé, todo esto ha sido muy duro para todos...

Giró su rostro hacia mí y sonrió.

—¿Puedo preguntarte algo?

—Claro que sí, adelante —respondí.

—Sé que no eras muy apegado a Daniel, pero así como yo lo veo en ustedes, tal vez tú pudiste verlo en nosotros.

—¿A qué te refieres?

—¿Alguna vez viste que Daniel me observara de la misma forma en que Germán te mira como lo hace ahora mismo?

Mi mirada se desvió directo a Germán, que me contemplaba con una enorme sonrisa sobre su rostro.

—¿Ves cómo te mira? Es como si sus ojos supieran todo de ti, y ese brillo que emana de ellos no es más que la clara evidencia de que te ama más allá de su propia comprensión. Cualquiera que pudiera describir su mirada solo encontraría a un hombre ilusionado, pero yo veo a un hombre realmente desarmado ante ti, enamorado de tu interior, amándote de una forma tan extraordinaria que ni siquiera puede voltear a ver a nadie más.

—Qué bellas palabras, Marco; eso fue muy profundo.

—Lo digo con gran honestidad, y también lo digo porque así como te mira él yo solía mirar a Daniel, pero nunca noté que él lo hiciera de esa manera de regreso, como ahora tú miras a Germán, tan seguro de lo que tienes con él, de lo que sientes por él. Podrías perderte en su mirada, y tan solo con ello le dirías tantas cosas. Es como si la magia rondara entre ustedes; como si sus almas estuvieran conectadas y hechas totalmente la una para la otra. ¿Alguna vez has pensado en ello?

—Marco, yo...

—Está bien, no tienes que responder; yo sé que sí, y por eso estás aquí. Todo lo que han tenido que pasar juntos en tan poco tiempo es claramente por amor... Lo que tienen es grande, muy grande, Carlos.

—Agradezco y aprecio mucho tus palabras.

—No tienes nada que agradecerme, solo digo lo que es... ¡Sabes!, en realidad Daniel y yo ya teníamos problemas desde hace algún tiempo, aunque francamente jamás pensé que las cosas terminarían de este modo.

—Supongo que entonces ya sabes lo que pasó.

—Claro, Germán me contó todo ayer. La verdad es que no pude dormir pensando y dándole vueltas a todo esto. Jamás había llorado de esa forma, ni siquiera puedo pensar claramente ahora en todo lo que está sucediendo. Es como si mi mundo se estuviera acabando, como si me hubiesen quitado las ganas de todo, hasta de vivir.

—No digas eso, Marco, estoy seguro de que Daniel también te ama.

—Es muy amable y valiente de tu parte decirme esto para que intente estar bien, sobre todo después de lo que él les hizo, pero la verdad es que no creo que él me haya querido de la misma forma en que lo quiero yo...

Guardé silencio por un momento, no supe qué decirle.

—¿Recuerdas aquella tarde en las regaderas, cuando nos viste juntos? —preguntó.

—Claro... ¿cómo olvidarlo? Fue la primera vez en mi vida que vi a dos hombres así.

—¿De verdad?, eso sí que no lo sabía.

Sonreí apenado.

—Continúa, por favor...

—Semanas antes de eso, comenzó a actuar muy extraño conmigo; estaba distante, indiferente y a veces hasta se portaba grosero. No quería que lo abrazara, que lo besara ni mucho menos tener sexo, no entendía lo que le sucedía, así que al enfrentarlo tuvimos una fuerte charla en la que me confesó que necesitaba más acción. Quería experimentar algo nuevo, que introdujéramos a alguien más en el sexo, ¡ya sabes!, hacer un trío. Por supuesto, mi primera reacción fue negarme, me puse furioso y, para ser honesto, casi terminamos, pero después me di cuenta de que no lo quería perder, de que si yo me negaba a cumplir ese capricho o fantasía, tal vez él me sería infiel en algún punto de la relación o buscaría a alguien más que pudiera complacerlo de esa forma. Después de todo y al final de cuentas, y como hombres que somos, es mejor hablar claro y cooperar el uno con el otro ante ciertas necesidades para evitar conflictos.

—No tenía idea de que las cosas entre ustedes dos estuvieran así.

—Pues eso fue reciente, pero... ¿qué te puedes esperar después de varios años de relación? Tal vez él se aburrió de mí, de lo mismo, de nosotros, y por eso quería más, así que finalmente accedí. —Inclinó su cara avergonzado—. ¿Y sabes una cosa?... esa ha sido la peor decisión que he tomado en mi vida. —Una lágrima que corrió sobre su mejilla y que limpió rápidamente dejó ver a un Marco a punto del colapso.

—No me imagino lo mal que te debes sentir, Marco, pero tienes que ser fuerte, no te permitas caer en este momento, no ahora, no así.

—No te preocupes, estaré bien. Quizás es porque no he platicado con nadie sobre esto, ni siquiera con Germán, que es mi mejor amigo, pero tú tienes esa maravillosa paz que da confianza; discúlpame si te estoy agobiando con estas cosas.

—No digas eso, agradezco mucho que me cuentes todo esto, creo que hasta ahora ha sido lo más que te has abierto conmigo y me siento honrado por ello.

—Es solo que siempre te he respetado, siempre te he visto como un gran chico, un fantástico chico que además es novio de mi mejor amigo, y aunque mi forma de verte no ha cambiado ni cambiará, también te siento ahora como eso, como un gran amigo.

—Gracias, claro que lo soy, y tal vez no te parezca la persona indicada para acudir en busca de un consejo, pero siempre podrás encontrar en mí a alguien que te escuche y en el que puedas confiar.

—Lo sé, mi querido Carlos, créeme que lo sé...

Una vez más, el silencio se hizo presente durante un par de minutos.

—¡Sabes!, ese día en las regaderas nos percatamos de que estabas ahí. Daniel quería llamar tu atención para que te unieras, y yo, al verte, no pude negarme. Horas antes de eso habíamos decidido volver a hablar del tema, más bien yo fui quien lo mencionó y fue la primera vez que accedí a hacer algo así sin importarnos quién fuese, solo quería complacerlo con la idea de que sería nada más esa vez. Creí que haciéndolo a su manera, se arrepentiría al verme con otra persona... —Me miró—. No me malinterpretes, nunca te he visto con otros ojos, ni mucho menos ahora que estás con Germán, pero ese día a ambos nos llamaste la atención y creímos que al vernos teniendo sexo te unirías, pero, por el contrario, te fuiste pensando que no te habíamos visto. Aunque yo quería ir tras de ti, a Daniel no le importó. Simplemente continuamos y esperamos a que alguien más bajara a las regaderas.

—¿Ir tras de mí?

—Sí, bueno, ya sabes, quería advertirte que no dijeras nada, pero Daniel me tranquilizó y me convenció de que todo estaría bien, así que aguardamos por alguien más y así fue. Más tarde, apareció otro chico, y entonces así, de la nada, comenzó el inicio del fin. Para Daniel fue la mejor experiencia de su vida, lo podía observar en sus ojos, en su forma de disfrutar la situación, mientras que para mí fue la peor, moría de celos nada más ver que él gozaba teniendo sexo con otro chico aparte de mí, pero pude disimularlo en ese momento. Después de esa vez, él quiso volver a repetirlo, y aunque yo no quería, volví a acceder, porque sabía que si me negaba, entonces él lo haría a escondidas, pues al final de cuentas ya le había dado esa libertad, esa pauta para abrir nuestra relación.

—¿Y por qué no le dijiste la verdad, que no te había gustado, que no querías compartirlo con nadie más?

—Porque sabía que si lo detenía, posiblemente nuestra relación terminaría. Aunque es curioso, ¿no lo crees? Supongo que ya se había terminado desde el primer momento en que permitimos que eso nos sucediera.

—Yo jamás dejaría que eso nos pasara a Germán y a mí.

—Y me alegro de que pienses así, pero sin la intención de ofenderte, difícilmente podrías entender ahora por qué yo permití que nuestra relación se abriera de ese modo.

—Marco, sabes poco de mi vida, pero te diré algo... Tal vez, al observarme, solo ves a un simple chico inocente e ingenuo, y quizás en muchos sentidos aún lo soy. Es cierto que no tengo experiencia en esto del amor ni las relaciones sentimentales, y también es verdad que Germán es mi primera pareja, y el decirte esto posiblemente me ponga en más desventaja contigo sobre lo que piensas, pero aunque no sé qué es lo que nos vaya a pasar a Germán y a mí en un futuro, lo que sí sé, y de lo que estoy seguro, es de que lo amo y de que él también me ama. He visto durante mucho tiempo a muchas personas que están juntas por costumbre, por necesidad y por toda clase de cosas, excepto por amor, cómo se destrozan la vida... Si hay algo que le agradezco a mi padre cuando nos dejó, corrijo, cuando dejó a mamá por otra mujer, fue que haya tenido el valor de hacerlo antes de permitirse hacerla sufrir más. Por supuesto que no le aplaudo lo egoísta que fue al no pensar en sus hijos, pero, sabes, la ventaja de nosotros, que somos hombres y que estamos con otro hombre, es justamente esa... No tenemos por qué preocuparnos por dañar a terceros, tan solo por hablar claro con una única persona.

—Lo siento, no era mi intención hacerte recordar eso.

—Eso no importa, Marco, lo que quiero decir es que muchas veces tenemos miedo a perder a alguien a quien queremos demasiado, sin darnos cuenta de que esa persona también debería temer por lo mismo. No tiene sentido hablar sobre lo que habría pasado si no hubieses accedido a lo que Daniel exigía, y más cuando tú mismo me has dicho que nunca sentiste ese fuerte apego de su parte. Una persona que te ama con el corazón abierto, honestamente y desde lo más profundo de su ser, antes de llegar a esa última opción de abrir una relación, habla claramente, lucha por nuevas formas para mantenerse unidos, hace hasta lo imposible para construir un futuro... Comprendo perfectamente que nuestra naturaleza como hombres va más enfocada a satisfacer la lujuria y nuestras necesidades sexuales, porque nuestro instinto es más carnal, pero también somos seres racionales capaces de controlarnos, de encontrar soluciones adecuadas que eviten llevarnos a la perdición, a una falta de respeto, a una ruptura... ¿Para qué fingir que quieres permanecer en una relación si al final te sigue moviendo el deseo de estar con otras personas? En ese caso, mejor terminas por lo sano antes de llegar al punto en el que ambos se estén haciendo daño. —Guardé silencio durante un momento—. ¡Perdona!, no quise decirlo de esa forma.

—No, no. Continúa, por favor...

—Mira, Marco, no voy a justificar a Daniel, de hecho me molesta mucho que no haya sabido apreciar la maravillosa persona que eres, pero al menos fue sincero cuando te dijo que quería estar con alguien más. En ese momento tú debiste pensar en ti, no en él, sino en ti. Debieron hablar claro, buscar la forma de revivir en ustedes la pasión y el deseo sexual, y si después de intentarlo no funcionaba, entonces supongo que maduramente podrían haber considerado esa opción como la última y no la primera...

—Lo sé, y por eso me arrepiento mucho... creí conocerlo y mira...

—Quizá ese fue tu problema, y es aquí a donde quería llegar... Mira cómo está Daniel ahora, mírate cómo estás tú.

Emitió un fuerte suspiro tratando de contener una vez más sus ganas de llorar.

—Las personas guardamos tantos secretos que muchas veces no nos damos cuenta, pero son esos secretos los que realmente nos definen, nos hacen, nos crean como individuos, nos manipulan y a veces nos hacen ser quienes en realidad no somos.

—¿Tratas de decirme que Daniel no es realmente la persona que me ha roto el corazón?

—En cierta forma, pero no lo sé. Lo que ambos sí sabemos es todo lo que está pasando en torno a él. No tenías la más mínima idea de lo que el pobre chico estaba pasando.

—De hecho, no, no me lo imaginaba, pero eso no es excusa. Pudo haber hablado conmigo, pude haber hecho algo al respecto para protegerlo.

—Y lo sé, pero... ¿te das cuenta en dónde estamos ahora?, ¿por qué estamos aquí con toda esta gente a nuestro alrededor?... En tu lugar también pensaría lo mismo, pero ahora ponte en el lugar de Daniel, intenta encontrar una posible respuesta, un porqué de todo esto, una señal de cuándo comenzó a actuar así, a ser distinto...

—¿Y de qué serviría eso?, ¿qué caso tendría ponerme en su lugar después de todo lo que ha hecho?

—Entonces tal vez podrías comprender por qué hizo lo que hizo...

—¿A qué te refieres exactamente? ¿A querer abrir la relación o a ser cómplice de los Colvin?

—Mira, Marco, lo que le tocó vivir a Pablo en aquella ocasión, lo que casi nos hacen en las regaderas cuando ustedes nos ayudaron son actitudes de personas enfermas, que están mal. Una vez más te digo que no estoy de acuerdo con que Daniel haya querido abrir la relación, pero debe existir un porqué. Y si él se encontraba desde entonces involucrado con los Colvin, estamos hablando de que tal vez no era un cómplice de ellos, sino una víctima más. Tal vez a él le hicieron lo que con nosotros no pudieron, lo mismo que le sucedió al señor Trent, y de alguna forma estaba tratando de lidiar con ello.

—¿Pero por qué diablos no me dijo nada si sabía que yo podía protegerlo?

—Bueno, Marco, no te ofendas, pero la protección que le podrías haber dado tú en ese momento no creo que hubiera podido ser la suficiente para librarlo de todo lo que estaba por acontecer.

—No entiendo por qué lo estás defendiendo después de lo que pretendía hacerle a Germán.

Suspiré profundamente.

—Cuando lo vi por el monitor en el momento en que Germán se encontraba en el operativo, sentí su miedo, pude ver a un chico realmente asustado, pude ver en su mirada ese alivio de ser descubierto... Estoy seguro de que Daniel fue una víctima más. Alguien que está tan cerca de gente como los Colvin y todo ese clan difícilmente duda de las atrocidades de las que podrían ser capaces. No sería raro pensar que lo tuvieran amenazado con su propia vida, incluso hasta con la tuya. Después de todo lo que ha pasado, no me sorprendería enterarme de que así fuese... ¿acaso nunca notaste que algo andaba mal en él, aparte de su indiferencia?

—Por supuesto que sí, pero jamás imaginé que él estuviera involucrado en todo esto.

—¿Qué fue lo que notaste?

—Solía ser alegre, muy divertido, pero cambió por completo. Normalmente hablábamos de cualquier cosa, pero últimamente me evitaba, se alejaba de mí, era bastante agresivo y bebía mucho. Algo que no hacía antes, incluso supe que comenzó a probar cierto tipo de drogas, pero al confrontarlo siempre lo negaba y salíamos mal.

—¿Te das cuenta, Marco? Daniel pedía a gritos ayuda.

—¿Por qué me estás diciendo todo esto, Carlos?, ¿por qué ahora?

—Porque me preguntaste si alguna vez había visto a Daniel mirándote como yo miro a Germán, como él me mira a mí, y la respuesta es que sí... Sé que Daniel te ama y que cometió grandes errores, como todos lo hacemos, y creo que mereces que él te cuente la verdad. No te estoy diciendo que lo perdones y que regreses con él, supongo que todo eso lleva su tiempo, pero sí que al menos le des la oportunidad de hablarte con la verdad, porque así tú estarás mejor y él también, sobre todo ahora que se necesitan más que nunca.

En ese momento a Marco le había resultado difícil ocultar su frustración, su dolor y su tristeza. Mis palabras habían tocado profundo en su corazón, haciendo que la fuerza que había estado anteponiéndose entre él y su sentir se debilitara, por lo que a pesar de traer sus gafas puestas, era muy notorio que se encontraba mal debido a las lágrimas que emanaban de entre sus ojos y que se dejaban ver escurriendo sobre sus mejillas.

Al percatarse de ello, Germán se acercó para preguntarle si se encontraba bien, recibiendo como respuesta un fuerte abrazo en el que soltó un conmovedor llanto de desahogo que no pudo evitar ante la mirada de muchos de los presentes.

—Por favor, discúlpenme —pidió Marco.

—Tranquilo, hermano, estoy contigo. No tienes por qué pedir disculpas.

—Necesito ver a Daniel, te pido que me lleves con él.

Germán lo miró atento y desconcertado, y después me observó a mí con cierta confusión en su rostro.

—Por favor, amigo, te lo pido, llévame con él.

—Claro que sí... lo haré —respondí.

—Gracias, Carlos, en verdad eres un gran chico.

Sonreí.

—Ustedes dos son muy afortunados en tenerse el uno al otro —confesó Marco.

Germán y yo nos miramos una vez más fijamente, y aunque él aún expresaba duda, me sonrió para después acercarse y abrazarme, a lo que Marco inmediatamente también se unió.

Dos horas más tarde, pasadas las doce del día, nos encontrábamos despidiendo a mi hermano, que debía regresar ese mismo día por cuestiones de trabajo, pero con la tranquilidad de haber comprobado por su cuenta que estábamos bien. Luego de haberlo acompañado al aeropuerto, llevamos a Marco hacia donde estaba Daniel, mientras que yo, impaciente, le pedí a Germán que me llevara a donde Gabriel, así que desde el cuartel en el que me mantuvieron resguardado varios días, abordamos un helicóptero que nos trasladó hasta el hospital en

San Antonio, en donde mi primo ya había salido de total peligro y se encontraba en recuperación.

Durante todo el camino, Germán se mantuvo en completo silencio, apenas si me volteaba a ver, pero cuando lo hacía, sonreía de una manera más forzada que de por gusto. En realidad, podía entenderlo a pesar de que no sabía con total exactitud ni detalle lo que había sucedido entre Gabriel y yo, porque yo me sentía peor sabiendo que estaría frente al tipo del que alguna vez estuve enamorado, al que me había entregado en cuerpo en un momento difícil de mi vida, y el que a pesar de todo era mi primo, sangre de mi sangre; alguien a quien no podía dar la espalda en un momento como ese; sin embargo, me sentía nervioso y no entendía el por qué, solo iba pensando en qué ocurriría en el preciso momento en el que estuviera frente a él. Para ese entonces ya no sentía enojo, sino preocupación, pero no podía entender por qué cierta confusión me invadía cada vez que pensaba en él, pues lo primero que se me venía a la mente, eran esos recuerdos en los que aquella noche de luna llena, me hizo suyo en un acto tan profundamente pasional en el que yo, me entregué a él por completo.

—¿Te encuentras bien? —me preguntó.

—Sí, estoy bien.

—No parece que estés bien.

—Lo estoy, solo me encuentro impaciente.

Apenas pudimos cruzar esas palabras cuando el helicóptero comenzó a descender para aterrizar, así que inmediatamente nos desatamos los cinturones y, una vez que este tocó tierra, nos bajamos presurosos para alejarnos de las hélices.

—Agente Petrova, lo estábamos esperando.

—¡Teniente Wattson!, ¿qué novedades acontecen? —expresó Germán.

—El civil se encuentra estable, pero sigue sin querer hablar... Necesitamos su testimonio cuanto antes, pues el mismo presidente me ha llamado y exige que esto concluya de una buena vez.

—Lo entiendo, por eso he venido con Carlos.

—Bienvenido, joven Palacios, su primo ha estado preguntando por usted desde que despertó —me dijo el teniente.

—¡Gracias!, ¿podré verlo ahora? —pregunté.

—Claro que sí, necesitamos que por favor nos ayude, que intervenga para que su primo relate todo lo que sucedió durante ese día y esa noche.

—Por supuesto que haré todo lo que esté a mi alcance, teniente.

—Es importante que sepa que su primo no solo debe hablar sobre todo esto que le he mencionado con usted, sino también corroborar la información con los oficiales involucrados en la investigación y entender que, además, su testimonio servirá en la corte, en donde posiblemente será llamado a declarar como el mayor testigo de los hechos acontecidos.

—¿Dice usted en la corte?, ¿frente a un juez, un jurado, medios de comunicación y cientos de personas?...

—Me temo que así es...

—No sé si pueda convencerlo de que acceda a hacer algo así después de todo lo que ha pasado. Le recuerdo que mi primo es una víctima más, y una vez expuesto saldrá en todos los medios de comunicación y será conocido por esta incomparable y desafortunada desgracia. No creo que él quiera que su rostro sea recordado por el mundo entero como el del chico al que casi matan dentro de una secta satánica.

—Entiendo perfectamente lo que implica algo así, joven Palacios, pero sin su testimonio, este caso podría dar un vuelco significativo a favor de los acusados, permitiendo que sus abogados reduzcan sus sentencias, salgan bajo fianza o, peor aún, se los encuentre libres de todos los cargos.

—Eso no puede ser posible, ¿y en dónde quedan los testimonios de todos los agentes que fueron testigos en el momento de la redada?

Un silencio incómodo nos envolvió a todos, para ese momento ya íbamos ingresando al elevador del hospital, custodiados por seis oficiales que nos acompañaban en todo momento.

—Germán, ¿acaso no piensas decir nada? —cuestioné.

—Escucha, Carlos, el teniente tiene razón. Si tu primo no coopera, es posible que los abogados del señor Galageta encuentren la forma de librarlos de todo esto. Si la declaración de Gabriel no convence de forma rotunda a los investigadores, podría tener que hacer acto de presencia el día del juicio; sin embargo, si por el contrario su informe concuerda con todo lo que hasta ahora se ha investigado, tal vez no sea necesario que se exponga de esa manera. Por eso debes hablar con él y hacer que te cuente todo detalladamente.

No podía creer lo que me estaban pidiendo, ¿acaso estaban locos o ciegos?, ¿acaso no bastaba con haber encontrado a mi primo al borde de la muerte, desnudo, amarrado, abusado sexualmente?, ¿qué más pruebas necesitaban para encarcelar de una buena vez a todos esos hijos de puta? Verdaderamente estaba molesto, pero no me quedaba otra, no sabía cómo lo iba a hacer ni cómo reaccionaría Gabriel ante todo esto, así que debía manejar las cosas de una forma muy cuidadosa e inteligente.

—Aquí es la habitación. Antes de entrar, le colocaré este micrófono, que estará escondido y por el que grabaremos toda la conversación que tenga con su primo. Le pido que sea paciente, pues ha estado sedado en las últimas horas debido a su comportamiento agresivo, asimismo debe ser muy astuto con sus argumentos para que nos ayude a obtener una declaración eficiente, y así su primo no tendrá que pasar por todo ese proceso —me explicó el teniente—. Agente Petrova, acompáñeme por favor.

—Pero... —Germán protestó.

—Lo siento, usted no puede entrar.

Un tanto molesto, Germán me observó afligido y se acercó para abrazarme.

—Por favor, no olvides que te amo —me dijo.

Me soltó y se fue detrás del teniente Wattson custodiado por cuatro oficiales, mientras que los otros dos me harían compañía y se quedarían afuera de la habitación una vez que yo ingresara. Nervioso, abrí la puerta y entré... Gabriel estaba dormido, recostado sobre una cama en una habitación completamente iluminada, pero protegida al parecer por cristal blindado.

—Hola, Gabriel, ¿estás despierto?

Al escuchar mi voz, lentamente fue abriendo los ojos en un esfuerzo por reconocer mi silueta entre los sedantes que le habían administrado y la luz que le impedía verme claramente.

—¿Carlos, eres tú?

—Sí, soy yo. Por favor, no hagas ningún esfuerzo, mantente como estás.

—¿En dónde estás? Toma mi mano, por favor.

—Aquí estoy, primo, aquí estoy.

—No puedo creer que estés aquí.

De entre sus ojos pude apreciar un par de lágrimas que expresaban cierto gusto, tal vez alivio y felicidad de saber que yo me encontraba ahí.

—Necesitas tranquilizarte.

—¿En verdad eres tú o estoy soñando?

—Soy yo, soy Carlos.

—¿Qué fue lo que me sucedió?, ¿en dónde estoy?

—Tranquilo, Gabriel, por favor no te muevas o te vas a lastimar.

—¿Qué me hicieron?, ¿qué es lo que tengo en mis manos?

—Te están suministrando medicamentos para que te recuperes, primo, perdiste mucha sangre e incluso estuviste deshidratado, pero estarás mejor, ya lo verás.

—Carlos, acércate, por favor, necesito que me abraces.

Lo miré por un momento en el que la duda me invadió por completo, pero él continuó pidiéndome que lo abrazara, y al verlo ahí, tan indefenso y tan roto, no pude contener algunas lágrimas seguidas de un gran abrazo que de inmediato lo desarmó.

—Perdóname, por favor, perdóname.

—No digas nada, no es necesario que me pidas perdón.

—Tengo que hacerlo, tengo que saber que en verdad me perdonas por lo que te hice.

—Por favor, Gabriel, no es el momento para hablar de nosotros, necesito que te recuperes para que puedas salir de aquí cuanto antes, ¿me oíste?

—Tan solo dime que me perdonas y estaré tranquilo.

Dejé de abrazarlo para poder verlo fijamente a los ojos.

—Claro que te perdono.

—¿En verdad me perdonas?

—Así es, te perdono y por eso estoy aquí. Necesitaba verte, saber que estás bien.

—¿Mi familia está aquí?

—No, ellos aún no saben nada de lo que sucedió.

Un tanto consternado y confundido, miró hacia su alrededor para después intentar zafarse de las esposas que sujetaban sus muñecas con las barras de acero laterales de la cama.

—¿Por qué estoy esposado?, ¿por qué me tienen aquí?, ¿en dónde está mi familia?

—Escúchame. —Lo tomé por la cara—. Necesito que te tranquilices, ¿de acuerdo? Si lo haces, te prometo que pronto saldrás de aquí. —Sequé las lágrimas sobre sus mejillas y le sonreí mirándolo fijamente—. Tengo que pedirte un favor, Gabriel, y debes ser muy fuerte... Necesito que me digas qué fue lo que te pasó.

—No... —Comenzó a llorar nuevamente—. No me pidas que hable de eso, no lo haré.

—Gabriel, por favor, si no lo haces, no podré ayudarte.

—Es que no entiendes, no puedo, no quiero traer de vuelta esas imágenes a mi cabeza.

—Escúchame, nadie más te hará daño; los responsables se encuentran detenidos.

—Eso no basta, eso no es suficiente comparado a todo lo que me hicieron y me iban a hacer.

—¿Qué te hicieron, qué te iban a hacer? Necesito que me digas.

—¡Basta, Carlos! No te lo diré, no quiero hablar de esto, no me hagas pasar por esto de nuevo.

Cierta impotencia me invadió por completo e hizo que me alejara de él. Me quedé callado durante unos minutos mientras él se lamentaba en llanto, así que después de haberlo pensando por un momento, decidí arriesgarlo todo y tomé su mano.

—¡Sabes! Cuando estuve en el hospital y desperté, no tenía idea de todo el tiempo que había transcurrido, de todo lo que me había perdido ni de lo que estaba pasando, pero cuando te vi a ti, a pesar de que en ese momento eras un completo extraño, supe que las cosas estarían bien. Tal vez es cierto cuando dicen que la sangre llama, y por eso no dudé de lo que me dijiste, simplemente te creí y tuviste razón, todo estuvo bien, porque por unos días me olvidé de que había olvidado, y después de haberme sentido perdido, tú me diste varios días de felicidad que necesitaba para reencontrarme. Felicidad que durante mucho tiempo en el pasado había deseado obtener de ti...

Me miró fijamente a los ojos. Por un momento me detuve a pensar en lo difícil que realmente era para él el tan solo hecho de recordar lo que le había sucedido y estuve a punto de dejar de insistir, sobre todo porque al continuar con esa charla sabía que daría paso a una conversación personal que se quedaría grabada y que, por ende, Germán escucharía —o estaba escuchando— en ese preciso momento. Sin embargo, era la única forma de hacer que mi primo hablara y, así, obtener la confesión necesaria para que todo esto acabara de una buena vez.

—No tengo idea de todo el dolor que sientes, pero sé lo difícil que puede ser pensar que toda tu vida acabó cuando no es así, y yo quisiera ser lo que fuiste tú de mí, ese motivo por el que te sientas feliz, aunque sea por un momento...

—Siempre has sido tú, Carlos, siempre has sido el mayor motivo de mi felicidad —exclamó con un gran nudo en la garganta.

—Por favor, Gabriel, necesito saber, me gustaría entender por qué me viniste a buscar después de lo que pasó, por qué te hicieron esto —expresé con nostalgia en mi rostro, y se hizo notar aún más cuando mis ojos se llenaron de angustia—. Me duele verte así, no haber podido hacer nada, y más aún que sepas que me está doliendo y no hagas algo al respecto.

Efectivamente Germán no solo había estado escuchando todo, sino además viendo cada escena, cada fragmento de tiempo transcurrido en esa habitación, a través de una de las paredes de cristal que, desde adentro, daban la idea por su «transparencia» de ser un simple pasillo hacia otras habitaciones. Pero por fuera había una sala privada equipada tecnológicamente para grabar, monitorear y observar a los pacientes sin que estos lo supieran. Nada que ver con los famosos cuartos de interrogatorio con una ventana en forma de espejo.

—Aquel día en que te estuve esperando y no llegaste, supe que algo andaba mal, que tal vez ya lo habías descubierto todo, pero no estaba seguro. Habías estado muy inquieto el día anterior, con una actitud insistente en dudar de mí, y yo intuía que estabas recuperando la memoria muy rápido. Así que llamé a tu casa y me contestó mi prima, ella fue la que me dijo que te habías marchado, que estabas en el aeropuerto a punto de tomar un vuelo a Austin. Sentí que el mundo se me había terminado, tenía miedo, mucho coraje y, a la vez, demasiada tristeza, pero sobre todo celos. Celos de saber que lo habías elegido a él y no a mí. A pesar de lo que habíamos vivido y de haber estado juntos, no te detuviste un momento a analizar lo que te había hecho sentir ni lo que yo siento por ti... Simplemente y sin dudarlo te marchaste. —Comenzó a llorar una vez más—. ¿Y sabes? En ese momento entendí que en verdad lo amas y que había sido un completo imbécil por haberte rechazado tantos años, porque nunca pensé que encontrarías a alguien que te amara como lo hago yo, y sin embargo él lo hace. Lo vi, sentí su amor por ti y me dio tanta rabia saber eso, que tanto él como tú se aman, que quería romper con lo que tienen y por eso vine a buscarte. —Tomó aire—. Vine porque muy en el fondo de mí quería recuperarte, pero también que él supiera lo que siento por ti, lo que pasó entre nosotros, y entonces te dejara.

Intenté soltarlo de la mano, pero me sostuvo muy fuerte. En ese momento recordé todo el coraje que había sentido cuando descubrí la verdad, pero al volver mi mirada nuevamente hacia él, solo pude observar a alguien destrozado, un simple individuo pagando las consecuencias del impulsivo sentimiento del amor.

—Cuando llegué a tu universidad no supe si te encontraría, pero extrañamente te vi corriendo por uno de los pasillos y te seguí. Corrí tras de ti tanto como pude mientras gritaba tu nombre, pero nunca volteaste y te perdí; y entonces, al detenerme por un instante para tomar aire, vi a un chico saliendo de una puerta, así que le pregunté si te conocía... después de eso, lo único que recuerdo es que bajé unas escaleras tras de él, fui tomado por un grupo de no más de seis chicos y abusado por ellos brutalmente.

Un nuevo llanto se apoderó de él, y también de mí. Ambos lloramos, yo de coraje e impotencia, y él, bueno... ¿qué puedo decir?

—En estos momentos me gustaría haber perdido la memoria como tú, así no tendría que recordar ni vivir con lo que me pasó, ni con todo el amor que siempre sentiré por ti.

—Lo siento mucho, Gabriel, lo siento de verdad, si tan solo me hubiese detenido cuando escuché mi nombre, nada de esto te habría pasado. Lo siento, primo, en verdad lo siento.

—Después de eso no supe más, creo que me desmayé del dolor, de la fuerte impresión. Cuando desperté, me encontraba atado y desnudo en un sitio muy oscuro, rodeado de personas con capuchas que después se desnudaron y abusaron también de mí; uno por uno me violó.

El teniente Wattson, Germán y otros oficiales de alto rango quedaron impactados al escuchar ese desgarrador testimonio. En esa sala al otro lado de la habitación, solo se sentía una fuerte sensación de duda, ¿cómo era posible que existiera gente así?, ¿quiénes eran los involucrados?, ¿por qué harían algo como eso? Esas eran solo algunas de las muchas preguntas que se hacían cada uno de los espectadores.

—¿Recuerdas algún nombre?, ¿escuchaste el nombre de alguno de los que te hicieron esto?

—No puedo recordar muy bien.

—Vamos, primo, tienes que hacerlo, inténtalo, por favor.

—En el campus escuché algo sobre unos hermanos, pero no recuerdo ahora sus nombres, solo sé que eran los que tomaban decisiones.

—Haz un esfuerzo, por favor, tú puedes.

Se quedó pensativo durante un momento mientras indagaba en sus recuerdos; después de todo lo que había pasado, dudaba mucho de que los nombres en ese momento para él fueran relevantes, pero era justo lo que se necesitaba para llegar al cierre de ese caso.

—¡Galageta!

—¿Qué dices?

—Recuerdo que en el campus, mientras todo pasaba, sonó un teléfono y alguien contestó alejándose unos metros. Después de eso, dijo «Tenemos el encargo, señor Galageta», y luego de unos segundos colgó. Volvió y entonces dijo...

—Vamos, Gabriel, tú puedes, primo, recuerda.

—No lo sé, por más que lo intento no puedo acordarme de los nombres, solo recuerdo algo de «Calvin» o «Colvin», o algo así.

Lo miré con cierto gusto y emoción, pues había mencionado las piezas clave, los principales responsables de todo eso.

—Dime una cosa, primo, ¿si los tuvieras en frente de ti, crees que los reconocerías?

—¿De qué hablas?, ¿no me van a poner frente a ellos, verdad?

En ese momento, se abrió la puerta de la habitación, uno de los oficiales me pidió que saliera un momento. Afuera, Germán me esperaba con un paquete en su mano.

—Lo estás haciendo bien, Carlos, muy bien. Ahora Gabriel debe identificar a los responsables. Ya mencionó los nombres clave, pero necesitamos que nos diga quiénes son, ¿de acuerdo?

—No tendrá que verlos personalmente, ¿verdad?

—Si los identifica, prometo que no tendrá que pasar por eso. Aquí te entrego una serie de fotografías de todos los detenidos ese día. Va mezclada con muchas otras imágenes de reclusos, tan solo tiene que reconocer a las tres personas que ya mencionó, y con eso será suficiente para detener al resto.

Lo observé resignado. Su mirada transmitía cierta tranquilidad, aunque por dentro se sentía dolido, celoso, enojado. No conmigo, pero sí con todos los factores que habían hecho que todo eso sucediera. No estaba molesto tampoco con Gabriel, Germán era una persona madura, capaz de comprender la inmensidad del amor, porque sabía muy en el fondo que mi primo no mentía y que a veces el amor nos llega de formas incomprensibles y misteriosas, tan profundas y reales como a él le había pasado conmigo. Sin embargo, en ese momento, al mirarme a los ojos, intentaba descifrar si yo también amaba a Gabriel o en verdad lo amaba a él.

—Escuchaste todo, ¿verdad?

—¡Anda! Debes terminas con esto. Haz que tu primo logre identificar a esos malnacidos para que paguen por todo el daño que han causado. —Se dio la vuelta y se marchó mientras el oficial me pedía que ingresara de nuevo a la habitación.

—¿Qué pasa, Carlos, está todo bien?...

—Gabriel, necesito pedirte un último favor, debes prometerme que lo harás.

—No voy a estar frente a esas personas, ¿me oyes? Así que, si eso es lo que me vas a pedir, ahórratelo.

—No tendrá que ser así si las identificas en estas fotografías.

Miró el paquete que sostenía mientras lo iba abriendo.

—Esta es nuestra única oportunidad para lograr que esa gente pague por todo el daño que te hicieron y que hicieron a otros.

—¿Qué quieres decir con que «hicieron a otros»?

—Durante años, hicieron muchas atrocidades, han tomado vidas inocentes y, antes de ti, mataron a uno de nuestros compañeros. Por eso tienes que ser fuerte y ayudarme, debes identificar a los responsables para que todo esto acabe de una buena vez.

—¿Qué pasará conmigo?

—No lo sé, en cuanto te recuperes te darán de alta y te dejarán ir. Debes seguir adelante.

—No quiero que mi familia lo sepa, no quiero que nadie lo sepa.

—Supongo que eso es algo que nadie te podrá impedir.

Durante los siguientes minutos le mostré las fotografías. Poco a poco iba identificando a muchos de los que habían estado presentes esa noche. Fue demasiado difícil para él revivir cada momento al ver los rostros en simples imágenes, pero nunca dudó ni por un segundo en aquellos a los que iba señalando. De hecho, cuando llegó la foto de los hermanos Colvin, su rostro mostró gran ira y coraje, y cuando apareció el señor Galageta, algunas lágrimas acompañaron las palabras «Este es el hombre que me iba a asesinar»… Al parecer, todo en su mente se había aclarado, pero eso era algo en lo que yo ya no quería insistir y con lo que él tendría que lidiar. Minutos después la puerta nuevamente se abrió, dando paso al teniente Wattson, a Germán y a dos oficiales más, quienes dieron fe legal del testimonio que Gabriel había otorgado así como de la identificación de las fotografías sobre los presuntos responsables.

—¿Qué hace él aquí? —cuestionó mirando a Germán asombrado—, ¿quiénes son ustedes?

—¡Oficiales, libérenlo, por favor! Joven Gabriel Palacios, soy el teniente Wattson.

Gabriel lo miró un tanto desconcertado mientras los oficiales lo desposaban.

—Gracias a su cooperación, en estos momentos la declaración está siendo redactada y enviada a las debidas autoridades para continuar el procedimiento final que agilizará la condena de todos los involucrados en la muerte de Bruno Giesler, principalmente, y en los delitos de asalto sexual agravado, secuestro, intento de homicidio, entre muchos otros cargos que enfrentarán los acusados. Lamento mucho todo esto por lo que ha tenido que pasar, y sé que no hay nada que pueda hacer para revertir el daño causado, pero en lo que a mí respecta, estoy seguro de que esas personas pagarán con todo el peso de la ley por los crímenes cometidos.

—¿Qué hace él aquí? —preguntó una vez más.

—¡Ah!, el agente Petrova... Considérese afortunado de que haya sido él, mi mejor elemento, y su primo aquí presente quienes salvaron su vida. Por el momento debo retirarme, tengo que calmar a los medios de comunicación, que parecen cazadores al acecho, pero estoy seguro de que se queda en buenas manos. ¡Permiso!

—¡Teniente! —exclamé.

—Dígame, joven Carlos.

—Entonces no será necesario que Gabriel dé la cara a esos delincuentes, a la prensa, ni se presente en la corte, ¿verdad?

—Hasta este momento, todo indica que no.

—Bien, porque mi primo no desea que se sepa su nombre ni tampoco su identidad.

—Me temo que eso es algo que no podemos hacer, joven Palacios, ahora si me disculpa.

—De hecho, teniente, es posible, sobre todo en un caso como este, en donde por seguridad del afectado podemos integrarlo al programa de protección a testigos —intervino Germán.

El teniente Wattson inmediatamente se giró hacia Germán de una forma un tanto retadora y con una expresión en su rostro de completo desacuerdo.

—Está usted contradiciéndome, agente Petrova.

—No, señor, de ningún modo, pero debido a que aún quedan cabos sueltos en la investigación, como el descubrir al traidor que proporcionó la tecnología de nuestra organización al señor Galageta, Gabriel Palacios sigue siendo un testigo clave, lo que también lo pone en riesgo, y en estos casos es importante tomar medidas preventivas.

El teniente tomó aire y suspiró de esa forma que denota cuando alguien está no solo pensando, sino preocupado, como buscando una solución pertinente.

—Está bien, veré qué puedo hacer. Por el momento lo mantendremos en anonimato, pero si llega a ser necesario; su nombre... —Miró a Gabriel—. ... deberá ser mencionado.

Una sensación de cierta inconformidad nos envolvió en la habitación, el teniente Wattson salió acompañado de los otros oficiales, mientras Germán y yo permanecimos con Gabriel. Ese momento fue tan extraño, pero ahí estábamos, unidos por una situación, una causa o una circunstancia que de alguna forma nos involucraba a los tres una vez más.

—Debo irme —dijo Germán.

—Yo también tengo que irme, Gabo, pero regresaré mañana. ¡Te lo prometo! —exclamé.

—No, esperen por favor —pidió Gabriel.

Germán, quien ya iba rumbo a la puerta, se detuvo sin voltear, mientras que yo, a un costado de la cama, lo miré atento.

—¿Es verdad que ustedes me salvaron la vida?

—De hecho, fue Germán, no fui yo.

—Fuimos los dos —exclamó inmediatamente—, aunque yo diría que fue más la impresionante intuición de tu primo.

—Germán, ¿puedes acercarte por favor?

Un tanto renuente, Germán se giró para acercarse hacia donde yo estaba, pero sin mirar a Gabriel.

—Sé que debes odiarme, Germán, yo me odiaría si fuera tú, y me odio por lo que hice, y más ahora que sé que las personas a las que traté de lastimar me salvaron la vida... Mírenme ahora, mírenme cómo estoy, supongo que me lo merecía, de hecho, merecía morir.

—No digas eso, por favor, tú no mereces morir, y mucho menos de esa forma. Yo no te odio, Gabriel, pero tendrás que vivir con esto.

—Lo sé, y aun así no entiendo por qué me salvaste la vida.

—Seré muy honesto contigo, nosotros no sabíamos que eras tú la víctima, pero te aseguro que si lo hubiese sabido, de igual forma lo habría hecho.

—¿Pero por qué?, ¿acaso aún no sabes todo lo que hice?

—Lo sé, lo sé todo... —Inclinó su cabeza—. Desde que te conocí siempre supe que estabas enamorado de Carlos, y no te culpo, es un gran chico. De muchas cosas más me enteré después, y de otras tantas hoy, pero no te puedo odiar. ¿Qué clase de persona sería yo juzgando el amor que sienten otros?... Verás, Gabriel, yo también cometí muchos errores en el pasado, errores que pagué muy caro y que sigo pagando, pero indudablemente aprendí mucho de cada uno de ellos, y espero que tú también lo hagas.

—Y yo espero que algún día me puedas perdonar, en verdad deseo que ambos me perdonen por lo que hice...

Germán lo miró a los ojos.

—Te perdono, Gabriel, y también siento mucho que hayas pasado por esto.

—Gracias... ¿Y tú, Carlos?, ¿crees que algún día puedas perdonarme?

—También te perdono, Gabo.

En ese momento todo se aclaró para mí, todos esos sentimientos encontrados dejaron de confundirme, de hacerme ruido; en ese preciso instante lo estaba viendo como lo que realmente era y no como lo que había sido o pudo haber sido.

—Germán, hay algo que tengo que decirte —agregó Gabriel.

—¡Adelante!

—Hubo un momento, cuando me desmayé y recobré el sentido, en que me percaté de que estaba siendo transportado dentro de un vehículo. No podía ver ni hacer nada, porque mi cabeza estaba cubierta, y mis manos y pies atados, así que permanecí inmóvil fingiendo seguir inconsciente... Fue entonces que escuché una voz a través de una radio que daba órdenes e instrucciones sobre unos dispositivos que cada auto debía llevar puestos para ingresar a un sitio.

Germán y yo lo escuchamos atentos.

—No recuerdo muy bien de lo que hablaban, pero repetían mucho la palabra «láser», y justo en el momento en que el vehículo se detuvo y poco antes de que me trasladaran a otro sitio, escuché el sonido de una puerta de auto cerrándose y la voz de un hombre que daba indicaciones de cómo usar y en dónde colocar estos dispositivos para no ser detectados.

—¿Escuchaste algún nombre? —preguntó presuroso Germán.

—Sí... y ahora estoy más que seguro de que esa persona es el hombre que se acaba de ir hace unos momentos.

—¿El teniente Wattson dices?

—Así es...

—Pero... —Se quedó enmudecido.

—Lo sé, pero pude reconocer su voz, y ellos se refirieron a él como «Mr. Wattson». Sé que esto puede parecer increíble, pero sé que era su voz, estoy seguro de que ese hombre era el que estaba dando esas indicaciones.

Germán salió presuroso de la habitación para asegurarse de que no había nadie en la sala de grabación. A lo lejos alcancé a escuchar una fuerte discusión, mientras que luego de unos veinte segundos todo se volvió confuso al desatarse una estruendosa lluvia de disparos proveniente desde los pasillos de afuera. Inmediatamente me tiré al suelo, mientras Gabriel, impresionado, permaneció sobre la cama sin poder hacer lo mismo por el gran dolor que aún sentía en todo el cuerpo... Después de ello me arrastré hacia la puerta una vez que el tiroteo terminó, y a pesar de que mi primo me pidió que no lo hiciera, el impulso de ir a buscar a Germán fue más grande que el miedo y la precaución. Al abrir la puerta, presencié una impactante escena: los dos oficiales que custodiaban la habitación donde se encontraba mi primo habían sido completamente abatidos por los disparos. Acto seguido, las alarmas de seguridad comenzaron a sonar por todo el hospital, mientras que algunos gritos del personal solicitaban abandonar las instalaciones. Empecé a sentirme ansioso, preocupado, con miedo y mucho pánico, y más cuando, al llamar a Germán, este no contestó. Rápidamente revisé el pulso de los dos hombres, que desangrados por los impactos de balas ya habían perecido entre sus propios charcos de sangre. Una enfermera que corría por el lugar se acercó para intentar ayudarme, pero al verme bien le pedí que ayudara a mi primo. Yo me dirigí con cautela hacia el pasillo que suponía daba hacia la sala de grabación. Un nuevo oficial se encontraba sobre el suelo pidiendo auxilio, mostraba una herida en el pecho a la altura del hombro, así que lo arrastré hacia la habitación de mi primo para que la enfermera lo auxiliara y solicitara más ayuda, y después volví al pasillo que daba a las puertas de la sala de grabación. En ese momento comencé a hablarle a Germán, una y otra vez lo llamaba por su nombre, pero no contestaba, nadie contestaba del otro lado, solo se oía el ruido de las alarmas y los gritos desesperados de muchas personas corriendo hacia los elevadores y por las escaleras. Sin importarme lo que podría pasar, abrí las puertas para descubrir la desgarradora imagen del teniente Wattson abatido con más de tres disparos sobre el pecho, a otros dos oficiales heridos y uno más asesinado con un tiro en la cabeza, y a Germán a unos metros de ellos paralizado en el suelo y sobre un leve charco de sangre causado por la herida de una bala que había impactado en su pecho. Corrí hacia él para intentar reanimarlo, repentinamente mi cuerpo comenzó a temblar. Entré casi en estado de *shock* mientras gritaba por ayuda al mismo tiempo que colocaba su cabeza sobre mis piernas, logrando de esta forma que pudiera reaccionar, soltando un gran y estremecedor sonido de dolor al abrir sus ojos.

—Carlos, ¿eres tú? —expresó con gran esfuerzo.

—Germán, amor, Germán, soy yo, estoy aquí. Por favor, no hagas esfuerzo, resiste, alguien vendrá a ayudarte.

—Amor, perdóname, por favor.

—No hables, no te esfuerces, amor, por favor, estarás bien. Tienes que resistir.

Una vez más grité con mayor fuerza por ayuda, pensé en levantarme, pero no quería dejarlo solo, ni que estuviera tirado ahí... no quería que...

—¿Hay alguien aquí?, ¿alguien pidió ayuda? —preguntó alguien.

—Por aquí, por favor, ayúdeme, se lo suplico, ayúdeme —grité.

Un doctor que pasaba por ahí alcanzó a escuchar mis gritos y después ingresó a la sala junto con varias enfermeras y algunos oficiales, e inmediatamente se acercó hacia mí para revisar a Germán. Encontró sobre su pecho la herida, a su primer diagnóstico parecía haber perforado el pulmón. A su orden lo levantaron junto con los otros oficiales heridos, para colocarlos rápidamente en unas camillas en las que los llevaron a la sala de emergencias.

—Por favor, déjenme ir con él —pedí.

—Lo siento, pero no será posible, le pido que aguarde aquí y nos deje hacer nuestro trabajo.

—¿Carlos? —expresó Germán.

—Germán, debo dejarte un momento —le dije mientras tomé su mano que yacía sobre la camilla en la que ya lo llevaban rápidamente a la sala de emergencias.

—Pequeño, te amo intensamente y siempre te amaré y cuidaré de ti, donde quiera que esté.

—Yo también te amo, mi amor, te amo con todo mi ser.

Fueron las últimas palabras que pude expresarle antes de soltar su mano mientras veía cómo se iba alejando de mí para ser ingresado al quirófano en donde intentarían salvarle la vida...

Durante un momento todo en mi interior colapsó, caí al suelo sobre mis piernas y me arrodillé para llorar de una forma única que en muy pocas ocasiones nos invade en la vida. No supe de mí, permanecí ahí tirado en el suelo por más de treinta minutos hasta que un par de oficiales se acercaron para intentar llevarme por la fuerza a una sala de interrogatorio.

—¡Déjenlo en paz!

—¿Mayor?

—Dije que lo dejaran en paz.

Al escuchar y reconocer esa voz, instantáneamente me giré hacia él, levantándome del suelo para abrazarlo; era el mayor Terry Miles.

—Déjennos solos, por favor —pidió.

—Como usted ordene, mayor —respondieron los oficiales.

—¿Te encuentras bien? —me preguntó.

Apenas pude hablar, así que asintiendo con la cabeza pudo entender que estaba luchando por estarlo.

—Tranquilo, todo estará bien.

—¿Cómo está Germán? —cuestioné con el rostro empapado en lágrimas.

—No lo sabemos aún, pero él es fuerte, él siempre ha sido un hombre fuerte y estoy seguro de que luchará por estar bien.

—Fue el teniente Wattson, él los traicionó, él fue quien dio acceso a su tecnología láser al clan Galageta, quien disparó a Germán y a los otros oficiales —dije en voz quebradiza y temblorosa.

—Tranquilo, Carlos, lo sé, he escuchado ya la grabación completa dentro de la sala. Necesito que estés bien, que te tranquilices y que vengas conmigo para que descanses un momento.

—No, no me voy a mover de aquí, no hasta que pueda ver a Germán.

—De acuerdo, pero prométeme que intentarás estar bien.

—Lo intentaré, mayor, lo intentaré.

—¡Bien! Debo reunirme con mis superiores y confirmar los hechos acontecidos aquí, pero regresaré y esperaré contigo, es una promesa, ¿me oyes?

—¡De acuerdo!

—Mayor Miles…

—¿Sí?

—¿Mi primo Gabriel está bien?

—Él está bien, no te preocupes… Ahora vuelvo.

Y entonces se marchó mientras, una vez más, me quedé solo, o mejor dicho acompañado de todos mis sentimientos que no podía controlar, atrapado en una gran desesperación, una fuerte sensación de impotencia y coraje, de incertidumbre, carcomiéndome por dentro, desde lo más profundo de mi ser.

Capítulo 12

EL FÉNIX

Todos venimos al mundo en blanco, sin saber cómo hacer las cosas, sin tener conocimiento absolutamente de nada, excepto y, por instinto natural, de la supervivencia. No hay un manual correcto sobre la vida, solo códigos de conducta y moral impuestos por la sociedad. No existe un instructivo o una receta perfecta sobre cómo saber o cómo aprender a manejar los sentimientos; las emociones, el sufrimiento y el dolor que el amor puede traer consigo. Solo está la capacidad de aprender y enfrentar, de aceptar o resignarse, de luchar y lidiar con los buenos o malos resultados de cada experiencia. A veces te irá mal en el amor, otras no sabrás con exactitud en dónde estás parado; pero cuando te vaya bien, asegúrate de disfrutar cada momento, cada instante, cada fragmento de tiempo con esa persona, en vez de lamentarte por cosas sin sentido o miedos que te impidan ver lo maravillosa que puede ser la vida estando acompañado y dentro de una relación. Porque esta definitivamente en algún momento va a terminar, y nadie sabe cuánto tiempo nos queda antes de que eso suceda.

se día, durante la breve, pero profunda plática con Marco en la ceremonia luctuosa de la universidad, con mis palabras toqué fibras específicas que sacudieron sus emociones, removiendo de sus pensamientos todo sentimiento negativo y de odio. En ese momento no había nada ni nadie que pudiera cambiar lo que sentía excepto Daniel, y hasta que no hablara con él, todo sería igual, y obviamente él debía saber la verdad. Era necesario y, además, lógico: tenía que haber una gran explicación y muchas respuestas a todas esas preguntas que invadían su mente. Por supuesto, Marco sabía que aunque Daniel le aclarara cada una de sus dudas, eso no cambiaría el hecho de que habían terminado su relación, pero si yo tenía razón, jamás podría negarse a sí mismo el deseo de ayudar al que consideraba el amor de su vida. Después de todo, nadie es perfecto, y si bien Daniel se merecía el beneficio de la duda, también debía entender que había perdido a un ser increíble, capaz de ayudarlo, aunque las cosas no pudieras ser como antes.

Para el momento exacto en que Germán y yo íbamos abordando el helicóptero que nos llevaría al hospital en San Antonio cerca de la una de la tarde, y luego de haber dejado a Marco en el sitio en donde tenían detenido a Daniel, un oficial daba aviso a este último sobre una visita que estaba recibiendo. Eso lo sorprendió sobremanera, ya que Daniel no tenía a nadie: sus padres habían muerto en un trágico accidente dos años atrás, era hijo único y sus familiares más cercanos — con quienes no llevaba una relación tan productiva— vivían a miles de kilómetros de distancia. En ese momento, solo pudo pensar en un nuevo interrogatorio o en algún abogado que posiblemente le habían designado. Debido a la situación entre él y Marco, jamás imaginó que sería justamente este quien estaría acudiendo a visitarlo.

—¿Marco?... ¿qué haces aquí? —preguntó muy sorprendido al verlo.

—Hola, Daniel, ¿cómo estás?

Ambos se miraron fijamente a los ojos durante un momento. Para Daniel, era una gran sorpresa que, después de todo, su ahora expareja estuviera ahí. Sintió cómo su corazón casi se detuvo y de inmediato sus ojos brillaron de alegría y emoción, pero también de nostalgia y arrepentimiento, tornándose rápidamente llorosos. Marco lo miró con un gran amor inocultable que se desbordaba a través de una leve sonrisa. En ese preciso momento en que lo vio tan frágil y desprotegido, comprendió cuánto lo amaba de verdad, así que ambos, en un impulso guiado por tantos sentimientos, se acercaron para abrazarse mutuamente, haciendo que Daniel rompiera completamente en llanto...

—No entiendo por qué estás aquí, ¿a qué has venido?

—Necesitaba saber que estás bien... sentémonos un momento. —Lo llevó hacia un sofá para que se sentaran—. Hablé con el oficial que te interrogó... ¿sabes por qué sigues aquí, verdad? —cuestionó sin obtener una respuesta—. Escúchame, Daniel, no sé exactamente qué es lo que ha estado pasando en tu vida, pero necesito que me cuentes todo sin ocultarme nada... Germán me dijo que te habían trasladado a este sitio en calidad de testigo, pero no te han dejado en libertad porque además de que no has querido hablar, continúan interrogando a toda la gente involucrada y sospechosa como prioridad. De cualquier manera, te he conseguido un buen abogado recomendado por el señor Trent, y no ha de tardar en llegar, así que por favor tienes que ser muy honesto cuando esté aquí.

—¿Por qué estás haciendo esto?, ¿por qué me estás ayudando después de lo que te hice?

—Por ahora olvidémonos de nosotros, eso no importa en este momento.

—Sí importa... yo no merezco tu ayuda, no soy buena persona.

Marco lo miró y guardó silencio mientras Daniel se lamentaba sobre sus actos.

—Danny, yo te conozco y sé que no es así, sé que eres una persona maravillosa.

—No lo soy, Marco, ¿no ves en dónde estoy? Hice cosas terribles.

—Todos hacemos cosas de las que no estamos orgullosos, pero lo que verdaderamente nos define como personas es la capacidad que tenemos de enfrentarnos a las consecuencias a través del arrepentimiento.

—Joven Gallardo, disculpe la interrupción, soy el abogado Richard Ferton.

—Buenas tardes, señor Ferton, qué bueno que ya está aquí, él es Daniel Catalán, quien será su cliente.

—Un gusto, joven Catalán. —Extendió su mano para saludarlos—. Tengo entendido que no ha declarado nada, ¿puedo saber por qué?

Daniel bajó su mirada sin decir una sola palabra.

—Daniel, necesitas decir algo... —expresó Marco.

—Joven Catalán, sé que esto debe ser muy difícil para usted, pero si no me ayuda, no podré ayudarlo. Tenemos muy poco tiempo antes de que vengan por usted y se lo lleven para ser interrogado nuevamente. Si eso sucede, yo no podré hacer nada, pues todo lo que salga de su boca quedará en manos de las autoridades, quienes podrían implicarlo en los hechos, utilizando su testimonio en su contra, ¿me entiende?

—¿Qué quiere que le diga?, ¿quiere saber si soy culpable? —respondió exaltado—. Pues sí, lo soy.

—Por favor, tranquilícese, esas palabras son muy graves y comprometedoras.

—Pues es la verdad.

—Escúcheme con atención, tan solo necesito que me responda con un sí o un no a lo que le voy a preguntar a continuación... ¿usted asesinó a alguna de las víctimas?

Tanto Marco como el abogado lo miraron atentos. Por un momento Marco imaginó lo peor, pero muy en el fondo, él ya contaba con la respuesta a esa pregunta. Por su parte, Daniel permaneció callado unos segundos luchando consigo mismo, con sus pensamientos y toda la culpa que lo invadía y lo hacía estremecerse.

—No, yo no maté a nadie, pero siento como si lo hubiera hecho.

—Excelente, joven Catalán —expresó aliviado—, era todo lo que necesitaba escuchar por ahora.

En ese preciso momento ingresaban a la sala de visitas dos guardias y el oficial a cargo para llevarse a Daniel a la cámara Gesell, mejor conocida como el cuarto de interrogatorio.

—Me temo, oficial, que eso no será posible.

—¿Se da cuenta, abogado, de que con su sola presencia aquí el testigo pasa a ser un sospechoso más a partir de este instante?

—Lo tengo muy claro, oficial, y será un riesgo que deberé tomar.

—De acuerdo, entonces ni hablar. Solo le recuerdo, joven Daniel —explicó el oficial mirándolo—, que usted era un simple testigo, y una vez dada su declaración sería puesto en total libertad, pero ahora que ha recurrido a los servicios de un abogado, deberá permanecer detenido por posible complicidad en los asesinatos cometidos en el paraje rosado.

—Ahórrese sus palabras, oficial. Aquí tengo una orden de libertad que me permite llevarme a mi cliente conmigo en este instante. —Extendió el documento—. Como podrá darse cuenta, es legítimo y totalmente legal, por lo que su labor específicamente aquí ha terminado... ¡gracias!

Al terminar de leer el documento para verificar la información, el oficial lo miró con gran molestia y abandonó la sala sin poder decir más. El señor Ferton era uno de los mejores abogados locales, no solo amigo del señor Trent, sino además conocido por sus exitosos triunfos en casos legales de alta relevancia. Por supuesto, alguien así siempre iba no solo uno, sino dos o hasta tres pasos por delante de todos los obstáculos que pudieran interferir en su labor... Todo fue tan rápido que tanto Daniel como Marco estaban sorprendidos. Una vez dada la orden del señor Ferton, los tres salieron del lugar para dirigirse hacia el auto de este, quien los trasladaría a su oficina, en donde una hora más tarde Daniel ofreció su declaración privada para después ser puesto en total libertad. De este modo, luego se dirigió con Marco al único sitio al que en ese momento consideraba su hogar: la universidad. Durante el trayecto, Daniel permaneció callado, sabía que tenía que hablar con Marco, pero no tenía idea de cómo empezar o por dónde, lo único que podía sentir era culpa y pena, temía que una vez que le confesara todo, lo perdería para siempre, así que, seguro de esto, simplemente quería encontrar el momento perfecto para hacerlo.

Al ir llegando al campus, se percató de la presencia de cientos de personas, medios de comunicación haciendo entrevistas y hasta helicópteros sobrevolando las instalaciones. Sintió pánico y paranoia, creyó que todas las miradas estarían puestas en él, pues pensó que toda la universidad ya sabía de su participación en los hechos.

—No, por favor, llévame a otra parte, no quiero estar aquí —comentó asustado.

—¡Tranquilo! No vamos rumbo a los edificios donde se encuentra nuestro dormitorio, te quedarás en la casa de la fraternidad un tiempo.

Tal vez hasta aquí la mayoría de ustedes tenga un muy mal concepto del pobre Daniel Catalán, aquel estudiante que parecía indefenso y de poca relevancia en la historia, un monstruo silencioso que dejó ver su verdadero yo a último momento, pero la verdad es que no era más que un chico atemorizado. Una víctima de las circunstancias, la confusión y la respuesta inconsciente de una serie de abusos y hechos que habían sacado lo peor de él.

—¡Hemos llegado! Debes estar hambriento y cansado... te quedarás en esta habitación hasta que todo esto se haya aclarado, ¿de acuerdo?

—Está bien...

—Iré por algo para que comas, mientras tanto toma un baño. También traeré tu ropa, no tardo.

—¿Marco?

—Dime...

—¡Gracias!, en verdad te agradezco todo lo que estás haciendo por mí.

—Sabes que con un simple gracias no es suficiente, pero entiendo, y estaré esperando a que estés listo para hablar conmigo...

—Toda esa gente allá afuera... —Guardó silencio mientras observaba por la ventana.

—No están aquí por ti si eso es lo que te preocupa. Hasta ahora no se ha mencionado tu nombre, pero estoy seguro de que pronto sucederá, así que espero que lo que sea que le hayas dicho al abogado en su oficina pueda ayudarte a salir de todo esto... Enseguida regreso. —Se dirigió hacia la puerta.

—Marco, espera, no te vayas, por favor —expresó mientras se acercaba a él—. Sé que no he sido honesto contigo desde hace mucho tiempo, y lo quiero ser, lo voy a ser, aunque eso signifique que después no quieras saber más de mí. Sin embargo, lo haré igual, porque aunque esto pueda parecerte una burla, en verdad te amo.

Marco casi se deshace al oír esas palabras que tanto necesitaba escuchar, quería decirle que lo perdonaba sin importar nada, quería abrazarlo y besarlo, hacerle el amor en ese mismo instante, pero indudablemente y aunque no le guardaba rencor, primero necesitaba saber todo lo que tenía que decir para poder estar en paz, así que tragó saliva y solo sonrió inclinando la cabeza.

—¿Sabes por qué fui a buscarte?

—No lo sé.

—Estaba tan molesto contigo, tan enojado que realmente no quería saber nada de ti. Después del incidente en el campus tenía muy claro que habías salido de mi vida definitivamente, así que me dediqué a luchar contra esos sentimientos, el de odiarte y no verte más, y el de extrañarte tanto que quería ir por ti sin importar nada, pero ¿cómo esperas olvidar o dejar pasar algo como eso? Creí que sería imposible, pero descubrí irónicamente que a veces con algo más grande que lo que ya está hecho se pueden enfocar todas esas emociones en un solo punto; así que cuando supe por Germán lo que había pasado contigo en el paraje rosado, todo mi enojo desapareció, tan solo existía la pregunta «¿por qué?»... Estaba confundido, decepcionado, dolido, porque comprendí que había muchas cosas de ti que no sabía. Entendí que todo el tiempo que creí que podía cuidarte y que sentía que así era, fue en vano, y entonces todo dentro de mí se derrumbó. Me sentí perdido, triste y deprimido, porque hasta ahora no sé si algo de lo que vivimos fue real.

—Lo fue, te juro que lo fue.

—Contéstame una cosa, Daniel, ¿qué piensas de Carlos? ¿Crees que él se merecía lo que le hiciste aun sabiendo sobre su situación?

—Claro que no, ni él ni Germán se lo merecían...

—Me alegra que lo digas, porque, de hecho, fue el mismo Carlos quien me hizo abrir los ojos, justo cuando había tomado la decisión de marcharme de aquí.

—¿Qué dices?

—¡Así es!... Carlos habló conmigo hoy por la mañana y simplemente hizo que todo desapareciera, que todo se aclarara. ¿Puedes creer que alguien a quien traicionas te defienda a pesar de eso?... pues él lo hizo. Carlos está seguro de que eres una gran persona, y yo quiero creer que así es por el tiempo que pasamos juntos, pero al tenerte frente a mí, me invaden nuevamente las dudas, porque te veo y no te reconozco, no sé quién eres ni lo que piensas, y tengo mucho miedo de que ambos estemos equivocados. —Algunas lágrimas brotaron de entre sus ojos.

—No digas eso, por favor. —Lo abrazó fuertemente—. Yo no lo hice, yo no maté a Bruno ni a nadie, yo solo hice lo que me pidieron los hermanos Colvin por miedo, para protegerte a ti.

—¿Para protegerme a mí?, ¿de qué se supone que me protegerías a mí, Daniel? —preguntó burlón y molesto.

—Ellos sabían sobre nuestra relación, tienen fotos y videos en donde estamos los dos teniendo sexo. Las obtuvieron de mi cámara en una ocasión en que fui al famoso Juego de calzones. Yo solo quería hacer algo de dinero fácil, como todos los que iban ahí, pero al no pasar la última prueba... todos abusaron de mí. —Hizo una breve pausa para tomar valor mientras su rostro empalidecía—. Yo no pude hacer nada para evitarlo, intenté gritar, pero me cubrieron la boca, me amarraron y entre todos me violaron. —Rompió en llanto.

Sorprendido, lleno de impotencia y coraje, Marco lo abrazó tan fuerte como pudo, intentando reconfortarlo, al mismo tiempo que procesaba esa fuerte información.

—Cuando terminaron de hacerlo, revisaron mis cosas y encontraron la cámara con la que suelo tomar fotografías para el anuario y en la que guardaba varios videos que había grabado a tus espaldas cuando hacíamos el amor, al igual que algunas fotografías tuyas estando desnudo mientras dormías... así que comenzaron a fotografiarme y a grabar lo sucedido, pero al momento de querer revisar las tomas que habían hecho, descubrieron ese contenido, y entonces volvieron a abusar de mí hasta que quedé inconsciente. —Tomó aire profundamente—. En realidad, no tengo idea del tiempo que pasó, pero cuando desperté, tenía encima de mí a los hermanos Colvin amenazándome con hacer públicos nuestros videos y tus fotografías si yo decía algo de lo que había pasado ahí. Las guardaron en su computadora y me entregaron mi cámara. Con un arma apuntándome sobre la cabeza, me advirtieron que a partir de ese momento yo sería un cato para ellos, y que de lo contrario no solo destruirían tu reputación, sino que además te matarían como lo habían hecho con otros estudiantes.

—Maldita sea, Daniel, ¿por qué no me dijiste nada?

—Porque iban muy en serio, Marco, juro que estaban hablando muy en serio. Me mostraron unos videos en donde asesinaban a un chico a sangre fría disparándole a la cabeza, y otro de un ritual satánico en donde varios hombres mataban a otro chico. —Lloró aterrorizado.

—Lo siento tanto, no tenía idea de lo que estabas pasando. ¡Tranquilo, amor!

—Yo solo no quería que te hicieran daño, quería que te alejaras de mí, por eso estuve distante un tiempo contigo. No quería tener sexo ni que me tocaras porque me sentía sucio y mal por todo lo que me había sucedido, pero eras muy insistente en querer hacer el amor. Así que, cuando accedí, por eso te pedí que hiciéramos un trío, porque sabía que no aceptarías y entonces de ese modo te alejarías de mí.

—Pero fue muy claro que esas dos veces las estabas disfrutando.

—Te equivocas, eso te mostré para que sintieras celos y me terminaras, pero no lo hiciste; seguiste firme queriéndome, amándome, aceptando cada uno de mis errores, hasta que finalmente supe que solo de una forma me dejarías, y esa fue haciendo lo que hice con Germán.

Marco lo escuchaba atento y enojado, impotente y lleno de tanta rabia que no pudo decir más.

—Esa noche bebimos demasiado y tú te fuiste primero del bar, ¿recuerdas? Germán y yo nos quedamos hasta muy tarde, mientras se desahogaba conmigo sobre su situación con Carlos, y aunque sabía que sería un golpe bajo, mi plan ya estaba hecho, así que cuando lo vi muy tomado, lo llevé a su habitación. Tiempo atrás, en otra ocasión que habíamos estado bebiendo en el bar, me habló sobre el *bromer*, me dijo que aún conservaba un poco en alguna parte de su cuarto. Por lo que, al llegar y mientras estaba en el baño, cuidadosamente lo busqué para después suministrarle parte de él hasta que quedó tendido semiinconsciente sobre su cama... Te juro, Marco, en verdad te juro que mi intención no era estar con él sexualmente, tan solo quería tomarnos unas fotografías que te haría llegar anónimamente, para que de ese modo terminaras conmigo, aun sabiendo que eso también perjudicaría tu amistad con él... Solo así te decepcionarías por completo de mí y me dejarías tú a mí, ya que yo no tenía el valor de hacerlo, y si lo hacía, tú insistirías porque te conozco y sé cuán grande es tu amor por mí. Por eso necesitaba que te decepcionaras primero de mí; sin embargo, y para mi suerte, sucedió de otra forma, no como lo había planeado, pero pasó... —Tomó a Marco de las manos—. Lo siento mucho, siento de verdad no haberte dicho nunca nada.

—¿Hace cuánto que sucedió esto? —preguntó pensativo y con su voz entrecortada.

—Poco antes de que finalizara el ciclo escolar anterior.

—No puedo creer que todo este tiempo hayas tenido que cargar con esto solo.

—Perdóname, por favor, sé que difícilmente me creerás y que después de haberte dicho esto no querrás saber nada de mí, pero por favor, te pido que me perdones.

Marco lo llevó hacia él para abrazarlo más fuerte aún, sintiendo gran impotencia por no poder hacer nada en ese momento para aliviar su dolor, por no haber podido ayudarlo ni sospechado absolutamente nada de lo que había sucedido con él durante casi un año.

—Ese día me sentía muy cansado, pero cuando noté que no llegabas, me preocupé y fui a buscarte al bar. Para cuando llegué, ya estaba cerrado, así que imaginé que estarías con Germán en su habitación... Fue entonces que sorpresivamente me encontré con Carlos, con quien crucé algunas palabras, y al verlo tan desconcertado cuando abrió la puerta de su habitación, me asomé y te encontré encima de Germán.

—Te juro que no pasó nada, él estaba inconsciente y yo intentaba tomar algunas fotos, pero cuando se abrió la puerta y los vi a Carlos y después a ti, me sentí tan mal, muy mal de haber hecho eso. Finalmente, de alguna forma había obtenido lo que quería, pero eso no me hacía sentir bien, no quería perderte, quería decírtelo todo, pero ya era demasiado tarde, sabía que no me creerías.

Después de esas palabras, un silencio profundo se apoderó de los dos. Marco soltó a Daniel y se dirigió al baño para lavar su cara, después de ello tomó un poco de papel para que Daniel se limpiara el rostro. Todo ello en un lapso en el que ambos retomaban la serenidad mientras analizaban cada punto expuesto. Marco volvió a abrazar a Daniel cuando este se tranquilizó y entonces hizo la última pregunta.

—¿Tuviste algo que ver con la muerte de Bruno?

—Por supuesto que no, los hermanos Colvin me dijeron que tenían un encargo para mí ese día, solo llevé su cuerpo a un sitio alejado a las afueras de la ciudad esa noche después de que fue asesinado en la granja Galageta. Ni siquiera sabía que era él. —Un nuevo llanto se apoderó de él.

—Ya pasó, aquí estoy yo. —Lo abrazó una vez más.

—Me siento tan mal, si tan solo hubiera hecho algo, tal vez él estaría vivo... Fui un cobarde, fui un tonto; si pudiera, tomaría su lugar, juro que lo haría.

Marco intentó tranquilizarlo tan solo con su presencia y la seguridad que le daba a través de sus brazos, y una vez que Daniel estuvo sereno lo puso al tanto sobre el último acontecimiento que involucraba a mi primo, y aunque en ese entonces Marco sabía muy poco sobre Gabriel, por su parte —y como ya lo saben— Daniel tenía pleno conocimiento sobre la víctima anónima, pero decidió guardar silencio, así que luego de algunos minutos ambos se acostaron sobre la cama hasta que Daniel se quedó completamente dormido, vencido por tantas emociones y un gran pesar que solo de esa forma pudo calmar.

SAN ANTONIO, TEXAS
BROOKE ARMY MEDICAL CENTER (17:00 HORAS)

Hay cosas en el amor que, cuando te enamoras, difícilmente entiendes, cosas que pasan y que hacen que sientas que estás más que vivo, pero en ciertas ocasiones, muerto a la vez.

Me encontraba tirado sobre el suelo, estaba muy cansado. Tanta impaciencia me había agotado sobremanera y llevado a un estado en el que no podía siquiera hablar; no quería comer, no quería moverme de ahí por ningún motivo. En su último nuevo intento, el mayor Terry insistió en que comiera algo, pero solo recuerdo haberme negado con un movimiento de cabeza en el que dejaba muy claro que no deseaba ser molestado.

Habían pasado cerca de dos horas y nadie salía del quirófano, no teníamos noticias de Germán, ningún doctor aparecía por esas puertas que, cada vez que las miraba, me hacían alucinar: imaginaba que mi bello español las atravesaba de pie y sonriente, y yo corría hacia él, pero no; eso era solo un deseo, un anhelo que muy en el fondo tenía, e imploraba para que todo saliera bien... Ese día recé como nunca, con tanta fe, le pedí a Dios una y otra y otra vez que salvara a Germán, que le diera una oportunidad de vivir, de quedarse, de estar conmigo, le pedí tanto como pude, le imploré, le rogué hasta el cansancio, hasta que en mi mente las únicas palabras que podía decir eran «Por favor, Dios, sálvalo».

Finalmente se abrieron esas puertas, dando paso a aquel médico cirujano que salía con el rostro exhausto, decaído y lleno de una fría expresión de nostalgia que empalideció mi cara al momento en que intenté levantarme con gran esfuerzo, mientras él se acercaba cada vez más tan solo para expresar con una voz entumecida y entrecortada: «Lo siento mucho, hicimos todo lo que estuvo a nuestro alcance, pero no pudimos salvarle la vida... el agente Petrova ha fallecido».

Un grito desesperado acompañado de un gran llanto que estremeció a cualquiera que pudo oírlo se escuchó en todo el pasillo. El mayor Terry, inmediatamente, corrió hacia donde yo estaba para sostenerme y abrazarme mientras lentamente me iba desvaneciendo hacia el suelo para quedar, una vez más, hincado y en posición fetal perdido en mi lamento, en un gran dolor que me provocaba el saber que el amor de mi vida había muerto...

Por todos los rincones del sitio se pudo percibir una desoladora angustia, un ambiente de empatía en el que tanto enfermeras como doctores y oficiales se unían en un mismo sentimiento de pena, de gran tristeza, que cubría cada uno de los rostros presentes con el sonido de mi desgarradora forma de llorar.

Lo sé... Por favor, no me odien, desearía poder decirles que todo esto también fue un sueño, una maldita pesadilla, una broma de muy mal gusto de mi parte, pero no, esto es real.

No sé exactamente cuánto tiempo estuve así, pero sí recuerdo que, en un acto de valentía y con fuerza, me levanté del suelo y le pedí al cirujano que me dejara verlo con unas palabras que apenas pude pronunciar. Él accedió y me llevó al quirófano en donde yacía su cuerpo inmóvil. Lo miré desde la entrada de ese cuarto frío con gran tristeza y enojo, una ira que corría por mis venas por el simple hecho de no haber podido hacer nada, de saber que tan solo unas horas atrás lo tenía frente a mí y ahora la luz de sus ojos se había apagado, y su vida, extinguido.

Me acerqué lentamente y lo besé en la frente, lo besé y recargué mi cabeza sobre la suya pidiéndole que despertara, que abriera sus hermosos ojos, que por favor no me dejara, pero no lo hizo, él nunca despertó...

Germán Petrova, mi amado agente español, falleció el 3 de noviembre del 2007 a las diecisiete horas con diez minutos, por consecuencia de un disparo en el pecho que le perforó un pulmón gravemente. Eso le causó la muerte horas después, a pesar de todos los esfuerzos realizados para salvarle la vida.

Todo lo que aconteció el resto de ese maldito día no fue nada que no tuviera que ver con lo mismo. Marco se enteró al poco tiempo del deceso, y acudió de igual forma al lugar de los hechos para llegar una hora después acompañado del señor Trent y mi amigo Pablo. Cuando los vi entrar por la puerta, yo sostenía la mano de Germán con gran fuerza, pero resignado. Se acercaron a mí con sus rostros entristecidos empapados en lágrimas y se inclinaron para abrazarme mientras expresaban su dolor y apoyo a través de algunas palabras. Luego de ello, nos quedamos ahí sin decir más durante diez o quince minutos, hasta que el doctor, junto con el mayor Terry, ingresaron a la habitación para decirnos que era momento de que se llevaran el cuerpo. Así que lo miré por última vez, me levanté de la camilla —pues estaba semiacostado a un lado suyo—, le di un último beso en sus fríos labios y, entre lágrimas, le dije: «Te amo, siempre te amaré». Después miré cómo se lo llevaban mientras caía en la realidad de que no volvería a verlo jamás... nunca más en la vida.

Los días siguientes caí en una fuerte depresión que nadie me pudo quitar, estuve encerrado varios días sin querer ver a nadie, apenas comía, y eso solo porque tanto Pablo como Marco insistían y siempre estaban cuidándome. Mi familia supo de la tragedia una semana después por mi propia voz, pues quería que estuvieran presentes en el funeral oficial que se le haría en Austin, Texas, y en el que se le rendirían honores por su destacada labor como agente de la Interpol, así como por la gran valentía que había tenido para lograr que un caso tan complejo como el de la matanza del paraje rosado llegara a su fin. Ese día todos los que habíamos conocido a Germán estuvimos reunidos en su emotiva ceremonia luctuosa, no solo mi familia y amigos me acompañaban, también muchos de sus compañeros que lo habían llegado a conocer y a tomar gran aprecio, como el mayor Terry, el agente Chase, otros oficiales de alto rango, medios de comunicación y cientos de personas que sabían que, gracias a él, muchas almas ahora descansaban en paz, incluyendo la suya.

Para ese entonces, las autoridades ya habían resuelto el caso del paraje rosado y esclarecido frente a los medios todo lo que había acontecido, razón por la cual Germán había pasado a ser un héroe caído ante la sociedad. No se dio a conocer todo, es decir, Gabriel quedó en el anonimato como un testigo protegido, así como yo. Y en cuanto al teniente Wattson, solo aportaron cuidadosamente los detalles que lo relacionaron con la muerte de Germán y la participación con los acusados sin tanto detalle, así como los nombres de cada uno de los involucrados en el asesinado de Bruno Giesler y de todos aquellos que fueron víctimas de esa secta satánica. El señor Galageta fue acusado de múltiples asesinatos y muchos cargos más que lo llevaron a recibir una condena de doble cadena perpetua y la posibilidad de un juicio en el que enfrentaría la pena de muerte. La mayoría de sus seguidores corrieron con la misma suerte, aunque por su cooperación fueron sentenciados mayoritariamente a pasar más de treinta años en prisión sin derecho a libertad condicional.

Por su parte, los hermanos Colvin se declararon culpables por su participación en la muerte de Bruno, por lo que dos días antes de recibir sus respectivas sentencias, el abogado que representaba a Daniel Catalán pudo llegar a un acuerdo con ellos para que lo deslindaran de toda participación en los hechos y, así, redujeran su sentencia a un mínimo de veinte años sin libertad condicional. Con ello, Daniel dejó de ser sospechoso para convertirse en lo que realmente era, una víctima más. Curiosamente, semanas después se encontraron los videos que probaban lo que Daniel había declarado tanto al abogado como a Marco, y entonces se abrió una nueva investigación en la que cayeron nuevos estudiantes involucrados pertenecientes a esa fraternidad y que condenó a los hermanos Colvin a cadena perpetua por el asesinato a sangre fría de otro estudiante reportado como desaparecido un año atrás…

Gabriel fue dado de alta una semana después del velorio. La familia jamás supo lo que le había pasado. La última vez que lo vi durante esos días turbios fue justamente el día en que salió del hospital. Apenas pudimos mirarnos, le sonreí y, con un fuerte abrazo, le pedí que se cuidara. Un sincero «Lo siento mucho» salió de entre sus labios, y después me dijo que iría a California y que si algún día viajaba para allá lo buscara, ya que siempre contaría con él. Después de decirle «gracias», me di la vuelta y me fui, y él también.

Tanto mi madre como Braulio insistieron en que regresara con ellos, sobre todo mamá, pero sabía que estando allá me deprimiría más. De alguna forma, mi vida ya la había comenzado ahí, y lo único que iba a provocar que estuviera en casa sin saber qué hacer, lleno de tantos recuerdos y con toda esa tristeza que cada vez que recordaba a Germán me invadía, era que jamás me repusiera de tanto dolor, de tanta soledad que él había dejado con su partida, así que me quedé. A los ojos de ellos me encontraba mal, pero fingí que podía estar bien, y envueltos en un gran pesar me apoyaron. Entonces, con gran coraje, día tras día batallé contra todo mi sentir, contra las miradas, contra las personas que me lo recordaban, contra cada aspecto, lugar, situación que se presentaba y lo traía de vuelta a mi mente. Luché noche tras noche al no poder dormir, y si llegaba a hacerlo, era porque caía rendido de tanto llorar. Luché contra su ausencia, y lo único que me podía acercar a él era su diario, el que leía una y otra vez imaginándome su voz, regresando a esos momentos en los que pocas, pero algunas veces, habíamos sido felices, los instantes en que habíamos hecho el amor y las veces en que me había dicho y demostrado lo tanto que me amaba.

Tres meses después de los hechos, me di cuenta de que no podía seguir ahí, faltaba mucho a clases, había perdido por completo la noción del tiempo y nada me llenaba. Me sentía aterrado, desprotegido, vacío, creía que mi vida no tenía sentido, no encontraba nada que me hiciera sentir bien, había descuidado la universidad y perdí total interés por mi carrera. Así que un día, agobiado por todas esas sensaciones que me estaban llevando al colapso, decidí marcharme sin decir adiós. Tan solo tomé el diario de Germán, mi mochila con poca ropa y me fui, desaparecí sin dejar rastro, excepto por dos notas dirigidas a Pablo y a Marco en las que les agradecí por todo lo que habían hecho por mí y en las que pedí que no me buscaran, que el día en que yo estuviera listo y tal vez recuperado yo los buscaría.

A mi madre la contacté desde algún sitio en mi partida, lloró tanto como pudo pidiéndome que regresara, aunque sabía que no lo haría. Los siguientes días caminé sin rumbo fijo, dormía en cualquier parte: estaciones de autobuses, afuera de restaurantes, rara vez en algún hotel. Comía poco y no por falta de dinero, sino por falta de apetito... estuve perdido, ¡realmente perdido! Mi vida dejó de importarme y de tener significado para mí. Constantemente le hablaba a mi familia para contar que estaba bien, pero jamás decía en dónde me encontraba. Vivía el día a día como un total zombi, un vagabundo. A veces parecía que estaba loco, porque hablaba conmigo mismo, hablaba con el recuerdo de Germán... realmente toqué fondo en un país que no era el mío y de la forma más triste que se pueda experimentar.

Así pasaron días, semanas, seis meses. Tanto caminar me había llevado a una hermosa y fría playa al suroeste de los Estados Unidos. Recuerdo que, al ver el mar, mi rostro sucio se cubrió de esas lagrimas que creía escasas. Había llorado durante tanto tiempo que hubo un momento en el que ya no pude hacerlo más. Creí que me había secado por dentro, pero ese día y con esa sensación de la brisa sobre mi rostro, algo dentro de mí se despertó, reviviendo mi sentir, mi alma, mi ser, que se había perdido en algún lugar en el tiempo.

Corrí como desquiciado dando vueltas mientras lloraba y reía y saltaba de la emoción, mi ropa desgastada y mugrienta despedía un olor desagradable que hasta ese momento no había podido percibir, así que, sin importarme, dejé caer la mochila sobre la arena y corrí hacia el mar para aventarme en un clavado y nadar.

Esa sensación del agua fría en mi cuerpo me revivió, me sacó de un sueño profundo del que no había querido despertar, en el que me había atrapado a mí mismo con todo lo que llevaba dentro. Supe entonces que había llegado el momento, que esa era la ocasión, la señal, el grito desesperado de la vida pidiéndome volver de la oscuridad, diciéndome que ya era hora de soltar todo eso que me había estado matando lentamente. Entonces me sumergí bajo el agua, intentando aguantar la respiración lo más que pude, cuando de repente, y por última vez, escuché sus palabras, las que había expresado aquella tarde cuando se lo llevaban al quirófano: «Pequeño, te amo intensamente y siempre te amaré y cuidaré de ti, donde quiera que esté». Así que salí, regresé a la superficie desesperado por tomar un sorbo de aire para después gritarle al viento, al mar y a su recuerdo: «Yo también te amo, Germán, te amo y siempre te amaré, mi amor; ojalá estuvieras conmigo, me haces falta, te amo con todas mis fuerzas y nunca te olvidaré, lo prometo».

Después de eso me quedé flotando por un momento mientras mis lágrimas se disolvían entre el agua salada del mar, hasta que comencé a sentir frío, así que regresé a la orilla y me tiré sobre la arena, completamente exhausto, pero con una incomparable sensación de paz, de libertad, de total tranquilidad, y entonces el dolor simplemente desapareció. Todo eso que me había cegado durante tanto tiempo, de repente y de la nada, se había ido, dejando en mí el deseo, la fuerza y las ganas de volver a empezar. Sabía que nunca olvidaría a mi bello español, eso jamás pasaría, pero debía continuar, era momento de hacerlo y de renacer de entre las cenizas como el fénix que era, que soy, que siempre he llevado en mi interior.

Comprendí que ese había sido mi luto; no por capricho, no por obligación o compromiso, sino por verdadero amor. Un amor puro e infinito que siempre estaría en mí y que había evolucionado muy en el fondo en el momento exacto para darme la fuerza suficiente de aceptarlo, entenderlo y utilizarlo a mi favor para regresar de ese lugar lejano en el que mi mente se había perdido.

Me puse de pie completamente empapado, temblando y cubierto de arena. Tomé la mochila y me dirigí hacia un hotel que se veía a lo lejos. Al llegar al lugar, pregunté a un par de personas en dónde me encontraba, y fue entonces que supe que estaba en Santa Mónica, California. Inmediatamente me dirigí a recepción, y aunque por mi aspecto era lógica la reacción de la empleada, que pensó en llamar a seguridad, pude convencerla con mi identificación de que no era un delincuente ni un vagabundo, sino un indefenso cliente que necesitaba una habitación, una ducha, comida, ropa y una buena cama. Por supuesto dudó un momento, porque no me parecía en nada al chico bien arreglado de la fotografía. Mi cabello estaba mucho más largo y enredado, y la barba me había crecido sobremanera, pero al verme a los ojos, en una expresión de empatía, algo se despertó en ella y de inmediato hizo todo lo posible para ayudarme. Junto con mi identificación también le entregué mi tarjeta de crédito, y una vez que comprobó que todo estaba en orden, me instaló en una habitación en la que esa noche, después de tanto tiempo, por fin pude dormir tranquilo. Al entrar en ella, lo primero que hice fue correr al baño para verme al espejo, en verdad lucía diferente, completamente distinto e irreconocible, lo que en vez de asombrarme hizo que estallara en una gran carcajada que no podía controlar. Al observar mi reflejo, solo podía ver cada travesía, cada día desde que había dejado atrás todo, cada paso que me había llevado al lugar y momento en el que me encontraba en ese preciso instante, y simplemente no lo podía creer. No reía porque me estuviera burlando de mí mismo, sino porque no podía creer que, después de todo, siguiera vivo, estuviera ahí con todas esas ganas de iniciar de nuevo. Podría decirse que estaba en *shock*, pero al cabo de unos minutos cogí el teléfono y llamé a recepción, solicité servicio de comida, cualquier tipo de ropa de mi talla de la *boutique* del hotel y un par de rastrillos o una máquina de afeitar. Todo fue entregado en mi habitación una hora más tarde.

Disfruté la cena como nunca, todo me parecía distinto, era como si cada cosa, cada lugar, cada momento, cada lapso, por muy insignificantes que fueran, tuvieran un gran valor y sentido que ahora podía apreciar. Algo había cambiado en mí, tal vez yo había cambiado, o tan solo había crecido, madurado. Y enseguida supe que debía replantearme nuevamente mi vida, poner otro orden y encontrar la manera de hacer que todo volviera a funcionar. Pero antes de que eso sucediera, necesitaba tomar una buena ducha, afeitarme, llamar a mamá y dormir una larga, profunda y bien merecida siesta.

SANTA MÓNICA, CALIFORNIA
15 DE AGOSTO DE 2008

Ama tanto como sea, hasta que llores, hasta que sufras, hasta que ya no puedas, ama hasta el cansancio, hasta que creas que ya no sientas, pero ama así a tu propia vida.

—¿Gabriel?
—Sí, él habla. ¿Quién es?

—Soy Carlos...

—¿Qué?... ¿Carlos?, ¿mi primo Carlos? —preguntó atónito.

—Así es, ¿cómo estás?

—No lo puedo creer, ¿en verdad eres tú?

—Lo soy, necesito hablar contigo, ¿te encuentras ocupado?

—No, no, para nada... Dios mío, Carlos, ¿dónde has estado?, ¿en dónde te has metido? En verdad estaba muy preocupado por ti, ¿estás bien?

—Sí, lo estoy.

—No sabes lo feliz que me hace escucharte, que estés bien.

—Gracias, también me da gusto escucharte, y en verdad espero no ser inoportuno. Hablé con mamá ayer por la noche, le pedí que llamara a mi tía para que le diera tu número y bueno, recién terminé de hablar con ella.

—Jamás serías inoportuno, me alegra mucho que me hayas llamado... ¿en dónde estás?

—No lo vas a creer.

—¡No lo digas! ¿California?

—Así es...

—¿Qué?, ¿en verdad? —preguntó emocionado.

—Así es, Santa Mónica, para ser exacto.

—¿Y qué haces allá?, ¿desde cuándo estás ahí?

—Es una larga historia que después te contaré con calma. En realidad, hablé para saludarte y pedirte un favor muy grande.

—Claro que sí, ¿cómo puedo ayudarte?

—Bueno, todo este tiempo estuve perdido, ¿sabes? Pero aún no es tiempo de volver a casa. Quisiera volver a empezar, reintegrarme a la universidad, solo que en esta ocasión quiero estudiar una carrera distinta...

—Carlos, no voy a agobiarte con tantas preguntas, después de todo lo que sucedió, me imagino que no la has pasado nada bien, así que solo te diré que me da gusto escuchar que quieres empezar de nuevo.

—¡Gracias! Ha sido muy difícil, pero aquí estoy. En fin, la cosa es que quisiera saber si me puedes ayudar a conseguir algún sitio en donde quedarme mientras investigo las posibilidades de adquirir una nueva beca para que me extiendan mi permanencia en el país, y así regresar a la universidad cuanto antes.

—Por supuesto que sí, dime en dónde estás exactamente para ir por ti.

—No lo sé con exactitud, pero espera, deja que busque algo que... lo tengo, el hotel se llama Loews Santa Mónica Beach.

—Sé cuál es... Estoy ahí en una hora, ¿ok? Me encuentro en Los Ángeles, pero salgo inmediatamente para allá.

—¿Estás seguro?, es decir, no tienes que venir. Si quieres mejor dame tu dirección y yo me las arreglo para llegar.

—¿Has estado alguna vez en LA?

—¡Jamás!

—Entonces hazme caso, sería un lío para ti que no conoces, y jamás darías con mi dirección.

—No es mi intención que dejes de hacer lo que sea que estés haciendo, si quieres puede ser más tarde.

—Salgo para allá. —Colgó.

Así sin más, así de rápida, extraña y sorpresiva fue esa llamada con mi primo, con quien no había hablado desde hacía ya nueve meses. Tiempo en el que muchas veces se había preguntado por mí y en el que nunca había dejado de pensarme.

No me malinterpreten, posiblemente todo esto les esté haciendo pensar en algo que no es, pero a pesar de todo lo que había pasado, Gabriel era mi familia, la única que en ese momento tenía cerca, y sabía que podía contar con él para lo que fuera que pudiera ser el inicio de mi nuevo futuro, y así fue. No voy a negar que el solo hecho de volver a verlo me hacía sentir algo que no puedo describir. Era una mezcla entre nervios, emoción y alegría, pero también tenía una extraña sensación de duda, pues me preguntaba si el destino estaba siendo parte de todo esto. Es decir, de todos los lugares a los que podía haber ido a parar, ¿por qué estaba ahí, tan cerca una vez más de Gabo? Estuve pensando en ello recostado sobre la cama y en cómo actuaría cuando lo tuviera en frente, hasta que, al pasar poco más de una hora, el teléfono de la habitación sonó.

—¿Sí?

—Joven Palacios, tiene una visita en recepción.

—Muchas gracias, bajo enseguida.

El corazón se me aceleró rápidamente, así que emocionado tomé las pocas cosas que llevaba conmigo y salí presuroso del cuarto para reencontrarme con Gabriel unos minutos más tarde, situación absolutamente inolvidable y conmovedora. Ahí estaba él, con una sonrisa de oreja a oreja cuando me vio caminando hacia donde se encontraba. Inmediatamente nos abrazamos con un gusto desbordado de ambas partes.

—No puedo creer que estés aquí.

—Lo sé, yo también estoy bastante impresionado.

—Te ves bien, un poco más delgado, pero luces bien.

—Si me hubieras visto ayer, en verdad te habrías sorprendido.

—Eso es muy cierto —intervino la recepcionista, que me miraba con gran asombro—. Discúlpenme el atrevimiento, es solo que fui testigo de ello y, sin duda alguna, puedo decir que hoy luce de maravilla.

Sonrojado sonreí agradeciendo sus palabras mientras Gabriel no paraba de contemplarme nervioso y alegre. Le pedí que aguardara un momento mientras hacía el *check out*, y minutos más tarde, abandonamos el hotel en su auto, que había estacionado justo afuera del edificio.

—Gracias por venir por mí, no tenías que hacerlo.

—Sí tenía, es lo menos que puedo hacer por ti... ¿ya desayunaste?

—No, aún no.

—Muy bien, entonces te llevaré a un sitio en donde sirven buenos desayunos. Seguramente te encantará.

—¿Es comida mexicana?

—¡Así es!

—¡Bendito Dios! Estoy harto de la comida rápida y chatarra. —Reímos.

Durante ese tiempo, en el trayecto del hotel al restaurante, hablamos de cosas sin tanta relevancia, prácticamente me iba dando un *tour* contándome sobre los lugares más conocidos por los que íbamos pasando, pero una vez que llegamos, la verdadera conversación fluyó.

—Y bien, ¿qué es lo que quieres estudiar ahora?

Lo miré un tanto pensativo.

—Criminología...

—¡Vaya! Sí que es un cambio muy drástico.

—Lo sé, pero lo que viví durante esa experiencia pasada es algo que me hizo pensar en que hay mucha gente que está atravesando ese tipo de cosas y necesita ayuda, necesita ser encontrada, auxiliada... Pienso que es algo que me vendría bien hacer.

—Sin duda, ya que siempre te ha gustado ayudar a los demás.

—Tú... ¿estás bien?

—Lo estoy... fue difícil asimilar todo lo qué pasó y lo que pudo haber pasado, pero estoy bien, es decir, tuve que asistir a terapia un par de meses y de hecho aún sigo yendo de vez en cuando, pero afortunadamente estoy mejor.

—Me alegra mucho escuchar eso, Gabo, en verdad.

Sonrió.

—¿Y tú?... ¿cómo te sientes?

Suspiré.

—Estoy aprendiendo a estar mejor...

—Lo siento, no quise ser impertinente.

—No te preocupes, son cosas de las que tarde o temprano tendré que hablar. Así que cuanto antes lo haga, supongo que podré lidiar con ello de la mejor manera.

—Sí, entiendo. A veces es bueno desahogarse.

—Durante mucho tiempo me he preguntado por qué pasó lo que pasó, sigo sin entenderlo. Todo fue tan rápido y como una historia de película, desde cómo lo conocí hasta cómo terminó todo. —Me observó nostálgico—. Pero bueno, supongo que esa pregunta jamás será respondida, y créeme que ahora lo acepto. Algo dentro de mí se rompió cuando Germán se fue... y no sé si algún día me repondré completamente de ello, pero también hay algo que me dice que ya es hora, que debo dejarlo ir y que es momento de seguir con mi vida.

—No sé qué decir, hablar de esto es un tanto extraño, sobre todo por el papel que también jugué yo... Siento que todo fue mi culpa; si yo no hubiera hecho lo que hice, no habrías perdido a Germán.

—No digas eso, Gabriel, no es tu culpa; si no hubieras sido tú la persona en esa posición, habría sido otra.

—Pero fue por mí que ese día estuvieron en el hospital, fue por mi declaración que todo pasó... ¿cómo no va a ser mi culpa?

Un silencio incómodo nos atrapó.

—No tiene caso lamentarnos ahora por eso, hay cosas que pasan y que son inevitables, y yo creo que eso habría pasado de una u otra manera.

—Lo dices para hacerme sentir mejor, pero sé que pudo ser distinto.

—No lo sabes, nadie lo sabe y por eso es mejor no encontrar culpables.

—¡Pensé que me odiabas!

—Mucho tiempo estuve molesto contigo, no lo niego, conmigo, con Germán incluso, pero ahora entiendo que las cosas son así; no hay marcha atrás, Gabriel. Ojalá pudiéramos volver y arreglar lo que hicimos mal, pero como no se puede, lo mejor es aprender y continuar. Así que no te odio, ni te odié, y tú tampoco deberías hacerlo contigo mismo...

Desolado, una vez más inclinó su rostro.

—No hablemos más de cosas tristes, mejor cuéntame de ti, ¿estás saliendo con alguien?, ¿tienes novio, novia?

—No —ironizó.

—¿Y eso?

—No creo que sea tiempo, no me siento preparado. No estoy listo aún para comprometerme con alguien en una relación.

—Pero Gabriel, eso déjamelo a mí. Yo no sé si algún día seré capaz de volver a estar con otra persona.

—Lo sé, no me imagino cómo ha de ser perder a alguien de ese modo, aunque debo confesar que también es muy difícil vivir sabiendo que amas alguien a quien nunca podrás tener.

Un nuevo silencio se interpuso entre los dos mientras me miraba fijamente, hasta que por fortuna el mesero se acercó con nuestros respectivos platillos.

—¿Crees que puedas ayudarme a conseguir trabajo? Sé que Braulio me apoyaría nuevamente con la universidad, pero quiero ser capaz de poder hacerlo por mi propia cuenta.

—Claro que sí, Carlos, yo te ayudaré, no te preocupes por eso.

Luego de eso no hablamos mucho durante el desayuno, hubo momentos en los que me quedé bastante pensativo sobre lo que había dicho. Y es que, en mi proceso de luto, me había enfocado más en mí, en mi pérdida más que en otras cosas, había olvidado por completo que Gabriel se había enamorado de mí; y por lo que veía, ese sentimiento de su parte estaba intacto y tal vez hasta más latente que nunca, lo que me hizo creer que había sido una mala idea acudir a él, pero ya estaba ahí. Otros temas salieron a la plática, el hielo se rompió y la tensión entre los dos fue desapareciendo poco a poco. Ese día me quedé con él en su gran departamento instalado en una de las habitaciones. Él vivía muy bien, le iba de maravilla en el aspecto profesional y económico, y a pesar de que insistió en apoyarme con mis estudios, jamás accedí a que él se hiciera responsable de mí; por el contrario, como bien lo dije, yo deseaba valerme por mí mismo y así fue. Al día siguiente, cuando Gabriel se fue a trabajar, yo puse en marcha mi plan. Pasé todo el día investigando sobre nuevas becas, universidades que aceptaran mi cambio de Austin y todo lo relacionado con mi situación de inmigrante, pues a pesar de que tenía una visa de estudiante vigente, había dejado de asistir al principal lugar por el que se me había permitido entrar legalmente a territorio norteamericano. Mi intención no era quedarme en California, pero al parecer ahí se encontraba una de las universidades más prestigiosas del mundo que ofrecía la carrera en Criminología y Ciencia Forense, lo que hizo que la tomara como principal opción. En conclusión, unas semanas después, logré conseguir —gracias al apoyo del señor Trent, con quien me había puesto en contacto— una excelente recomendación que me daría el pase directo a esa institución. Y aunque este insistía en que volviera a Austin y retomara mi carrera, finalmente comprendió que aún no estaba preparado para regresar al sitio que me había robado muchos de mis sueños y, principalmente, a la persona que tanto había amado. No obstante, fue gracias a mi continua comunicación con él que Marco y Pablo supieron de mí y de mi paradero; sin embargo, y hasta la fecha, este último no tenía idea de con quién me encontraba.

¿Por qué no le dije ni he dicho nada?... supongo que es obvio, pero sabe que estoy bien, y lo estoy, y eso es lo que verdaderamente importa.

Después de eso, comencé a trabajar por otra recomendación, pero esta vez de Gabriel, en una agencia de publicidad en el departamento creativo, lugar que me ha ayudado mucho a ser lo suficientemente independiente como para saber valerme por mí mismo. A las tres semanas de haber estado viviendo con Gabriel, finalmente me mudé a mi propio departamento —bueno, no es mío porque estoy pagando un alquiler, pero es mi sitio, mi propio espacio y estoy contento—. Gabo se ofreció para ayudarme a remodelarlo y poco a poco lo he ido acondicionando conforme mis gustos. Durante un tiempo insistió en que me quedara con él, pero en aquel entonces no creí que fuera lo correcto, no era tiempo para dejar que las cosas fluyeran como después fluyeron.

Marco y Daniel, por supuesto y después de todo lo que pasaron, siguen juntos, felices y llevan una vida plena de pareja. Ambos ya se graduaron y viven juntos, tienen un negocio de bienes raíces además de que cada uno ejerce su profesión. Mi mejor y gran amigo Pablo continúa estudiando y sigue saliendo con la chica que conoció aquella noche en la fiesta después del partido en la casa de la fraternidad.

Hace un par de meses fui a visitar a mi familia. Mamá, feliz de verme, y mis hermanos no se diga. Durante toda mi ausencia, Jenny estuvo saliendo con un chico que conoció por parte de una amiga y con quien hizo gran química; tanto que está embarazada y pronto será su boda. Braulio, por su parte, por fin se dio una oportunidad en el amor con una doctora que lo pretendía desde hace años y con la que, al parecer, va muy en serio, pues nos contó que pronto le pedirá matrimonio.

Esos días fueron de alegría, revivimos viejos tiempos para crear nuevos recuerdos y anécdotas familiares. Por fin tuve el valor de volver y enfrentarme a mi pasado, a los recuerdos que yacen en esa casa cerca del lago. Memorias que van desde mi infancia hasta mi adolescencia y aquel corto pero valioso tiempo en que fui muy feliz con ese hombre que me cambió la vida. Llevé conmigo su diario, y aunque jamás creí que fuera a desprenderme de él, lo dejé muy enterrado en aquella playa que fue testigo de nuestro gran amor. Aquel lugar al que alguna vez prometí volver y agradecer por todo lo que es, lo que fue, lo que será y hasta lo que pudo haber sido.

Donde quiera que estés, Germán Petrova, siempre te llevaré en el alma, en mis recuerdos, siempre serás parte de mí, porque fuiste mío como soy de ti. Un amor como este jamás se olvida, jamás se supera, jamás se compara ni se iguala con otro. Y aunque he aprendido a vivir sin ti, y ahora me encuentro intentando rehacer mi vida, tú siempre serás mi gran amor, aquel hombre que de la nada me cambió por completo y me robó el corazón. Descansa en paz, amor mío.

Actualmente me encuentro estudiando en la University of California, Irvine, la carrera de Criminología. Han pasado ya dos años desde que fui a parar a aquella fría playa esa tarde de primavera y en la que renací de entre las cenizas, mis propias cenizas, en el momento exacto en que creí que ya nada importaba.

Sé que muchos de ustedes no lo comprenderán, ni siquiera yo mismo entiendo cómo es que todo esto pasó, pero como lo dijo mi bello español aquella ocasión en el hospital mientras visitábamos a Gabriel, «¿Qué clase de persona sería yo juzgando el amor que sienten otros?».

A veces el amor nos llega de formas que no esperamos ni deseamos, simplemente se dan, y aunque uno haga todo lo posible por evitarlas y que no pasen, estas siempre encontrarán la manera de subsistir.

—¡Carlos, pequeñín! ¿Qué haces aquí y fuera de nuestra cama? Desperté y no estabas.

—Estoy realizando un proyecto de la universidad, pero ya terminé... ahora mismo regreso contigo, amor.

—De acuerdo, pero no tardes... —Besó mi frente.

Sí, así es... después de todo, Gabriel y yo estamos juntos...

En dos años pasaron tantas cosas que jamás se podrán imaginar; cosas que nos fueron uniendo y que sencillamente nunca voy a entender, pero que he aprendido a aceptar.

Lo amo, no de la misma manera que amé y sigo amando a Germán, no con la misma intensidad, pero lo amo de una forma profunda y diferente. Lo amo a pesar de todo, aunque muchos crean que está mal, aunque esto nos pueda condenar al mismo infierno y aunque mi familia, que no sabe nada, nos pueda odiar y dar la espalda si algún día se llega a enterar.

Me ama, lo sé porque lo siento, lo sé porque siempre fue así, incluso cuando ambos sabíamos que esto no debía ser, pero me ama, me ama de una forma inexplicable que solo él entiende, que solo quien ama con el corazón y con el alma al mismo tiempo puede llegar a comprender.

Jamás olvidaré a Germán, eso es un hecho. Siempre será mi primer y gran amor, y aunque realmente luché porque esto entre mi primo y yo no sucediera, nunca podré hacer a un lado lo que también siento por Gabriel y lo feliz que me ha hecho durante todo este proceso en el que he aprendido a lidiar con la idea de que nunca más volveré a ver a mi amado español.

No sé hasta dónde nos llevará esto ni tengo idea de cómo vaya a terminar, pero sí sé que, aunque nuestro amor sea prohibido, también es muy sincero y real.

FIN

In memory of love.

CPSIA information can be obtained
at www.ICGtesting.com
Printed in the USA
BVHW07*1118161018
530319BV00009B/69/P